Emiko Jean

Tokyo Dreaming

Prinzessin im Rampenlicht

EMIKO JEAN

TOKYO DREAMING

PRINZESSIN IM RAMPENLICHT

Roman

Aus dem amerikanischen Englisch
von Katarina Ganslandt

dtv

MIX
Papier | Fördert gute Waldnutzung
FSC® C083411
www.fsc.org

Deutsche Erstausgabe

Titel der amerikanischen Originalausgabe: ›Tokyo Dreaming‹, 2022 erschienen bei Flatiron Books, an imprint of Macmillan Books
Produced by Alloy Entertainment, LLC.
Published by arrangement with Rights People, London

Lektorat: Katja Hildebrandt
Umschlaggestaltung: dtv nach einer Illustration von John Ed De Vera
Schmetterling Copyright: seamartini
Gesetzt aus der Adobe Garamond
Satz: Uhl + Massopust, Aalen
Druck und Bindung: CPI books GmbH, Leck
Printed in Germany · ISBN 978-3-423-76426-1

Für alle Mädchen dieser Welt

Das Leben ist ein Gedicht.
Ich hoffe, ihr schreibt es.

DIE KAISERLICHE FAMILIE*

Kaiser Chōwa**

Kaiser
(Takehito)
Tenno Heika –
Kaiserliche Majestät,
Himmlischer Herrscher

verh.

Kaiserin
(Chika)
Bürgerlich geboren

Kronprinz Toshihito
(Makoto-no-miya »Mak«)
Steht an erster Stelle in der Thronfolge; der »japanische George Clooney« ***

Prinz Nobuhito
Steht an zweiter Stelle in der Thronfolge; »Der unglückliche Prinz«

verh.

Prinzessin Midori
Bürgerlich geboren; ehemaliger Daily-Soap-Star

Prinzessin Izumi (Izzy)
In Kalifornien, USA aufgewachsen; »Der Verirrte Schmetterling«

Prinzessin Akiko
Eine Hälfte der »Shining-Zwillinge«

Prinzessin Noriko
Andere Hälfte der »Shining-Zwillinge«

* unautorisierter Familienstammbaum mit Anmerkungen
** bereits verstorben
*** vor Amal und den Zwillingen

verh.

Kaiserin Aimi**

~~Prinzessin~~ Kuniko**

Hat ihren Titel aufgegeben und ihr ganzes Vermögen nach ihrem Tod ihrer Tennispartnerin Sei hinterlassen

Prinzessin Tamako

verh.

Prinz Yukihito

Steht an dritter Stelle in der Thronfolge

~~Prinzessin~~ Yumiko

Heiratete einen Bürgerlichen, musste Titel deswegen aufgeben; könnte in ihrem Leben nicht glücklicher sein

Prinzessin Asako

Bürgerlich geboren; besitzt einen geheimen Palast nur für ihre Katzen

verh.

Prinz Yasuhito

Steht an vierter Stelle in der Thronfolge; schläft mit Teddybär im Arm

Prinzessin Sachiko

Verlobt mit einem Bürgerlichen

Prinz Masahito

Rangfolge unter ferner liefen, deswegen irrelevant; besteht darauf, dass in seinen Gemächern dreimal täglich aufgeräumt wird.

Prinz Yoshihito

Treibt sich gern im Partydistrikt Tokyos herum

TOKYO TATTLER

Sommer-Sonderausgabe

Love is in the Air!

21. August 2021

Kaum da, waren sie auch schon wieder weg. Als gestern am späten Abend nach der Aufführung eines traditionellen *Bunraku*-Puppentheaterstücks die Zuschauer aus dem Staatstheater strömten, bahnte sich ein Paar besonders eilig seinen Weg durchs Gedränge und schlüpfte in eine mit laufendem Motor am Straßenrand wartende schwarze Limousine. Aufmerksamen Beobachtern entging nicht, dass es sich dabei um Seine Kaiserliche Hoheit den Kronprinzen Toshihito und dessen Begleitung, die Amerikanerin Hanako Tanaka (Mutter seiner unehelichen Tochter Ihrer Kaiserlichen Hoheit Prinzessin Izumi), handelte. Die beiden hatten sich die Vorstellung nicht aus der Kaiserlichen Loge, sondern von frei verkäuflichen Plätzen im Parkett aus angesehen. Niemand um sie herum ahnte, dass der Kronprinz mit seiner Gefährtin mitten unter ihnen saß.

Mittlerweile ist es dreißig Tage her, dass Ms Tanaka an Bord eines gewöhnlichen Linienflugs aus den USA in unser Land eingereist ist. Mitgebracht hatte sie damals nichts weiter als eine etwas abgewetzte Reisetasche von LeSportsac sowie Prinzessin Izumis Schoßhündchen Tamagotchi –

eine kleine Promenadenmischung, die praktisch in jeder Hinsicht das komplette Gegenteil der von unserer Hoheit der Kaiserin so hochgeschätzten reinrassigen Shiba Inus ist.

»Mutter und Hund stellen im Palast alles auf den Kopf«, hörte man schon bald einen Angestellten des Kronprinzenhaushalts klagen. »Ms Tanaka besteht darauf, alles selbst zu machen, und lehnt es ab, sich vom Personal bedienen zu lassen. Der Hund ist völlig unerzogen und stinkt außerdem erbärmlich.«

Allem Anschein nach hat sich der Kronprinz von den freigeistigen Ideen seiner amerikanischen Freundin anstecken lassen. So verzichtet er seit Wochen bei Ausflügen auf die übliche große Polizeieskorte, nutzt unauffällige Fahrzeuge und entscheidet spontan und ohne Vorankündigung über das jeweilige Tagesprogramm. Nirgendwo weht mehr die Kaiserliche Flagge, um die Ankunft Seiner Hoheit anzukündigen, und auch die üblicherweise bis auf die Minute durchgetakteten Terminpläne des Kaiserlichen Hofamts gehören der Vergangenheit an. In einem bis dato unerhörten Bruch mit dem höfischen Protokoll tauscht das Paar zudem in aller Öffentlichkeit Zärtlichkeiten aus, hält sich an den Händen und tuschelt miteinander.

Es ist kein Geheimnis, dass die Beamten des Kaiserlichen Hofamts schon lange auf eine Heirat des Kronprinzen hofften – schließlich gilt es, zur Sicherung der Thronfolge einen Erben hervorzubringen. Allerdings befand sich unter den potenziellen Kandidatinnen niemals eine Frau wie Hanako Tanaka. Eine geborene US-Bürgerin, die zwar japanischstämmig, aber ohne jede Verbindung zu einer der ehemaligen Adelsfamilien des Landes ist und überdies bereits *vierzig*, womit sie ihre fruchtbaren Jahre wohl überschritten haben dürfte.

Über Ms Tanaka selbst ist, abgesehen davon, dass sie und der Kronprinz sich in Harvard begegnet sind, wo der Prinz zwei Auslandssemester absolvierte und sie Biologie studierte, wenig bekannt. Obwohl sie ihren Master an der renommierten amerikanischen Elite-Universität abgelegt hat, unterrichtet sie heute an einem unbedeutenden staatlichen College, das ohne Ausschlussverfahren alle Studierenden aufnimmt, die einen Highschool-Abschluss vorweisen können.

»Ich kann einfach nicht nachvollziehen, was er an ihr findet«, sagt die auf das Kaiserhaus spezialisierte Bloggerin Junko Inogashira ratlos. »Der Kronprinz könnte jede Frau haben. *Jede.*«

Doch der Prinz scheint seine Wahl getroffen zu haben. »Seine Kaiserliche Hoheit hat deutlich gemacht, dass er Ms Tanaka für die Richtige hält und nicht von seiner Entscheidung abrücken wird«, berichtet ein Mitarbeiter des Hofes. »Der Kronprinz ist Hals über Kopf verliebt.« So verliebt, dass er mit allen Traditionen gebrochen und Ms Tanaka sogar auf dem Kaiserlichen Palastgelände einquartiert hat – *in seinem Palast*. Ein Vertreter des Kaiserlichen Hofamts legt allerdings Wert darauf, zu betonen, dass die Grenzen der Schicklichkeit dabei nicht überschritten werden. »Ms Tanaka wohnt zwar im Palast, ist dort aber in einer separaten Gästesuite untergebracht.«

Ihre Kaiserliche Hoheit Prinzessin Izumi folgt dem Beispiel ihres Vaters und verzichtet neuerdings, wenn sie mit ihrem Partner Herrn Akio Kobayashi – ihrem ehemaligen Leibwächter – Ausflüge unternimmt, sowohl auf offizielle Limousinen als auch auf eine Polizeieskorte und lässt sich lediglich von ihrer eigenen Personenschützerin begleiten. Genau wie ihre Mutter trägt sie in letzter Zeit außerdem bei privaten Unternehmungen sehr oft Hosen anstelle der üblicherweise von den weiblichen Mitgliedern der Kaiserfamilie favorisierten Kleider in Pastellfarben.

Alle drei – der Kronprinz, Ms Tanaka und Ihre Kaiserliche Hoheit Prinzessin Izumi – setzen sich so unbekümmert über die Regeln des Kaiserlichen Hofs hinweg, als wären sie der Meinung, sie würden für sie nicht gelten.

Derweil hegt das Kaiserliche Hofamt die stille Hoffnung, dass die Affären von Vater und Tochter früher oder später ein natürliches Ende finden werden. Die Hofbeamten können kaum den Tag erwarten, an dem Ms Tanaka in die USA an ihr College zurückkehren und Herr Kobayashi Tokyo verlassen wird, um seine Ausbildung an einer Offiziersakademie der japanischen Luftwaffe zu beginnen. Die Beamten setzen darauf, dass der räumliche Abstand die entflammten Herzen des Kronprinzen und der Prinzessin wieder abkühlen wird.

1

Ende August findet traditionellerweise das Jahrestreffen der Asian Girl Gang statt. Es herrscht strenge Anwesenheitspflicht und die einzelnen Tagesordnungspunkte werden im Vorfeld festgelegt. Gäste sind nicht zugelassen, und teilnehmen darf nur, wer feierlich auf die Fünf Gebote der AGG geschworen hat:

1. Ich verspreche, immer und überall Snacks dabeizuhaben.
2. Zur Stärkung des Zusammenhalts werde ich euch meine allerpeinlichsten Geheimnisse anvertrauen.
   (Eine von uns schreibt Jonas-Brothers-Fan-Fiction. Eine rasiert sich die Zehen. Und eine hat mal mit einer fetten Maxibinde das Schulklo so dermaßen verstopft, dass ein Klempner geholt werden musste und alle Schülerinnen in die Aula gerufen wurden, wo der Schulleiter uns über die ordnungsgemäße Entsorgung von benutzten Hygieneartikeln informiert hat. Ja, ich gebe es zu. Das war ich.)
3. Ich werde euch in schweren Lebenslagen immer seelisch aufbauen, euch den Rücken stärken und treu zur Seite stehen.
4. Mein Kleiderschrank ist euer Kleiderschrank.
5. Und: Wenn ihr es macht, mache ich es auch.

Dieses Jahr nehmen die Mitglieder der AGG (meine drei besten Freundinnen Noora, Glory, Hansani und ich) virtuell per Laptop am Treffen teil. Es ist das allererste Mal seit Gründung der

Gang, dass wir uns alle an verschiedenen Orten in unterschiedlichen Zeitzonen befinden.

Nimmt man Mount Shasta – die nordkalifornische Kleinstadt, in der wir alle aufgewachsen sind – als Ausgangspunkt, bin ich am weitesten weg. Ich sitze nämlich in meiner neuen Suite im Tōgū-Palast in Tokyo, die in verschiedenen Weißschattierungen und hellen Naturtönen eingerichtet und so stylish ist, dass sie locker eine Fotostrecke in der japanischen Ausgabe von *Architectural Digest* verdient hätte. Bei uns ist es acht Uhr abends. Bei Noora in New York früher Morgen. Sie ist erst vor ein paar Tagen in ein Studentenheim der Columbia University gezogen.

Glory und Hansani haben echt Pech, denn bei ihnen an der Westküste ist es mitten in der Nacht – vier Uhr. Glory besucht ihren Vater in Portland, bevor sie morgen nach Eugene weiterfährt, um ihr Studium an der University of Oregon anzutreten. Hansani ist noch in Mount Shasta und hat sich mit ihrem Laptop in ein 24-Stunden-Diner gesetzt, weil sie zu Hause keinen Internetzugang hat. Ihre Familie wohnt so abgelegen, dass extra für sie ein Glasfaserkabel gelegt werden müsste, was ihrem Vater aber zu teuer ist. Übermorgen zieht sie in ein Studentenheim der UC Berkeley in San Francisco.

Meine Freundinnen sind ausnahmslos überdurchschnittlich schlau, klug, hochbegabt und intelligent. Ernsthaft. Es gibt nichts, was sie nicht könnten. Allen dreien steht eine goldene Zukunft bevor. Und mir?

Tja, das gilt es noch rauszufinden. Meine Welt wurde Anfang des Jahres erst mal aus ihren Angeln gerissen, als ich erfahren habe, dass ich die Tochter des japanischen Kronprinzen bin, wodurch ich quasi über Nacht zur Prinzessin wurde.

Das war schon damals schwer zu verdauen, und ich bin immer noch damit beschäftigt, mich an meine neue Rolle zu gewöhnen, weshalb ich seither in Tokyo wohne (ich war nur noch einmal kurz in Mount Shasta, nachdem die Presse von der Liebesgeschichte zwischen mir und meinem Leibwächter Wind bekommen hatte). In Tokyo nehme ich Prinzessinnenunterricht und lerne meinen Vater besser kennen. Viel mehr habe ich bis jetzt eigentlich nicht gemacht, aber ich fürchte, dass sich das bald ändern könnte …

Herr Fuchigami, mein persönlicher Kammerherr und gnadenloser Herrscher über meinen Terminkalender, hat nämlich in sämtlichen Räumen des Palasts, in denen ich mich aufhalte, Broschüren japanischer Eliteuniversitäten ausgelegt. Außerdem zwingt er mich, morgen die Universität von Tokyo zu besichtigen, an der schon mein Vater und mein Großvater (der Kaiser) studiert haben. Alles ganz unverbindlich, behauptet er, kein Druck … Ja klar, außer dass ich eben im Schatten meiner Vorväter stehe. Trotzdem ist es für mich längst noch nicht beschlossene Sache, ihrem Vorbild zu folgen. Herr Fuchigami weiß, dass ich mir erst mal alle Optionen offenhalten möchte. Die Frage lautet: Studieren oder lieber ein Jahr Auszeit nehmen? Die Antwort: Keine Ahnung.

Ein Studium in Japan würde mich in meiner Entwicklung zur perfekten Prinzessin weiter voranbringen, eine Auszeit dagegen einen Rückschritt bedeuten. Ich wäre seit hundert Jahren die erste Kaiserliche Prinzessin, die nicht sofort nach dem Schulabschluss an die Uni geht.

Ich ziehe Tamagotchi aus seiner stinkenden Höhle am Fußende meines Betts und drücke trostsuchend meine Nase in sein drahtiges Fell. Er strampelt sich aus meiner Umarmung frei, weicht zurück und presst sich knurrend an die Wand. *Undankbares Ding.* Ich will doch nichts weiter, als ihn lieben zu dürfen und zurückgeliebt zu werden. Ist das zu viel verlangt? Wobei man Tamagotchi zugestehen muss, dass er traumatisiert ist, weil er nach seiner Ankunft in Japan erst mal vierzehn Tage in Quarantäne gesteckt wurde.

Ich schaue wieder auf den Laptop. In Mount Shasta kommt gerade eine Bedienung ins Bild und schenkt Hansani Kaffee nach. »Danke sehr.« Sie legt beide Hände um den dampfenden Becher und lächelt verlegen. »Tut mir echt leid, dass ich schon so lange hier sitze und nichts bestelle. Dafür lasse ich ein gutes Trinkgeld da.« Die Frau versichert ihr, dass sie bleiben kann, solange sie will.

Hansani ist der liebenswürdigste und netteste Mensch der Welt, das merkt ihr jeder sofort an. Alle Eltern lieben sie. Als die Bedienung wieder weg ist, schaut sie in die Kamera und wispert: »Mein Geld reicht gerade noch für den Kaffee. Wir müssen langsam Schluss machen.«

»Wir sind sowieso fast fertig«, sagt Noora. An der Wand hinter ihr hängt ein Kalender, der mit Post-its in diversen Neonfarben vollgeklebt ist. Typisch, dass sie jetzt schon ihr gesamtes Semester durchorganisiert hat. Aber das braucht sie, sonst fühlt sie sich nicht wohl.

Mit der Tagesordnung sind wir eigentlich durch. Der erste Punkt war: *Wie können wir es schaffen, über die räumliche Entfernung und die unterschiedlichen Zeitzonen hinweg weiter in Kontakt zu bleiben?* Indem alle so oft wie möglich in den AGG-Chat schreiben, wenn es irgendwas Neues gibt. Sobald eine von uns eine Nachricht liest, muss sie sofort antworten. Zweiter Punkt war: *Jede von uns muss versprechen, die anderen in dieser für uns alle wichtigen Umbruchphase nach Kräften emotional zu unterstützen.* Abgehakt. Und auch den dritten Punkt haben wir schon besprochen: *Wann trifft die AGG wieder live zusammen?* Traurigerweise frühestens nächsten Sommer. Dafür kommt mich Noora aber in den Winterferien in Japan besuchen. Ich freue mich total darauf, ihr Tokyo zu zeigen.

»Bleibt nur noch ein Thema. Punkt vier auf der Tagesordnung«, verkündet Noora.

»War das etwa ernst gemeint? Ich hab das für einen Witz gehalten.« Glory lehnt sich mit verschränkten Armen im Stuhl zurück.

Noora zieht gereizt die Brauen zusammen. »Wie gesagt, der letzte Punkt auf unserer Tagesordnung ...«

»Du willst wirklich die kostbaren letzten Minuten unseres Live-Treffens damit vergeuden, darüber zu diskutieren, welcher Liebesfilm sich am besten für eine Neuverfilmung mit einem gleichgeschlechtlichen Paar – egal, ob weiblich, männlich oder nonbinär – eignet?«, unterbricht Glory sie. Dann schaut sie sich schnell um und raunt: »Okay. Ich bin für *Titanic*.«

»Ich hab lange darüber nachgedacht«, sagt Hansani. »Mein Favorit wäre *Dirty Dancing*. Die Szene im Fluss? Jetzt mal ehrlich? Unbedingt!«

Ich höre draußen im Gang Schritte und drehe mich kurz zur Tür. »Ladys«, seufze ich. »Ich beende diese spannende Diskussion nur sehr ungern, aber ich muss mich verabschieden.«

»Wie bitte?«, Noora verzieht gequält das Gesicht. »Darf ich wenigstens noch schnell meinen Vorschlag loswerden? Immerhin habe ich eine fünfseitige Begründung für *Wie ein einziger Tag* geschrieben. Hier.« Sie wedelt mit ein paar zusammengehefteten Seiten.

»Ich hab euch sehr lieb«, sage ich und verteile Luftküsse. »Aber ihr habt leider alle den falschen Film ausgesucht. Die korrekte Antwort lautet: *Stolz und Vorurteil*. Okay, bis zum nächsten Mal!« Ich knalle meinen Laptop zu, rutsche vom Bett und stürze in den Flur hinaus. Tamagotchi flitzt mir hinterher. »Mom?«

»Izumi!« Sie dreht sich erschrocken um. »Ich dachte, du wärst heute mit Akio verabredet.«

»Der kommt gleich.« Ich betrachte sie mit skeptisch zusammengekniffenen Augen. Tamagotchi setzt sich auf den Po und verdreht den Rumpf, um die Pfoten seiner Hinterläufe zu beknabbern.

»Aber was machst *du* hier?« In diesem Trakt des Palasts befinden sich außer meiner Suite nur noch die Gemächer meines Vaters.

»Ich?« Mom legt sich eine Hand an die Brust und tut entrüstet. »Was *ich* hier mache?« Es ist offensichtlich, dass sie Zeit schindet. »Nichts Besonderes … Ich wollte zu deinem Vater … Er möchte mir etwas zeigen … eine … Pflanze?«

Ich verschränke die Arme. »Das klingt nicht sehr überzeugend.«

Sie stemmt eine Hand in die Hüfte und schnaubt. »Also wirklich, Izumi. Ich bin dir keine Erklärung schuldig, wenn ich Lust habe, mit …«

»Stopp.« Ich hebe die Hand. »Falls du mich nicht für immer traumatisieren willst, muss ich dich bitten, diesen Satz nicht zu beenden.« Ich zwinge mich, an harmlose Dinge zu denken, die nichts mit Sex zu tun haben. Baseball. Weizenanbau. Bestrumpfte Männerfüße in Sandalen.

Mom unterdrückt ein Seufzen. »Ich bin eine erwachsene Frau, Zoom-Zoom.«

Mom ist zum zweiten Mal für längere Zeit hier in Tokyo. Im Juni war sie schon einmal mit mir da, nachdem ich vorübergehend in die Staaten zurückgeflohen war, weil die Presse von der Geschichte zwischen Akio und mir erfahren hatte. Damals herrschte im Palast akuter Krisenmodus. Aber obwohl wir alle schwer damit beschäftigt waren, die Nachrichtenlage unter Kontrolle zu bekommen, war nicht zu übersehen, dass zwischen ihr und Dad immer noch Funken sprühten. Nachdem sich die Situation beruhigt hatte, kehrte sie erst mal wieder nach Mount Shasta zurück. In den Wochen danach habe ich sie aber ununterbrochen bearbeitet, den Sommer in Tokyo zu verbringen. *Bald sind doch Semesterferien und du musst nicht unterrichten. Also kannst du genauso gut hier sein. Bitte sag Ja. Bitte sag Ja. BITTE SAG JA.* Natürlich ist sie irgendwann eingeknickt. In der ersten Juliwoche haben Dad und ich sie dann am Flughafen abgeholt. Ich bin auf sie zugerannt und habe sie vor Wiedersehensfreude so fest umarmt, dass ich ihr fast ein paar Rippen gebrochen hätte.

Dad hat sich nur stumm vor ihr verbeugt.

Danach hat sie sich vor ihm verbeugt und mit heiserer Stimme »Mak …« gesagt. (Das ist sein Spitzname aus Unitagen – die Abkürzung von *Makotonomiya*.)

Und er hat zurückhaltend gelächelt. »Hanako … Ich freue mich sehr, dich wiederzusehen.«

Aber als wir kurz darauf in der Kaiserlichen Limousine saßen und Richtung Tokyo fuhren, schoben sie ihre Hände über das Lederpolster aufeinander zu und es war offensichtlich, dass die sprühenden Funken zu einer lodernden Flamme geworden sind. Die ersten Tage wohnte Mom noch in einem Hotel in der Nähe des Palasts, wurde dort aber so von Paparazzi belagert, dass es nicht auszuhalten war. Natürlich spielte auch die Frage der Sicherheit eine Rolle. Ihre und meine. Also wurde beschlossen – hauptsächlich von Dad –, dass Mom zu uns in den Palast zieht. Jetzt wohnt sie in einer Gästesuite in einem Seitenflügel und hat ihren Aufenthalt erst von zwei auf drei Wochen verlängert und kurz darauf schließlich verkündet, dass sie den ganzen Sommer bleiben wird.

Ha!

Mittlerweile haben meine Eltern jede Zurückhaltung aufgegeben und schweben auf einer Wolke aus flammenden Herzen durch den Tag. Morgendliche Spaziergänge durch den Park. Kuschelige Abendessen bei Kerzenschein in versteckten Restaurantnischen. Einmal habe ich sie sogar in der Speisekammer beim Knutschen erwischt. Tja, und jetzt das. Ein mitternächtliches *Schäferstündchen* … na ja, fast. Immerhin ist es schon nach acht Uhr abends. Es ist verrückt, zu sehen, wie meine Mutter – sonst supernüchterne Naturwissenschaftlerin durch und durch – ständig knallrot anläuft, verliebt kichert und sich ihren Gefühlen hingibt. Aber ich freue mich für sie. Und für mich.

Mittlerweile haben wir ein richtiges Familienleben. Alles ist so, wie ich es mir immer erträumt habe. Morgens sitzen wir gemeinsam am Frühstückstisch, besprechen unser Tagesprogramm und verabschieden uns dann in unser jeweiliges Leben. Mein Vater und ich erfüllen unsere Pflichten als Mitglieder des Kaiserhauses, während Mom meistens im Palast bleibt und liest, weil sie ja schließlich Ferien hat. Falls abends nicht irgendein offizieller Termin ansteht, essen wir wieder gemeinsam und bleiben auch danach noch sitzen, denn keiner hat es eilig zu gehen. Mom und Dad erzählen mir oft Anekdoten aus Harvard, wo sie sich auf einer Studentenparty kennengelernt und ineinander verliebt haben.

Vor ein paar Tagen hat Dad gesagt, dass er Mom damals einen Stuhl gebracht hat, weil er um ihre Füße besorgt war. »Sie hatte diese merkwürdigen Schuhe mit auffallend dicken Sohlen an, weshalb ich angenommen habe, sie hätte die gleiche schmerzhafte Krankheit wie mein Großonkel«, erzählte er. »Der musste auch immer so klobige Schuhe tragen.«

»Das waren total angesagte Plateausohlen«, schnaubte Mom. »Die hatte ich mir gekauft, um größer zu wirken.«

Ich hörte den beiden mit leuchtenden Augen zu, weil ich von diesen Geschichten gar nicht genug bekomme.

Dad lachte leise. »Ja. Du hast ziemlich beleidigt reagiert.«

»Ich fand es extrem unhöflich von dir, mir zu unterstellen, ich hätte Klumpfüße. Außerdem hast du mich ansonsten kaum eines Blickes gewürdigt.« Obwohl Mom empört tat, lächelte sie verzückt und beugte sich ihm entgegen, als wäre sie ein von einem Magneten angezogener Eisenspan.

»Ich wollte nicht unhöflich sein und dich anstarren. In Wahrheit fand ich dich unendlich … faszinierend«, sagte Dad, und ich sah seinem Blick an, dass sich daran bis jetzt nichts geändert hat.

Für mich sind solche Momente wie Salbe auf der Wunde, die ich schon mein Leben lang mit mir herumtrage. Ich muss an das Familienbild denken, das wir in der zweiten Klasse malen sollten. Meins zeigte Mom und mich und einen undefinierbaren lila Fleck – meinen Vater. Als ich vor ein paar Monaten nach Japan kam, dachte ich, es würde reichen, ihn kennenzulernen, aber das war ein Irrtum. Ich will uns drei zusammen – für immer. Ich will die komplette Familie.

Seit gestern spüre ich das Pochen dieser Wunde wieder ganz besonders deutlich. Mom hat ihr Ticket gebucht. In fünf Tagen fliegt sie nach Mount Shasta zurück. Sie unterrichtet am College of the Siskiyous Biologie mit Schwerpunkt Botanik und wird zu Semesterbeginn dort erwartet. Noch versuche ich, jeden Gedanken an ihre Abreise zu verdrängen. Daran, wie sehr ich sie vermissen werde. Wie sehr Dad sie vermissen wird.

Während ich versuche, diese düsteren Gedanken wegzuschieben, leuchten Moms Augen plötzlich auf. »Akio!«, ruft sie mit unüberhörbarer Erleichterung in der Stimme. »Da bist du ja! Endlich! Wie schön, dich zu sehen.«

Ich drehe mich um und nehme den Anblick, der sich mir bietet, in stummer Andacht in mich auf: Vom anderen Ende des Flurs her nähern sich ein Meter fünfundachtzig pure Lässigkeit und Perfektion. Breite Schultern. Wangenknochen wie aus Marmor gemeißelt. Warme, schokotrüffelbraune Augen, die bis tief in meine Seele blicken. Ein japanisches Gesamtkunstwerk namens Akio. Sein Lieblingsfilm ist *Stirb Langsam.* Er liest fast nur Sachbücher zum Thema Luftfahrt. Falls er später mal einen Garten hat, wird er bestimmt alle Grashalme auf exakt zehn Zentimeter Länge stutzen. *Schmacht.* Ich kann es mir selbst nicht so richtig erklären, aber ich finde diese Kombi einfach absolut unwiderstehlich. Bis vor einiger Zeit war Akio mein Bodyguard, jetzt ist er nur noch: mein.

Gggrrrrrr.

Tamagotchi bleckt die Zähne.

Sein Hass auf Akio ist genauso groß wie meine Liebe zu Akio. Moment mal … *Liebe?* Ist es Liebe? Ich weiß es nicht. Aber ich weiß, dass er mir viel bedeutet und dass ich ihn wahnsinnig mag. Dass ich mich bei ihm wohlfühle, sicher und aufgehoben. Ganz egal, wo ich bin oder was ich gerade mache, zieht es mich wie einen menschlichen Bumerang zu ihm zurück. Ist das schon Liebe?

Tamagotchi sträubt die Nackenhaare und macht sich zum Angriff bereit.

Akio verengt die Augen.

»Schsch! Tamagotchi!« Mom bückt sich schnell nach ihm und hebt ihn hoch. »Böser Hund!«, tadelt sie ihn mit zuckersüßer Stimme. Sich windend versucht er, sich zu befreien, aber ihr Griff ist eisern.

Akio verbeugt sich. »Ms Tanaka.« Dann richtet er sich ganz langsam wieder auf und kommt in Zeitlupe auf mich zu, um die Bestie nicht weiter zu reizen.

»Schön, schön, schön. Gut, dass du da bist, Akio, dann gehe ich jetzt auch mal«, sagt Mom mit gekünsteltem Lachen. »Viel Spaß euch beiden!« Sie wirbelt herum und verschwindet mit Tamagotchi im Arm eilig um die Ecke in Richtung von Dads Gemächern.

Akio bleibt vor mir stehen. »Bist du sicher, dass euer Hund gegen Tollwut geimpft ist? Und ist mit deiner Mutter alles okay?«

»Tamagotchi ist geimpft und Mom geht es bestens.« Ich stelle mich auf die Zehenspitzen, halte mich am Revers seines Jacketts fest und gebe ihm einen Kuss. Normalerweise läuft Akio ganz normal in Jeans und Shirts rum, aber wenn er in den Palast kommt, zieht er sich immer ein Jackett über.

Ich schiebe ihn ungeduldig in meine Suite an der schwarz lackierten, mit vergoldeten Chrysanthemen dekorierten Kommode vorbei, auf der ein paar gerahmte Erinnerungen stehen. Unter anderem ein Foto der Asian Girl Gang aus der achten Klasse. Hansani lächelt mit Zahnspangen-Mund, wir sind alle vier von Kopf bis Fuß komplett im Denim-Look eingekleidet und ich habe – superpeinlich, ja – eine Dauerwelle. Im Rahmen daneben steckt ein *waka*, ein Gedicht, das Akio für mich geschrieben hat.

Jetzt begreif ich,
trotz Regen und Graupel
seh ich klar.
Mein Glaube an die Liebe schien verloren,
bis ich die Blätter fallen sah.

Wir tauschen öfter selbst geschriebene Gedichte aus. Ich muss innerlich immer lachen, wenn ich daran zurückdenke, dass wir am Anfang Todfeinde waren. Ich fand Akio so was von unsympathisch, weil er immer vampirmäßig eiskalt geguckt hat, jede Verzögerung im Zeitplan als persönliche Beleidigung auffasste und unverschämterweise auch noch zwanzig Zentimeter größer war als ich.

Aber irgendwie haben wir uns dann doch ineinander verliebt und ich finde, dass wir ein ziemlich cooles Paar abgeben. Die Mischung aus etwas verpeilter Prinzessin und knurrigem Ex-Leibwächter Schrägstrich zukünftigem Piloten, der seinen weichen Kern nur denen zeigt, die ihm am nächsten stehen, hat was.

Ich hauche Akio einen Kuss aufs Kinn, zwinkere und flüstere dramatisch: »Sag, bist du gekommen, um mir die Kleider vom Leib zu reißen und dich an mir zu vergehen?«

Akio betrachtet mich mit flammendem Blick und nickt zum Panoramafenster. »Während Reina uns zusieht?« Die Frau im schwarzen Anzug, die unten im Park steht und ihren Adlerblick schweifen lässt, ist meine neue Leibwächterin. Sie hat mir erzählt, dass sie einen Angreifer mal mit seinem eigenem Pferdeschwanz bis zur Bewusstlosigkeit gewürgt hat. Deswegen trägt sie selbst ihre Haare kurz.'

Ich runzle die Stirn. »Äh, *sexy* Vorstellung, aber ... dann lieber doch nicht.« Zu dumm, dass ich nicht vorausschauenderweise die Vorhänge zugezogen habe. Mit bedauerndem Seufzen gehe ich zu dem kleinen Tisch am Fenster, auf dem ein Go-Spielbrett aufgebaut ist, und stütze mich auf die Rückenlehne eines der beiden Stühle. »Revanche?«

Akios Mundwinkel kräuseln sich zu einem Lächeln. »Ich nehme die Herausforderung an.« Er schüttelt sich das Jackett von den Schultern und legt den Inhalt seiner Taschen neben das Spielbrett. Handy. Schlüsselbund. Portemonnaie.

»Ich fange an.« Ich setze mich und ziehe die geschnitzte Holzschale mit den schwarzen Steinen zu mir heran.

Akio neigt den Kopf und greift nach der Schale mit den weißen Steinen. »Sowieso. Wer die letzte Partie verloren hat, darf die nächste eröffnen.«

Ich habe – *bis jetzt* – noch nie gegen ihn gewonnen. Dabei saßen wir in den vergangenen Wochen viele Sommerabende hier an diesem Tisch und haben um die territoriale Vormacht gekämpft. In Akios dunklen Augen lag immer ein genüssliches Glitzern, wenn er seine Strategie plante, und Triumph, wenn er gewonnen hatte. Aber heute wird seine Schreckensherrschaft enden, denn ich will Blut sehen.

Als er die Ärmel seines Hemds hochkrempelt, bewundere ich verstohlen die Venen, die sich auf seinen muskulösen Unterarmen abzeichnen. »Musik?«, fragt er und scrollt durch sein Handy.

»Solange du versprichst, nicht mitzusingen.«

Akio hat eine tiefe, melodische Stimme, aber wenn er singt, hört es sich an wie eine Mischung aus röhrendem Seelöwen und kreischender Möwe.

»Ich kann nichts versprechen.« Er grinst.

»Dann lieber keine Musik.«

Er nickt. »Ist vielleicht besser so.«

Ich beginne das Spiel mit einem kühnen Eröffnungszug. Akio reibt einen seiner weißen Spielsteine zwischen den Fingern. »Du gehst gleich zum Angriff über«, murmelt er.

»Weniger reden, mehr spielen«, kontere ich.

Er schnalzt mit der Zunge, aber seine Augen funkeln belustigt. »Verstehe. Heute machst du Ernst.«

Innerhalb von acht Zügen habe ich zwei Steine von Akio einkassiert und von seiner Entspanntheit ist nicht mehr viel übrig. Mit düsterem Blick und einer steilen Falte zwischen den Augenbrauen beugt er sich über das Brett. Ein Samurai, der einen Umsturz plant. Nach sechs Zügen hat er fünf von meinen Steinen gefangen genommen.

Doch mein Kampfgeist ist ungebrochen. »Bist du sicher, dass das ein kluger Zug war?«, stichle ich. »Ich weiß genau, was du vorhast, und rate dir davon ab, mein Lieber. Ganz, ganz schlechte Idee.« Unsere Spieltaktik könnte nicht unterschiedlicher sein. Akio setzt seine Steine nüchtern und methodisch, ich entscheide aus dem Bauch heraus und spiele auf volles Risiko.

Eineinhalb Stunden später ist die Schlacht beendet: 24:23 für Schwarz. Ein knapper Sieg für mich. Ich grinse so breit, dass mir die Mundwinkel wehtun.

»Mairimashita«, verkündet Akio und neigt den Kopf. *Ich habe verloren.*

Ich akzeptiere seine Niederlage großzügig. *»Arigatō gozaimashita«*, bedanke ich mich.

Er nickt. »*Arigatō gozaimashita.*« Erst nachdem wir genug Höflichkeiten ausgetauscht haben, lehnt er sich mit verblüfftem Gesichtsausdruck in seinem Stuhl zurück, offensichtlich versteht er die Welt nicht mehr.

Ich schiebe mitfühlend die Unterlippe vor, gehe zu ihm, setze mich auf seinen Schoß und schlinge ihm die Arme um den Nacken. »Tut mir leid. Ich weiß, wie gerne du gewinnst.«

Akio legt die Hände um meine Taille. »Stimmt«, sagt er und streicht mit den Daumen über meine Hüfte. »Aber ich mag es noch lieber, wenn du gewinnst.«

Ich hole tief Luft. »Was für eine perfekte Antwort!«

Er betrachtet mich liebevoll. »Ach, Rettich.«

Mittlerweile mag ich es, wenn er mich so nennt. Ursprünglich hatte er mir *Rettich* als Codenamen für den Funk der Palastpolizei verpasst. Ich dachte ziemlich lange, er würde sich damit über mich lustig machen, weil mir der Koch eines Flughafenrestaurants bei meiner Ankunft in Japan eine aus einem Rettich geschnitzte Chrysantheme überreicht hatte. Irgendwann sagte ich Akio, dass ich diesen Spitznamen hasste, worauf er mir tief in die Augen sah und behauptete, Rettich sei ein wirklich tolles Gemüse. *Ich mag ihn. Sogar sehr*, hat er gesagt. Jetzt sieht er mich genauso intensiv an wie damals, dann schaut er kurz zum Fenster. »Reina ist jetzt übrigens weg«, raunt er.

Wir neigen uns einander zu, und plötzlich wird es ganz still im Raum, aber diese Stille ist aufgeladen wie die Atmosphäre kurz vor einem Gewitter. Und dann beugt Akio sich noch näher zu mir, seine Nase streift meine und meine Lippen werden ganz weich und öffnen sich sehnsüchtig. Ich bin bereit. Wenn ich in Akios Nähe bin, steigt meine Körpertemperatur immer automatisch an. Wir sind wie zwei Atomkerne, die unaufhaltsam aufeinander zustreben, um zu verschmelzen.

Im Hochsommer treffen sich immer so Hardcore-Hippies – die *Rainbow Gatherers* – in meiner Heimatstadt Mount Shasta, die nackt in der Sonne rumlaufen und sich Blumen ins Haar flechten. Aber das ist total harmlos gegen das, was hier gerade passiert. Der wahre *Summer of Love* findet dieses Jahr eindeutig in Tokyo statt.

2

Am nächsten Vormittag trifft die Kronprinzenfamilie in Begleitung diverser Mitglieder des Hofstaats auf dem Campus der Universität Tokyo ein, wo um Punkt elf der Rundgang beginnt. Rechts neben mir geht Herr Fuchigami, links ein Student, der ausgewählt wurde, um uns herumzuführen. Er sieht zwar blutjung aus, hat aber schon fertig studiert und schreibt gerade an seiner Doktorarbeit. Dahinter folgen meine Mom und mein Dad, Dads Stallmeister, sein Kammerherr, der Studiendekan und dessen Assistent, dazu Reina und eine Abordnung der Palastpolizei. Wir sind eine ziemlich große Truppe. Akio, den ich zur seelischen Unterstützung mitgebracht habe, bildet das Schlusslicht.

Während unser Zug dem Doktoranden über das Unigelände folgt, erklärt er uns, welche Fakultäten und Institutionen in den einzelnen Gebäuden untergebracht sind, die aus den unterschiedlichsten Architekturepochen stammen. Irgendwann kommen wir zu einem Studentenheim. »Ach? So modern wohnen die Studenten hier?« Mein Kammerherr kann vor Begeisterung kaum an sich halten. »Das ist ja fabelhaft! Wirklich fabelhaft. Finden Sie nicht auch, Eure Hoheit?«

Ich lächle milde. »Ganz toll, ja.«

Drinnen steigen wir in den einen Aufzug, meine Eltern in den anderen. Nicht, weil wir zu schwer wären, sondern weil es anscheinend irgendeine Bestimmung gibt, dass zwei Mitglieder des Kaiserhauses nicht im selben Aufzug fahren dürfen, weil sonst beide tot sind, falls ein Stahlseil reißt. Reina und Akio fahren bei uns mit.

Auf dem Weg nach oben schwärmt der Doktorand von den vielen Freizeitmöglichkeiten, die den Studierenden hier geboten werden – Kennenlernpartys, Karaoke-Abende und natürlich diverse Vereinigungen, in denen man sich engagieren kann. »Während meines Bachelorstudiums war ich im Flaggen-Club«, verrät er uns lächelnd. »Die Mitglieder hissen die Flaggen der verschiedenen Nationen, die vor dem Hauptgebäude wehen. Wir sind schon ein verrückter Haufen gewesen.« Er kichert. »In meinem letzten Jahr haben wir beschlossen, auch fiktionale Flaggen zuzulassen, wie die von der Sternenflotte.« Als ich ihn ratlos ansehe, sagt er: »Star Trek? Ich bin ganz großer Fan.«

Akio hustet in seine Faust, und ich sehe, wie Reina den Blick senkt und sich das Lachen verbeißt.

Herrn Fuchigamis Augen funkeln. »Was es nicht alles gibt. Fabelhaft!«

Oben angekommen vereinen wir uns wieder mit dem Rest der Gruppe und werden einen engen Flur entlanggeführt. Vor einem Wohnheimzimmer lässt uns der Doktorand anhalten.

»Moment«, zischt Reina. Sie stößt die offene Tür mit einer Schulter auf und stürmt in den Raum. Ich lächle den Doktoranden an, als wäre das alles total normal. »Akio-*san*?« Reina winkt ihn zu sich, und die beiden nehmen jeden Zentimeter des Minizimmers unter die Lupe, inspizieren den Wandschrank, knipsen das Deckenlicht an und aus und untersuchen das Türschloss.

Sie besprechen die Sicherheitslage – Betonwände und doppelt verglaste Fensterscheiben: gut. Kein kugelsicheres Glas: schlecht. Mom und Dad sehen lächelnd zu.

Akio hält die Tür am Knauf fest und klopft auf das Holz. »Pressspan. Innen hohl«, murmelt er.

Reina nickt besorgt und streicht mit einem ihrer manikürten Fingernägel über das Kunststofffurnier. »Einen Eindringling hält die nicht ab.«

Akio mahlt mit dem Kiefer, verengt die Augen und deutet auf unseren Tourguide. »Wie viele Einbrüche gab es hier letztes Jahr?«

»Das weiß ich gerade nicht«, gesteht der Doktorand und wirkt nervös. »Da müsste ich nachfragen.«

»Was ist mit Vorfällen, die der Polizei gemeldet wurden?«, erkundigt sich Reina.

»Äh, weiß ich leider auch nicht.« Er läuft rot an wie die Cherrytomaten, die wir in unserem Garten in Mount Shasta immer angepflanzt haben.

»Wie sieht es mit Wachpersonal aus?«, fragt Akio.

Er und Reina starren den Doktoranden abwartend an, der unter ihrem Mörderblick immer kleiner wird, während er um eine Antwort ringt.

Stille. Es hat ihm wohl die Sprache verschlagen.

Der Dekan tritt vor und hebt beruhigend die Hände. »Unser Campus ist sehr gut gesichert, in dieser Hinsicht müssen Sie sich keine Sorgen machen.«

»Ich hätte trotzdem gern konkrete Informationen«, sagt mein Vater, in dessen Stimme Jahrhunderte kaiserlicher Autorität mitschwingen.

Oh mein Gott. Ich schließe kurz die Augen. Als ich sie wieder öffne, verbeugt sich der Dekan tief. »Selbstverständlich, Eure Kaiserliche Hoheit. Ich werde Ihnen die genauen Zahlen heute Nachmittag zukommen lassen«, sagt er unterwürfig.

»Sollte sich die Prinzessin entscheiden, hier zu studieren, arrangieren wir ein Treffen der Kaiserlichen Palastwache mit dem Uni-Sicherheitsdienst und der Polizei«, verkündet Reina. »Für die Bewachung der Prinzessin selbst sorgen unsere Personenschützer, uns liegt aber daran, so eng wie möglich mit den örtlichen Kräften zusammenzuarbeiten.«

Der Dekan neigt den Kopf und verspricht, dass sämtliche Wünsche des Kaiserhauses erfüllt werden. »Falls Sie sich für ein Studium an der Universität Tokyo entscheiden sollten, Eure Kaiserliche Hoheit«, wendet er sich an mich, »wird das für Sie so etwas wie eine Heimkehr bedeuten. Schließlich haben sowohl Ihr Vater als auch Ihr Großvater bei uns studiert. Ich gehe davon aus, dass Sie die Familientradition fortsetzen wollen?«

Tief durchatmen, Izzie. Ich klebe mir ein Lächeln ins Gesicht, verschränke die Hände und neige den Kopf. »Es wäre mir eine Ehre«, sage ich mit klarer Stimme, obwohl sich in mir alles zusammenzieht.

Der Dekan lädt mich ein, mich nach Belieben umzusehen, und beginnt dann eine Unterhaltung mit meinen Eltern.

Ich gehe in dem schlauchförmigen Raum auf und ab. In der Luft liegt ein muffiger Geruch, den ich nicht ganz einordnen kann. Ungewaschene Kleidung und angebranntes Essen vielleicht. Ansonsten sieht es hier aus wie in allen Wohnheimzimmern – schmaler Wandschrank, Bett und Schreibtisch.

Allerdings wurde es für meinen Besuch vorbereitet. An der Wand hängt ein Willkommensbanner, auf dem Tisch liegen Broschüren der verschiedenen Studienfächer – von abseitig bis harmlos ist alles dabei. Mein Vater hat seinen Magister damals mit einer Arbeit über das Verkehrswesen im Mittelalter gemacht.

Die Mitglieder des Kaiserhauses dürfen weder kontroverse Fächer wie Politikwissenschaften belegen noch etwas, das sich später beruflich nutzen ließe. Uns ist es nicht erlaubt, Geld zu verdienen. Ich dürfte noch nicht mal Medizin studieren wie Noora, Pharmazie wie Glory oder Jura mit Schwerpunkt Umweltrecht wie Hansani, um später unentgeltlich für eine gemeinnützige Organisation zu arbeiten. Prinzessin ist ein Beruf für sich. Mir wird übel, als ich begreife, was wirklich auf mich zukommt, wenn ich diesen Pfad einschlage. Die Einschränkungen. Die hohen Erwartungen.

Ich stelle mich ans Fenster, halte den dünnen Vorhang zur Seite und schaue auf die vielen Studierenden hinunter, die zielstrebig über den Campus eilen. Werde ich in den nächsten vier Jahren eine von ihnen sein? *Will* ich das? Ich könnte mir ja stattdessen wirklich erst mal eine einjährige Auszeit nehmen und in die USA zurückkehren. Aber was würde ich dort machen?

»Rein aus Neugier …« Akio stellt sich neben mich. »Hast du immer noch was dagegen, über dein Handy geortet zu werden?«

Ich lasse den Vorhang los. »Diese Frage würdige ich noch nicht mal mit einer Antwort.«

Als er noch mein Bodyguard war, hat er mir irgendwann gestanden, dass in mein Handy ein Tracker eingebaut wurde. Für mich ein absolutes No-Go, egal wie sehr das bei der Palastpolizei vielleicht üblich ist. Ich habe ihn gezwungen, das Ding auszubauen. Meine persönliche Freiheit ist mir das Allerwichtigste und ich verteidige sie notfalls bis zum letzten Blutstropfen.

Er verzieht besorgt das Gesicht. »Ein Nahkampftraining hast du in letzter Zeit auch nicht gemacht, oder?«

Ich lache laut auf und alle hören schlagartig auf zu reden. Als ich in den Flur hinausgehe, werde ich mit Fragen bombardiert. Mom: *Worüber hast du eben so gelacht?* Dad: *Gefällt dir das Zimmer?* Der Studiendekan: *Könnten Sie sich vorstellen, an unserer Universität zu studieren, Eure Hoheit?* Herr Fuchigami: *Ich habe die ausgefüllten Bewerbungsunterlagen zufälligerweise hier. Sie müssen nur noch unterschreiben.*

Ich habe das Gefühl zu ersticken.

»Gerade hab ich in einer Broschüre gelesen, dass das neue Gebäude der wirtschaftswissenschaftlichen Fakultät die höchste

LEED-Zertifizierung bekommen hat, weil es so klimafreundlich und nachhaltig gebaut ist«, sage ich zu Mom. »Der Regenwasserspeicher auf dem Dach deckt siebzig Prozent des gesamten Wasserbedarfs. Willst du dir das nicht mal anschauen?«

Ihre Augen leuchten auf und mein Vater strahlt.

Für meine Mutter ist Nachhaltigkeit das Größte, und es ist ganz offensichtlich, dass für meinen Vater meine Mutter das Größte ist.

»Wahnsinnig gern, aber …« Sie sieht mich zweifelnd an. »Soll ich wirklich? Was meinst du, Mak?« Sie schaut meinen Vater an, der den Dekan anschaut, der sich verbeugt.

»Aber natürlich. Selbstverständlich«, sagt er. »Ich muss mich dafür entschuldigen, dass wir eine Besichtigung des Gebäudes nicht von vornherein eingeplant haben. Bitte hier entlang.« Er geht voran, Mom und Dad ihm hinterher.

»Bist du wirklich sicher, dass es für dich okay ist, wenn wir dich allein lassen, Zoom-Zoom?«, fragt Mom mich über ihre Schulter. Sie ist schon fast am Aufzug.

Ich nicke eindringlich. *Geht!*

Und das tun sie. Der Doktorand, Reina und ein paar Sicherheitskräfte bleiben im Flur stehen. Ich kehre zu Akio ins Zimmer zurück und nicke ihm zu, worauf er die Tür hinter uns schließt. Sobald wir allein sind, lässt der Druck hinter meinen Schläfen etwas nach. Ans Fenster gelehnt, atme ich die miefige Luft tief ein und aus.

Akio stellt sich neben mich. »Und? Was denkst du?«, fragt er leise und sieht mich forschend an.

Ich seufze. Setzt er mich jetzt etwa auch noch unter Druck? Alle erwarten von mir, dass ich möglichst bald eine Entscheidung treffe, mein Leben durchplane. Aber wie will ich überhaupt leben? *Wo* will ich leben? In Mount Shasta gab es in meinem Leben und in den Büchern, Filmen und Videospielen nur wenige asiatischstämmige Mädchen. Und wenn, waren sie wandelnde Klischees – überragend in Mathe, ehrgeizig, fleißig und angepasst. Mit mir selbst hatten diese Abziehbilder kaum etwas zu tun. Hier in Japan hat sich mein Horizont erweitert und außerdem bekomme ich jeden Wunsch erfüllt – ich muss ihn nur äußern. Gleichzeitig gibt es Regeln, an die ich mich halten muss. Prinzessinnenregeln, die besagen, was ich tun darf und was nicht. Oder ist es so, dass man im Leben zwangsläufig immer irgendwann an Grenzen stößt? Gehört diese Erkenntnis zum Erwachsenwerden dazu?

»Du schwitzt. Ist dir heiß?« Akio hält mir ein Taschentuch hin, aber ich schüttle den Kopf.

»Akio …« Ich schaue zum Bett. Auf der nackten Matratze klebt noch das Preisschild. »Hast du immer schon gewusst, dass du Pilot werden willst?«

Er überlegt. »Na ja, mit fünf wollte ich noch ein Tyrannosaurus Rex werden. Aber als mein Vater mir das erste Modellflugzeug geschenkt hat, stand mein Entschluss fest.«

Ich denke an Akios Jugendzimmer, in dem noch heute überall Flugzeugmodelle rumstehen. Er ist zwar nicht den direktesten Weg gegangen, aber sein Ziel hat er trotzdem erreicht.

»Was wolltest *du* denn als Kind werden?«, fragt er.

»Einmal habe ich eine ganze Woche lang so getan, als wäre ich ein Becher Sour Cream.« Die Erinnerung bringt mich – und Akio – zum Lachen. »Ehrlich gesagt weiß ich das bis heute noch nicht. Eigentlich hab ich nur ein Talent. Ich esse und trinke gerne und gut.« Das soll ein Witz sein, aber er zündet nicht so wirklich. Ich seufze.

»Vielleicht könntest du ja damit anfangen, dir zu überlegen, was du auf gar keinen Fall studieren möchtest.« Akio greift nach einer der Broschüren, blättert darin und hält sie mir dann hin. »Hier. Muscheln zum Beispiel. Ein wahnsinnig faszinierendes Themengebiet, obwohl die Forschungsobjekte ziemlich *verschlossen* sein können.« Er wippt auf den Fersen und grinst.

Ich schüttle den Kopf. »Nein danke.« Gott, ich kann noch nicht mal über einen echt guten Witz lachen.

»Sicher nicht?« Akio sieht mich mit hochgezogener Braue an. »Ich glaube, einer deiner Großonkel hat eine Doktorarbeit über Seeigel geschrieben.«

Ich schüttle müde den Kopf und Akio legt die Broschüre weg.

»Hey, läuft doch. Ein Studienfach können wir schon mal abhaken.« Er greift zur nächsten Broschüre. »Okay, dann vielleicht Ägyptologie? Das Seminar ›Babylonische Magie und Heilkunde‹ klingt spannend.«

»Zu viele Flüche und Mumien.«

»Wahrscheinlich hast du recht.« Er schlägt sie zu und wirft sie zu der anderen. »Ah, aber jetzt hab ich was für dich. Hättest du vielleicht Lust zu lernen, wie man Leichen präpariert?«

»So ein Studienfach gibt es nicht!« Ich reiße ihm die Broschüre aus der Hand und sehe, dass sie vom Fachbereich Anglistik ist.

Akio zuckt mit den Schultern. »Du musst nur rausfinden, wo deine Neigungen liegen.«

Ich verziehe ratlos das Gesicht. »Meine *Neigungen*?«

»Ach, Rettich.« Akios Stimme ist tief und warm wie Samt, der über meine Haut streicht. Er greift nach meiner Hand und drückt sie kurz, bevor er wieder loslässt. Eine flüchtige und zugleich tröstliche Berührung.

»Ich weiß nicht mal, ob ich überhaupt studieren will«, sage ich mit vorgeschobener Unterlippe.

Akio lächelt. »Das wirst du schon noch rausfinden. Ich glaube an dich. Hör auf dein Herz.«

Er hat mir mal gesagt, er finde es gut, dass ich immer mit dem Herzen entscheide. Und tatsächlich hat mein Instinkt mich noch nie im Stich gelassen. Aber was will mein Herz? Wo strebt es hin?

Etwa eine Stunde später ist unsere Besichtigungstour beendet, und wir warten, von einer Horde von Personenschützern umringt, vor dem Gebäude der Wirtschaftswissenschaften auf meine Eltern. Mir tun die Füße weh. Meinetwegen können wir nach Hause fahren.

»Wie ist das mit Ihnen, Kobayashi-*san*?«, fragt der Doktorand Akio. »Interessieren Sie sich auch für ein Studium hier an der Universität?«

»Ich? Nein.« Akio knöpft sich sein Jackett zu und lässt den Blick über das Unigelände schweifen. »Ich habe meine Stelle bei der Palastpolizei gekündigt, um zu den Luftselbstverteidigungsstreitkräften zu gehen. Bald beginne ich meine Ausbildung zum Piloten an der Offiziersschule in Nara.«

Wenn Mom in die USA zurückfliegt, wird auch Akio aus Tokyo weggehen. Das ist natürlich doppelt hart für mich. Mir steht ein ziemlich einsamer Herbst bevor.

Der Doktorand verzieht enttäuscht den Mund. »Dann stimmt es also, was in der Boulevardpresse steht. Sie sind erst mal bloß Kadett?«

Ich krümme mich innerlich. Meint er das ernst?

»Ja, genau. Bloß Kadett«, sagt Akio gleichmütig.

Meine Eltern kommen aus dem Gebäude und sofort rattern die Kameras los, Blitzlichter leuchten auf und wir werden von Schaulustigen umringt. Mein Vater und ich gehen ein Stück zur Seite, um uns zusammen fotografieren zu lassen und die Fans des Kaiserhauses von Mom und Akio abzulenken. Journalisten bestürmen uns mit Fragen: *Prinzessin Izumi, haben Sie schon die Bewerbungsunterlagen für die Universität von Tokyo ausgefüllt? Kronprinz*

Toshihito, freuen Sie sich darüber, dass Ihre Tochter an derselben Uni studieren wird wie Sie selbst?

Wir geben keine Kommentare ab.

»Ich freue mich vor allem, dass wir beide mal einen Moment allein haben«, sagt Dad so leise, dass nur ich es hören kann.

»Ach ja?« Ich lächle und winke einer jungen Frau, die ihren kleinen Sohn im Argyle-Karopulli hochhält. Als sie nach seinem pummeligen Ärmchen greift und so tut, als würde er zurückwinken, verzieht er das Gesicht und lässt einen empörten Schrei los. Völlig zu Recht, wie ich finde.

»Ich habe beschlossen, deine Mutter zu fragen, ob sie mich heiraten will«, sagt Dad plötzlich.

Ich lasse die Hand sinken und starre ihn mit offenem Mund an. »Echt jetzt?« Um uns herum klickt und blitzt es weiter.

»*Echt jetzt*, ja.« Im Licht der Spätnachmittagssonne funkeln seine dunklen Augen amüsiert. In letzter Zeit klauen meine Eltern aus Spaß gern irgendwelche Ausdrücke von mir – *ihr seid cringe, ich bin komplett lost, ich spür voll die seelenlose Leere in mir.* Ein bisschen beängstigend, aber irgendwie auch niedlich, dass sie mich als Quelle für ihre Insiderscherze anzapfen.

»Wow. Das geht aber ganz schön schnell«, sage ich. Nach der kurzen Affäre, die meine Eltern als Studenten hatten, vergingen erst mal über achtzehn Jahre, bis sie sich wiedergesehen haben, und jetzt sind sie gerade mal seit ein paar Wochen wieder zusammen. Hofft er, dass sie nicht nach Mount Shasta zurückkehrt, wenn er ihr einen Antrag macht?

Dad sieht mich besorgt an. »Bist du dagegen?«

»Nein, nein, gar nicht«, versichere ich ihm eilig.

Das ist doch eigentlich der Moment, auf den ich immer gewartet habe. Ich wünsche es mir so sehr. Und ich glaube, Mom wünscht es sich auch. Aber ich weiß es nicht mit Bestimmtheit und das macht mir Angst. Vor meinem geistigen Auge sehe ich, wie mein Kindergarten-Familienbild in kleine Fetzen zerrissen vom Wind davongeweht wird.

Bevor ich eine Chance habe, etwas zu erklären, sagt Dad: »Vielleicht kommt es dir plötzlich vor, aber das ist es nicht. Jedenfalls nicht für mich. Deine Mutter war jahrelang in meinen Gedanken. Ich habe abgewartet. Und jetzt will ich nicht noch länger warten. Aber …«, er senkt die Stimme, »ich frage sie nur, wenn du uns deinen Segen gibst. In den vergangenen Wochen haben wir wie eine Familie zusammengelebt, es ist mein großer Wunsch, das zu etwas Dauerhaftem zu machen.«

Meiner doch auch! Einer Sache bin ich mir zumindest sicher: Mom liebt Dad und Dad liebt Mom. Daran gibt es nicht den Hauch eines Zweifels. »Natürlich bekommt ihr meinen Segen.«

»*Echt jetzt?*«, fragt er grinsend.

Ich lege eine Hand auf die Stelle, wo mein Herz auf einmal wild schlägt, weil alles, wonach ich mich gesehnt habe, zum Greifen nah scheint – Liebe, Familie und eine Chance auf ein märchenhaftes Happy End. Gott, ich hoffe so sehr, dass Mom das genauso sieht. Dass sie sich für uns entscheidet. Dass sie in Tokyo bleibt. »Ja, *echt.*«

»Wunderbar. Dann frage ich sie gleich morgen.«

Wahnsinn. Er verliert wirklich keine Zeit. »Weißt du denn schon, wo du ihr den Antrag machen willst?«, frage ich. »Ich hätte da nämlich eine Idee. Wie wäre es mit dem …«

»… Gewächshaus?«, beendet er meinen Satz.

»Genau.« Als ich mich wieder den Kaiserhausfans und den Paparazzi zuwende, zieht es mir vor lauter Glück die Mundwinkel so sehr auseinander, dass ich meinen Blick auf eine mit Vogelkacke verkleckerte Markise richten muss, um wieder halbwegs würdevoll schauen zu können.

Das Gewächshaus. Dad hat es mir an einem meiner ersten Tage hier gezeigt. Damals wusste ich noch nicht, dass er es für meine Mutter gebaut hat und deswegen auch ihre Lieblingsblumen darin züchtet – Orchideen.

Natürlich will er sie jetzt, wo er sie wiedergefunden hat, so schnell wie möglich heiraten. In seinem Herzen hat die Blume ihrer Liebe nie aufgehört zu blühen.

3

Am nächsten Nachmittag schleiche ich mich in Moms Suite und leere ein Tütchen Hundesnacks in einen ihrer Schuhe. »Glaub mir, Mom, ich tue dir einen Gefallen«, flüstere ich, obwohl sie mich nicht hören kann, weil sie gar nicht hier ist. Ich streiche liebevoll über das vegane Leder der Slipper und verabschiede mich von ihnen. Moms Schuhgeschmack hat sich seit ihrer Studienzeit nicht verbessert.

Dann stecke ich zwei Finger in den Mund und pfeife schrill nach Tamagotchi.

Er kommt um die Ecke gerast, schießt an mir vorbei und sucht schnüffelnd nach der Quelle des künstlichen Speck- und Käsearomas. Ich laufe ins Wohnzimmer, wo meine Mutter auf dem Sofa liegt und ein Buch über Wildkräuter liest, und tue so, als wäre ich total außer Atem: »Mom! Schnell! Tamagotchi hat sich einen von deinen Schuhen geschnappt.«

»Oh Gott!« Sie klappt ihr Buch zu und rennt los.

Ich sehe ihr lächelnd hinterher und gehe dann nach draußen in den Park, wo ich den Weg zum Gewächshaus einschlage. Meine Wangen glühen vor Aufregung. Als ich ankomme, erwartet mich mein Vater schon.

»Wie lief es?«

»Wie geplant. Sie ist jetzt erst mal noch eine Weile abgelenkt.« Mehrere Palastangestellte klettern Leitern rauf und runter und befestigen Lichterketten. »Ich dachte, das wollten wir machen?«, frage ich und streiche über eines der winzigen Birnchen.

»Ich habe ihnen gesagt, dass wir es gern selbst machen würden, aber Herr Soga« – der Großkammerherr – »war der Meinung, es wäre zu riskant für uns, auf Leitern zu steigen.«

Ich zucke mit den Achseln, weil ich daran gewöhnt bin, dass uns der Großkammerherr den Spaß verdirbt. Stattdessen machen wir uns daran, die noch nicht aufgehängten Lichterketten zu entwirren und Laternen aufzustellen. Als wir gerade die letzte Kerze angezündet haben, erscheint ein Trupp von Männern im Smoking mit Instrumentenkoffern – das Kaiserliche Hoforchester. Die Musiker werden sich in einiger Entfernung dezent zwischen den Bäumen postieren und für einen romantischen Hintergrundsound sorgen.

Bald taucht die Abenddämmerung den Park in ihren rötlichgoldenen Schimmer. Romantischer geht es gar nicht mehr. Aber als ich mich aus dem Staub machen will, hält mein Vater mich zurück. »Moment noch, Izumi. Ich habe ein Geschenk für dich.« Er verschwindet im Gewächshaus und kommt mit einem Buch zurück, das er mir hinhält.

»Eintausend Tipps und Tricks für das Studentenleben«, lese ich den Titel laut vor.

Er klopft aufs Cover. »Da stehen unglaublich viele nützliche Informationen drin, die dir helfen werden, ein wesentlich realistischeres Bild vom normalen Unialltag zu bekommen, als ich es damals hatte. Wusstest du zum Beispiel, dass die meisten Studierenden ihre Bücher selbst kaufen? Meine Kammerherren haben immer dafür gesorgt, dass ich sie direkt von den Autoren zugeschickt bekommen habe, mit persönlichen Kommentaren und Widmung.«

Das lasse ich mal unkommentiert so stehen. Er und ich sind wirklich in verschiedenen Welten aufgewachsen. »Wow. Danke.« Ich drücke mir das Buch an die Brust.

»Ich hatte den Eindruck, dass dir die Besichtigungstour gestern Spaß gemacht hat«, sagt er.

Im Laufe der Monate, die ich in Tokyo verbracht habe, habe ich gelernt, die japanischen Kunst, eine Frage zu stellen, ohne sie zu stellen, zu durchschauen. Dads Aussage, dass mir die Tour anscheinend Spaß gemacht hat, bedeutet in der Übersetzung: *Denkst du immer noch darüber nach, eine einjährige Auszeit zu nehmen, statt zu studieren? Bitte sag mir, dass du diese Idee verworfen hast, und entscheide dich für eine Universität, damit wir offiziell verkünden können, wo du studieren wirst, und die Kammerherren endlich aufhören, mich zu nerven.*

»Ja, stimmt«, sage ich nur. Dad wartet offensichtlich darauf, dass ich noch etwas hinzufüge, aber ich muss ihn enttäuschen. Mein Herz schweigt. Es weiß immer noch nicht, wie es sich entscheiden soll. Vielleicht bedeutet das, dass ich tatsächlich eine Auszeit nehmen sollte. Womöglich brauche ich Abstand von allem, um mich selbst zu finden. Um zu ergründen, wer ich – außer Prinzessin und Mädchen aus Mount Shasta – wirklich bin. Was mich als Mensch ausmacht.

Dad kratzt sich an der Schläfe, wie er es immer tut, wenn er etwas nicht versteht. So wie das merkwürdige Verhalten seiner erst frisch in sein Leben getretenen Teenagertochter. Seine goldene Armbanduhr mit dem Kronen-Logo funkelt in der Abendsonne. »Ich könnte Herrn Fuchigami bitten, für nächste Woche auch noch eine Besichtigung der *Gakushūin*-Universität zu arrangieren, wenn du möchtest.«

Die *Gakushūin*-Schulgesellschaft wurde im neunzehnten Jahrhundert gegründet, um die Sprösslinge des japanischen Adels zu unterrichten. Meine Cousinen, die ach-so-perfekten Zwillingsprinzessinnen, haben an der dazugehörigen Uni studiert, aber mit den beiden will ich ungefähr so dringend was zu tun haben, wie ich vom Fotografen des *Tokyo Tattler* mit am Schuh klebendem Klopapier erwischt werden möchte.

»Bevor ich eine andere Uni besichtige, lasse ich vielleicht lieber erst mal die Eindrücke von gestern sacken.« Ich blättere in dem Buch, das Dad mir geschenkt hat, und hoffe, er merkt mir nicht an, welche Stürme in mir toben.

Manchmal habe ich nach wie vor das Gefühl, nicht wirklich nach Japan zu gehören. Und es stimmt ja auch, dass ich hier immer eine Außenseiterin bleiben werde, weil ich nun mal in den Staaten aufgewachsen bin. Andererseits habe ich mich in Mount Shasta ja auch nie wirklich zugehörig gefühlt. Wo will ich eigentlich leben? »Ich verziehe mich besser mal. Mom wird jeden Moment hier sein.« Bevor Dad nachhaken kann, habe ich mich schon weggedreht und gehe davon.

Auf halber Strecke kommt mir meine Mutter entgegen. »Gib Tamagotchi einen Abschiedskuss«, schnaubt sie. »Morgen kommt er ins Tierheim.«

Strähnen, die sich aus ihrem Pferdeschwanz gelöst haben, stehen nach allen Richtungen ab und ihr Shirt ist aus der Jeans gerutscht. Es ist nicht zu übersehen, dass sie in einen Kampf verwickelt war. Ich tippe darauf, dass Tamagotchi gewonnen hat. Er kann gnadenlos sein. »Dann kuschle ich heute Abend noch mal ganz eng mit ihm.« Ich gehe um Mom herum, ziehe ihr das Gummi aus den Haaren, kämme sie mit den Fingern glatt und lege sie um ihre Schultern. Viel besser so. Das Haargummi stecke ich in die Tasche.

»Wo warst du denn auf einmal? Dein Vater hatte angerufen und gesagt, ich soll zum Gewächshaus kommen. Hast du ihn getroffen? Ich bin zu spät dran, weil ich erst noch deinen Hund einfangen musste. Was ist das für ein Buch?«, fragt sie in einem Atemzug. Als ich an die Senior High kam und danach ständig mit den Mädels von der AGG unterwegs war, verwandelte sie sich in eine

Schnellfeuerfragenabschussmaschine. Es war echt erstaunlich, wie sie mich innerhalb kürzester Zeit bombardierte, wenn ich ihr beim Rausgehen im Flur begegnete. *Wann kommst du heute Abend nach Hause? – Brauchst du irgendwas aus dem Supermarkt? – Wartest du darauf, dass magische Putzfeen dein Zimmer aufräumen?*

Ich antworte nur auf die letzte ihrer Fragen. »Ein Geschenk von Dad.« Ich halte das Buch hoch, damit sie den Titel lesen kann. »Wusstet du, dass er seine Unibücher direkt von den Autoren geschickt bekommen hat – mit Kommentaren und persönlicher Widmung?«

Sie reibt sich die Schläfen. »Wusste ich zwar nicht, aber ich glaube es dir sofort.«

Als ich herausgefunden habe, dass mein Vater Kronprinz von Japan ist, hat Mom mir ein bisschen von ihm und ihrer kurzen gemeinsamen Zeit an der Uni erzählt. Mein erster Eindruck von dem Mann, den meine Mutter geliebt hat, sah folgendermaßen aus: *Er hatte keine Ahnung, wie man ein Hemd bügelt oder eine Waschmaschine bedient. Er konnte noch nicht mal eine Instantsuppe heiß machen. Er liebte Craft Beer und hat sich durch alle Mikrobrauereien in ganz Cambridge getrunken. Er war witzig. Er hatte einen trockenen Humor und eine Zunge wie ein Skalpell. So spitz, dass man manchmal erst im Nachhinein merkte, dass er sich gerade über einen lustig gemacht hatte.*

Ich lächle, sage: »Okay, bis nachher«, und gehe los.

»Moment noch.« Ich bleibe stehen. »Kommt Akio heute Abend?«

»Ja, aber erst später. Vorher trifft er sich noch mit ein paar alten Kumpels von der Palastpolizei.«

»Verstehe.« Sie kaut auf ihrer Unterlippe. »In letzter Zeit war er abends immer ziemlich lang bei dir. Sollen wir noch mal über Verhütung sprechen?«

Mein Blick wird starr. »Was? Nein!« Ganz sicher nicht. Bitte nicht. Nie wieder. Dieses »Gespräch« hat sie vor Jahren mit mir geführt und dazu extra Modelle aus der biologischen Fakultät mit nach Hause gebracht. Es war der pure Horror. Habt ihr schon mal gesehen, wie eure Mutter routiniert einen superrealistischen Plastikpenis betastet? Nein? Ich schon. Es ist definitiv Zeit zu gehen.

»Schön, dass wir uns getroffen haben, aber ich muss los. Außerdem wartet Dad auf dich.« Ich laufe davon wie ein gehetztes Reh und verlangsame meine Schritte erst, als der Palast in Sichtweite kommt.

In der Küche mit dem chromblitzenden französischen Gourmet-Profiherd duftet es köstlich. Ich setze mich an die Theke, auf der ein Teller mit warmen *dorayaki* steht, nehme mir einen der mit süßer Sojabohnenpaste gefüllten kleinen Pfannkuchen, beiße ab und schaue in den Park hinaus.

Geht Dad jetzt gerade vor Mom auf die Knie? Ich sehe alles so deutlich vor mir, als wäre ich dabei. Moms Haare glänzen im Licht der untergehenden Sonne wie lackiert. Dads Stimme bebt, als er die fünf schlichten Wörter sagt: *Willst du meine Frau werden?*

Was wird sie antworten? Ja oder … nein? Nachdem sie herausgefunden hatte, dass sie mit mir schwanger war, ist sie, ohne sich zu verabschieden, vor ihm geflohen. Damals hat sie beschlossen, mich allein großzuziehen. Sie hat sich von ihm getrennt, weil sie ein anderes Leben für uns wollte als dieses. Was will sie jetzt für ein Leben für uns? Für sich?

Ich tippe eine Nachricht in den AGG-Chat.

Ich

Gänsehaut! Mein Dad macht ihr einen Antrag. Jetzt gerade in dieser Sekunde.

Während ich auf eine Reaktion warte, wird mir leicht schwindelig. Es ist fast sieben Uhr abends, also ist es in New York bei Noora sechs Uhr morgens. Und bei Glory und Hansani zwei Uhr nachts. Wahrscheinlich wird also nur Noora antworten.

Noora
kreisch Was? Wie? Nein! Stopp!! Das darf er nicht. Das wirft meine Pläne über den Haufen. ICH wollte doch deine Stiefmutter werden. Ich hatte sogar schon eine Rede vorbereitet, in der ich sage, dass ich deine echte Mutter natürlich nie ersetzen kann, aber hoffe, dass wir beste Freundinnen bleiben.

Ich
Sorry, aber nicht sorry.

»*Sumimasen, Izumi-sama*«, ertönt plötzlich eine leise Stimme. Ich drehe mich um und sehe meine Kammerzofe, die den Kopf zur Küche hereinstreckt.

»Mariko!« Lächelnd gleite ich von meinem Hocker, um sie zu begrüßen. »Sie sind schon wieder zurück?«

»*O hisashiburi desu. O-genki desu ka?*« Sie bleibt in der Tür stehen. *Wir haben uns lange nicht mehr gesehen. Wie geht es Ihnen?*

»Alles bestens«, antworte ich. »Kommen Sie, setzen Sie sich.« Ich winke sie zu mir und klopfe auf den Hocker neben meinem. »Wie war es bei Ihren Eltern?«

Mariko war zu Hause zu Besuch und konnte deswegen nicht an der Uni-Führung teilnehmen. Als ich im Frühjahr nach Japan kam und man sie mir als meine Zofe vorstellte – nur unwesentlich älter als ich, klein, zart, kultiviert und extrem förmlich –, hatte ich ein bisschen Angst vor ihr. Zu ihren Aufgaben gehört es unter anderem, meine Garderobe auszuwählen und dafür zu sorgen, dass ich meine Termine einhalte. Ihr Vater ist Hofdichter, Mariko war auf den besten Schulen und hätte ganz bestimmt eine Million bessere Dinge zu tun, als meine Assistentin zu sein. Trotzdem ist sie geblieben und dafür bin ich ewig dankbar. Sie ist einer der wichtigsten Planeten in meinem Sonnensystem.

»Es war sehr schön. Meine Eltern lassen Sie herzlich grüßen«, beantwortet sie meine Frage und setzt sich auf den Hocker. »Herr Fuchigami hat mich gebeten, Ihnen die hier zu geben. Ein Kurier der Universität von Tokyo hat sie heute gebracht.« Sie legt Infobroschüren der einzelnen Fachbereiche auf die Theke.

Ich schiebe den Stapel zur Seite, als ich sehe, dass sie außerdem die neueste Ausgabe des *Tokyo Tattler* mitgebracht hat. Eigentlich ist es auf dem Palastgelände verboten, irgendwelche Presseerzeugnisse zu lesen, aber Mariko schmuggelt immer mal wieder eine Zeitung rein. Die meisten Palastangestellten schauen netterweise weg.

»Sie sind wieder auf der Titelseite, Prinzessin. Allerdings diesmal leider nur in der unteren Hälfte«, verkündet sie mit enttäuschtem Seufzen. Marikos Highlight war kürzlich ein großes Foto von mir in einem von ihr ausgesuchten Abendkleid ganz oben auf dem Titel. Dazu die Schlagzeile: *Atemberaubend. Prinzessin Izumi in einer Robe von Hanae Mori.* »Es geht darum, wo Sie studieren werden.«

Während ich mein *dorayaki* knabbere, schaue ich mir das Foto an. Es ist ziemlich unscharf und zeigt mich und meinen Vater auf dem Unicampus.

Mariko liest die Überschrift vor. *»Die Prinzessin lächelt zwar, will sich aber noch nicht festlegen.«* Sie räuspert sich und übersetzt mir dann den Artikel. *»Gestern hat Ihre Kaiserliche Hoheit Prinzessin Izumi den Campus der Universität von Tokyo besichtigt. Sie befand sich in Begleitung ihres Ex-Bodyguards Akio Kobayashi, der mittlerweile ihr fester Freund ist, doch ihre Körpersprache wirkte nicht wie die eines Liebespaars.«*

Um ihren Absatz zu steigern, peppt die Boulevardpresse regelmäßig irgendwelche Agenturmeldungen auf und verbreitet Halbwahrheiten oder gleich irgendwelche absurden Lügen. Den Journalisten wäre es am liebsten, Akio und ich würden uns trennen. Herzschmerz zieht immer. *»Gibt es etwa Ärger im Paradies?«*, liest Mariko vor und sieht mich fragend an. Als ich stumm den Kopf schüttle, übersetzt sie weiter: *»Die Beamten des Kaiserlichen Hofamts hoffen natürlich darauf. Ohne Ablenkung durch den jungen Kobayashi könnte sich die Prinzessin ganz dem Studium und der Erfüllung ihrer höfischen Pflichten widmen. Der Palast – und dem Hörensagen nach offenbar auch ihr Vater, der Kronprinz – wartet ungeduldig darauf, dass die Prinzessin bezüglich ihrer Pläne für das kommende Frühjahr endlich eine Entscheidung trifft.«*

Ich merke, wie meine Handflächen feucht werden und mein Nacken kribbelt, aber äußerlich bleibe ich gelassen. Mariko bekommt nichts mit.

»Dadurch, dass das Semester in Japan bekanntermaßen im April startet, hat die Prinzessin ohnehin bereits ein Jahr verloren und hinkt Altersgenossen wie ihren Cousinen, den Prinzessinnen Akiko und Noriko, hinterher.« Die Erwähnung dieser Streberinnen, die mühelos durch ihr Prinzessinnenleben gleiten, fühlt sich an, als würde mir jemand ein Messer in den Eingeweiden herumdrehen. Die zwei umschiffen elegant jedes Fettnäpfchen und versprühen in der Öffentlichkeit nichts als Leichtigkeit. *»Aber gut, das ist den Umständen geschuldet, weil das Schuljahr in den USA später endet, was einen reibungslosen Übergang unmöglich gemacht hat. Dass Prinzes-*

sin Izumi erwägt, sich eine einjährige Auszeit zu gönnen, ist allerdings ganz und gar nicht *durch Umstände zu entschuldigen. ›Anscheinend ist sie sich nicht mal sicher, ob sie überhaupt studieren will‹, verriet uns ein Palastinsider …«* Mariko überfliegt den Rest des Artikels und lässt die Zeitung sinken. »Das ist genug für heute.«

»Hm?« Ich wische mir einen Krümel aus dem Mundwinkel. Mein Japanisch wird zwar immer besser und ich beherrsche neben den Hiragana- und Katakana-Silbenalphabeten inzwischen auch ziemlich viele *kanji*-Schriftzeichen, aber längere Texte muss ich mir immer noch übersetzen lassen. »Nein, lesen Sie bitte weiter.«

Mariko schüttelt den Kopf. »Ich weiß nicht …«

»Ist schon okay«, beteuere ich. »Wirklich.«

Im letzten halben Jahr habe ich einen Weg gefunden, um mit den Lügen der Klatschpresse und den Fallstricken des Lebens im Allgemeinen klarzukommen. Ich stelle mir zwei Fragen: *Bin ich gestorben? Ist jemand, den ich liebe, gestorben?* Lautet die Antwort zwei Mal *Nein*, weiß ich, dass es mir trotz allem immer noch ganz schön gut geht. Okay, vielleicht hab ich ein paar blaue Flecken abgekriegt, aber die verblassen mit der Zeit. Natürlich suchen sich die Boulevardmedien genau die Themen raus, die bei den Lesern ankommen, und fassen uns nicht mit Samthandschuhen an. So werden wir immer wieder daran erinnert, dass das Kaiserhaus dem Volk untertan ist und nicht umgekehrt. Herr Fuchigami beschreibt es als eine symbiotische Beziehung. Die Kaiserfamilie biete Stoff für Artikel und durch die Artikel würde im Gegenzug das Interesse der Öffentlichkeit am Kaiserhaus am Leben gehalten. Vermutlich hat er damit recht. Alles hat seinen Preis.

Mariko greift widerstrebend nach der Zeitung. *»Nachfragen bei einer Angestellten der Mount Shasta Highschool ergaben, dass die Tochter des Kronprinzen ihren Schulabschluss nur knapp geschafft hat. Zwar lieferte sie in Englisch und Sozialkunde offenbar befrie-*

digende Ergebnisse, dafür fielen ihre Leistungen in Mathematik und den anderen naturwissenschaftlichen Fächern extrem schwach aus.«

»In Algebra hatte ich ein B minus – das ist voll okay«, werfe ich trotzig ein und lasse das C minus in Chemie elegant unter den Tisch fallen.

Das Zeitungspapier knistert zwischen Marikos Fingern, als sie weiterliest. *»Nichtsdestotrotz wurde eigens für die nachweislich mit unterdurchschnittlichen Noten von der Highschool abgegangene künftige Studentin eine Führung an Japans renommiertester Hochschule organisiert. Die Universität von Tokyo hat sich wochenlang auf den Besuch der Prinzessin vorbereitet. So sind beispielsweise sämtliche Beleuchtungsmittel ausgetauscht worden, damit in Anwesenheit des Kronprinzen und seiner Tochter bloß keine der Lampen unschön flackert. Darüber hinaus wurde den Gästen auf deren Wunsch spontan eine Besichtigung der neuen wirtschaftswissenschaftlichen Fakultät ermöglicht. ›Sollte sich die Prinzessin entscheiden, an unserer bescheidenen Hochschule zu studieren, würden wir uns sehr geehrt fühlen‹, sagte der Studiendekan, der auf Nachfrage allerdings weder die Noten der Prinzessin noch die spontane Änderung des Besuchsprogramms kommentieren wollte. Es gibt jedoch auch kritischere Stimmen. ›Sollen wir die Prinzessin für ihre Durchschnittlichkeit etwa auch noch feiern?‹, fragt Bloggerin und Kaiserhausexpertin Junko Inogashira.«*

Ich nehme mir noch einen Mini-Pancake, beiße hinein und kaue frustriert. Es stimmt, dass ich eine durchschnittliche, meinetwegen sogar unterdurchschnittliche Schülerin war. Na und? Wo steht bitte geschrieben, dass man nicht durchschnittlich sein darf? Seit wann muss man etwas Besonderes sein, um geliebt zu werden?

Mariko legt die Zeitung auf die Theke und zieht den Teller zu sich heran. »Im letzten Absatz wird darüber spekuliert, was Sie zum Bankett des Kaisers in ein paar Wochen anziehen werden. Die Autorin hält es für möglich, dass Sie eine Hose tragen … Und das bedeutet, dass Sie mir tausend Yen schulden.« Sie nimmt ein *dorayaki* und beißt behutsam ab.

»Bei unserer Wette ging es darum, ob die Presse sich aufregt, weil ich mal wieder eine Hose anhatte, nicht um Spekulationen darüber, ob ich eine anhaben *könnte*«, protestiere ich.

Mariko zuckt mit den Schultern. »Das ist letztlich dasselbe. Bargeld wäre mir am liebsten, aber ich akzeptiere auch PayPal.«

»Es schickt sich nicht für eine Kammerzofe, Wetten abzuschließen.« Als ich den *doriyaki*-Teller wieder zu mir ziehen will, hält Mariko ihn fest.

»Dann schickt es sich für eine Prinzessin wahrscheinlich genauso wenig.«

Ich öffne den Mund, schließe ihn aber wieder, weil in diesem Moment meine Eltern in die Küche kommen oder besser gesagt auf etwas hereinschweben, das ich nur als Wolke des Glücks bezeichnen kann. Mom strahlt über das ganze Gesicht und Dad sieht total beseelt aus.

Mir wird das Herz ganz weit. Ich rutsche vom Hocker, laufe auf die beiden zu und greife nach Moms Händen. »Kann es sein, dass was Gutes passiert ist?«

Sie nickt mit feuchten Augen.

Wann habe ich sie das letzte Mal weinen sehen? Wahrscheinlich nachdem ich herausgefunden hatte, dass mein Vater der japanische Kronprinz ist, und mich kurz darauf am Flughafen in San Francisco von ihr verabschiedet habe, um ihn kennenzulernen. Damals hat sie mir einen kleinen symbolischen Stoß versetzt. *Ich schubse dich aus dem Nest.*

Mir wird gerade klar, dass wir jetzt beide in ein neues Leben abheben, nur dass ich noch nicht so wirklich weiß, welche Richtung ich einschlage. Soll ich pflichtbewusst auf direktem Kurs in die *Princess Road* fliegen, wie es alle von mir erwarten? Oder lieber noch ein bisschen herumflattern und mir die Aussicht anschauen? Ich ziehe Mom lächelnd in meine Arme und drücke sie ganz fest an mich, damit sie spürt, wie unbeschreiblich glücklich mich ihre Entscheidung macht. Mein sehnlichster Wunsch ist Wirklichkeit geworden. Endlich werden wir drei eine echte Familie.

4

Zwei Wochen vergehen in einem schillernden Glücksrausch. Mom hat sich von ihrem Dozentinnenjob am College freistellen lassen, um in Japan bleiben zu können. Die Neuigkeit von der Verlobung meiner Eltern spricht sich in der kaiserlichen Verwandtschaft herum und Onkel Nobuhito lädt zu einer kleinen Feier im engsten Familienkreis. Champagner wird entkorkt, alle stoßen auf Mom und Dad an und wünschen ihnen das Allerbeste. In meiner Brust wallt pures Glück auf. Noora schickt mir nachts zu den unmöglichsten Zeiten Nachrichten, oft mit Vorschlägen für die Gästeliste: Oprah, ONE OK ROCK und irgendein Hund mit fast hunderttausend Followern auf Instagram. Ich helfe Akio dabei, seine Sachen für die Offiziersschule zu packen. Tamagotchi entwickelt plötzlich eine haarlose Stelle am Rücken. Der Hoftierarzt diagnostiziert »Alopezie areata« und verschreibt eine Spezialsalbe, mit der er dreimal täglich am gesamten Körper eingerieben werden muss. Ich bekomme von mehreren anderen Universitäten Infomaterial zugeschickt, nutze aber die Verlobung meiner Eltern und Akios bevorstehende Abreise als Ausrede, warum ich keine Zeit und Ruhe habe, eine Entscheidung zu treffen. *Es gibt so wahnsinnig viel zu bedenken*, erkläre ich Herrn Fuchigami mit unschuldig aufgerissenen Augen, merke ihm aber an, dass er mir das nicht abkauft. Ich versuche, trotzdem locker zu bleiben und mich nicht verrückt zu machen. Akio und ich spielen weiter Go. Es steht unentschieden: 8:8. Heute Vormittag wollen wir eine allerletzte Partie spielen, um den endgültigen Gewinner zu ermitteln, es sei denn, ich verliere – dann verlange ich eine Revanche.

Gerade habe ich mein Frühstück aus Reis, Misosuppe, *nattō* (vergorene Sojabohnen) und *yakizakana* (gegrilltem Fisch) beendet und gehe durch den Flur zu meiner Suite, als ich aus dem Arbeitszimmer meines Vaters Stimmen höre.

Das ist an sich nicht unnormal. Dad ist immer im Dienst, und es kommen und gehen ständig irgendwelche Hofmeister, Kammerherren und andere Beamte, mit denen Angelegenheiten besprochen werden müssen. Es ist der Klang der Unterhaltung, der mich wundert – klagend wie ein Trauerlied. *Seltsam.*

»Izumi«, höre ich meinen Vater rufen.

Die Schiebetür steht einen Spalt offen, wahrscheinlich hat er mich vorbeigehen sehen.

Als ich sein Arbeitszimmer betrete, sehe ich als Erstes den Oberhofmeister Herrn Tajima und den Großkammerherrn Herrn Soga. Auch Herr Fuchigami steht bei ihnen. Alle drei wirken sehr schmallippig.

Mein Blick fällt auf Dad, der ernst, aber mit ruhiger Miene hinter seinem Schreibtisch sitzt. Mom ist ebenfalls hier, sieht aber deutlich weniger gelassen aus. Sie sitzt in einem Sessel und knetet die Hände. »Guten Morgen, Schatz«, begrüßt sie mich mit schwachem Lächeln. »Hast du schon gefrühstückt?«

»Was ist passiert?«, frage ich.

Dad holt tief Luft. »Der Kaiserliche Haushaltsrat ist gestern Abend zu einer inoffizielle Vorabstimmung zusammengetroffen.« Er beugt sich über den Schreibtisch, greift nach einem silbernen Füller und schließt die Finger darum.

Ich blinzle. »Der *Haushaltsrat*?«

Herr Fuchigami streicht seine marineblaue Krawatte glatt. »Bei diesem Rat, dem *kōshitsu kaigi*, handelt es sich um ein zehnköpfiges Gremium, dessen oberster Vorsitzende der jeweilige Premierminister ist …« Er hält inne, um Luft zu holen. Die Medien berichten schon seit Langem von Spannungen zwischen meinem Vater und unserem Premierminister. Ausnahmsweise haben sie damit sogar recht. Leider habe ich die Situation nicht verbessert, als ich den Premier auf seiner Hochzeitsfeier vor ein paar Monaten auf seine nicht anwesende Schwester angesprochen habe. Ich hatte keine Ahnung, dass die beiden zerstritten sind und kein Wort mehr miteinander wechseln. Bei der Erinnerung an seine demütigende Reaktion – er hat mich vor allen an unserem Tisch beschimpft – wird mir übel. Damals war ich erst ein paar Wochen in Japan und so dünnhäutig, dass ich aufgesprungen und davongerannt bin. Seitdem bin ich dem Premierminister erfolgreich aus dem Weg gegangen. Wenn wir uns bei irgendwelchen Anlässen sehen, nicken wir uns von Weitem mit eisiger Höflichkeit zu, wie man es mit alten Feinden eben so macht. *Steht jetzt etwa die nächste Konfrontation mit ihm bevor?*

»Dieser Rat«, fährt Herr Fuchigami fort, »kommt immer dann zusammen, wenn es gilt, Genehmigungen für bestimmte Angelegenheiten zu erteilen, die das Kaiserhaus betreffen. Zum Beispiel die Aberkennung des Kaiserlichen Status eines Familienmitglieds, Änderungen in der Thronfolge sowie die Eheschließung eines männlichen Angehörigen der Kaiserfamilie, also auch die Ihres Vaters. In diesem Fall handelte es sich, wie gesagt, um eine vorläufige Abstimmung, um die Meinungen auszuloten. Prinz Nobuhito und Prinz Yasuhito haben die Verbindung Ihrer Eltern befürwortet«, sagt er, »aber alle anderen Mitglieder haben … Zweifel geäußert.«

Ich gehe noch ein paar Schritte ins Zimmer, stelle mich hinter Mom und lege ihr eine Hand auf die Schulter. Sie sitzt so starr da, als wäre sie aus Porzellan, ich habe fast Angst, sie könnte zerbrechen. »Was für Zweifel sind das?«

Herr Fuchigami sieht aus, als würde er lieber eine Beerdigung organisieren, als meine Frage zu beantworten. Der Spannungspegel im Raum steigt fühlbar an.

Herr Soga räuspert sich und holt tief Luft. »Unter anderem wurde die berufliche Karriere Ihrer Frau Mutter infrage gestellt. Sie hat Harvard mit *summa cum laude* abgeschlossen, der Rat wundert sich, dass sie anschließend trotzdem nur eine Dozentinnenstelle an einem kleinen, unbedeutenden staatlichen College angenommen hat, das im Hochschulranking ganz weit unten liegt.«

Ich knirsche leise mit den Zähnen, weil es verdammt unfair und dumm ist, das als Misserfolg zu betrachten. Mom hat damals ganz bewusst entschieden, mich in Mount Shasta großzuziehen – in einer Kleinstadt, die das totale Gegenteil von Tokyo ist. Auch wenn es vielleicht ein Fehler war, meinem Vater nichts von mir zu erzählen, weiß ich, dass sie immer getan hat, was sie für mich für das Beste hielt. Ich bin froh und dankbar, dass ich die längste Zeit meines Lebens als anonymer Mensch verbringen durfte, und würde meine Kindheit niemals gegen eine andere eintauschen.

Mom richtet sich so abrupt auf, dass meine Hand von ihrer Schulter abrutscht. »Ich bin zu Recht stolz auf meinen Lehrauftrag am College of the Siskiyous und auf das, was ich dort geleistet habe«, sagt sie mit solcher Schärfe, dass ich sie für ihren unerschütterlichen Kampfgeist bewundere. *Zeig es ihnen, Mom!* Wen interessiert denn bitte, was dieser bescheuerte Rat über uns denkt? Früher gab es nur meine Mutter und mich, und wir haben gemacht, was wir wollten, ohne irgendwen jemals um Erlaubnis fragen zu müssen. »Als ich damals meine Stelle antrat, existierte am College überhaupt noch keine nennenswerte biologische Fakultät. Der gesamte Fachbereich wurde von *mir* eigenhändig aufgebaut«, sagt sie.

»Genauso ist es.« Dads Blick ruht liebevoll auf ihr, dann richtet er ihn auf den Oberhofmeister und die beiden Kammerherren. Er runzelt die Stirn. »Es ist hochgradig lächerlich, dass der Haushaltsrat Hanakos berufliche Karriere allen Ernstes als problematisch betrachtet. Offen gestanden fühle ich mich dadurch persönlich beleidigt und habe keine Lust, diese Diskussion fortzuführen.« Er wedelt mit der Hand, die Palastbeamten schauen betroffen und verbeugen sich.

»Selbstverständlich, Eure Hoheit. Dann werden wir uns in dieser Angelegenheit zu einem anderen Zeitpunkt noch einmal beraten«, sagt Herr Soga um Fassung bemüht.

Die drei beeilen sich, nach draußen zu kommen.

Dad steht auf und geht um den Schreibtisch herum. »Hanako.« Er zieht einen Stuhl heran und setzt sich vor Mom.

»Mak …«, sagt sie leise und schüttelt den Kopf.

»Sumimasen.« Ein Butler erscheint in der Tür und verbeugt sich tief. »Soeben ist Herr Kobayashi eingetroffen.«

Ich danke ihm und drücke Moms Schulter. »Wir reden später«, verspreche ich und gehe hinaus. Tamagotchi trottet hinter mir her ins Wohnzimmer, wo Akio auf mich wartet.

»Izumi.« Er begrüßt mich mit einem Lächeln, das ich nicht erwidern kann, weil ich erst mal verdauen muss, was ich eben erfahren habe. Ich bin komplett fassungslos und kann nichts dagegen tun, dass sich ein extrem ungutes Gefühl in meinem Magen breitmacht.

»Izumi?« Diesmal klingt Akios Stimme besorgt.

»Ich muss an die Luft«, sage ich. Wir gehen in den Eingangsbereich, ziehen unsere Schuhe an und Akio folgt mir nach draußen in den Park.

»Was ist denn los, Rettich?«, fragt er. Tamagotchi schnüffelt herum, hebt das Bein und markiert einen Azaleenstrauch – die Lieblingspflanze der Kaiserin.

Ich bleibe stehen und starre auf die gerundete Spitze meiner braven, dunkelblauen Prinzessinnenpumps. »Was weißt du über den Kaiserlichen Haushaltsrat?«, frage ich Akio.

»Ziemlich viel«, sagt er.

Dann muss ich ihm nichts erklären. »Anscheinend ist dieser Rat zu einer Art Vorabstimmung zusammengekommen, und die große Mehrheit der Mitglieder ist dagegen, dass meine Eltern heiraten.« Ich reibe mir die Stirn, Akio bleibt stumm. »Ich verstehe das nicht. Warum dürfen die einfach so über andere Leute entscheiden?«

Akios Miene verhärtet sich. »Kein männliches Mitglied der Kaiserlichen Familie hat jemals ohne die Zustimmung des Rats geheiratet.«

Ich atme aus. »So viel Einfluss haben die?«

»Hai.« Sein *Ja* fühlt sich an, als würde er mir ein Messer ins Herz rammen. Akio weiß, wie sehr ich mir wünsche, dass meine Eltern heiraten. Er kennt meine geheimsten Träume. Ich habe ihm erzählt, dass ich mich als Kind immer unvollkommen gefühlt habe, weil ich keinen Vater hatte, keine echte Familie.

Aber bevor ich mich weiter aufregen kann, höre ich gedämpfte Stimmen, die mich aufhorchen lassen. Unauffällig gehe ich ein paar Schritte zurück und sehe die drei Beamten von eben in der Kieseinfahrt des Palasts stehen.

»Bei allem, was Ms Tanaka angeht, ist mit dem Kronprinzen leider nicht vernünftig zu reden«, sagt der Großkammerherr. Ich werfe Akio einen Blick zu, lege den Zeigefinger an die Lippen und schleiche mich noch näher heran.

Akio geht mir hinterher, ich spüre seinen warmen Atem im Nacken, als ich um die Ecke des Palasts spähe. Herr Fuchigami, Herr Soga und der Oberhofmeister stehen neben einer schwarzen Limousine. »Er erwartet, dass alle Welt seine Begeisterung für seine Auserwählte teilt«, sagt Herr Tajima kopfschüttelnd.

Gott, macht mich das wütend. Sie tun so, als wäre mein Vater ein bemitleidenswerter Narr, der vor Liebe blind ist.

»Izumi«, flüstert Akio, aber ich drücke seine Hand, um ihn zum Schweigen zu bringen.

»Natürlich lässt er nichts auf sie kommen und versucht, sie zu schützen«, sagt der Großkammerherr, »aber der Haushaltsrat wird ihre Vergangenheit gründlich durchleuchten und sie auf Schritt und Tritt beobachten lassen.«

»Die Liaison ihrer Tochter mit diesem Ex-Leibwächter ist natürlich auch nicht hilfreich, wenn sie den Rat davon überzeugen wollen, dass Ms Tanaka eine angemessene Wahl ist«, sagt der Oberhofmeister.

Akios Hand erschlafft in meiner. Ich muss an die Bemerkung denken, die dem Doktoranden, der uns den Unicampus gezeigt hat, herausgerutscht ist: *Dann stimmt es also, Sie sind erst mal bloß Kadett?*

Kurz nachdem unsere Beziehung bekannt wurde, waren die Klatschzeitungen natürlich voll mit Artikeln, in denen stand, Akio wäre nicht der geeignete Partner für eine Kronprinzessin, weil er selbstsüchtig sei und die Familientradition verraten habe, indem er seine Stelle bei der Palastpolizei kündigte, um seinen eigenen Berufswunsch durchzusetzen. Er wurde als schamloser Opportunist bezeichnet. Eigentlich hatte ich geglaubt, die Wogen hätten sich geglättet und das japanische Volk hätte sich beruhigt. Inzwischen gibt es im Netz sogar eine Seite mit Fan-Fiction über uns. Mariko liest sie regelmäßig, ich nicht. Na ja, vielleicht hab ich mal reingeschaut. Die Geschichte, in der Akio ein Werwolf ist und wir zusammen in einem Zauberwald voller Feen und sprechender Kröten leben, fand ich echt süß. Ich drücke Akios Hand. Es interessiert mich nicht, was sie über ihn reden. Egal was.

»Wie schätzen Sie die Lage ein, Herr Fuchigami?«

Ich riskiere einen weiteren Blick um die Ecke.

Herr Fuchigami tritt unbehaglich von einem Fuß auf den anderen. »Nun, Prinzessin Izumi ist immer noch dabei, sich an das Leben am Kaiserhof zu gewöhnen«, sagt er vorsichtig.

Der Großkammerherr nickt. »Bisher hat sie sich ja offenbar weder für eine Universität noch für ein Studienfach entschieden. Halten Sie es für möglich, dass sie tatsächlich erwägt, eine einjährige Auszeit zu nehmen? Das wäre natürlich ein weiterer Punkt, den die Kritiker gegen ihre Mutter ins Feld führen könnten. Es wird heißen, sie hätte auch bei der Erziehung ihrer Tochter versagt.«

Der Oberhofmeister nickt düster. »Das Interview, das die Prinzessin der *Women Now!* gegeben hat, könnte sich auch als Fallstrick erweisen. Bei der jüngeren Bevölkerung mögen die Aussagen vielleicht gut angekommen sein, aber die Mitglieder des Haushaltsrats sehen das sicherlich anders.«

»In der Tat.« Herr Fuchigami kratzt sich am Kinn. »Viele haben das Interview als relativ schamlose PR in eigener Sache betrachtet.« Ich schlucke, weil er damals den Kontakt zu dem Magazin hergestellt hat. Die Idee kam von mir, aber ich habe ihn um Unterstützung gebeten. Bereut er es jetzt, mir geholfen zu haben? »Das wird auch auf ihre Mutter zurückfallen.«

»Ganz bestimmt.« Der Oberhofmeister nickt. »Dass Ms Tanaka kein Hehl aus ihren Vorbehalten gegen die Traditionen des höfischen Lebens macht und jegliche Einschränkungen ablehnt, erleichtert die Sache auch nicht.«

»Sie ist eine sehr modern denkende Frau«, bestätigt Herr Fuchigami vorsichtig.

»Die Presse wird ihr das als typisch amerikanische Arroganz auslegen. Zumal ihre liberale politische Einstellung natürlich auch für Befremden sorgt.« Der Großkammerherr zieht vielsagend die Augenbrauen hoch.

Meine Muskeln spannen sich unwillkürlich an, und ich hätte gute Lust, loszulaufen und diesen überheblichen alten Hofschranzen die Meinung zu geigen. Was bilden sie sich ein, in diesem geringschätzigen Tonfall über meine Mutter und mich zu reden? Das geht zu weit.

»Mehrere Beobachter haben mir gegenüber die Befürchtung geäußert, Ms Tanaka könnte einen zersetzenden Einfluss auf den Kronprinzen haben. Wirklich bedauerlich, dass der Prinz sich nicht für eine Lebensgefährtin entschieden hat, die ein etwas weiblicheres Wesen hat und einen passenderen familiären Hintergrund vorweisen kann«, sagt der Oberhofmeister. »Eine derartige ...«, er zögert kurz, »*soziale Durchmischung* trifft nicht überall auf Zustimmung.«

In diesem Moment kommt eine weitere Limousine vorgefahren. Türen werden geöffnet und zugeschlagen, dann fahren beide Wagen davon. Der Wind lässt die Blätter der Bäume unheilvoll rascheln, die Sonne brennt viel zu heiß vom Himmel, und ich spüre eine plötzliche Enge in der Brust, die mir das Atmen schwer macht. Ich schwöre, dass ich hören kann, wie Akio trocken schluckt. Seine Miene ist undurchdringlich, als er meine Hand loslässt, ohne etwas zu sagen.

»Wie fies und gemein, so über dich und mich und meine Mutter zu reden«, rege ich mich auf.

Akio schweigt, dann nickt er und sagt bedächtig: »Ja. Das ist es wirklich.« Er presst die Lippen zusammen und streicht sich durch die Haare. »Vielleicht solltest du jetzt lieber wieder reingehen, um nach deiner Mutter zu sehen.«

»Wie? Und unser Endspiel?« Ich bemühe mich um einen leichten Tonfall und versetze ihm einen spielerischen Stoß mit dem Ellbogen. »Hast du etwa Angst zu verlieren?«

Akio ringt sich ein Lächeln ab und greift nach meiner Hand.

Eine Wolke zieht an der Sonne vorbei. Er küsst meine Fingerspitzen und murmelt: »Ach, Rettich.«

»Na gut. Dann vertagen wir die Partie erst mal.« Er hat recht, mich zieht es auch zu meiner Mutter.

»Bis morgen«, sagt er mit fester Stimme und seine Miene ist wieder die des unerschütterlichen Bodyguards.

Ich stelle mich auf die Zehenspitzen und drücke ihm einen Kuss auf die Wange. »Bis morgen«, sage ich. Es ist ein Versprechen.

Die schmerzhafte Enge in meiner Brust lässt nach. Am nächsten Morgen sieht erfahrungsgemäß alles schon wieder ganz anders aus.

5

Ich spähe durch einen Türspalt in die Suite meiner Mutter. Sie betrachtet gerade mit gesenktem Kopf ein Bild in einem silbernen Rahmen, den sie in den Händen hält. Aus der Entfernung kann ich das Foto darin zwar nicht erkennen, und auch ihr Gesicht ist durch die nach vorn fallenden Haare verborgen, aber dass sie traurig ist, ist deutlich an ihrer Körperhaltung abzulesen. Sie sieht aus wie ein gefaltetes Blatt Origamipapier. Eben noch herrschte im Palast grenzenlose Glückseligkeit, jetzt wurde sie jäh erstickt.

Ich zwinge meine Mundwinkel zu einem fröhlichen Lächeln und stoße die Schiebetür mit der Hüfte weiter auf, was alles andere als elegant und prinzessinnenhaft aussieht. Das Teegeschirr auf dem Tablett in meinen Händen klappert, heißer Tee spritzt aus der Kanne.

»Izumi.« Mom zuckt zusammen und stellt den Rahmen hastig wieder weg. Jetzt sehe ich das Foto. Es ist das offizielle Porträt, das kurz vor meiner ersten Begegnung mit meinen Großeltern von mir gemacht wurde. Vom Licht der Nachmittagssonne umströmt stehe ich am Fenster eines Bankettsaals im Kaiserpalast.

»Ich habe dir Tee mitgebracht«, verkünde ich mit gekünstelter Fröhlichkeit und stelle das Tablett auf das Tischchen neben das Foto. Sie soll mir nicht anmerken, wie besorgt ich bin. »Kommst du klar?«, frage ich, obwohl ich ja selbst sehe, wie schlecht es ihr geht.

Moms Blick ist müde. »Ganz ehrlich? Keine Ahnung. Was ich

eben erfahren habe, nimmt mich schon ziemlich mit«, sagt sie niedergeschlagen. »In den letzten Wochen ist mir alles so leicht erschienen, ich … Ich bin gar nicht auf die Idee gekommen, dass es irgendwelche Schwierigkeiten geben könnte. War das naiv von mir?«

»Natürlich nicht.« Ich lächle aufmunternd. »Sieht ganz so aus, als müsstest du in der nächsten Zeit ein bisschen Überzeugungsarbeit leisten. Aber das fällt dir ja nicht schwer. Weißt du noch, wie du die Mitarbeiter in deinem Fachbereich so lange bearbeitet hast, bis mir jeder einzelne von ihnen drei Lose für die Tombola beim Sommerfest von den Pfadfinderinnen abgekauft hat?«

Die erfolgreichste Losverkäuferin bekam zur Belohnung ein T-Shirt, und ich hatte Mom angefleht, mir zu helfen, weil ich überzeugt war, dass mein Lebensglück von diesem Shirt abhing. Mittlerweile benutzen wir es, um Tamagotchi nach dem Baden abzutrocknen. Aber ich habe aus der Geschichte zwei Dinge gelernt: Nichts hält ewig, und Mom erreicht alles, was sie sich in den Kopf gesetzt hat. Sie lacht leise. »Daran erinnere ich mich noch sehr gut.«

Mein Gehirn läuft auf Hochtouren, während ich überlege, was sie – was *wir* – jetzt unternehmen können. »Okay«, sage ich entschlossen. »Wann trifft dieser blöde Rat wieder zusammen, um endgültig abzustimmen?«

Mom denkt nach. »Ich glaube, Herr Tajima hat von Ende Dezember gesprochen.«

»Perfekt. Jetzt ist erst Ende August. Das reicht locker. Ich meine, *hallo*? Wenn ein Virginia-Opossum nach einer Tragzeit von nur zwölf Tagen Junge werfen kann, werden wir es ja wohl innerhalb von vier Monaten schaffen, den Haushaltsrat dazu zu bringen, euch beiden die Heirat zu genehmigen.« Ich schenke uns Tee ein, nippe an meiner Tasse und tue für uns beide so, als wäre das

Problem gar nicht so groß. Mom und ich haben schon Schlimmeres durchgestanden. Zum Beispiel, als einmal mitten im Winter gleichzeitig die Heizung und der Durchlauferhitzer ausfielen, unser Keller überflutet war und dann auch noch der Boden vereiste. Mom musste einen Kredit aufnehmen, um die Handwerkerrechnungen zu bezahlen, und es wurde ein sehr mageres Weihnachten. Statt Festtagsbraten gab es Toast mit Erdnussbutter und Gelee. Aber wir haben es überstanden, haben Lichterketten aufgehängt und Geschenke gebastelt – Mom bekam von mir Schmuck für den Baum und ich von ihr einen Trockenblumenstrauß. Im Nachhinein ist das sogar eine meiner schönsten Erinnerungen. Wir haben uns gegenseitig gewärmt. Eigentlich war das bei uns immer so. Mit ihrem Mut und ihrem unbeugsamen Willen hat Mom dafür gesorgt, dass es uns gut ging, egal was los war.

Ihr Blick fällt wieder auf das Foto im Rahmen. Sie betrachtet es einen Moment und streicht nachdenklich mit dem Zeigefinger über mein Abendkleid. »Als du ein kleines Mädchen warst, habe ich diesen ganzen Prinzessinnenfirlefanz gehasst, weißt du noch?«

Ich nicke. »Ja, klar.« Sie fand pinkfarbene, glitzernde Mädchensachen schrecklich, stattdessen hat sie mir Bauklötze, eine Eisenbahn und Stofftiere geschenkt und mich in genderneutralen Farben angezogen.

»Vielleicht hatte ich selbst ja auch Vorurteile«, gibt sie etwas kleinlaut zu. »Aber natürlich wurde meine Sichtweise durch das beeinflusst, was ich mitbekommen habe, als ich mich in deinen Vater verliebte – einen echten Prinzen. Das hat mich verunsichert – ich hatte die Befürchtung, als Kronprinzessin auf ein bestimmtes Leben festgelegt zu werden und keine Chance zu bekommen, außerhalb des Kaiserhauses jemals irgendetwas Bedeutsames leisten zu können.« Ich zucke kurz zusammen, versuche mir aber nicht anmerken zu lassen, dass ihre Befürchtung vollkommen berechtigt war und ist. »Mich macht es einfach wütend, dass man von mir erwartet, mich weiblicher zu geben oder überhaupt anders zu sein, als ich es bin, verstehst du? Dass ich, so wie ich bin, anscheinend nicht genüge.«

»Du müsstest dich ja nur so lange anpassen, bis die euch erlauben, zu heiraten«, wiegle ich ab. Wie soll ich sie nur davon überzeugen, dass noch nicht alles verloren ist? »Und außerdem lassen sich manche Systeme nur von innen heraus verändern.« Daran glaube ich wirklich. Manchmal muss man alles niederbrennen und ganz neu aufbauen, aber in einigen Fällen ist es besser, die Fassade stehen zu lassen und nur innen zu modernisieren, die Tapete von den Wänden zu kratzen, den Teppich rauszureißen und Popcorn von der Küchendecke zu schaben.

»Stimmt auch wieder«, sagt Mom. Wir sehen uns lächelnd an, bis ihre Miene wieder so traurig wird, dass es mir einen Stich versetzt.

Mom seufzt und schaut in den Park hinaus, wo gerade mindestens sechs Gärtner damit beschäftigt sind, Bäume zu beschneiden und nicht existierendes Laub zu rechen.

Unser Garten in Mount Shasta ist mittlerweile bestimmt schon ganz überwuchert. Ich denke daran, wie Mom im Sommer an den Wochenenden immer den Rasen gemäht und Unkraut gejätet hat und wie ihr dabei vor Anstrengung der Schweiß übers Gesicht lief. Am nächsten Wochenende hat sie dann wieder von vorn angefangen, weil alles nachgewachsen war. Sie ist zäh und kämpferisch und das bin ich auch. Wir Tanakas geben nicht so schnell auf.

Mom hätte Dad schon vor achtzehn Jahren heiraten können. Nachdem ich herausgefunden hatte, wer mein Vater ist, habe ich ihr Vorwürfe gemacht, dass sie weggelaufen ist und ich ohne ihn aufwachsen musste. Ich habe sie beschuldigt, egoistisch zu sein und dass es ihr nur um ihre eigenen Interessen gegangen wäre, nicht um meine. Aber jetzt sehe ich die Dinge klarer. Egal, was andere Leute behaupten, Mom hat den für sie selbst eindeutig mühseligeren Weg gewählt, weil sie der Meinung war, er wäre der bessere für uns beide. Nein, ich bin nicht mehr sauer. Ich weiß, wer ich bin. Ich weiß, wo ich herkomme. Wo ich hinmöchte, weiß ich zwar noch nicht, aber das kann ich später noch rausfinden. Jetzt geht es erst mal darum, Moms Zukunft zu sichern.

»Ich will die Frau, die ich bin, nicht verstecken müssen, um zu einer Frau zu werden, die andere an meiner Stelle sehen wollen«, sagt Mom leise. Sie sieht mich an und reckt das Kinn, als wollte sie mich herausfordern. *Was sagst du dazu?*

Ich befeuchte mir die Lippen. »Es wäre ja wirklich nur für eine bestimmte Zeit, um den Rat zu beruhigen.« Mom ist noch nicht lange hier, sie kennt die Regeln dieses kaiserlichen Spiels noch nicht. Vielleicht sind wir tatsächlich Schachfiguren, aber wir haben trotzdem noch einen freien Willen. Wir können über unsere Zukunft mitentscheiden. Das Spielbrett gehört uns. Ist doch so, oder?

Mom stellt ihre Tasse ab. »Wahrscheinlich habe ich einfach Schwierigkeiten, meine eigene Weltanschauung damit zu vereinbaren, selbst Mitglied einer Kaiserfamilie zu werden.« Natürlich bereitet ihr das Probleme. Mir geht es ja nicht anders. *Was macht es mit mir, dass ich Prinzessin bin? Haben Prinzessinnen heutzutage überhaupt noch eine Aufgabe? Gibt es einen Platz für sie in der Welt? Gibt es einen Platz für mich?* Mom verschränkt die Arme. »Wenn ich ganz ehrlich bin, hatte meine Flucht vor deinem Vater damals in erster Linie damit zu tun, dass ich Angst hatte. Es fällt mir schwer, das zuzugeben, aber …« Sie holt tief Luft. »Ich war schwanger und ganz allein und … ja, ich hatte schlicht Angst.« Sie presst die Lippen aufeinander. »Ich wollte dich schützen, aber auch mich selbst. Das Leben am Kaiserhof hat mir wirklich richtig Angst eingejagt.«

»Jetzt auch noch?«

Sie sieht mir fest in die Augen und schüttelt kurz den Kopf. »Ich habe Respekt vor dem, was mich erwartet, aber keine Angst.«

»Willst du Dad heiraten?«, frage ich.

»Ja, das will ich«, sagt sie ohne zu zögern. »Aus tiefstem Herzen.«

Meine Gedanken wandern wieder zurück in meine Kindheit. Ich denke daran, wie Mom mir am Anfang des Schuljahrs immer neue Kleidung kaufte und nachts aufblieb, um ihre eigenen Sachen zu flicken. Wie sie eine Party mit Kollegen oder ein Essen mit Freunden ausfallen ließ, um mich beim Fußball anzufeuern. Ich habe zwar nie ein einziges Tor geschossen, aber sie saß trotzdem bei jedem Spiel auf der Tribüne. Sie war für mich da. Hat immer nur gegeben und sich selbst nie etwas gegönnt. Es ist allerhöchste Zeit, dass sie endlich auch mal bekommt, was sie sich wünscht.

Ich richte mich auf und sehe sie mit derselben Entschlossenheit an, die sie sonst immer ausstrahlt. »Dann helfe ich dir, wo ich nur kann.«

»Aber wie?«, fragt sie niedergeschlagen.

Ich grabe meine Zähne in die Unterlippe. »Das weiß ich noch nicht.« Aber irgendwo tief in mir drin weiß ich es und das Ausmaß meiner Aufgabe lässt mich schaudern. Das hier ist eine richtig große Nummer. Ewas vollkommen anderes, als ihr zu helfen, passende Kleidung auszusuchen oder Japanisch oder Kalligrafie zu lernen. Die Veränderungen, die dafür notwendig sind, betreffen nicht nur meine Mutter, sondern auch mich. Im Geiste spule ich noch mal zurück, was die Hofbeamten vorhin gesagt haben. Mich von Akio zu trennen kommt natürlich nicht infrage, aber das bedeutet, dass ich auf allen übrigen Gebieten dafür umso mehr glänzen muss. Zum Beispiel, was das Studium angeht. Alle Zweifel sind auf einmal wie weggeblasen. Ich werde mich an einer japanischen Universität einschreiben. Herr Fuchigami wird jubeln. »Wir bringen die Mitglieder des Haushaltsrats dazu, ihre Meinung zu ändern. Wetten?«

Mom rutscht auf dem Sofa ein Stück zur Seite. »Komm her.« Sie klopft neben sich aufs Polster und streckt die Arme nach mir aus.

»*Mom* ...«, flüstere ich. Die Tür steht offen. Jeder, der vorbeikommt, könnte uns sehen. Ich bin zu alt, um mich beim Kuscheln mit meiner Mutter erwischen zu lassen.

Sie schüttelt ungeduldig die Arme. »Jetzt komm schon her.«

Ich verdrehe die Augen und stöhne, aber dann stehe ich auf und setze mich neben sie. Meine Mutter zieht mich an ihre Brust und schmiegt ihre Wange an meinen Kopf. Genauso saßen wir damals an Weihnachten zitternd mit Tamagotchi, der mir die Zehen ableckte, unter einem Deckenberg, während wir auf die Heizungsmonteure warteten. Ihre Tränen fielen auf mein Gesicht. Damals sagte sie, sie würde aus Müdigkeit weinen. Jetzt verstehe ich, wie sie das gemeint hat. Wie erschöpft sie war. Sie hatte ein hartes Leben. Aber das könnte jetzt anders werden. Sie hat ihren Prinzen gefunden – *einen echten Prinzen.* Und ich werde alles in meiner Macht Stehende tun, um dafür zu sorgen, dass sie ihr Happy End bekommt. Und ich meins.

»Wir kriegen das hin«, sage ich. Verspreche es. Schwöre es stumm. Vielleicht war ich ja sogar der Grund, warum meine Eltern damals nicht zusammengeblieben sind. Was, wenn Mom damals nicht schwanger geworden wäre? Wäre sie dann auch weggelaufen? Oder hätte sie ihm eine Chance gegeben? Hätten die beiden womöglich eine Fernbeziehung geführt, nachdem er nach Japan zurückgegangen wäre? Kann sein, kann auch nicht sein. Vielleicht ist es ja auch egal. Ich weiß nur, dass das jetzt ihre zweite Chance ist.

Mom drückt mich ganz fest an sich und ich lasse es zu. Eigentlich ist es ja auch echt schön, so gehalten zu werden. Mir ist schon aufgefallen, dass Umarmungen mit zunehmendem Alter immer seltener werden.

»Dein Vater meinte, er könnte sich vorstellen, dass die Kaiserin bereit wäre, mir Unterricht in höfischer Etikette zu geben. Ich werde ihn bitten, sie zu fragen.« Sie zieht mich noch enger an sich und drückt mir einen Kuss in die Haare. »Niemand wird dich jemals so sehr lieben wie ich«, sagt sie.

Ich verziehe das Gesicht. »Ich hab das Gefühl, dass es irgendwie nicht gesund ist, so was zu sagen. Das solltest du auch gar nicht wollen.«

»Aber es ist nun mal die Wahrheit«, sagt Mom und lässt mich los. Ich streiche mir die Haare glatt.

Der Palastangestellte, der immer mit Tamagotchi spazieren geht und ihn über Matschpfützen trägt, bleibt kurz vor der Tür stehen und lächelt uns an, bevor er weitergeht.

6

Akio kommt wie ausgemacht am nächsten Abend wieder. Unsere verbleibende gemeinsame Zeit ist mittlerweile auf knapp achtundvierzig Stunden zusammengeschrumpft. In zwei Tagen reist er nach Nara.

»Ich habe total viel zu erzählen«, kündige ich an, als wir uns vor dem Palastportal treffen. »Aber was ist mit unserer letzten Partie Go?«

Seit meiner Unterhaltung mit Mom hatten wir keine Zeit, miteinander zu reden. Heute war Akio den ganzen Tag mit seinen Eltern unterwegs und ich habe die Begrüßungsrede zur Eröffnung des alljährlichen Highschool-Gebärdensprachen-Wettbewerbs gehalten.

»Dann lass uns vielleicht lieber erst ein bisschen spazieren gehen«, sagt er. »Ich habe auch etwas, worüber ich mit dir sprechen wollte.«

»Okay.« Ich nicke und wir gehen in Richtung der östlichen Parkanlage. »Was gibt es denn?«, frage ich, während ich gut gelaunt neben ihm herschlendere. Obwohl es schon dämmert, ist es noch so warm, dass meine Arme bald von einem leichten Schweißfilm überzogen sind.

»Du zuerst«, sagt Akio.

Ich brenne so sehr darauf, ihm von meinem Plan zu erzählen, dass ich sofort loslege. »Also, Mom und ich …«, sage ich etwas außer Atem, weil ich für jeden Schritt den Akio macht, zwei (okay, eher drei) gehen muss. »Wir haben beschlossen, uns voll ins Zeug zu legen und alles zu tun, damit die Mitglieder vom Kaiserlichen Haushaltsrat ihre Meinung über sie ändern und die Heirat genehmigen. Mein Vater will die Kaiserin fragen, ob sie Mom Unterricht in höfischer Etikette gibt, und ich schreibe mich an der Uni Tokyo ein.«

»Im Ernst?« Akio verlangsamt seine Schritte. »Du willst jetzt auf einmal doch studieren? Ich dachte, du wärst dir nicht sicher.«

Ein Wachmann, der an uns vorbeikommt, verbeugt sich tief und ich neige den Kopf. Der Park ist für die Öffentlichkeit zugänglich, hat aber schon vor einer Stunde geschlossen. Abgesehen von Reina, die irgendwo in der Nähe sein muss, sich aber diskret im Hintergrund hält, sind wir allein.

»Es ist … *fukuzatsu.* Kompliziert«, räume ich ein. »Aber ich muss es tun. Für meine Mom.« Und das ist nicht alles. Mir ist bewusst geworden, dass es noch andere Dinge gibt, die ich ändern muss. Ich presse meine rechte Hand zu einem heiligen Eid auf mein Herz. »Ich bin bereit, alles zu tun, was nötig ist, um die perfekte Prinzessin zu werden«, sage ich und strahle Akio glücklich an, weil jetzt alles gut wird.

Er streicht mit dem Daumen über seine Lippen. »*So* wichtig ist es dir, dass deine Eltern heiraten können?«

Ich nicke. »Das weißt du doch.« Wir schlendern weiter. »Aber ich wünsche es mir nicht nur für mich, sondern vor allem für Mom. Sie hatte es als alleinerziehende Mutter nie leicht, und es ist höchste Zeit, dass sie endlich ihr Happy End bekommt.« Ich krame eine Tüte Traubenzuckerdrops mit *Ramune*-Limo-Geschmack aus der Tasche meines Kleids, stecke mir einen in den Mund und lasse ihn auf der Zunge zergehen. Ich habe immer irgendwelche Süßigkeiten dabei, die sind für mich lebenswichtig – genau wie Kleider mit Taschen. Zum Glück kann ich beide Leidenschaften perfekt kombinieren.

Akio stupst mich lachend in die Seite. »Wie mein Großvater. Der hatte auch immer Bonbons in seinen Taschen.«

Ich stupse zurück. »Willst du damit sagen, dass ich dich an einen alten Mann erinnere?«

Wir nähern uns der Ruine der Burg, die hier stand, als Tokyo noch Edo hieß. Es ist kaum etwas von ihr übrig geblieben. In ein paar Metern Entfernung markiert ein Schild die Stelle, an der sich in der Tokugawa-Zeit um 1700 der junge Daimyō Asano Naganori mit dem Schwert auf den Zeremonienmeister Kira Kōsuke-no-suke Yoshinaka stürzte, nachdem der ihn andauernd schikaniert hatte. Kira wurde nur leicht verletzt, aber Asano wurde dazu verurteilt, *seppuku*, also Selbstmord, zu begehen. Seine *samurai* wurden dadurch zu herrenlosen *rōnin*, von denen siebenundvierzig Rache schworen. Die *Geschichte der 47 Rōnin* ist ein Nationalmythos Japans.

Akio lächelt traurig. »Du wirst mir fehlen.«

Eigentlich müsste er sich keine Sorgen machen. Mit dem Zug ist man von Tokyo aus in ein paar Stunden in Nara, und ich habe fest vor, ihn so oft zu besuchen, wie es mein Vorlesungsplan zulässt.

»Dann muss ich mich vielleicht doch im Maßstab 1:8 verewigen lassen, damit du mich immer mit dir herumtragen kannst.« Vor ein paar Monaten habe ich ein Start-up besichtigt, das sich darauf spezialisiert hat, personalisierte Püppchen herzustellen. Für 108.000 Yen (also ungefähr tausend Dollar) wird ein 3-D-Ausdruck des Kopfs des Kunden hergestellt, der dann auf den Körper einer Plastikfigur gesteckt wird. Als ich Akio davon erzählt und gesagt habe, dass er eine Izumi haben könnte, die er in die Tasche stecken kann, war er zum Glück angemessen angewidert.

»Ach, Rettich«, sagt er jetzt leise. »Ich fürchte, das funktioniert so nicht.«

»Na gut, dann kriegt du eben keine Puppe«, sage ich achselzuckend.

Wir treten auf eine gewölbte Holzbrücke, die sich über einen Teich voller Seerosen spannt. Unter uns gleiten Koi durchs Wasser. Auf einer ähnlichen Brücke in Kyoto haben wir uns vor ein paar Monaten in tiefster Dunkelheit, während der magischen Stunden zwischen Mitternacht und Sonnenaufgang, zum ersten Mal geküsst. Zu berauscht von Kyoto hatte ich damals nicht einschlafen können, und Akio schlug vor, einen Nachtspaziergang zu machen. Damals haben wir uns über das japanische Konzept des *gimu* unterhalten – die lebenslange Verpflichtung seiner Familie oder seinem Land gegenüber. Akio war zu der Zeit noch bei der Palastpolizei, so wie sein Vater und sein Großvater vor ihm. Er sollte die Familientradition fortführen, hatte aber andere Vorstellungen und kündigte die Stelle schließlich, um Pilot zu werden. Als wir uns küssten, haben wir uns von *ninjō* leiten lassen – vom *Gefühl*, das mit *gimu* im Widerstreit steht.

»Nein.« Akio geht ein paar Schritte. »Die Puppe meinte ich nicht. Ich habe dir doch vorhin gesagt, dass es etwas gibt, worüber ich mit dir reden will. Ich war noch unschlüssig, aber nachdem ich jetzt gehört habe, wie bewundernd du über deine Mutter sprichst und wie viel dir ihr Glück bedeutet, glaube ich, es ist die richtige Entscheidung.« Er dreht sich zu mir und sieht mich durchdringend an. »Wir dürfen uns nicht mehr sehen.«

Mein Herz bleibt kurz stehen. »Wie bitte?«

Akio geht noch ein Stück und umklammert das Geländer. Unter ihm schießt ein Koi an die Oberfläche und dreht sich einmal um sich selbst, bevor er wieder abtaucht. »Du hast selbst gehört, was der Oberhofmeister und die Kammerherren gestern gesagt haben. Perfekte Prinzessinnen sind nicht mit ihren Bodyguards zusammen.«

Ich denke an mein Interview mit der *Women Now!* zurück. Ich hatte mir eingebildet, die Presse mit ihren eigenen Waffen schlagen zu können, indem ich selbst meine Geschichte in einem Exklusivinterview erzähle. Und mein Plan ging auf – jedenfalls eine Zeit lang. Das japanische Volk verzieh mir, dass ich mich in meinen Bodyguard verliebt hatte, und verstand, dass ich wirklich immer versucht habe, alles richtig zu machen. Endlich wurde ich akzeptiert. Aber es war wohl naiv zu glauben, dieser Frieden könnte Bestand haben. Am Ende will die Presse immer das letzte Wort haben – genau wie der Kaiserliche Haushaltsrat. Plötzlich kommt es mir wieder so vor, als hätte ich in Japan keinerlei Entscheidungsgewalt über mein eigenes Leben. Nach wie vor nicht. »Du bist aber nicht mehr mein Bodyguard«, widerspreche ich schwach.

Eine Windböe bläst Akio eine Haarsträhne ins Gesicht. Er streicht sie zurück und dreht sich wieder mir zu. »Durch unsere Beziehung gefährden wir das Lebensglück deiner Eltern.«

»Ja, schon«, sage ich widerstrebend und trete zu ihm ans Geländer. »Da ist was dran. Aber … wie wäre es, wenn wir einfach für einige Zeit eine Beziehungspause einlegen?« Ich nicke, wie um mich selbst davon zu überzeugen, dass das eine Superidee ist. »Wir halten uns voneinander fern, als hätten wir uns getrennt, und sobald der Rat seine Einwilligung gibt, sind wir eben wieder zusammen, okay?«

Mir gefällt der Ausdruck in Akios Augen nicht. Das Mitgefühl in seinem Lächeln. Als wäre ich eine Waise, die verzweifelt versucht, die anderen Kinder im Waisenhaus davon zu überzeugen, dass ihre Eltern sie bald abholen werden. *Es dauert nicht mehr lang, ihr werdet schon sehen.*

Akio schüttelt den Kopf. »Die lassen sich nicht austricksen. Sie werden dahinterkommen und dann gibt es die nächsten Schlagzeilen. Wir *sind* die Schlagzeilen. Das wird nie enden. Es ist das Beste, wenn wir uns trennen.«

Mein Herz krampft sich zusammen. »Tu das nicht«, sage ich. Ich will mit dem Fuß aufstampfen, will die Fäuste ballen und auf irgendetwas einschlagen. »Sei nicht wie diese ganzen Hofbeamten, die über meinen Kopf hinweg entscheiden, was das Beste für mich ist. Gib uns nicht auf.« Ich stehe unter Schock, bin total fassungslos, aber auch wütend, und schlucke gegen einen Kloß in meiner Kehle an, der sich wie ein gigantisches *mochi*-Klebereisbällchen anfühlt.

»Das habe ich schon«, sagt er leise.

Mein Blick fällt auf die Überreste eines Turms der alten Burg Edo, der sorgfältig restauriert worden ist. Der verwitterte Fels wurde durch lasergeschnittene Steine ersetzt. Noch vor einer Stunde sind Kinder in der Sommerhitze darauf herumgeklettert und ihr Gelächter hallte von den Mauern wider, jetzt liegt er traurig und verlassen da. So wie ich es ohne Akio sein werde.

Ich senke den Blick. »Wenn du jetzt gehst, brauchst du nie mehr wiederzukommen.«

Ich habe die Angewohnheiten, trotzig zu werden und Dinge zu sagen, die ich nicht so meine, wenn ich wütend bin. Und genau das passiert jetzt. Ich vertreibe ausgerechnet den Menschen, den ich doch um nichts in der Welt verlieren möchte.

»Verstehe«, sagt Akio und seine Stimme ist noch fester als eben. Ich blicke durch einen Tränenschleier zu ihm auf, sehe in sein markantes Gesicht mit den wie mit einem Meißel herausgearbeiteten Wangenknochen.

»Akio … bitte«, presse ich hervor. Sekunden vergehen. »Tu das nicht.« *Sag etwas, Akio. Sag, dass ich dich missverstanden habe.*

»Ach, Rettich.« Seine Augen sind gerötet und es schimmern Tränen darin. Es ist ein kleiner Trost, zu sehen, dass es ihm auch wehtut. Die Dämmerung breitet ihre purpurnen Schwingen aus und das Orange des Sonnenuntergangs weicht tiefem Blau. Akio dreht sich zu mir und streicht mir mit dem Daumen über die Wange, seine Hände gleiten zu meinen Schultern. Er knöpft mir die Wolljacke zu. »Es wird kalt.« Sein Tonfall ist resolut. Er küsst mich auf die Wange, dann auf die Stirn und sagt nach kurzem Zögern: »Wie hätte ich auch erwarten dürfen, für immer in deinem goldenen Orbit zu leben? Ich hätte es wissen müssen. Wir haben ein Spiel gespielt, das von Anfang an verloren war.«

Ich erstarre und drehe den Kopf weg. Akio holt scharf Luft, dann lässt er mich los. Er tritt einen Schritt zurück und verbeugt sich förmlich. »Eure Hoheit …«

Ich kneife die Augen zusammen, damit ich nicht sehen muss, wie er davongeht.

Aus meiner Kehle dringt ein ersticktes Wimmern. Ich schlinge die Arme um den Oberkörper, wie um mich daran zu hindern auseinanderzubrechen. Als ich den Blick wieder hebe, ist Akio weg. Verschwunden. Als wäre er nie da gewesen.

TOKYO TATTLER

Geheimtreffen des Kaiserlichen Haushaltsrats

1. September 2021

Am gestrigen Abend herrschte ein ungewöhnlich hohes Verkehrsaufkommen vor dem Gebäude des Kaiserlichen Hofamts. Wie uns ein Augenzeuge berichtete, fuhren immer wieder Limousinen vor, denen hochrangige Würdenträger unseres Landes entstiegen. So trafen neben Ihren Kaiserlichen Hoheiten den Prinzen Nobuhito und Yasuhito nach und nach unter anderem auch unser Premierminister, die Sprecher beider Kammern des Parlaments sowie deren Stellvertreter, der Präsident und einer der Richter des Obersten Gerichtshofs ein. Insgesamt wurden zehn Besucher gezählt. Die Frage, was diese Männer gemein haben, ist schnell beantwortet. Sie alle sind Mitglieder des aktuellen Kaiserlichen Haushaltsrats.

Das Kaiserliche Hofamt hat nichts darüber verlauten lassen, in welcher Angelegenheit der Rat im Geheimen getagt hat. Allerdings wurde uns aus zuverlässiger Quelle zugetragen, er sei zusammengetroffen, um eine inoffizielle Vorabstimmung bezüglich der Verheiratung unseres Kronprinzen mit seiner amerikanischen Auserwählten Hanako Tanaka durchzuführen.

Soweit wir in Erfahrung bringen konnten, verlief diese Abstimmung nicht zugunsten der Amerikanerin. Lediglich zwei der Mitglieder drückten ihre Zustimmung aus – beide Angehörige des Kaiserhauses. »Die übrigen Ratsmitglieder zeigten sich besorgt darüber, dass Ms Tanaka keiner der alten Familien des Landes entstammt, was Zweifel an ihrer Loyalität gegenüber dem Kaiserhaus aufkommen lässt«, so unser Insider.

In der Vergangenheit war es Tradition, dass die Kammerherren des Hofs durch diskrete Beratung mit dem *kasumi kaikan* – der Vereinigung ehemaliger japanischer Adelsfamilien – geeignete junge Frauen ausfindig machten, unter denen der Kronprinz seine zukünftige Gattin wählen konnte. Kriterien waren dabei unter anderem: die potenzielle Ehefrau musste jünger als der Prinz sein, wobei der Altersunterschied nicht mehr als sechs Jahre betragen durfte; darüber hinaus sollte sie acht bis fünfzehn Zentimeter kleiner sein als er, gebildet und bei ausgezeichneter Gesundheit. Einmal wurde eine Kandidatin abgewiesen, weil in ihrer Familie Nachkommen mit Schwimmhäuten zwischen den Zehen geboren worden waren. Im Hinblick auf diese Kriterien liegt es nahe zu fragen, wie wohl Ms Tanaka im Vergleich mit den erlesensten Töchtern Japans abschneiden würde.

»Sie würde gar nicht zur Wahl stehen, weil sie eine *Weihnachtstorte* ist«, sagt Bloggerin Junko Inogashira und benutzt einen Ausdruck, mit dem hierzulande scherzhaft Frauen beschrieben werden, die keinen Mann finden. »Und zwar eine, die ihr Verfallsdatum weit überschritten hat.«

Ms Tanakas Alter ist tatsächlich ein nicht unwichtiger Punkt. Die Frage der Thronfolge ist momentan noch ungeklärt und könnte in der Zukunft für Probleme sorgen. Einer der Söhne Kaiser Takehitos muss über kurz oder lang einen Erben zeugen, um die Dynastie zu sichern.

Die Beamten des Kaiserlichen Hofamts hegten diesbezüglich Hoffnungen, als Prinz Nobuhito Midori Ito heiratete, die als Star einer Daily Soap große Erfolge feiern konnte. Doch nach der Geburt ihrer Zwillingstöchter hat sich die Prinzessin fast völlig aus der Öffentlichkeit zurückgezogen. Aus gut unterrichteten Kreisen ist zu hören, dass sie nicht vorhat, noch weitere Kinder zu bekommen. »Prinz Nobuhito und Prinzessin Midori nächtigen nicht nur in getrennten Schlafzimmern, sondern immer öfter sogar an unterschiedlichen Orten«, verriet uns ein Insider.

Viel ist über Ms Tanaka nicht bekannt, aber das wenige, was man über die Amerikanerin weiß, sorgt bei den Mitgliedern des Haushaltsrats nicht gerade für Beruhigung. »Ms Tanaka macht kein Geheimnis daraus, dass sie Feministin ist, und vertritt darüber hinaus relativ radikale Ansichten in Sachen Klima- und Umweltschutz.«

Bekanntermaßen haben die Angehörigen der Kaiserlichen Familie aber in allen Angelegenheiten Neutralität zu wahren. Da das Kaiserhaus als Institution die Meinung *sämtlicher* Bürger des Landes vertritt, haben seine Vertreter per se jegliche persönliche politische Stellungnahme zu vermeiden. Die Monarchie kann nur überleben, solange sie sich rigoros aus der politischen Diskussion heraushält. Wie man hört, hat der Haushaltsrat eine Untersuchung angewiesen, um den politischen Hintergrund von Ms Tanaka zu durchleuchten.

Bleibt abzuwarten, was dabei herauskommt. In der Zwischenzeit sind alle Augen auf Ms Tanaka und ihre Tochter gerichtet. Unser Informant verriet uns, dass die Beamten des Kaiserlichen Hofamts es bedauern, versäumt zu haben, rechtzeitig regulierend einzugreifen, als Prinzessin Izumi zur Kaiserlichen Familie stieß – aber eben genau aus diesem Grund fest entschlossen seien, diesen Fehler bei Ms Tanaka nicht zu wiederholen.

7

Irgendwie schaffe ich es, mich in den Palast zurückzuschleppen. Mom und Dad sind ausgegangen. Von den wenigen Angestellten, die um diese Zeit noch im Dienst sind, begegnet mir keiner. Ich flüchte in mein Schlafzimmer, schiebe die Tür hinter mir zu und drücke die Stirn an das kühle Holz. Die erste Träne rinnt mir übers Gesicht, dann die nächste, mein Herzschlag dröhnt in meinen Ohren, meine Schultern beben. Ein Schluchzen baut sich in meiner Kehle auf und bahnt sich seinen Weg nach draußen. Ich werfe mich auf mein Bett und liege mit offenen Augen da. Vor dem Fenster steht der Mond hoch am schwarzen Himmel. Tamagotchi krabbelt unter meine Decke, ich drücke ihn eng an mich und versichere ihm, dass ich ihn bis zu meinem Tod lieben werde, worauf er sich sofort aus meiner Umarmung freistrampelt, zu Boden springt und unter dem Bett verkriecht. Ich liege vollkommen bewegungslos da. Irgendwie schaffe ich es einzuschlafen, und als ich aufwache, ist es Tag. Das helle Licht des Morgens kriecht über die Zimmerdecke. Der Legende nach stammt die japanische Kaiserfamilie direkt von der Sonnengöttin Amaterasu ab, aber für mich scheint heute nicht die Sonne. Mir ist kalt. Meine Kehle zieht sich schmerzhaft zusammen. *Akio.*

Ich wälze mich auf die Seite und schaue zum Handy, das auf dem Nachttisch liegt. Eine verzweifelte, kranke Hoffnung lässt mich danach greifen und nachsehen, ob er geschrieben hat. Oder angerufen. *Es tut mir leid. Ich wollte das nicht. Bitte melde dich.*

Nichts. Und jetzt? Was macht ein Mädchen, dessen Herz gebrochen wurde? Sie schreibt natürlich ihrer besten Freundin.

Ich

Hast du Zeit zu reden?

Eine Sekunde später klingelt das Handy, Nooras Name blinkt auf dem Display. Ich setze mich auf, ziehe die Knie an die Brust, stütze das Kinn darauf und nehme den Anruf an. Ihr Gesicht erscheint auf dem Bildschirm.

»Hey.« Bei Noora ist jetzt Nachmittag und sie sitzt in ihrem Zimmer im Studentenheim. Ich erkenne den übertrieben mit Post-its zugeklebten Wandkalender und die Standard-Fichtenholzmöblierung wieder.

»Hey.« Unter der Decke kralle ich die Zehen zusammen. Tränen sammeln sich in meinen Augen. Ich schniefe.

»Oh nein … Zoom-Zoom«, sagt Noora besorgt. Sie hat einen Hoodie an, und obwohl ich nur die obere Hälfte der Buchstaben sehe, erkenne ich den Schriftzug der Columbia University. Ich habe mein Lieblings-Mount-Shasta-Highschool-T-Shirt an, auf dem vorne das Schulmaskottchen abgebildet ist, ein Bär. Mein zweitliebstes T-Shirt habe ich mir von Hansani geklaut, in Glitzerschrift steht *Meine Superkraft ist Liebe* darauf. »Was ist passiert?«

»Akio hat Schluss gemacht.« Ich senke den Kopf und wische mir mit dem Saum meines Shirts über die Nase. Ich bin ein Wrack.

»Wie? Was? Warum das denn?«, fragt sie überrascht. Dann verengen sich ihre Augen. »Ein Wort von dir genügt und ich hacke ihm den Schniedel ab und nähe ihn ihm als Ringelschwänzchen ans Steißbein.«

»Wow. Drastisch.« Ich ringe mir ein Lächeln ab. »Ich sehe es direkt vor mir.«

Sie lässt sich schnaubend auf ihrem Bett nach hinten fallen und hält das Handy über sich. Ihre dunklen Haare umrahmen ihren Kopf wie eine Krone. Noora hätte von uns beiden die Prinzessin sein sollen. Sie hätte alles richtig gemacht. »Du weißt, dass ich für dich jederzeit in den Knast gehen würde.«

»Er glaubt, wenn wir weiter zusammenbleiben, riskieren wir, dass meine Eltern niemals ihr Lebensglück finden.«

Ich erzähle ihr von der geheimen Vorabstimmung und der Macht des Kaiserlichen Haushaltsrats, von der belauschten Unterhaltung zwischen dem Oberhofmeister und den Kammerherren, von meinem Vorhaben, von jetzt an eine perfekte Prinzessin zu werden … und von den letzten Worten, die Akio an mich gerichtet hat: *Wir haben ein Spiel gespielt, das von Anfang an verloren war.*

Noora verzieht mitfühlend das Gesicht. »Oh mein Gott, die Wolfsblut-Methode.«

»Die was?«

»Du weißt schon, wenn du denjenigen, den du liebst, verjagst, um ihn davor zu bewahren, verletzt zu werden. Hast du etwa nie diesen Disney-Film gesehen, in dem der Junge seinen geliebten Wolfshund mit Steinen vertreibt, um ihm das Leben zu retten?«

Ich klemme mir das Handy zwischen die Knie, schiebe meine Hände unter die Decke und massiere mir die Zehen. *Es ist nicht deine Sache zu entscheiden, was das Beste für mich ist*, habe ich zu ihm gesagt. »Du hast recht! Genau das hat er gemacht. Was ist das denn bitte für ein Mist?«, sage ich empört. Hallo? Ich bin doch kein Hund.

»Ja, echt«, stimmt Noora mir zu. »Was bildet sich dieser oberfürsorgliche Scheißkerl eigentlich ein?«

Ich runzle die Stirn. »Vielleicht ist es besser so. Wenn er so schnell bereit ist, mich aufzugeben, dann …« Ich beende den Satz nicht, weil ich es schrecklich finde, dass ich Akio gerade richtig hasse. Unverzeihlicherweise steigen mir schon wieder Tränen in die Augen.

Noora wartet ein paar Sekunden, dann fragt sie vorsichtig: »Und wie fühlst du dich jetzt?«

»Traurig. Sauer«, sage ich. »Leg lieber wieder auf. Kann gut sein, dass ich hier gleich einen Rotz-und-Wasser-Heulanfall der Stufe neun von zehn hinlege.«

»Süße? Ich lasse dich doch nicht allein«, sagt Noora liebevoll. »Ich hab dir die Haare aus dem Gesicht gehalten, als du auf Joseph Finchs Party so viel getrunken hattest, dass du dir im Badezimmer von seinen Eltern die Eingeweide aus dem Leib gekotzt hast.« Joseph Finch war der einzige Junge aus unserem Jahrgang, der schon echten Bartwuchs hatte. Er wurde im Berryvale Market an der Kasse nie nach dem Ausweis gefragt. Ich denke wehmütig an die gute alte Zeit zurück, als meine größte Sorge noch war, wie ich das Wochenende verbringe, wann oder ob ich Hausaufgaben mache und ob mein Geld reicht, um mir im Black Bear Diner einen Milkshake *und* Pommes zu leisten. »Noora?«

»Ja. Hier.« Sie hebt die Hand.

»Was hältst du vom Studieren? Ich meine, wie gefällt es dir an der Uni?«

»Du meinst, abgesehen davon, dass ich mir das Bad mit zwanzig anderen Mädchen teilen muss, die Heizung im Wohnheim ausgefallen ist und die Vorlesungen noch nicht angefangen haben, ich aber schon jetzt vor lauter Stress kaffeesüchtig geworden bin und Mini-Gugelhupfe esse, als würde mich jemand dafür bezahlen?« Sie holt Luft, dreht eine Haarsträhne um ihren Zeigefinger und erklärt dann strahlend: »Es ist toll. Keine Ahnung. Irgendwie hab ich das Gefühl, als wäre ich die ganze Zeit orientierungslos rumgeirrt und hätte mich jetzt endlich selbst gefunden. Weißt du noch, wie du immer gesagt hast, dass du nicht nach Mount Shasta passt?

Ich hab das damals nie so wirklich verstanden, aber seit ich hier bin, weiß ich, was du damit gemeint hast. Hier bin ich endlich da, wo ich hingehöre.«

Schön, dass wenigstens Noora das Gefühl hat, angekommen zu sein. Ich fühle mich in Japan immer noch genauso fehl am Platz wie in Mount Shasta. Aber wahrscheinlich geht es auch gar nicht so sehr darum, den Platz, an den man gehört, zu finden, sondern ihn sich selbst zu schaffen. Jedenfalls könnte es in meinem Fall gut so sein, aber darüber will ich jetzt nicht nachdenken.

»Minigugelhupfe?«, frage ich stattdessen.

Noora nickt begeistert. »Ja. Hier um die Ecke ist so eine kleine Bäckerei, wo es die gibt. Ich verbringe jeden Tag ungefähr zwanzig Minuten damit, mich zu entscheiden, ob ich vier Minigugelhupfe in verschiedenen Geschmacksrichtungen nehme oder einen großen.«

Ich schüttle den Kopf. »Scheint mir eine quasi unlösbare Aufgabe.« Als Noora grinst, sage ich: »Ich freu mich für dich.«

»Ich freu mich auch für mich«, sagt sie lächelnd. »Fühlst du dich schon ein bisschen besser? Du siehst jedenfalls nicht mehr ganz so sehr aus, als wolltest du dich gleich zusammenrollen und sterben.«

»Ja.« Tamagotchi kommt unter dem Bett hervor. Im Gang vor meiner Tür höre ich Schritte. Der Palast rekelt und streckt sich und erwacht. »Aber ich glaube, ich muss jetzt auflegen und mich anziehen.«

»Und was machst du jetzt?« Noora beschreibt einen Kreis, der alles mit einschließt: die Trennung von Akio. Die Verlobung meiner Eltern. Und meinen Plan, mich an der Uni einzuschreiben und zur perfekten Prinzessin zu werden – zu einem Mädchen, gegen das die alten Männer vom Kaiserlichen Haushaltsrat nichts mehr einwenden können.

Ich sehe Noora einen Moment lang stumm an. Was kann ich

schon anderes tun, als durchzuhalten? »Weiter. Ich mach einfach weiter.«

Noora nickt anerkennend. »Halt dich an das, was dieser Zen-Meister sagt«, rät sie mir. »Versuch, deine Wut zu umarmen und anzunehmen. Das wird den Schmerz verglühen lassen.«

»Alles klar. Danke«, sage ich.

Wir verabschieden uns. Ich öffne meine Foto-App und schaue mir die letzten Bilder an, die ich von Akio gemacht habe. Bilder, die sich in mein Gehirn eingebrannt haben. Danach klicke ich auf die Notiz-App und schreibe:

Kaum achtzehn Stunden erst bist du fort
und schon bin ich tausend Mal gestorben.
Ist das der Liebe Sinn?
Zerstörung? Leiden? Tod?

Ein paar Minuten später kommt eine Nachricht.

Noora

Immer noch halbwegs okay?

Ich

Nein, aber auf einem guten Weg dahin

Noora

Gib Bescheid, falls du deine Meinung änderst und ich seinen Schniedel doch noch abhacken soll

Ich

Mach ich

Noora

Mach weiter!

Ich

Ja, verdammt!

Und das ist der aktuelle Stand der Dinge. Mein Herz ist gebrochen, mein Wille aber nicht.

Herr Fuchigami betrachtet mich stirnrunzelnd, als ich nach meiner Teetasse greife und daran nippe. Er zieht seine schwarzen Raupenaugenbrauen zusammen und wiederholt meine Frage: »*Wie Sie die Mitglieder des Kaiserlichen Haushaltsrats für sich gewinnen können?* Warum legen Sie auf einmal so viel Wert darauf?«

Es ist Nachmittag. Sonnenlicht flutet den Speisesaal des Palasts. Ich muss wieder an die Göttin Amaterasu denken und bitte sie stumm, mir den rechten Weg zu leuchten. Herr Fuchigami sitzt mir gegenüber am Tisch. Mariko, die auch da ist, lächelt mich aufmunternd an. Ein Butler tritt hinter sie und schenkt ihr Tee nach.

Wie soll ich meinem Kammerherrn erklären, warum ich weiß, dass ich dringend an meinem Image arbeiten muss, ohne ihm zu sagen, dass ich mitbekommen habe, was er und seine Kollegen vorgestern vor dem Palast beredet haben?

»Ich möchte, dass der Rat die Heirat meiner Eltern genehmigt. Sie sollen ihr Happy End bekommen, und ich will dazu beitragen, so gut es geht.« Ich sitze sehr aufrecht da, die Füße gekreuzt, die Hände im Schoß gefaltet.

Herr Fuchigami trommelt mit den Fingerspitzen auf der Tischplatte. Ich lächle tapfer, obwohl ich mich fühle, als hätte mir jemand einen Eimer Eiswasser über den Kopf gekippt und alle Farben aus mir herausgewaschen. Herr Fuchigami ist für das Gelingen meines Plans von elementarer Bedeutung. Er kennt die Maschinerie des Kaiserhofs in- und auswendig und kann mir beibringen, die richtigen Zahnrädchen zu ölen. Ich muss noch so viel lernen. Wie koordinieren die Hofbeamten den Ablauf von Ereignissen, nach welchen Kriterien beraten sie? Wie haben wir Prinzen und Prinzessinnen uns zu verhalten? Welche Rolle erfüllt jeder von uns im Einzelnen?

Er dreht seine Untertasse nachdenklich erst links- und dann rechtsherum, bevor er antwortet. »Nun, wenn Sie tatsächlich helfen wollen, sollten wir über Ihre Zukunftspläne sprechen, Eure Hoheit. Genauer gesagt darüber, dass Sie welche schmieden sollten.«

Mein Puls verlangsamt sich erst und schlägt dann schneller. »Aber sicher.« Pause. »Gerne. Es wird Sie freuen zu hören, dass ich beschlossen habe zu studieren.« In Herrn Fuchigamis Augen leuchtet ein Hoffnungsschimmer auf. »Ich habe mich informiert und weiß, dass es überall in Japan hervorragende Universitäten gibt, würde aber gerne in Tokyo bleiben, weil ich meine Eltern in der aktuellen Situation nicht allein lassen will.« Vor allem Mom nicht. Sie braucht mich. Oder brauche ich sie? Egal. Das kann ich auch später noch analysieren.

Mariko setzt ihre Tasse mit zartem Klirren ab. »Es wäre ja nicht sofort. Das nächste Semester beginnt erst im April. Und falls Sie sich für die Universität Tokyo entscheiden, wären Sie vom Wohnheim aus innerhalb von nur zwanzig Minuten im Palast. Sie könnten aber natürlich auch hier wohnen bleiben und jeden Tag zur Uni fahren.«

Herrn Fuchigamis Hängebacken zittern, als er zustimmend

nickt. »Absolut richtig. Mitten im Semester können Sie ohnehin nicht anfangen. Wir benötigen Zeit, um Sie vorzubereiten.«

»Was für eine Art von Vorbereitung schwebt Ihnen da vor?«, erkundige ich mich. Vor mir steht ein Teller mit *dorayaki*, aber ich habe keinen Appetit. Mom wüsste sofort, dass es mir nicht gut geht, weil ich dann nicht mal Lust auf Süßes habe.

»Japanische Hochschulen sind für ihre strengen Aufnahmekriterien bekannt. Die Universität Tokyo nimmt zum Beispiel jedes Jahr nur siebenundzwanzig Prozent der Bewerber auf. Und obwohl man dort ohne Frage überglücklich wäre, Sie als Studentin begrüßen zu dürfen, müssten Sie dennoch das reguläre Aufnahmeverfahren durchlaufen.«

Er zählt die einzelnen Feuerreifen auf, durch die ich springen muss: Es wird erwartet, dass ich sämtliche Leistungsnachweise meiner Highschoolzeit einreiche, die streng darauf geprüft werden, ob sie den Anforderungen genügen. Ganz besonders mein Abschlusszeugnis. Zusätzlich muss ich diverse Nachweise über außerschulische Leistungen erbringen und meiner Bewerbung zwei Empfehlungsschreiben beilegen, bevor entschieden wird, ob ich die Aufnahmeprüfung ablegen darf. Falls ich sie bestehe, entscheidet meine Leistung in einem persönlichen Aufnahmegespräch, ob ich genommen werde.

Mir wird schlecht. Natürlich habe ich nicht geglaubt, dass es einfach werden würde, aber mit so hohen Hürden hatte ich nicht gerechnet. Meine Zuversicht schrumpft. Wenn die es einem so schwer machen, ist es ja wohl echt kein Wunder, dass ich mit dem Gedanken spiele, mir erst mal eine einjährige Auszeit zu nehmen, oder?

»Meine Noten auf der Highschool waren nicht so toll«, gestehe ich leise.

»Tja.« Herrn Fuchigamis Tonfall ist leicht vorwurfsvoll. »Das ist jetzt leider nicht mehr zu ändern, aber wenn wir uns auf die anderen Aspekte konzentrieren – Ihre außerschulischen Leistungen, das Ergebnis der Aufnahmeprüfung, das persönliche Gespräch et cetera –, sollte es trotzdem zu schaffen sein, Sie an die Uni zu bringen.« Er schlägt einen in Leder gebundenen Ordner auf und notiert etwas auf einem Block. »Ich werde einen Tutor für Sie einstellen, der das geforderte Pensum mit Ihnen durcharbeiten und Sie auf die Prüfung vorbereiten wird. Gleichzeitig kann er Ihnen auch weitere Sprachkenntnisse vermitteln.«

Ich atme erleichtert aus. »Cool. Danke.«

»Anders als in den USA müssen Sie sich in Japan aber gleich für ein Hauptfach entscheiden«, wirft Mariko ein.

Herr Fuchigami murmelt bestätigend. Sein Stift schwebt über dem Block, bereit, die Antwort, die mein ganzes restliches Leben mitbestimmen wird, schwarz auf weiß festzuhalten. Als wäre die Entscheidung so einfach. Als ich ihn mit leerem Blick ansehe, sagt er: »Was halten Sie von einem naturwissenschaftlichen Fach? Botanik zum Beispiel? Das wäre doch im Hinblick auf Ihre Mutter eine schöne Geste und passt darüber hinaus auch wunderbar in die Reihe der Studienfächer, für die sich die anderen Prinzessinnen entschieden haben.«

Ich denke nicht lange nach. »Okay. Geht klar. Ich studiere an der Universität Tokyo Botanik.« Kein Problem, ich habe ja schon allein durch das Zusammenleben mit Mom quasi alles über Pflanzen gelernt. *Haha.* Na, wenn mich das mal nicht beruhigt.

Herr Fuchigami lächelt zustimmend und notiert meine Antwort. »Als Nächstes sollten wir über Ihre Beziehungen zu Personen außerhalb Ihrer Familie sprechen.«

»Meinen Sie Akio?« Ich spüre einen Stich in der Magengegend. »Er zieht bald nach Nara und … äh … außerdem haben wir uns getrennt.«

»Wie bitte?«, Mariko schreit fast und Herr Fuchigami sieht sie tadelnd an. *»Sumimasen«*, murmelt sie. »Es ist nur … Sie beide haben doch so sehr darum gekämpft, zusammen sein zu dürfen. Warum …?«

»Nicht so schlimm.« Ich tue so, als ginge das für mich total in Ordnung, und richte meinen Blick auf die an der Wand hängende antike *Nō*-Maske, von der mein Vater mir erzählt hat, sie hätte ihm als Kind immer große Angst gemacht. Wenn wir jetzt weiter über Akio sprechen, fange ich womöglich an zu weinen. Ich fühle mich, als würden meine Einzelteile nur notdürftig von nassem Kleister zusammengehalten. Aber dann schüttle ich die in mir aufwallende Traurigkeit ab und konzentriere mich auf das Ziel, das ich mir gesetzt habe. *Weitermachen, Izzy.*

Herr Fuchigami macht sich hektisch Notizen. »Ich kann gerne ein Komitee berufen, das Ihnen einen geeigneten Begleiter sucht«, bietet er mir an. »Wir könnten uns unter den Söhnen unserer ehemaligen Adelsfamilien umschauen. Junge anständige Männer, deren Stammbaum tief in der Erde der alten Hauptstadt verwurzelt ist. Dabei scheiden Sprösslinge von Politikern – egal welcher Parteien – aus offensichtlichen Gründen aus. Die Kaiserliche Familie steht über der Politik. Vielleicht stellen wir eine Fokusgruppe zusammen, um uns ein Bild davon zu machen, wen die japanische Bevölkerung am liebsten an Ihrer Seite sehen würde. Ich kann …«

»Nein«, unterbreche ich Herrn Fuchigami so scharf, dass ihm beinahe der Stift aus der Hand fällt. »Kein Komitee und keine Fokusgruppe.« Er sieht mich gequält an, als würde er an schmerzhaftem Darmverschluss leiden, was vieles erklären würde. »Ich will nicht verkuppelt werden und mich auch nicht mit irgendwelchen Söhnen treffen.« Auch wenn ich jetzt theoretisch wieder Single bin, kann ich mir nicht vorstellen, irgendwen zu daten. Mein Herz blutet. Es wird sehr, sehr lange dauern, über Akio hinwegzukommen.

Herr Fuchigami streicht alles durch, was er gerade auf seinem Block notiert hat.

Mariko kommt mir zu Hilfe. »Wir werden ein offizielles Statement abgeben, dass Izumi-*sama* sich erst einmal ganz auf ihr Studium konzentrieren möchte.«

Ich schenke ihr ein dankbares Lächeln. Sie senkt den Kopf. Früher waren sie und Herr Fuchigami ein Team, jetzt ist sie auf meine Seite übergewechselt.

»Das wird fürs Erste genügen«, stimmt Herr Fuchigami ihr zu, obwohl ihm die Enttäuschung anzusehen ist. »Allerdings möchte ich Sie noch einmal daran erinnern, dass Sie sich für Ihr Profil auf der kaiserlichen Website endlich ein Hobby zulegen sollten«, sagt er. »Abgesehen davon, dass Sie auch in der Unibewerbung persönliche Interessen angeben müssen, wird das den Mitgliedern des Rats zeigen, dass Sie Ihre Rolle als Repräsentantin des Kaiserhauses ernst nehmen.«

Ich stöhne innerlich. »Ja, ja, ich weiß, aber ich habe wirklich keine Ahnung, was …«

»Es muss doch irgendetwas geben, das Sie früher in Ihrer Freizeit gern gemacht haben«, versucht Mariko mir auf die Sprünge zu helfen. »Irgendeinen Sportart?« Sie und Herr Fuchigami sehen mich abwartend an.

»Na ja«, sage ich achselzuckend. »Eine Zeit lang hatte ich Ringen als Wahlfach, aber ich habe bald wieder aufgehört, weil ich Angst hatte, mich in ein *dominantes Mannweib* zu verwandeln.« Das sage ich natürlich nur, um Herrn Fuchigami zu ärgern.

Mariko verbeißt sich ein Grinsen, wohingegen sich die Falten zwischen den Brauen meines Kammerherrn vertiefen. Eines Tages werde ich es schaffen, ihn zum Lachen bringen. Heute noch nicht.

»Gut, dann verschieben wir das mit dem Hobby noch einmal.« Er legt seinen Stift beiseite, verschränkt die Finger und sieht mich an. »So …« Diese Geste kenne ich von meinem Vater, wenn er mit Hofbeamten redet und hundertprozentige Aufmerksamkeit erwartet. »Es ist außerordentlich wichtig, dass Sie jemanden haben, der Sie in die richtigen Kreise einführt. Ich kann Ihnen einen Tutor besorgen, der Sie auf die Universität vorbereitet, aber Sie benötigen auch jemanden, der Ihnen zeigt, wie man sich auf gesellschaftlichem Parkett bewegt …« Er denkt nach. »Eine oder – besser noch – *mehrere* junge Frauen, die aus eigener Erfahrung wissen, worauf Sie als Angehörige des Kaiserhauses zu achten haben. *Freundinnen*, denen Sie nacheifern können und die idealerweise auch mit der Presse auf besten Fuße stehen …« Oje, mir schwant Übles. Ich schließe die Augen und bete stumm, dass meine Befürchtung unbegründet ist. »Ihre bezaubernden Cousinen Noriko und Akiko würden sich vorzüglich für diese Aufgabe eignen.«

Ich versuche, ein Würgen zu unterdrücken. Lieber würde ich mich freiwillig einer Folterung unterziehen, als mich mit Akiko und Noriko zusammenzutun.

Ich werfe Mariko einen Hilfe suchenden Blick zu. *Wissen Sie noch, wie die beiden mir während des Seidenraupen-Shootings eine Raupe auf den Arm gesetzt haben?* Das hört sich vielleicht nicht so schlimm an, aber für mich war es damals extrem traumatisch. Ich war gerade erst in Japan angekommen und hatte mir solche Mühe gegeben, alles richtig zu machen. *Erinnern Sie sich* … Ich sehe Mariko mit aufgerissenen Augen an … *wie die beiden mich auf der Hochzeit des Premierministers erst ins offene Messer rennen ließen und mich dann* gaijin *genannt haben?* Also *Ausländerin*, aber es ist ein Wort mit eindeutig negativer Färbung. Die Zwillinge waren so fies zu mir – ich hätte schwören können, sie wären es gewesen, die die Kuss-Fotos von mir und Akio an die Presse verkauft haben. Hinterher hat sich rausgestellt, dass mein Cousin Yoshi der Verräter gewesen ist. Ich kann es immer noch nicht fassen, dass er mich den Löwen vorgeworfen hat. Für ihn war ich nichts weiter als ein Mittel zum Zweck, um sich finanziell von seiner Familie unabhängig zu machen. Tja, mit dem Großteil meiner kaiserlichen Verwandtschaft habe ich eindeutig nicht das große Los gezogen.

Herr Fuchigami weiß aber nichts von alldem und singt das Loblied auf die Zwillinge. »Die Prinzessinnen haben immer nur das Interesse des Kaiserhauses im Sinn. Sie sind von angenehmem Wesen, freundlich und zugänglich. Von den beiden könnten Sie eine Menge lernen.«

Ich verschränke die Arme und starre Herrn Fuchigami vernichtend an, aber dann kommt es mir kindisch vor, mich so zu sträuben. »Ja, okay.«

»Fabelhaft.« Mein Kammerherr ist hocherfreut. Er schließt schwungvoll die lederne Mappe. »Ich werde alles Nötige in die Wege leiten.«

Sobald er gegangen ist, springt Mariko auf und setzt sich neben mich. »Puh.«

»Da sagen Sie was.«

»Glauben Sie, dass Sie mit den Shining-Zwillingen als Beraterinnen klarkommen werden?«, fragt sie.

Ich habe ihr vor einer Weile verraten, dass ich die beiden insgeheim immer so nenne. Mariko hatte *Shining* nie gesehen, weshalb wir uns den Film dann zusammen auf Japanisch angeschaut haben, wodurch er irgendwie noch gruseliger war. Danach konnte sie einen Monat nur noch bei Licht einschlafen. Keine Ahnung, ob sie mir das schon verziehen hat.

»Na klar«, behaupte ich fröhlich.

Es ist ja für eine gute Sache. Für Mom und Dad. Für uns. Für unsere Familie.

8

Zwei Wochen später sprinte ich, meinen Laptop an die Brust gedrückt, die Eingangsstufen der Kaiserlichen Bibliothek – ein grauer Monolith in der Nähe des Kaiserlichen Palastgeländes – hinauf. Es ist immer noch ziemlich heiß, obwohl der September in Japan offiziell schon als erster Herbstmonat gilt, dafür ist Wind aufgezogen. Es ist schwül und die Luft riecht nach Ozon. Für den Nachmittag wurde Regen vorhergesagt. In Japan sind die Wettervorhersagen erstaunlich zuverlässig und oft sogar auf die Stunde genau. Eine Böe fegt über mich hinweg, und ich ducke den Kopf, als ich die Glastür aufstoße und mich in die Bibliothek flüchte.

Rums. Ich pralle gegen etwas – nein jemanden –, stolpere rückwärts, presse mit der einen Hand den Laptop noch fester an mich und federe den Sturz mit der anderen so gut es geht ab. Um mich herum flattern dünne beschriebene Seiten wie Konfetti zu Boden. »Oh Gott, sorry.« Ich setze mich auf und sammle hektisch die Blätter ein – Notenpapier, wie ich jetzt sehe –, auf die mit blauer Tinte irgendein Musikstück gekritzelt ist. Von der Person, mit der ich zusammengestoßen bin und die jetzt vor mir kniet und auch Seiten einsammelt, sehe ich nur den schwarzen Haarschopf.

Wir stehen gleichzeitig auf, verbeugen uns und tauschen höflich Entschuldigungen aus. *Mōushiwake gozaimasen*. Als ich den Kopf hebe, blicke ich in das lächelnde Gesicht eines hübschen Typen mit Wuschelkopf und fröhlich blitzenden Augen. Er ist größer als Akio und hat den schlanken, sehnigen Körper eines Schwimmers.

Unter seiner Ledermotorradjacke trägt er ein *Ramones*-T-Shirt, dazu an den Knien aufgerissene Jeans. Um seinen Hals baumelt eine Schutzbrille. Einen kurzen Moment lang herrscht unbehagliches Schweigen, dann räuspere ich mich und halte ihm die Noten hin. »Bitte schön.«

Sein Lächeln wird – erstaunlich, dass das überhaupt geht – noch breiter und in seinen Wangen bilden sich zwei perfekte Grübchen. »Eure Hoheit.« Er verbeugt sich ein zweites Mal vor mir, diesmal im formellen Neunziggradwinkel, wie es vor Angehörigen des Kaiserhauses vorgeschrieben ist.

»Nicht doch.« Ich schaue mich verlegen im Eingangsbereich um, außer uns ist niemand zu sehen. Hinter einem Messingdrehkreuz erstrecken sich Wände mit bis zur Decke reichenden Regalen voller Bücher. Dazwischen stehen große Holztische, darauf Leselampen mit grünem Glasschirm. Das Deckengewölbe wird von Säulen gestützt. Wie immer in Bibliotheken riecht es etwas muffig. Ich wundere mich, dass wir die einzigen Besucher weit und breit sind. Herr Fuchigami hat gesagt, mein Tutor würde mich im Eingangsbereich erwarten.

»Kennst du dich hier aus?«, frage ich und stelle mich auf die Zehenspitzen, um über seine Schulter in den Raum zu spähen. Vielleicht jobbt er ja in der Bibliothek. »Eigentlich bin ich verabredet.«

»Leider nein. Ich bin zum ersten Mal hier.« Er kratzt sich am Kopf. »Mit wem sind Sie denn verabredet?«

Herr Fuchigami, der mich sonst immer gar nicht genug mit Informationen versorgen kann, hat mir nur den Namen meines Tutors genannt. »Mit, äh … Moment.« Ich greife in die Tasche und hole den Zettel heraus, den mein Kammerherr mir zugesteckt hat. »*Nakamura-sensei.* Er soll mich auf die Uni-Aufnahmeprüfung vorbereiten. Keine Ahnung, wie er aussieht, so wie ein Lehrer eben, schätze ich. Wahrscheinlich hat er ein dunkles Tweedjackett an, schimpft übers Wetter, schläft beim Lesen ein und niest ständig, weil der Staub in der Bibliothek …«

Der Typ lacht und schiebt sich lässig einen Stift hinters Ohr. »Ich glaube, da irren Sie sich, Prinzessin, der *sensei* bin nämlich ich.«

»Du bist … Sie sind *wer*?« Ich bin geistig immer noch auf einen Herrn-Fuchigami-Klon eingestellt.

»Nakamura Eriku to mōshimasu«, stellt er sich vor. *»Hajimemashite. Yoroshiku onegai shimasu.« Freut mich, Sie kennenzulernen.* »Ich bin Ihr Tutor.« Eriku Nakamura verbeugt sich noch einmal, richtet sich mit einem schiefen, charmanten Lächeln wieder auf, zieht die Nase kraus und tut so, als müsste er niesen. »Hatschi.«

Zehn Minuten später sitzen Eriku und ich uns im ersten Stock an einem der langen Tische inmitten der Bücherregale gegenüber. Wir hatten mehr oder weniger die freie Auswahl. Wie sich herausgestellt hat, ist die gesamte Bibliothek auf Wunsch des Kaiserlichen Hofamts die nächsten vier Stunden für den Publikumsverkehr geschlossen.

Ich klappe meinen Laptop auf und lächle verlegen. »Entschuldigen Sie bitte, dass ich eben so respektlos war.«

»Macht gar nichts«, sagt Eriku, ebenfalls lächelnd. Ich glaube nicht, dass ich schon jemals jemandem begegnet bin, der so oft und so breit lächelt. Selbst in seiner Stimme liegt übersprudelnde Fröhlichkeit. Er kommt mir vor wie ein menschlicher Golden Retriever. »Sie glauben gar nicht, wie oft man mich für einen alten Mann hält. Das passiert mir ständig.«

»Ich hatte einfach erwartet, dass mein Tutor eher …« Ich hebe hilflos beide Hände.

» … älter, knorriger und weiser sein würde?«, bietet Eriku an.

Ich runzle die Stirn. »Ja, äh, nein, also … Entschuldigung.«

»Alles gut.« Er lacht. Sein Computer sieht aus, als wäre er einer der ersten Laptops, die je gebaut wurden. Er ist schwer wie ein Ziegelstein und hat einen winzigen Bildschirm. Als Eriku auf einen Knopf drückt, beginnt es im Inneren zu rattern. »Das Ding braucht immer ein bisschen, um warm zu werden.« Er gibt dem Gerät einen sanften Klaps, als wäre es eine Schildkröte, die langsam über die Ziellinie kriecht. »Mach schon. *Ganbatte!*« *Gib dein Bestes.*

»Äh … Also. Mein Kammerherr, Herr Fuchigami, hat mir kaum etwas über Sie erzählt …«, versuche ich die Wartezeit mit Small Talk zu überbrücken.

Eriku trommelt mit den Fingerkuppen auf die Tischplatte, sein Laptop rattert, und ich komme mir ein bisschen so vor, als wäre ich in einer Zeitschleife gefangen. Kurz darauf leuchtet immerhin ein Fenster mit einem Balken auf, der sich langsam füllt. Zwanzig Prozent sind schon geschafft.

»Wie ich heiße, wissen Sie ja jetzt. *Eriku* wie Eric, nur mit k und einem u am Ende, damit man es mit dem japanischen Silbenalphabet schreiben kann. Meine Eltern haben mir den Namen gegeben, weil er amerikanischer klingt und international leichter auszusprechen ist. Hm. Und sonst … *und sonst* …?« Er klopft sich mit Zeige- und Mittelfinger auf die Lippen. »Ich spiele Klavier.« Er hebt beide Hände, als wäre damit alles gesagt. *Genug von mir. Danke, dass Sie zu meinem TED-Talk gekommen sind.*

O…kay. »Herr Fuchigami meinte, Sie könnten mir helfen, die Aufnahmeprüfung für die Universität Tokyo zu bestehen.«

»Das kriegen wir auf jeden Fall hin. Ich mache selbst gerade an der Uni Tokyo meinen Master. Davor habe ich zwei Bachelorstudiengänge abgeschlossen. Informatik und Englische Literatur. Beide in Amerika an der Yale University. *Go Bulldogs!*« Er ballt die

Faust und rammt sie in die Luft, als wollte er das Uni-Footballteam anfeuern.

Ich hole tief Luft. »Würde es Ihnen etwas ausmachen, mir zu sagen, wie alt Sie sind?«

Er strahlt mich an. »Neunzehn. Seit einem Monat.«

Ich bin achtzehn. Wir sind fast gleich alt, stehen aber eindeutig an unterschiedlichen Punkten unseres Lebens. »Das heißt, als Sie angefangen haben zu studieren, waren Sie …« Ich überlege, wie lange so ein Bachelorstudium dauert.

»Dreizehn.« Er grinst. »Meine Eltern haben mich zum Studium in die Staaten geschickt, weil man hier in Japan keine Klassen überspringen darf. Niemand soll eine Sonderbehandlung bekommen.«

Ich nicke leicht benommen. Mom hat mich mal gezwungen, eine Doku über ein Mädchen zu schauen, die fertige Ärztin war, aber noch zu Hause lebte, weil sie nicht volljährig war. Und jetzt sitzt mir so ein Wunderkind leibhaftig gegenüber. »Sie sind also … ein Genie?«

Er kratzt sich am Kopf. »Na ja, nein. Ein Genie ist man ab einem IQ von 140. Da komme ich aber nicht ran. Ich weiß gar nicht, wie hoch meiner ist. Das letzte Mal wurde ich mit elf getestet und damals lag er so bei hundertdreißig, glaube ich.« Er lacht verlegen. Sein Laptop gibt seltsame pfeifende Geräusche von sich, dann leuchtet auf dem Bildschirm das Foto eines Bernhardiners auf. Genauer gesagt, die Großaufnahme eines riesigen Bernhardiner-Kopfs mit aus den Lefzen hängenden Sabberfäden. »Das ist Momo-chan«, erklärt Eriku. Ich weiß, dass *momo* das japanische Wort für Pfirsich ist. »Die Liebe meines Lebens.«

Ich drehe meinen Laptop und zeige ihm meinen eigenen Bildschirmhintergrund – ein Foto meines Hundes, der die Zähne bleckt. Das Bild ist ein bisschen dunkel, weil er von Blitzlicht epileptische Anfälle bekommt. »Tamagotchi. Die Liebe meines Lebens.«

Wir sehen uns einen Moment lang lächelnd an und ich höre das leise Trommeln von Regentropfen auf dem Dach und gegen die Fensterscheiben. Der Wetterbericht hat recht behalten.

»Vielleicht sollten wir jetzt mit dem Unterricht beginnen«, sagt Eriku immer noch lächelnd und öffnet das Browserfenster in seinem Computer. »Ich dachte, wir starten mit etwas Einfachem und füllen erst mal die Bewerbungsunterlagen aus. Danach können wir anfangen, für die Aufnahmeprüfung zu lernen.«

Ich hole tief Luft und nicke. Als gebürtige Amerikanerin darf ich das *Japanese University Admission Exam* für internationale Studenten ablegen, statt die anspruchsvollere Prüfung für Japaner machen zu müssen.

Eriku loggt sich auf der Website der Universität Tokyo ein und öffnet die Bewerbungsseite. Während er tippt, starre ich auf meinen Computer. Eigentlich hatte ich statt Tamagotchi ein Bild von Akio und mir als Hintergrund. Einen Schnappschuss, um den ich Reina gebeten hatte. Ich habe direkt in die Kamera geschaut und sah so verdammt glücklich aus, dass mir bei der Erinnerung daran ein bisschen schlecht wird. Akio hat mich angeschaut und sein Blick war wahnsinnig liebevoll. Jetzt ziert also stattdessen das Bild von Tamagotchi den Bildschirm. Vor zwei Tagen habe ich in einem rot glühenden Anfall von Raserei jede einzelne Erinnerung an Akio gelöscht. Sämtliche Fotos. Alle Nachrichten. Ich habe sogar das gerahmte Gedicht von ihm ganz hinten in eine Schublade gestopft. Aus den Augen, aus dem Sinn. Nicht zurückschauen, nie mehr. Von jetzt an richte ich den Blick nur noch nach vorn.

Heute war ich dran, unser Familien-Abendmenü auszusuchen, und ich musste nicht lange überlegen – McDonald's. Die Pommes und *Bai Big Macs* werden auf kostbarem Kaiserlichen Porzellan mit handgemalten goldenen Chrysanthemen serviert. Dazu gibt es

Melonenlimo und Schokoshake in edlen Bleikristallkelchen. Der ganze Palast riecht nach Fast Food. Vor den Fenstern des Speisesaals bietet der Park einen melancholischen Anblick – schlammige Pfützen, Regen, der von den Ästen tropft und die Blätter hängen lässt.

Während ich mit großem Appetit esse, erzähle ich meinen Eltern von Eriku.

»*Nakamura*«, murmelt Dad, der seinen Burger mit Gabel und Messer isst. »Den Namen habe ich in der letzten Zeit öfter gehört, aber ich weiß nicht mehr, in welchem Zusammenhang.«

Ich beiße von meinen Big Mac ab und wische mir einen Ketchupklecks aus dem Mundwinkel. Wenn die Klatschpresse uns so sehen könnte! »Er ist ein Wunderkind. Vielleicht hast du irgendwo einen Artikel über ihn gelesen.« Wahrscheinlich hat Eriku als Zweitklässler irgendwas erfunden, eine Maschine, die Urin erst in Wasser und dann in Kuchenteig umwandelt oder so.

»Ja, vielleicht«, sagt Dad.

Mom schiebt sich eine Fritte in den Mund. »Ich bin stolz auf dich, Zoom-Zoom«, sagt sie. »Es ist wirklich ein großer Schritt, dass du dich entschieden hast zu studieren, und dann noch an einer so anspruchsvollen Uni.« Ihre Haare glänzen wie frisch vom Friseur gestylt, und ihre Wangen schimmern rosig, als sie mir mit ihrem Kelch voll Cola zuprostet. Mom zeigt sich wieder von ihrer kämpferischen Seite. Ich glaube, die neue Herausforderung spornt sie an. Das ist Mom, wie ich sie kenne. »Auf dich! Auf die zukünftige Studentin an der Uni Tokyo.«

Dass sie so an mich glaubt, ist rührend, aber ich stoße lieber nicht an, weil ich abergläubisch bin. »Noch bin ich nicht angenommen.«

»Ach.« Sie winkt ab. »Reine Formsache. Du wirst auf jeden Fall genommen.« Sie schüttelt lachend den Kopf. »Verrückt! Meine

Tochter studiert bald an der Universität Tokyo und ich trinke morgen Nachmittag mit der Kaiserin Tee. Das hätte ich mir niemals träumen lassen …«

Ich seufze. »Ich hätte auch nicht gedacht, dass ich mal in Japan an einer Eliteuni studieren werde.« Eher an gar keiner Uni, wenn ich ganz ehrlich bin.

»Ich schon. Jedenfalls hatte ich es gehofft.« Sie lächelt glücklich. »In den letzten Wochen habe ich mir zwar ein bisschen Sorgen um dich gemacht, aber ich wollte mich nicht einmischen, während du deine Entscheidung triffst.«

»Ging mir auch so«, sagt Dad.

Ich sehe meine Eltern betroffen an. »Sorgen? Um mich? Ernsthaft?«

»Na ja, wir wünschen uns natürlich, dass du das Potenzial, das in dir steckt, nutzt und etwas daraus machst«, erklärt Mom und legt ihre Hand auf Dads. Klar wollen sie, dass ich studiere. Schließlich haben sie sich in Harvard kennengelernt.

Ich lege die Fritte, die ich mir gerade in den Mund stecken wollte, auf den Teller zurück. »Oh. Tut mir leid. Aber ihr habt euch gar nichts anmerken lassen.«

»Wir wollten dich nicht noch zusätzlich unter Druck setzen«, sagt Dad. »Aber jetzt ist ja alles geklärt. Herr Fuchigami hat mir erzählt, dass du dich für Botanik entschieden hast.«

Mom strahlt. »Ach, wirklich? Botanik?«

»Wir haben eine zweite Hanako in unserer Mitte.« Dad hebt Moms Hand an seine Lippen und drückt einen Kuss darauf.

Dad würde sich sofort eine 3-D-Puppe von ihr machen lassen. Mit Miniatur-Komposthaufen und einer Orchideenblütenkrone als Beigabe.

»Und all die Jahre habe ich immer gedacht, ich würde dich mit meinem Gerede über Pflanzen zu Tode langweilen.«

»Du trinkst morgen also Tee mit der Kaiserin?«, lenke ich schnell ab, bevor ich in Schwierigkeiten komme.

Wir unterhalten uns über Moms Terminplan, der mittlerweile beinahe so prall gefüllt ist wie meiner. Sie verbringt fast jeden Tag im Archiv für Handschriften und Grabstätten, das zum Kaiserlichen Hofamt gehört, und liest dort in alten Dokumenten alles über die Geschichte der Familie, die Organisation des Kaiserhofs, Zeremonien, Rituale und höfische Etikette. Ihre unerschöpfliche Energie beflügelt mich. Ich stelle mir gern vor, dass ich meine Eigenart, immer mit dem Herzen zu entscheiden und gegen alle Widrigkeiten voranzustürmen, von ihr habe.

Ein Kammerherr erscheint in der Tür und bittet leise um ein Wort mit meinem Vater. Sobald die beiden weg sind, richtet Mom ihren Laserblick auf mich. »Jetzt mal ehrlich, Zoom-Zoom. Du und Botanik?« Sie sieht mich an, als wüsste sie ganz genau, was los ist.

»Tja.« Ich wische mir mit der mit goldenen Chrysanthemen bestickten Leinenserviette den Mund ab. »Muss mir wohl im Blut liegen.«

Sie neigt den Kopf. »Ach was?«

»Ja, echt. Botanik ist ein Superstudienfach. Total solide. Ein Gebiet, auf dem ich mich schon ein bisschen auskenne, und außerdem genau das Richtige für eine Angehörige des Kaiserhauses.«

»Aber fühlt es sich für *dich* richtig an?«

Ich grabe meine Zähne in die Unterlippe und richte meinen Blick auf den Teller. »Na klar. Warum nicht?«

»Nur so eine Frage.« Sie betrachtet mich einen Moment lang forschend. »Und wie geht es dir sonst?«

Das ist ihre nicht sehr unauffällige Art, sich danach zu erkundigen, wie ich die Trennung von Akio überstanden habe. Natürlich ist ihr aufgefallen, wie niedergeschlagen ich war und dass Akio nie mehr bei uns aufgetaucht ist. Ich habe ihr gesagt, wir hätten uns darauf geeinigt, unsere Beziehung zu beenden, weil gerade einfach nicht der richtige Zeitpunkt für uns sei. Er ist jetzt schon seit zwölf Tagen in Nara auf der Offiziersschule (nicht, dass ich die Tage gezählt hätte), ich bin ab nächstem Frühjahr an der Uni, und jeder weiß, dass Fernbeziehungen sowieso keine Chance haben.

»Eigentlich geht es mir ganz okay«, sage ich leichthin, weil ich Mom auf gar keinen Fall verraten werde, aus welchem Grund sich Akio wirklich von mir getrennt hat. *Unsere Beziehung gefährdet das Lebensglück deiner Eltern.*

»Die erste große Liebe zu verlieren ist immer hart«, sagt sie mitfühlend.

Mein Blick wandert unwillkürlich zur Tür ins Wohnzimmer. Dort sind Akio und ich uns vor der Hochzeitsfeier des Premierministers – am Prom-Wochenende der Mount Shasta Highschool – das erste Mal wirklich nahegekommen. Ich hatte ihn gefragt, ob er mit mir tanzen würde. Erst zögerte er und war am Anfang ziemlich gehemmt, aber dann wurden wir beide schnell lockerer. Ich weiß noch genau, wie es sich angefühlt hat, als er seine Hände um meine Hüfte legte. Wie er mich im Kreis herumwirbelte, bis mir schwindelig wurde. Wie ich ihm mit leiser Stimme gestand, dass ich immer dachte, er könnte mich nicht ausstehen. Und wie er dann sagte, dass es genau andersherum sei. *Wahrscheinlich mag ich Sie zu sehr*, waren seine Worte.

Ich lege meine Serviette auf den Tisch. »Wir waren gar nicht richtig verliebt«, lüge ich und zwinge mir ein Lächeln ins Gesicht. »Ich möchte lieber noch ein bisschen aus deiner und Dads Zeit in Harvard hören.«

Mom lächelt versonnen in sich hinein. »Habe ich dir schon einmal die Geschichte erzählt, wie er versucht hat, mir eine Suppe zu kochen, als ich krank war?«

Hat sie. Aber ich schüttle trotzdem den Kopf, weil ich ihre Geschichten liebe. Genauso wie Tamagotchi es liebt, an seinen Pfoten zu knabbern.

»Also.« Meine Mutter beugt sich vor. »Ich hatte eine richtig schlimme Erkältung und er …«

9

»Ihre Cousinen haben sich sehr gefreut, als ich sagte, dass Sie kommen würden«, behauptet Herr Fuchigami, während sich der gläserne Aufzug, in den wir gestiegen sind, in Bewegung setzt.

Wir befinden uns in der Hauptfiliale der Kaufhauskette Mitsukoshi, die aus einem 1673 während der Edo-Zeit gegründeten Kimonogeschäft hervorgegangen ist. Wie so vieles in Japan kann der berühmte Konsumtempel mit seinen roten Markisen auf eine jahrhundertealte Geschichte zurückblicken. Mitsukoshi ist das ultimative Shoppingparadies. Heute hat das Kaufhaus seine Pforten unseretwegen früher geschlossen, die Mitarbeiter sind aber alle noch da, um uns zur Hand zu gehen. In den Stockwerken ringsum eilen Verkäuferinnen in eleganten marineblauen Kostümen geschäftig wie Ameisen hin und her.

»Das glaube ich Ihnen sofort«, sage ich und das ist nicht gelogen. Die Zwillinge freuen sich auf mich wahrscheinlich so sehr wie zwei Schlangen auf eine Maus. *Mhmmm, lecker. Essenszeit!!*

Ich betrachte mein Spiegelbild in der Glasscheibe der Aufzugkabine. Volle Unterlippe. Runde Schultern. Stumpf geschnittener Pony. Knielanges Kleid in A-Linie mit blauem Blumenmuster. Nicht sonderlich beeindruckend. Lieber konzentriere ich mich auf das luftige Atrium des Kaufhauses, das im Art-déco-Stil gestaltet ist und durch die Glasscheiben im Stufendach von Sonnenlicht erhellt wird. Alles ist in eleganten Cremetönen und Rot gehalten. Im Zentrum steht eine riesige, farbenprächtige Skulptur.

Die Direktorin des Kaufhauses, die uns persönlich nach oben bringt, bemerkt meinen Blick. »Es ist eine große Freude, jeden Tag zur Arbeit zu kommen und eine solche Kostbarkeit sehen zu dürfen«, sagt sie auf Englisch mit leichtem Akzent und erklärt, dass es sich bei der elf Meter hohen Statue um eine Darstellung der *Tennyo Magokoro* handelt – der buddhistischen Göttin der Aufrichtigkeit. »Meister Sato-*san* und seine Lehrlinge haben beinahe ein ganzes Jahrzehnt daran gearbeitet.«

Eine Glocke ertönt, der Aufzug ist im obersten Stockwerk angekommen. Wir steigen aus und gehen über den weiß glänzenden Boden an Ständern mit eleganter *Haute-Couture*-Mode vorbei. Prada. Chloe. Oscar de la Renta. Ich fühle mich nach wie vor ein bisschen eingeschüchtert, wenn ich von so viel Luxus umgeben bin. Die Direktorin geht vor. Ihre Absätze klackern im Takt ihrer Erklärungen. »Die Skulptur ist aus fünfhundert Jahre altem Zypressenholz geschnitzt, mit Pigmenten bemalt und mit Gold und Platin sowie Intarsien aus Edelsteinen dekoriert. Hier entlang, bitte.« Wir folgen ihr durch die Abteilung und nähern uns einem großen, zu einer Seite hin offenen Nebenraum.

Die Shining-Zwillinge sitzen auf einem weich gepolsterten Sofa in Pastellrosa. Bin ich ernsthaft hier, um mit meinen Gruselcousinen, die einem Stephen-King-Roman entsprungen sein könnten, Klamotten zu shoppen? Ich stelle mir vor, wie von den mit kostbarer Tapete verkleideten Wänden plötzlich Blut tropft. In einiger Entfernung stehen ihre Personenschützer, zwei Kerle, die sich wahrscheinlich fit halten, indem sie nur Red Bull trinken und Autos umwerfen.

Reina hat mir mehrmals glaubhaft versichert, dass sie beide *locker in die Tasche stecken* könnte, woran ich keine Sekunde zweifle. Außer den Bodyguards haben die Schwestern auch ihre Kammerherren mitgebracht. Eine Verkäuferin bringt ein Silbertablett mit schmalen Gläsern, in denen Champagner perlt. Auf einer Etagere, die auf einem niedrigen Beistelltischchen steht, sind mit künstlerischer Präzision in Schokolade getunkte Erdbeeren und köstlich aussehende Törtchen arrangiert. Die Kaufhausdirektorin stellt uns die Verkäuferin vor und überlässt uns ihrer »ausgezeichneten Fachkenntnis und Fürsorge«.

Herr Fuchigami verbeugt sich tief vor den Shining-Zwillingen. Sie begrüßen sich freundlich und tauschen im Plauderton ein paar Nettigkeiten aus, die Unterhaltung verstummt allerdings ziemlich schnell. »Ich bin mir sicher, Sie und Ihre Cousinen werden viel zu besprechen haben«, sagt er zu mir. Aber die Zwillinge und ich würdigen uns kaum eines Blicks. Diese langweiligen, überperfekten Barbie-Prinzessinnen geben sich mit jemandem wie mir nicht ab.

Die Verkäuferin bietet uns von dem Champagner an und muss sich tief hinunterbeugen, damit die Zwillinge die Gläser vom Tablett nehmen können. Als die beiden sich lächelnd bedanken, platzt sie vor Stolz.

Irgendwas haben die beiden an sich, was alle Menschen um sie herum in ihren Bann zieht. Im Vergleich zu ihnen komme ich mir leider wirklich vor wie ein Esel auf einer sumpfigen Wiese.

»Sooo ...« Der Kammerherr der Shining-Zwillinge reibt sich die Hände. »Dann ziehen wir uns jetzt zurück und überlassen Sie Ihrem Einkaufserlebnis.«

»Vielen Dank«, sagt Akiko mit einstudiert bescheidenem Lächeln.

»Wir werden gut auf unsere Cousine aufpassen«, verspricht Noriko.

Die Kammerherren verbeugen sich und gehen davon. Ich nehme mit einem matten »Danke« ein Glas Champagner von der dauerstrahlenden Verkäuferin entgegen und trinke einen kräftigen Schluck. Mir entgehen die Blicke nicht, die die Zwillinge austauschen, aber davon lasse ich mich nicht verunsichern. Ich setzte mich auf das zweite Sofa und schlage die Beine so fest übereinander, dass ich mir wahrscheinlich das Blut abquetsche. Aber dann muss ich gleich auch schon wieder aufstehen, weil die Verkäuferin uns auf eine Art Podest bittet, das von Spiegeln umgeben ist, um unsere Maße zu nehmen. Als sie im Vorbeigehen versehentlich Akikos Hand streift, gurrt sie verzückt *»Kirei!« Schön!* »Wie samtweich Ihre Haut ist.«

Meine Cousine streicht sich den Pony aus der Stirn und öffnet ihre perfekt geglossten Lippen zu einem Lächeln. *»Sō desu ka?«*, fragt sie. *Finden Sie, ja?*

Ich kotze innerlich.

Sobald wir auf dem Podest stehen, zieht die Verkäuferin ein Maßband aus der Tasche, vermisst uns nacheinander, macht Notizen und geht davon, um eine Auswahl an Abendkleidern zusammenzustellen. Mr Fuchigami hat die Shining-Zwillinge gebeten, mir zu helfen, etwas zum Anziehen für das in ein paar Tagen stattfindende Willkommensbankett zu Ehren irgendeines Sultans auf Staatsbesuch auszusuchen.

»Wie schön, dass sich diese Gelegenheit ergeben hat, Cousine«, sagt Akiko mit dieser gelassen-kultivierten Stimme, die man nur mit jahrelanger Übung so hinbekommt. Wir sitzen wieder auf unseren Sofas. Die Zwillinge neigen sich in einem vollkommen identischen Winkel in meine Richtung und erinnern mich an zwei bissige Maulwurfsratten. »Wir haben uns so lang nicht mehr gesehen.«

Nicht lang genug, denke ich. Von mir aus hätte es ein ganzes Jahrzehnt sein können. Ich nehme eine schokolierte Erdbeere von der Etagere und beiße hinein. Die Zwillingsprinzessinnen schaffen es jedes Mal, mir das Gefühl zu geben, komplett unbedeutend zu sein.

»Wann hatten wir das letzte Mal das Vergnügen … wo war das noch?« Noriko dreht sich zu Akiko. Sie hat ein kleines Muttermal unter dem rechten Auge, das mir hilft, sie von ihrer Schwester zu unterscheiden.

Akiko denkt nach und tippt sich dabei mit dem Zeigefinger gegen das Kinn, was vermutlich niedlich wirken soll, mich aber total aggressiv macht. »Hm … Ah ja, ich weiß. Wir sind Izumi im Park beim Joggen begegnet, und sie hat uns unterstellt, wir hätten diese Story an die Presse verkauft.«

»Stimmt«, sagt Noriko, deren Augen sich erst weiten und dann verengen. »Als könnten wir jemals so verzweifelt sein, dass wir *das* tun würden.« Sie beugt sich vor, nimmt eine Zuckermandel von der Etagere und knackt sie zwischen ihren Backenzähnen.

Typisch, dass sie das gleich als Erstes ansprechen müssen. Es tut mir zwar leid, dass ich sie damals fälschlicherweise verdächtigt habe, obwohl unser Cousin Yoshi der wahre Verräter war, aber es tut mir nicht *so* leid, dass ich mich deswegen entschuldigen würde. Das haben die beiden Schlangen nicht verdient. Also ignoriere ich sie, halte mein Handy als Schutzschild vor mich und schaue nach, ob ich vielleicht Nachrichten habe, die mich über die Zeit hinwegretten, bis die Verkäuferin zurückkommt. Zum Glück hat Noora geschrieben.

Noora

Alarmstufe Rot. Hansani hat mich eben darüber informiert, dass sie einen Kurs macht, in dem man lernt, wie man aus invasiven Pflanzenarten Körbe flicht

Hansani wird als Umweltrechtlerin später sicher mal echte Veränderungen bewirken. Unsere Erde ist ihr wichtiger als sie selbst.

Ich
Wow. Ich muss stattdessen mit meinen Cousinen Klamotten shoppen. Bete für mich. Morgen FaceTime? (Falls ich dann noch lebe)

Wenn in Tokyo früher Morgen ist, ist in New York später Abend, deswegen telefonieren wir meistens, wenn mein Tag anfängt und der von Noora endet.

Noora
Ich würde supergern, aber morgen gehe ich erst mit ein paar Leuten aus meinem Stockwerk essen und danach hab ich schon ein Chat-Date mit Glory, um Vorlesungsnotizen zu vergleichen. Wir haben in zwei Fächern die gleichen Seminare belegt. In ZWEI!

Noora und Glory verbindet seit jeher eine leidenschaftliche Hassliebe, aber durch ihre ähnlichen Studiengänge – Medizin und Pharmazie – entdecken sie auf einmal lauter Gemeinsamkeiten und jetzt sieht es fast nach *Liebeliebe* aus. Ich lege das Handy weg, als die Verkäuferin einen Kleiderständer hereinrollt. Sie präsentiert uns die einzelnen Modelle: ein rotes Chiffonteil aus Alexander Wangs letzter Kollektion. Ein Seidentaftkleid von Stella McCartney mit Tüllrock. Eine moderne Kimonovariante mit Farbverlauf der jungen Designerin Yuasa. Die Zwillinge nicken die Auswahl ab und ich schließe mich ihnen geistesabwesend an. Noriko erkundigt sich, ob es ein bestimmtes Kleid auch noch in anderen Farbvarianten gibt. »*Hai.*« Die Verkäuferin verbeugt sich und eilt davon, um Norikos Bitte nachzukommen.

Ganz ehrlich? Ich hätte keine Ahnung, welches von den Kleidern für dieses Bankett okay wäre. Seit ich in Japan bin, kümmert sich Mariko um meine Garderobe. Irgendwie haben wir es hingekriegt, dass ich »meiner Stellung angemessen« gekleidet bin und mich in den Sachen trotzdem halbwegs wohlfühle. Sie hat mich stets davor bewahrt, mich lächerlich zu machen, aber für meine neue Mission ist der bisher eher unauffällige Kleidungsstil nicht gerade förderlich. Ich habe es damit jedenfalls noch nie auf eine Liste der bestangezogenen Celebrities geschafft. Aus der Schlacht um Äußerlichkeiten gehen die Shining-Zwillinge als eindeutige Siegerinnen hervor und werden entsprechend gefeiert. Über sie wird in der Presse immer nur positiv berichtet und alle bewundern sie. Mit einem Artikel über die Zwillinge im Heft oder einem Foto auf der Titelseite schießen die Verkäufe steil nach oben. Die Mitglieder des Kaiserlichen Haushaltsrats haben an ihnen sicher nichts auszusetzen.

Ich werfe ihnen einen unauffälligen Seitenblick zu. Akiko verströmt aus jeder Pore Selbstbewusstsein und Norikos Charme bezaubert jeden. Mit der Verkäuferin war sie auch gleich so eng, als wären sie beste Freundinnen. Im Kopf hake ich die einzelnen Punkte meiner To-do-Liste ab: Unibewerbung, Privatunterricht zur Prüfungsvorbereitung, über Akio hinwegkommen. Ich habe schon einige Opfer gebracht, damit die Liebesgeschichte meiner Eltern ihr verdientes Happy End bekommt. Ich bin ja sogar bereit, etwas mit *Pflanzen* zu studieren. Verdammt, verdammt, verdammt. Es hilft trotzdem nichts. Ich brauche die Unterstützung der Shining-Zwillinge. Mit entschlossenem Klirren stelle ich das Champagnerglas auf den Tisch. Wenn sowieso kein Weg daran vorbeiführt, kann ich es genauso gut gleich hinter mich bringen.

»Hört zu, ich weiß, dass wir bis jetzt nicht gerade blendend miteinander ausgekommen sind …«

Akiko richtet sich abrupt auf und sieht mich interessiert an.

Noriko, die am Kleiderständer steht, wirbelt zu mir herum.

Immerhin habe ich ihre volle Aufmerksamkeit. »Es wäre total nett von euch, wenn ihr mir einen Tipp für ein Kleid geben würdet, das ich am Freitag anziehen könnte. *Onegaishimasu*«, bitte ich unterwürfig. »Ich war noch nie auf einem Empfang für einen Sultan.« Und genau aus diesem Grund brauche ich sogar weitaus mehr Hilfestellung als bloß bei der Kleiderauswahl. Aber ein Schritt nach dem anderen. Rom wurde schließlich auch nicht an einem Tag erobert … äh … erbaut.

Stille. Irgendwo in der Ferne tickt eine Uhr. Akiko neigt den Kopf.

»Ach, wisst ihr was?«, seufze ich frustriert und stehe auf. »Vergesst es. Ich such mir selbst was aus.«

»Bleib mal locker.« Akiko verdreht die Augen. »Wir helfen dir, ein Kleid zu finden, keine Panik.« Sie springt vom Sofa und ich lasse mich wieder fallen. Auf dem Weg zum Kleiderständer murmelt sie in sich hinein, dass ich hysterisch bin und eindeutig zu viele Songs von Bon Iver höre (dabei gibt es da gar kein Zuviel). Akiko und Noriko gehen die Optionen durch und besprechen meinen Teint und meine Figur.

Noriko hält ein unfassbar glamouröses Kleid hoch – beige und mit einem komplizierten Muster aus dunkelblauen Miniperlen bestickt. »Zu alt für sie«, sagt sie und hängt es weg.

Akiko sortiert ein anderes aus, salbeigrün mit Volants. »Aus der letzten Saison.«

Ich reibe mir ungläubig die Augen, weil die beiden so wahnsinnig stilsicher und routiniert wirken. Immer wieder schütteln sie den Kopf, lachen sogar ein paarmal laut auf.

Irgendwann ist Noriko beim vorletzten Kleid angekommen, holt tief Luft und hält es mir hin. »Das hier.« Sie strahlt triumphierend. »Das ist es.«

Akiko begutachtet es einen Moment wortlos, nimmt es ihrer Schwester aus der Hand, kommt zu mir und hält es vor mich. In den durchscheinenden schwarzen Stoff ist mit feinsten Goldfäden ein himmlisches Muster aus Sternen und Planeten gewebt. Es ist ärmellos, eng in der Taille und hat einen tiefen Ausschnitt.

»Du hast recht«, flüstert Akiko und ihre Augen leuchten. »Das ist perfekt.«

Als ich wieder zurück im Palast bin, zieht Mariko den Reißverschluss der Hülle auf, hängt das Kleid an eine Schranktür meines Ankleideraums, tritt ein paar Schritte zurück und betrachtet es eingehend. »Hm … Und Sie sagen, Ihre Cousinen haben geholfen, es auszusuchen?«

»Ja, genau.« Ich stütze mich mit den Ellbogen auf die Marmorplatte der Kommode in der Mitte. »Wie finden Sie es?«

Ich gestehe, dass ich wirklich keine Ahnung habe, ob es das richtige ist. Natürlich weiß ich, *was* mir gefällt und *dass* es mir gefällt, aber hier am Hof gibt es so viel zu beachten, wenn man angemessen angezogen sein will, dass ich nicht beurteilen kann, ob dieses Kleid den Vorschriften entspricht. Transparente Ärmel sind zum Beispiel nur bei Abendgarderoben erlaubt. Breite, tiefe Ausschnitte gehen gar nicht – egal um welche Uhrzeit. Silberner Schmuck und Accessoires sind zu bevorzugen, Gold wirkt schnell zu ordinär.

Mariko wirft einen Blick auf das Etikett. »Nun, es ist von Tadashi Shoji. Einem bekannten und sehr angesehenen Designer.« Ihr Blick wird nachdenklich. »Es würde sicher positiv aufgenommen, wenn Sie etwas von einem japanischen Designer tragen, denke ich. Das Kleid ist auffallend, hat gleichzeitig aber auch etwas sehr Zartes.« Sie sieht es sich aus allen Blickwinkeln an und lässt die schwerelose Seide durch ihre Finger gleiten.

»Es ist wirklich schön …« Ich betrachte es sehnsüchtig und denke daran zurück, wie ich als Kind feine Dame gespielt und in einem alten Taftrock vor dem Spiegel Pirouetten gedreht habe. Wann fing das eigentlich an, dass die Klamottenfrage so kompliziert wurde? Ab wann war da dieser Druck, einem bestimmten Bild entsprechen zu müssen? Mir ist bewusst, dass es schon schwierig war, bevor ich Prinzessin wurde. Aber jetzt steht viel mehr auf dem Spiel.

»Trotzdem weiß ich nicht, ob Sie es anziehen sollten«, sagt Mariko.

Ich sehe sie an. »Nicht?«

»Ich will ehrlich sein, Izumi-*sama*«, seufzt sie. »Ich bin selbst unsicher. Aber ich traue den beiden einfach nicht über den Weg. Tun Sie es?«

Irgendwie schon. Zumindest hatte ich vorhin kurz das Gefühl, ihnen vertrauen zu können, jetzt bin ich aber doch wieder verunsichert. Wenn Mariko Zweifel hat, wird sie damit nicht so falschliegen, oder? »Na ja, sie waren unnatürlich nett, das fand ich schon ein bisschen verdächtig«, gebe ich zu.

»Ich denke, Sie sollten auf Ihr Bauchgefühl hören. Dieses Kleid erscheint mir einfach eine Spur zu … auffällig. Und dazu ist es auch noch ärmellos.« Sie verzieht das Gesicht, als würde sie das als persönlichen Affront empfinden, schiebt die Hülle wieder darüber und zieht entschlossen den Reißverschluss zu. »Gut, dass ich zur Sicherheit noch eine Alternative besorgt habe.«

Sie hängt das Kleid in den hintersten Winkel des Schranks und zieht eins vom Bügel, das sie für mich ausgesucht hat – ein jadegrünes, besticktes Abendkleid. Wir sehen uns im Spiegel an. »Es ist nicht so einzigartig wie das von Shoji, aber damit sind wir auf der sicheren Seite.«

Ich probiere es an. Der Stoff ist steif und unbequem, trotzdem bin ich meiner Kammerzofe dankbar. Das andere Kleid ist traumhaft schön, aber ich kann mir zu gut vorstellen, was die Klatschpresse geschrieben hätte, sehe die demütigenden Fotos vor mir, die sie geschossen hätten. Das muss ich mir nicht noch einmal antun. Vor allem, weil es um so viel mehr geht als nur um mich. Das Lebensglück meiner Eltern steht auf dem Spiel.

Beim Gedanken an das schwarze Kleid mit seinen goldenen Fäden, die wie Sterne am Nachthimmel funkeln, das jetzt eingeklemmt zwischen anderen Stücken im Schrank hängt, verspüre ich einen kleinen Stich. Es ist tragisch, dass dieser Traum ungetragen bleiben soll, aber das jadegrüne Kleid ist definitiv die vernünftigere Wahl. Ich kann mir ein kleines Lächeln nicht verkneifen. Nicht, dass ich mich auf das Niveau der Zwillinge hinabbegeben will, aber ich habe das Gefühl, gerade einen kleinen Sieg über sie errungen zu haben.

TOKYO TATTLER

Prinzessin mit Herzschmerz

---

29. September 2021

Ein gewisser Jemand glänzte in letzter Zeit im Kronprinzenpalast auffallend mit Abwesenheit. Die Rede ist von Akio Kobayashi. Zwar ist bekannt, dass der junge Mann, der in den letzten Monaten ständiger Begleiter unserer Kaiserlichen Hoheit Prinzessin Izumi war, mittlerweile die Offiziersschule der Luftselbstverteidigungskräfte in Nara besucht, trotzdem wäre eigentlich zu erwarten gewesen, dass er zumindest zwischendurch etwas von sich hören lässt.

Aber: »Herr Kobayashi hat weder angerufen noch Briefe geschickt«, verriet uns ein Palastinsider.

Äußerst merkwürdig, wenn man bedenkt, dass die beiden bis kurz vor seiner Abreise noch absolut unzertrennlich schienen. Dass der Hormoncocktail zwischen ihnen stimmte, war nicht zu übersehen. Die Ausgabe des *Tokyo Tattler*, in der ihre geheime Affäre enthüllt wurde, nachdem einer unserer Fotografen sie am Tag des Geburtstags des Kaisers zufällig beim Austausch leidenschaftlicher Zärtlichkeiten ertappt hatte, brach alle Verkaufsrekorde. Im Anschluss daran zog sich die Prinzessin zunächst aus der Öffentlichkeit zurück und hielt die Beziehung daraufhin so privat wie möglich. Gemeinsame Abende verbrachten die zwei Turteltauben meist im Palast.

Doch jetzt scheint alle Chemie verpufft zu sein. »Irgendetwas muss vorgefallen sein«, vermutet ein anderer Palastinsider. »Die Prinzessin erwähnt seinen Namen seit einiger Zeit nicht mehr und hat auch sämtliche Fotos von ihm aus ihrer Suite entfernt.«

Gut möglich also, dass die beiden die Beziehung beendet haben. Eine bei Mitsukoshi angestellte Verkäuferin ist der Prinzessin kürzlich persönlich begegnet, als diese einen Einkauf in der Hauptfiliale tätigte. »Die Prinzessin wirkte traurig und in sich gekehrt. Sie hatte dunkle Schatten unter den Augen, als hätte sie wenig geschlafen«, berichtete sie uns. »Ihre beiden Cousinen, die Prinzessinnen Akiko und Noriko, haben sich aber größte Mühe gegeben, sie aufzumuntern, und ihr ein wirklich außergewöhnlich bezauberndes Kleid für eine bevorstehende Veranstaltung ausgesucht.«

Kobayashi bewahrt Stillschweigen. Als er von einigen anderen angehenden Offizieren sowie Vertretern der Presse nach der Romanze mit der Prinzessin gefragt wurde, enthielt er sich jeglichen Kommentars. In seinem Zimmer im Wohnheim hängen dem Vernehmen nach lediglich Bilder seiner Eltern.

Auch wenn die Prinzessin leidet, ist stark davon auszugehen, dass die jüngsten Ereignisse im Kaiserlichen Hofamt für Freude sorgen. »Die Kammerherren hoffen sehr, dass

Prinzessin Izumi einen passenderen Begleiter in ihrem Alter aus gutem Hause findet«, erzählt unser Palastinsider.

Ihre Mutter, die in den USA geborene Hanako Tanaka, sowie ihr Vater, Kronprinz Toshihito, wurden derweil in der superexklusiven Molecular Bar des Mandarin Orientals gesichtet.

Ganz offensichtlich hat die nicht gerade zugunsten des Paars ausgefallene Probeabstimmung des Kaiserlichen Haushaltsrats ihnen nicht die Feierlaune verdorben. »Der Kronprinz lässt keinen Zweifel daran, dass er weiterhin fest damit rechnet, seine Auserwählte zu heiraten, auch wenn bis zur endgültigen Zustimmung des Kaiserlichen Haushaltsrats noch einige Zeit vergeht«, berichtete unser anonymer Palastinsider. »Der Kronprinz teilte Vertrauten mit, dass er möglichst bald ein Datum festlegen und mit den Hochzeitsvorbereitungen beginnen möchte. Er hat sie [Hanako] schon einmal verloren und möchte verhindern, dass ihm das ein zweites Mal passiert.«

10

Eriku drückt eine Taste auf seinem Uraltlaptop. Nichts passiert. Er schlägt mit der Faust darauf, weil sie offenbar klemmt. Hurra – das nächste Bild seiner PowerPoint-Präsentation ploppt auf.

»In den vergangenen Jahren ist die Bevölkerung Japans immer weiter geschrumpft.«

Auf meinem eigenen Computer habe ich unter dem Titel *Japan: Aktuelles Zeitgeschehen* ein Dokument angelegt, in dem ich mir Notizen mache. Wir sitzen wieder in der Kaiserlichen Bibliothek, wo heute unsere erste offizielle Vorbereitungs-Session stattfindet. Abhängig vom gewählten Studiengang umfasst die Aufnahmeprüfung für internationale Studenten mehrere Themenbereiche. In meinem Fall: Japanisch als Fremdsprache, Naturwissenschaften (Chemie und Biologie) sowie Japan und die Welt.

Weil man die Vergangenheit kennen muss, um die Gegenwart zu verstehen, hat Eriku mir zum Einstieg einen dreistündigen Vortrag über die Geschichte Japans gehalten. Von den ersten auf den Inseln dokumentierten Siedlungen (ungefähr 30.000 Jahre vor der christlichen Zeitrechnung) bis heute. Im Anschluss daran gab es eine kurze Verschnaufpause, und jetzt versucht er gerade, mir das aktuelle Zeitgeschehen in Bezug auf Politik, Wirtschaft und Soziologie des Landes nahezubringen. Keine Ahnung, wie ich es jemals schaffen soll, mir diese Massen an Informationen – japanische Sprache, Schrift, Geografie, Geschichte, Chemie, Biologie – zu merken, ohne total durcheinanderzukommen. Mir schwirrt der

Kopf, wenn ich daran denke, was ich alles lernen muss, während ich gleichzeitig ja auch noch offizielle Termine wahrnehmen soll. Zum Beispiel das Bankett für den Sultan diese Woche. Ich reibe mir die Augen und versuche, mein Gehirn wieder einigermaßen auf Kurs zu bringen.

Eriku deutet auf ein Diagramm, das wie eine auf dem Kopf stehende Glocke aussieht. »Die japanische Gesellschaft gehört zu den am schnellsten alternden der Welt.« Er lächelt. Im Grunde hat er seit unserer Begrüßung heute Morgen nicht aufgehört zu lächeln. Ich habe noch nie jemanden kennengelernt, der so dauerhaft gut gelaunt und mit sich im Reinen zu sein scheint wie Eriku. Er hat wieder ein Band-T-Shirt an, diesmal von *Queen*. Der Rhythmus, den er geistesabwesend auf seinen Oberschenkel klopft, klingt wie das Intro zu »Another One Bites the Dust«.

»Seit 2010 ist die Bevölkerung stetig geschrumpft. 2019 sind in Japan dreißig Prozent weniger Babys auf die Welt gekommen als 1989.« Obwohl das ja eher traurig ist, strahlt Eriku mich an. »Experten gehen davon aus, dass sich die Situation exponentiell immer weiter verschlechtern wird.« Er klickt zum nächsten Bild. Ein Foto von einem Klassenzimmer, in dem lebensgroße Stoffpuppen an den Tischen sitzen, die lächelnd ins Leere starren, als würden sie darauf warten, dass der Unterricht beginnt.

Ich rutsche in meinem Stuhl ein Stück vor, um mir das Foto genauer anzusehen.

»In den abgelegenen Regionen ist der Bevölkerungsrückgang wegen der Landflucht am größten. Das Foto hier stammt aus dem Dorf Nagoro, auch *Tal der Puppen* genannt.« Er klickt weiter. Diesmal ist die Puppe eines Mannes zu sehen, der auf einem Felsen am Fluss sitzt. Sein Hut ist über die Augen gezogen, die Arme sind verschränkt, als würde er schlafen. Neben ihm steckt eine Angel im Boden. »Die meisten der ehemaligen Dorfbewohner sind auf der Suche nach Arbeit in größere Städte gezogen. Eine Frau, die in das Dorf zurückgekehrt ist, hatte die Idee, es stattdessen mit Puppen zu bevölkern. Für jeden weggezogenen oder verstorbenen Dorfbewohner fügt sie eine neue Stoffpuppe dazu.« Er zeigt mir mehr Bilder aus dem Dorf. Ein Puppen-Motorradfahrer, der am Straßenrand seinen platten Reifen flickt. Ein Paar, das eng zusammensitzt und Tee trinkt. Eine Frau in einem Kimono, die in einem Garten kniet und Unkraut jätet. Irgendwie gruselig und gleichzeitig schön. Und auch traurig. Wenn ich in die leblosen schwarzen Filzaugen der Puppen schaue, fühle ich mich, als würde ich zusammen mit den anderen Japanern auf einem Sandhaufen sitzen, der langsam unter uns wegrieselt.

»Warum schrumpft die Bevölkerung so stark?«

Eriku zieht die Brauen zusammen. »Gute Frage. Die Regierung gibt den jungen Leuten die Schuld, weil sie nicht genug Sex hätten.« Er grinst etwas verlegen. »Und weil Frauen lieber Karriere machen würden, als Kinder zu bekommen. Aber in Wirklichkeit ist es leider so, dass die Jüngeren immer weniger Möglichkeiten haben, genug Geld zu verdienen, und es sich auch aus Zeitgründen nicht leisten können, eine Familie zu gründen. Die Unsicherheit ist einfach zu groß.« Er fährt sich durch seine wuschelige Mähne. »In den Jahrzehnten nach dem Krieg waren die meisten Männer in Japan fest angestellt und bekamen regelmäßig eine Gehaltserhöhung. Wer fleißig war und arbeitete, konnte darauf vertrauen, seinen Job bis zur Rente zu behalten, aber mittlerweile …«

»… schrumpfen die Löhne und Gehälter und die Unsicherheit wächst«, beende ich den Satz, weil es in den USA genau dasselbe ist.

»Richtig.« Eriku lächelt bedauernd. »Und trotzdem ist man in Japan weiter der Meinung, der Mann sollte Alleinverdiener sein und die Frau zu Hause bei den Kindern bleiben.« Er erklärt mir, dass der Bevölkerungsschwund auch noch andere weitreichende Folgen für Japans Kultur im Allgemeinen hat. Je mehr Menschen in die Städte abwandern, desto weniger Landwirtschaft gibt es. Außerdem sterben zusammen mit den alten Menschen auch die kunsthandwerklichen Fertigkeiten aus, weil es nicht mehr genug junge gibt, die traditionelle Handwerke erlernen wollen und können.

Mich macht das so betroffen, dass ich schnell ein *waka*-Gedicht in meinen Laptop tippe.

Wer wird hier leben, wenn ihr fort seid?
Wer wird Feuerholz nachlegen?
Das Eisen schmieden? Den Stoff färben?
Das Feld bestellen?

»So!« Eriku klappt seinen Computer zu und streckt die Arme zum Deckengewölbe. »Ich würde sagen, das reicht fürs Erste. Wenn ich jetzt nicht zu Momo-chan nach Hause fahre, schläft sie den ganzen Tag und ist dann die ganze Nacht wach, schaut Dog-TV, frisst Trockenfutter bis sie platzt, und will sich mit mir balgen. Sie kennen das ja vielleicht von Ihrem Hund.«

»Absolut«, bestätige ich. Wenn ich mit Tamagotchi abends nicht noch mal eine Runde mache, kriegt er genau dann, wenn er eigentlich schlafen sollte, akute Anfälle von Hundewahnsinn und flitzt wie ein Irrer im Kreis herum. Man bekommt ihn dann kaum mehr beruhigt.

Ich beginne, unseren Tisch aufzuräumen. Vor mir liegt ein aufgeschlagenes Buch mit einem Bild meines Kaiserlichen Urururururgroßvaters. Er hat einen rasierten Schädel, geschwärzte Zähne und lange, lackierte Fingernägel. Ein Look, der bei Männern damals total in Mode war. Ich klappe das Buch zu und schlage ein modernes Geschichtsbuch auf, in dem ich selbst abgebildet bin. Das Foto ist vor ein paar Monaten am Geburtstag des Kaisers aufgenommen worden. Die gesamte Kaiserliche Familie hatte sich auf dem von Glas umschlossenen Balkon des Kaiserpalasts versammelt. Ich stehe rechts neben meinem Vater. Mein Blick wandert zu Akiko und Noriko, die selbstbewusst und mit gerecktem Kinn in die jubelnde Menge winken. Ich kann gar nicht anders, als mich mit ihnen zu vergleichen und sie – ja, ich gebe es zu – dafür zu bewundern, mit welcher Lässigkeit und Eleganz sie alle in sie gesetzten Erwartungen erfüllen. Haben sie sich jemals so gefühlt wie ich? Wie ein unter einer Schneelawine begrabener Baum, der jeden Moment zerbrechen kann?

Eriku sieht mich mit schräg gelegtem Kopf an. *»Daijōubu desu ka?«*, fragt er. *Geht es Ihnen gut?*

»Ja, ja, alles okay«, antworte ich. »Ich habe mich gerade nur gefragt …« Ich stocke. »Keine Ahnung … wenn so viel von einem erwartet wird, erzeugt das Druck und …«

»Ja«, sagt Eriku stirnrunzelnd. »Es ist hart, wenn man in Fußstapfen treten soll, die so riesig sind.«

Ich hebe den Blick. »Kennen Sie das etwa auch?«

Er kratzt sich am Kinn und schaut nachdenklich in die Ferne. *»Hai«*, bestätigt er und schweigt dann. »Mein Vater …«, schiebt er widerstrebend hinterher, »kann es gar nicht erwarten, dass ich endlich mein Musikstudium abschließe. Er schlägt mir ständig irgendwelche Mädchen vor, die ich treffen soll, damit ich so bald wie möglich eine passende Frau finde, heirate und ins Familienunternehmen einsteige.«

Ich stoße einen leisen Pfiff aus. Natürlich muss ich sofort an Akio denken. Er fehlt mir so sehr. An seiner Seite hatte ich immer das Gefühl, die Welt mit derselben Leichtigkeit erobern zu können, mit der ich Go-Steine auf dem Brett verschob. Vor meinem inneren Auge sehe ich ihn so deutlich vor mir, dass es wehtut. Seine Mundwinkel, die sich zu einem unmerklichen Lächeln verziehen. Was macht er gerade, mit wem macht er es? Und was würde er sagen, wenn er wüsste, dass ich wie eine irre Stalkerin immer in seinem alten Hoodie schlafe? Aber ich weiß ja, was er sagen würde. Er würde mich mit seinem durchdringenden Blick ansehen und *Ach, Rettich* sagen. Mehr nicht, und trotzdem wüsste ich genau, was er damit meint. Ich hole tief Luft, weil mir nicht gefällt, wie klein und bedürftig ich mich fühle, wenn ich an ihn denke.

Eriku nickt ernst. »Mein Vater hat sich immer ein Klavier spielendes Wunderkind mit einem Riecher fürs Geschäft und politischem Ehrgeiz gewünscht, schließlich haben wir einen ehemaligen Premierminister in der Familie.«

Ich beuge mich zu ihm vor. »Man fühlt sich, als würde man keine Luft mehr bekommen, wenn das eigene Leben von anderen Menschen schon komplett durchgeplant worden ist.«

»Absolut, ja«, stimmt Eriku mir mit halb geschlossenen Augen zu.

»Als Kind hatte ich dieses Gefühl nie, jetzt aber schon«, sage ich.

Eriku presst die Lippen zusammen. »Ich durfte nie richtig Kind sein. Sobald meine Eltern mitbekommen haben, dass ich auf ein paar Gebieten ziemlich begabt war, haben sie angefangen, mich zu fördern, wo sie nur konnten. Schon damals hatte ich neben der normalen Schule einen komplett durchgetakteten Tagesablauf …«

»Ohne irgendwelche Auszeiten?«, frage ich.

Er schüttelt den Kopf. »Als kleiner Junge musste ich zusätzlich Mathekurse für Fortgeschrittene machen und die Ferien habe ich im Space Camp verbracht. Meine Eltern wollten, dass ich Astronaut werde. Aber Fliegen bekommt mir nicht so gut.« Er klopft sich mit schwachem Lächeln auf den Magen. »Beim Start und bei der Landung ist es besonders schlimm. Als der Traum platzte, kamen dann Fremdsprachenunterricht, Sport-Stacking und Klavier dazu … und danach dann die Uni.« Er seufzt. »Tja, *gaman*. Anders geht's nicht, oder?«

Gaman ist eines dieser besonderen japanischen Wörter, für die es in anderen Sprachen kein richtiges Äquivalent gibt. Es beschreibt, dass man geduldig und beharrlich sein und sein Bestes geben muss, um schwierige Zeiten durchzustehen. *Gaman – Selbstdisziplin* trifft es vielleicht am ehesten – zu zeigen, gilt als Zeichen des Erwachsenwerdens. Der Reife.

»Hai. Gaman«, stimme ich Eriku zu und lächle, obwohl das traurig ist. Aber irgendwie hat es eben auch etwas Tröstliches, zu hören, dass ich nicht die Einzige bin, die einen steinigen Weg gehen muss.

11

Ich sitze in einem Rolls-Royce des Kaiserlichen Fuhrparks und bin ziemlich angespannt. Obwohl ich mittlerweile schon auf Dutzenden offiziellen Empfängen war, verspüre ich am ganzen Körper ein Kribbeln, als wir durch das weiß und golden lackierte schmiedeeiserne Tor auf das Gelände des Akasaka-Palasts fahren. Heute Abend findet das Willkommensbankett für den Sultan von Malaysia statt.

Der nach dem Vorbild von Versailles und dem Buckingham Palace entworfene Palast war früher die Residenz des Kronprinzen und dient seit den 1960er-Jahren als Unterkunft für Staatsgäste. Als *materielles Kulturerbe* wurde er mittlerweile offiziell zu einem japanischen Nationalschatz erklärt und wird oft für Veranstaltungen wie diese genutzt.

Das prächtige Gebäude ist festlich erleuchtet. Vor uns in der gekiesten Einfahrt reiht sich – Stoßstange an Stoßstange – eine lange Schlange von Edelkarossen aneinander. Auf den Kühlerhauben flattern Miniaturflaggen diverser Nationen. Livrierte Bedienstete öffnen den Gästen die Wagentüren und spannen Regenschirme auf, um sie vor dem leichten Nieselregen zu schützen.

Ich lege meinen Kopf ins Polster zurück und schließe für einen Moment die Augen.

Gestern habe ich noch bis spät in die Nacht hinein für die Aufnahmeprüfung gelernt. Bei dem Versuch, mir die wichtigsten Eckdaten der japanischen Wirtschaft ins Hirn zu rammen, bin ich irgendwann über meinen Unterlagen eingeschlafen. Als ich Stunden später aufwachte, klebte das Blatt, auf dem ich mir Notizen gemacht hatte, an meiner Wange. Ich bin todmüde und würde jetzt tausendmal lieber zu Hause in meinem Bett liegen, aber der Wagen kriecht unerbittlich hinter den anderen Limousinen auf das Eingangsportal zu. Reina sitzt neben dem Chauffeur auf dem Beifahrersitz und murmelt irgendwelche Anweisungen in ihr Headset. Ihr Gesicht wird in den roten Schein der Rücklichter des Wagens vor uns getaucht, als dessen Fahrer abrupt abbremst. Meine Eltern sind schon seit dem späten Nachmittag hier. Dad hatte eine Privataudienz mit dem Sultan, und Mom ist mitgekommen, um in der Zwischenzeit den Palast zu besichtigen.

»Im Wagen vor uns sind Ihre Cousinen«, raunt mir Herr Fuchigami zu, der stocksteif neben mir sitzt. Nervös nestle ich an den Handschuhen in meinem Schoß. Ich bin bei der mit Mariko getroffenen Entscheidung geblieben und trage das jadegrüne Kleid mit den Stickereien und nicht das traumhaft schöne Seidenkleid mit dem Sternenmuster, das die beiden für mich ausgesucht hatten. »Natürlich werden haufenweise Vertreter der Presse vor dem Palast versammelt sein. Folgen Sie einfach dem Beispiel der Zwillinge, dann kann nichts schiefgehen.«

Ganz vorne in der Fahrzeugschlange steigt ein Paar aus einem Tesla. Die Frau sieht aus wie ein Star aus einem alten Hollywoodfilm, trägt ein dunkelrotes Kleid und hat eine Hermelinstola um die Schultern drapiert. Ihre Lippen glänzen in einem zu ihrer Robe passenden Rotton, und an ihren Ohrläppchen glitzern Diamanten, die so groß wie japanische *kyohō*-Trauben sind. Sie hakt sich bei einem schlanken älteren Herrn unter, der mir irgendwie bekannt vorkommt. Und als noch jemand aus dem Wagen steigt – jünger und in einem eleganten weißen Smoking –, weiß ich auch, warum.

»Eriku?«, entfährt es mir ungläubig. Ich hätte ihn beinahe nicht erkannt, weil er sonst ja immer in Band-T-Shirts und Jeans rumläuft und Kopfhörer um den Hals hängen hat. Was macht er hier?

»Ah, ja. Da ist ja auch Ihr Tutor«, sagt Herr Fuchigami, während ich zusehe, wie Eriku hinter seinen Eltern über den roten Teppich geht. »Ich hatte gehofft, dass sein Vater ihn heute mitbringt. Normalerweise lässt sich der junge Nakamura selten bei solchen Anlässen blicken.«

Ich bin verblüfft. Eriku hatte zwar angedeutet, dass seine Eltern ziemlich wohlhabend sind, aber … *so* wohlhabend? Mir bleibt allerdings keine Zeit, weiter darüber nachzudenken, weil der Chauffeur der Shining-Zwillinge gerade vor dem Palast anhält, was bedeutet, dass wir als Nächste dran sind. Während die beiden aussteigen, zwänge ich schon mal die Finger in die Handschuhe. Meine Cousinen tragen lange Abendroben aus Dupionseide, die eine in Pink, die andere in Gelb. Ihr strahlendes Lächeln ist darauf ausgelegt, morgen in sämtlichen Zeitungen abgedruckt zu werden. Ihre Rocksäume leicht angehoben, steigen sie graziös die Treppe hinauf, bleiben auf halber Höhe stehen, drehen sich um und winken den Journalisten und den vor dem Tor wartenden Schaulustigen. Ich kann jetzt schon sagen, dass das sensationelle Fotos werden. Der leichte Nieselregen scheint ihnen nichts anhaben zu können, ihr Lächeln überstrahlt alles.

Und dann bin ich an der Reihe – die Choreografie ist die gleiche.

Reina öffnet mir die Wagentür. Ich steige aus, recke das Kinn und hefte den Blick auf das Dach über dem Eingangsportal, wo steinerne Samurais umgeben von Trommeln, Geigen, Phönixen, Streitwagen und Löwen stehen. Wie die Shining-Zwillinge drehe ich mich auf halbem Weg nach oben um, verliere dabei aber blöderweise das Gleichgewicht und rutsche mit einem Absatz an der Kante einer Stufe ab. Obwohl Reina sofort bei mir ist und mich auffängt, bevor ich stürze, erwischen mich die Kameras mit aufgerissenem Mund und rudernden Armen. *Klick. Blitz.* Das Blut schießt mir heiß ins Gesicht.

»Izumi-sama, daijōubu desu ka?«, erkundigt sich Reina. *Alles gut?* Ihre Miene bleibt professionell.

»Alles okay. *Sumimasen*«, entschuldige ich mich und würde am liebsten sterben. Morgen wird dieser »Fehltritt« in den Zeitungen ausgeschlachtet werden und die Mitglieder des Kaiserlichen Haushaltsrats werden sich in ihrer Meinung über mich bestätigt sehen. Interessiert es eigentlich überhaupt irgendwen, dass ich mir wirklich allergrößte Mühe gebe, alles richtig zu machen?

Reina verschwindet wieder diskret im Hintergrund, während ich noch einen Moment auf der Treppe stehen bleibe und mich zwinge, ruhig durchzuatmen, bevor ich mich umdrehe, weiter nach oben gehe und in die Eingangshalle trete. Die Wände ringsum sind mit roten Samtvorhängen verhüllt und an der Decke erhasche ich einen Blick aufs Paradies – einen gemalten Himmel umwölkt vom Rauch glimmender Räucherstäbchen. Es ist wahnsinnig heiß hier drinnen. Überall stehen dicht gedrängt Grüppchen von Menschen. Die vielen Stimmen vermischen sich in meinen Ohren zu einer überwältigenden Geräuschkulisse, dabei bräuchte ich nach meinem Beinahesturz dringend einen Moment zum Durchatmen.

Als ich nach einem Kellner Ausschau halte, der mir ein Glas Wasser bringen könnte, zucke ich zusammen, weil auf einmal wie aus dem Nichts meine gruseligen Cousinen neben mir stehen. Sie sind wie zwei Spinnen, die sich plötzlich von der Decke abseilen. Akiko betrachtet mich mit zusammengekniffen Augen. »Du hast ja gar nicht das Kleid an, das wir für dich ausgesucht haben.«

Während ich nach einer Ausrede suche, fällt mein Blick auf einen Mann mit Pressebutton am Revers, der uns erspäht hat und sich durch das Gedränge zu uns vorarbeitet. »Zu viele lose Fäden«, behaupte ich.

»Wirklich?« Noriko runzelt die Stirn. Sie sieht beinahe – *beinahe* – aus, als wäre sie gekränkt. »Wie schade. Das ist mir gar nicht aufgefallen …«

Akiko schiebt sich vor ihre Schwester. »Wahnsinnig schade, ja. Aber gut, dass du es nicht angezogen hast. Wir hätten nicht gewollt, dass du womöglich über einen heraushängenden Faden stolperst, das Gleichgewicht verlierst und dich lächerlich machst.«

Ich schließe einen Moment die Augen und wünschte, ich könnte mich an einen anderen Ort beamen. Als ich sie wieder öffne, steht der Journalist vor uns. Er verbeugt sich tief und murmelt die vorgeschriebenen Höflichkeitsfloskeln, was meine Cousinen nutzen, um sich hastig zu entschuldigen und in der Menge zu verschwinden. Für mich ist es leider zu spät.

»Eure Hoheit – wären Sie so freundlich, einen Kommentar zur Beziehung Ihrer Eltern abzugeben? Uns ist zu Ohren gekommen, die beiden hätten sich verlobt, müssten aber noch gewisse Widerstände überwinden, um die Genehmigung des Kaiserlichen Haushaltsrats zu bekommen.« Er steht mit gezücktem Block und Stift da und sieht mich erwartungsvoll an.

Ich lächle vage. »Dazu kann ich mich leider nicht äußern. Ich hoffe einfach nur, dass man es meinen Eltern erlaubt, ihren Herzen zu folgen.«

Nachdem der Journalist sich bedankt und verabschiedet hat, mache ich mich auf die Suche nach Mom und Dad. Auf dem Weg durch die Menge werde ich von jemandem aufgehalten, der sich mir als ein Viscount namens Phillip oder George aus London mit Interesse an der Schafzucht vorstellt und sehr schwer abzuschütteln ist. Als ich es geschafft habe, entdecke ich meine Eltern an einem der Stehtische.

»Zoom-Zoom!«, ruft Mom. »Da bist du ja endlich.«

Ich halte ihr das Glas Wasser hin, das ich einem der Kellner vom Tablett genommen habe. »Hier. Viel trinken ist wichtig.« Das Abendessen wird, wie ich inzwischen erfahren habe, erst in einer Stunde serviert.

»Danke.« Meine Mutter leert das Glas in einem Zug, während ich sie bewundernd betrachte. Sie trägt ein schmal geschnittenes, elfenbeinfarbenes Kleid mit langen Ärmeln, dessen Farbe ihren Teint warm erstrahlen lässt. Ihre Wangen leuchten rosig. Sie sieht unglaublich elegant aus und ich finde sie wunderschön. Kaiserinnenhaft schön.

Das Bankett ist die erste offizielle Veranstaltung, an der sie in ihrer Rolle als Verlobte des Kronprinzen teilnimmt. Und natürlich steht sie unter genauso scharfer Beobachtung wie ich. Jeder will wissen, wie sie sich als Kronprinzessin am Arm meines Vaters machen würde. Das hier ist so was wie die Feuerprobe.

»Ich muss zugeben, dass das alles ganz schön aufregend für mich ist«, seufzt Mom und stellt das leere Wasserglas auf den Tisch.

»Du machst das wunderbar«, beruhigt Dad sie. Wobei es für ihn wahrscheinlich nichts gibt, was sie nicht wunderbar machen würde. In seinen braunen Augen liegt so viel Liebe, wenn er sie ansieht. Mom ist das Licht seines Lebens.

»Sich zurechtzumachen als wäre man ein Filmstar, ist viel anstrengender, als ich gedacht hätte«, sagt Mom zu mir und fügt mit einem Seitenblick zu meinem Vater hinzu: »Aber was tut man nicht alles aus Liebe.«

Ich reiße den Blick von meinen verknallten Eltern los und sehe mich nach Eriku um. Er steht mit gesenktem Kopf und hängenden Schultern vor seinem Vater und erinnert mich an einen Hund, der gerade wegen irgendetwas ausgeschimpft wird. Ich schnaube leise.

»Was ist los, Izumi?«, erkundigt sich mein Vater.

»Das da hinten ist mein Tutor. *Eriku Nakamura.*« Ich deute mit dem Kinn in seine Richtung.

»Der, auf den der ältere Herr gerade einredet?« Mom schaut mitleidig zu ihnen rüber. »Er sieht ziemlich bedrückt aus.«

»*Nakamura*«, wiederholt Dad nachdenklich, dann erhellt sich seine Miene. »Ah! *Wakatta.* Jetzt weiß ich, warum mir der Name kürzlich so bekannt vorkam. Sein Vater ist einer der größten Reeder des Landes. Hanzo Nakamura. Letztes Jahr hat er eine eigene Ölförderplattform gekauft, um die Treibstoffkosten für seine Flotte zu senken. Sein Vermögen kann sich mit dem unserer eigenen Familie messen und der Stammbaum der Nakamuras ist sehr, sehr tief in japanischer Erde verwurzelt. Sie stammen von einem mächtigen *daimyō* – einem Landesfürsten – ab.«

»Wow!« Mom spricht aus, was ich denke.

»Soweit ich weiß, hat er nur diesen einen Sohn«, sagt Dad. »Und Eriku-*kun* ist also dein Tutor, ja?«

Ich nicke, den Blick immer noch auf Eriku gerichtet, der sich ganz offensichtlich irgendwelche Vorwürfe von seinem Vater anhören muss und mir wahnsinnig leidtut. Als Herr Nakamura endlich mit seinem Vortrag fertig ist, schleicht Eriku sich davon. »Äh … ich gehe mal kurz zu ihm und sag Hallo.« Ich entschuldige mich bei meinen Eltern und laufe Eriku hinterher.

Ich entdecke ihn in einem der breiten Korridore, wo er zwischen zwei Marmorsäulen an der Wand lehnt. »*Konbanwa*«, sage ich leise.

»Oh, ebenfalls guten Abend … Prinzessin.« Er will sich verneigen.

»Nein, bitte nicht«, wehre ich ab, worauf Eriku innehält und sich aufrichtet. Er lässt sich wieder gegen die Wand sinken, als hätte er überhaupt keine Lust auf diese Veranstaltung.

»Schön kühl hier«, sage ich. Meine Stimme hallt von den Wänden wider.

»Ja, ich brauchte plötzlich ganz dringend frische Luft und hier habe ich zumindest so was Ähnliches gefunden.«

Die Hände hinter dem Rücken verschränkt, lehne ich mich neben ihn. »Ich hatte keine Ahnung, dass Sie heute Abend auch hier sind.«

Er starrt auf seine polierten schwarzen Schuhe hinunter. Als wir uns das letzte Mal getroffen haben, hatte er knöchelhohe Chucks mit Schnürsenkeln in Regenbogenfarben an. »Mein Vater hat mich gezwungen, ihn und meine Mutter heute Abend zu begleiten. Er hat damit gedroht, Momo-chan zu meiner Tante zu schicken, wenn ich mich weigere.«

Ich sehe ihn geschockt an. »Krass.«

Seine Mundwinkel biegen sich minimal nach oben. Eriku, der immer – wirklich *immer* – lächelt, sieht aus, als würde er lächeln wollen, aber sein Körper würde es nicht zulassen, weil sein Leben gerade einfach zu schwer ist. »Das ist seine übliche Taktik. Ich habe mir immer einen Hund gewünscht. Als ich vor ein paar Jahren bei einem Intelligenztest für Kinder meines Alters im oberen Bereich gelandet bin, hat er mir bei einem australischen Züchter Momo-chan gekauft und nach Japan geholt. Und seitdem setzt er sie als Druckmittel gegen mich ein.«

»*Super*krass.« Ich habe Mitleid mit Eriku und bin wütend auf seinen Vater. Warum erkennt Herr Nakamura nicht, was für einen großartigen Sohn er hat? Wie sehr er für die Dinge brennt, die ihm etwas bedeuten?

»Eigentlich will ich gar nicht darüber reden.« Eriku schlägt mit der Faust gegen die Wand.

»Möchten Sie lieber allein sein?« Ich richte mich auf.

»Das auch nicht.«

Ich lasse mich wieder neben ihn sinken. »Und wie … geht es Momo-chan?«

In Erikus rechter Wange bildet sich ein Grübchen. »Heute hat sie zehn Stunden geschlafen.«

»Das ist mir sehr sympathisch«, sage ich. Wir lächeln uns an, und als in der Nähe Stimmen zu hören sind, drücken wir uns enger an die Wand, aber sie entfernen sich in Richtung des Bankettsaals. Ich lege den Kopf in den Nacken und schaue zur Decke. »Vor einiger Zeit habe ich mal eine Führung durch den Akasaka-Palast mitgemacht, ich glaube aber nicht, dass wir hier gewesen sind.« An den Wänden ringsum hängen lange Spiegel, in denen unendlich viele Erikus und Izumis zu sehen sind. Der Marmorboden ist schwarz-weiß im Schachbrettmuster gefliest.

Eriku zerrt an seiner Krawatte. »Es hat über zehn Milliarden Yen gekostet, den Palast nach dem Krieg im ursprünglichen neobarocken Stil wiederaufzubauen. Die Arbeiten haben sich über zehn Jahre …« Er redet nicht weiter. Für Architekturgeschichte brennt sein Herz heute offensichtlich nicht.

»Hey.« Ich stupse ihn sanft mit dem Ellbogen an. »Sie müssen mir nichts beibringen, Sie haben frei.«

»Ich würde mein gesamtes Erbe hergeben, wenn ich jetzt mit Ihnen in der Kaiserlichen Bibliothek sitzen könnte, statt hier sein zu müssen.«

»Ich kann mir auch vieles vorstellen, was mir im Moment mehr Spaß machen würde«, seufze ich. »Zu Hause in Mount Shasta, wo ich aufgewachsen bin, hätte ich den Samstagabend mit meinen Freundinnen verbracht. Wir haben uns oft in unserem Garten auf eine Wolldecke gelegt und zum Sternenhimmel hochgeschaut.« Angesicht des riesigen Weltalls fühlten wir uns winzig klein, und wenn eine Sternschnuppe über uns hinwegflog, haben wir uns etwas gewünscht. Mein Wunsch war immer, irgendwann meinen Vater zu finden. Der Gedanke, dass mein Leben dadurch noch komplizierter werden könnte, ist mir nie gekommen. Hier in Tokyo sieht man die Sterne kaum, weil die Lichter der Stadt zu hell sind. Ob Noora, Hansani, Glory und ich irgendwann mal wieder nachts alle zusammen zu den Sternen hochschauen werden? Ich kann mich gar nicht mehr erinnern, wann wir das zum letzten Mal gemacht haben.

»Das klingt schön«, sagt Eriku.

Ich seufze wieder. »War es auch.« Damals habe ich mich so sicher und aufgehoben gefühlt, als könnte mir nichts passieren. Es kommt mir vor, als wäre es eine Ewigkeit her.

»Manchmal wünsche ich mir, ich wäre noch in den Staaten an der Uni und könnte ganz in Ruhe studieren.« Eriku streicht sich eine Haarsträhne aus den Augen. »Es ist ganz egal, wie sehr ich mich anstrenge. Er wird sowieso nie zufrieden mit mir sein.« Er spricht wieder von seinem Vater. Eriku breitet in einer hilflosen Geste die Hände aus, seine Stimme klingt gequält. »Ich belege doppelt so viele Kurse wie vorgeschrieben, um möglichst schnell mit dem Studium fertig zu werden, und habe kaum Zeit für irgendwas anderes, aber das interessiert ihn nicht. Nein, ich musste unbedingt auch noch diese Stelle als Tutor annehmen.«

Ich sehe ihn überrascht an. »Das hat Ihr Vater von Ihnen verlangt?«

Eriku schnaubt. »Ja. Absurd. Als ich nach Japan zurückkam, wollte ich in der Unibibliothek jobben, das hat er mir nicht erlaubt. Aber als das Hofamt angefragt hat, ob ich Ihnen bei den Prüfungsvorbereitungen helfen könnte, war es plötzlich nicht nur okay, dass ich arbeite, er hat sogar darauf bestanden, dass ich es tue. Jeder Protest war zwecklos, weil man sich den Wünschen von Herrn Nakamura und der Kaiserlichen Familie natürlich nicht widersetzt …«

Plötzlich fällt mir die Besprechung ein, die ich mit Herrn Fuchigami hatte, nachdem ich die Hofbeamten belauscht und Akio sich von mir getrennt hatte. *Ich kann gerne ein Komitee berufen, das Ihnen einen geeigneten Begleiter suchen könnte*, hat er gesagt. *Wir könnten uns unter den Söhnen unserer ehemaligen Adelsfamilien umschauen …* Ich habe sofort abgewunken. Jetzt begreife ich, warum er so erfreut aussah, als wir vorhin hier ankamen und Eriku vor uns aus dem Wagen stieg, denn auch die Worte meines Vaters vor ein paar Minuten hallen in meinem Kopf wider: *Nakamura … Sein Vermögen kann sich mit dem unserer eigenen Familie messen, und der Stammbaum der Nakamuras ist sehr, sehr tief in japanischer Erde verwurzelt.*

»Eriku.« Ich packe ihn am Arm. »Das Ganze ist ein Komplott.«

»Nani?«, fragt er. *Was?*

Ich deute auf ihn und dann auf mich. »Sie haben mir doch vor Kurzem erzählt, dass Ihr Vater sich wünscht, dass Sie mit jemandem aus einer guten alten Familie zusammenkommen. Mein Kammerherr, Herr Fuchigami, hat praktisch dasselbe zu mir gesagt. Ihr Vater und die Beamten des Kaiserlichen Hofamts wollen uns verkuppeln.«

»Ehhh!« Eriku sieht mich mit großen Augen an. »Sie könnten tatsächlich recht haben, Prinzessin. Das wäre die Erklärung. Ein heimliches *omiai*.«

»Sorry.« Ich schüttle den Kopf. »Was ist ein *omiai*?«

»Eine arrangierte Ehe«, erklärt er.

»Oh Mann.« Heiße Wut steigt in mir auf und meine Wangen glühen. Ich bin gerade unfassbar sauer auf Herrn Fuchigami. Schon wieder wird über meinen Kopf hinweg über mein Leben entschieden. »Das ist ja wohl echt das Allerletzte.«

»Absolut«, stimmt Eriku mir zu. »Ich meine, Sie sind toll und alles, aber …«

»Sie auch … total. Ich bin einfach nur nicht …« Ich stocke verlegen.

»Interessiert?«

Ich nicke. »Genau. Kein bisschen.«

Wir lachen. Nachdem das Echo unseres Lachens verhallt ist, ist es im Korridor einen Moment lang still. Die Zahnrädchen in meinem Gehirn rattern, während ich auf dem schwarz-weißen Fliesenboden auf und ab gehe. Ich denke daran, wie ich vorhin auf der Treppe fast hingefallen wäre. Der Presse hätte es natürlich sehr gefallen, wenn anstelle meiner Leibwächterin jemand anderes da gewesen wäre, um mich aufzufangen. Und dann stelle ich mir vor, wie ich an der Seite von Eriku die Treppe hinaufschreite, wie er mich fürsorglich am Ellbogen fasst, wie wir beide überglücklich strahlen. Gott, ich schäme mich, so etwas auch nur zu denken, aber anscheinend habe ich mich von Herrn Fuchigami und seinen Kuppler-Spießgesellen anstecken lassen. Meine Gedanken wandern zu Akio.

Es hat mir unglaublich wehgetan, dass er sich so leichtfertig von mir getrennt hat und keine Sekunde lang darüber nachgedacht hat, ob es nicht vielleicht doch eine Möglichkeit gegeben hätte, mit mir zusammenzubleiben. Das hat mich wirklich sehr verletzt, aber ich würde Akio – und der Welt – gerne zeigen, dass ich es überlebt habe. Ich öffne den Mund. Schließe ihn. Öffne ihn wieder und sage dann zögernd: »Was wäre, wenn … Also ich meine, wie würde Ihr Vater wohl reagieren, wenn Sie tatsächlich die Tochter des Kronprinzen daten würden?«

»Ha! Der wäre vor Begeisterung so außer sich, dass ihm der Kopf platzen würde.« Eriku lacht laut auf, dann sieht er, dass ich nicht lache. »Oder meinen Sie das etwa ernst?« Es zuckt um seine Mundwinkel, als wäre er sich nicht sicher, ob ich ihn nicht doch auf den Arm nehme.

Ich schlucke, dann nicke ich. »Äh … ja. Ich glaube, wir hätten beide was davon.«

Ich kann selbst nicht fassen, dass ich das gerade wirklich gesagt habe – dass ich meinem Tutor in dieser dunklen Ecke des Palasts einen Betrug vorschlage. Ich tue schon, was ich kann, um meinen Eltern zu helfen, aber gerade ist mir klar geworden, dass es etwas gibt, das ihre Chancen auf das Wohlwollen des Rats schlagartig massiv verbessern würde. So ungern ich es zugebe, hat Herr Fuchigami leider recht: Ein »passender« Begleiter könnte das Puzzleteil sein, das noch gefehlt hat, um meine Verwandlung in eine mustergültige Prinzessin perfekt zu machen.

Eriku und ich sehen uns einen Moment lang stumm an. Die Vorstellung ist unendlich verlockend. Er lehnt sich mit einer Schulter an die Wand. »In den Redaktionen der Klatschblätter würden die Champagnerkorken knallen, wenn man uns zusammen sehen würde.«

»Jep.« Ich nicke. »Genau darum geht es.«

Er betrachtet mich mit nachdenklicher Neugier, als würde er versuchen zu verstehen, was ich davon hätte. Soll ich ihm von den Heiratsplänen meiner Eltern erzählen? Ihm verraten, warum ich an die Universität will und ihm jetzt diesen Deal vorschlage? *Nein, zu früh.* Ich möchte nicht darüber sprechen, wie sehr mich die Gemeinheiten, die in den Zeitungen über meine Mutter und mich verbreitet werden, verletzen. *Immer noch.* Wie groß meine Sorge ist, Mom könnte ihre zweite Chance auf Lebensglück verwehrt bleiben. Wie sehr ich mir aber auch für mich selbst wünsche, dass meine Eltern heiraten dürfen, damit wir endlich eine richtige Familie werden. »Ich fände es einfach angenehm, wenn sich die Medien auf etwas anderes konzentrieren würden als darauf, ob ich stolpere, in welche Fettnäpfchen ich trete oder dass ich schlechte Noten an der Highschool hatte. Wenn ich Sie an meiner

Seite hätte, wäre das eine gute Ablenkung«, sage ich und bekräftige noch mal: »Eine *positive* Ablenkung.«

Eriku grinst und wieder zeigen sich die Grübchen in seinen Wangen. »Ach, so ist das?« Er reckt das Kinn, was ihn ein bisschen arrogant wirken lassen würde, wenn in seinen Augen nicht gleichzeitig ein amüsiertes Glitzern zu sehen wäre. »Sie wollen mich also als hübsches Accessoire ausführen?«

»Ganz genau.« Ich mache eine übertrieben tiefe Verbeugung und räuspere mich. »Wären Sie … nein, wärst *du*, Eriku Nakamura, bereit, mir die Ehre zu erweisen, mein Fake-Boyfriend zu sein?«

Der Mond steht jetzt so hoch, dass sein Licht in den Korridor fällt und ihn mit einem silbernen Schimmer erfüllt. Eriku wippt auf den Fersen. Mein Puls beschleunigt sich. Er streicht sich durch die Haare und schüttelt den Kopf. »Ich kann nicht glauben, dass ich mich wirklich darauf einlasse, aber …« Er verbeugt sich vor mir. »Es wäre mir eine Ehre, Eure Hoheit. Lass uns ein Fake-Paar werden, Izumi.«

12

Am nächsten Morgen ist es draußen angenehm kühl, als ich aus dem Palast hinaustrete und auf den Eingangsstufen warte. Ein paar Minuten später kommt ein eleganter Bentley angefahren.

Reina, die neben mir steht, schnappt nach Luft. »Das ist ein Modell, das eigentlich erst nächstes Jahr auf den Markt kommt.«

Ich sehe sie überrascht an. »Woher wissen Sie so was?«

»Ich interessiere mich eben für Autos«, sagt sie achselzuckend.

Der Bentley hält und Eriku springt heraus. Statt des weißen Smokings von gestern hat er heute wieder seine zerrissenen Jeans an und dazu ein Konzert-T-Shirt von *Led Zeppelin*. Allerdings trägt er nicht wie sonst seine abgewetzte Lederjacke, sondern ein … dunkles Tweedjackett. Wie süß.

Ich lache laut auf und laufe zu ihm hin.

»Hey.« Eriku begrüßt mich mit seinem Standardlächeln, verbeugt sich und legt dann einen Arm lässig auf die offene Wagentür. Der Duft aus dem Inneren des Bentleys – Holz und feinstes Leder – mischt sich mit der taufeuchten Morgenluft.

»Hey«, sage ich. »Schickes Jackett, Herr Lehrer. Passt zu dir.«

Ich erinnere mich an einen Moment, der noch gar nicht so lange her ist, als ich Akio am Revers seines Jacketts gepackt und zu mir heruntergezogen habe, um ihn zu küssen. *Sag, bist du gekommen, um mir die Kleider vom Leib zu reißen und dich an mir zu vergehen?* Ich schüttle die Erinnerung schnell ab, lasse die Vergangenheit hinter mir und konzentriere mich auf das, was vor mir liegt.

»Habe ich extra für dich angezogen«, verkündet Eriku stolz und streicht über den kratzigen Wollstoff. »Das ist aus dem Kleiderschrank von meinem Vater.«

Leider finde ich das Jackett daraufhin gleich nicht mehr ganz so süß. Ich deute auf den Wagen. »Fahren wir nicht mit deinem Motorrad?«

»Geht nicht.« Er zuckt mit den Schultern. »Gestern Abend hat ein Kurier noch einen fetten Ordner vom Kaiserlichen Hofamt bei uns vorbeigebracht, in dem unter anderem sämtliche zulässigen Fahrzeuge aufgezählt waren, in denen du unterwegs sein darfst. Alle Arten von Zweirädern sind streng verboten.«

Als ich Reina erzählt habe, dass ich heute ein Date mit Eriku habe, hat sie einen kleinen Nervenzusammenbruch bekommen. *Das geht nicht! Ich benötige mindestens vierundzwanzig Stunden Vorlauf zur Planung, wenn Sie Besuch bekommen, und zweiundsiebzig Stunden, falls Sie vorhaben, das Kaiserliche Gelände zu verlassen.* Im Gegensatz dazu reagierte Herr Fuchigami erstaunlich milde. *Ich denke, wir können ruhig auch mal eine Ausnahme machen.*

Als ich noch mit Akio zusammen war, hat mein Kammerherr nie gegen irgendwelche Vorschriften verstoßen, aber jetzt ist alles anders. Er strahlt die ganze Zeit vor Zufriedenheit, und ich muss zugeben, dass mich das ein bisschen mit Stolz erfüllt. Endlich mache ich in seinen Augen mal etwas richtig. Auch wenn alles Fake ist.

»Tut mir leid, dass ein Date mit mir gleich mit so einem bürokratischen Aufwand verbunden ist. Damit hast du sicher nicht gerechnet«, seufze ich.

»Doch, hatte ich«, sagt Eriku. »Wobei es schon krass ist, weil ich …«, er senkt die Stimme, »eine Verschwiegenheitserklärung unterschreiben musste, obwohl ich schon eine unterschrieben hatte, bevor ich dich unterrichten durfte. Die jetzige war aber viel länger. Zweiundvierzig Seiten, inklusive eines Verzichts auf Schadenersatzansprüche im Todesfall.«

Ich zucke zusammen. »Im Ernst?«

Seine Augen blitzen. »*Hontō ni.* Ja, ehrlich. Ich musste unterschreiben, dass meine Eltern den Hof nicht haftbar machen werden, falls ich aus irgendwelchen Gründen versehentlich getötet und zerstückelt werden sollte. Und das schreiben die da nicht grundlos rein, sondern weil es …«, Eriku macht eine Kunstpause und raunt, »schon mal genau so passiert ist.« Er lacht, duckt sich in den Wagen und taucht mit einem wunderschönen Blumenstrauß wieder auf. »Hier. Für dich.«

Ich hebe die Blumen ans Gesicht und atme ihren Duft tief ein. Gestern Abend haben wir noch sämtliche Details unseres Plans besprochen. Das Wichtigste: Niemand, wirklich *niemand*, darf von unserer heimlichen Abmachung erfahren – weder Reina noch Mariko oder Herr Fuchigami (eigentlich ist man im Kaiserlichen Hofamt sehr verschwiegen, aber es sickert doch immer mal wieder etwas nach draußen), am allerwenigsten aber unsere Eltern. Für mich ist das sehr ungewohnt, weil ich Mom sonst immer alles erzähle.

»Die Blumen sind ein kleines Dankeschön.« Eriku senkt wieder die Stimme. »Du hättest das Gesicht meines Vaters sehen sollen, als ich ihm von unserer Verabredung erzählt habe. Normalerweise ist er ungefähr so überschwänglich wie ein Kohlkopf, aber heute hat er allen Angestellten eine Gehaltserhöhung versprochen und will nachher höchstpersönlich mit Momo-chan spazieren gehen.«

Eriku umrundet den Bentley und öffnet die Beifahrertür für mich. Nachdem ich mich hineingesetzt habe, geht er zur Fahrerseite und rutscht hinters Steuer. Er startet den Motor, der wie ein Kätzchen schnurrt, und fährt zum Tor, wo sich zwei Fahrzeuge der

Kaiserlichen Flotte in Bewegung setzen. Eines fährt vor und das andere hinter uns her.

Fake-Dating-Gesetz Nummer eins: Man kann gar nicht genug Aufsehen erregen.

Eriku schaltet das Radio an, und aus den Lautsprechern perlt sanfte Musik, die perfekt zu diesem Tag passt. »Sehr gut ausgesucht«, sage ich anerkennend.

Er legt eine Hand auf sein Herz. »Zu viel der Ehre. Nicht ich suche die Musik aus, sie sucht mich aus.«

Ich lege lächelnd den Blumenstrauß in meinem Schoß und streiche über den gezackten Rand eines Blatts. »Und wohin fahren wir?«

Eriku lenkt mit der einer Hand und legt mit der anderen den Gang ein, als wir auf die Schnellstraße abbiegen. »Ich habe die halbe Nacht über unser Programm nachgedacht. Es war gar nicht so einfach, einen Ort zu finden, an dem wir von möglichst vielen Leute gesehen werden, wo für unsere Sicherheit gesorgt werden kann und wo wir trotzdem noch Spaß haben.«

Wir fahren an einer riesigen Werbetafel vorbei, auf der eine Prinzessin in einem eisblauen Kleid vor einem Märchenschloss abgebildet ist. »Nicht dein Ernst, oder?«, kreische ich und wirble zu Eriku herum. »Fahren wir etwa ins Tokyo Disneyland?«

Er lächelt. »Das Leben ist ein Song, Prinzessin. Lass uns einen Fake-Date-Soundtrack komponieren.«

Wir parken direkt neben dem Eingang und werden von einem VIP-Betreuer im schwarzen Anzug begrüßt, der uns im Park herumführt. Die Strecke, die wir entlanggehen, ist aus Sicherheitsgründen abgesperrt worden, aber an den Barrieren drängen sich die Schaulustigen und knipsen Bilder von uns. Das Klicken der Kameras erinnert an das Zirpen unzähliger kleiner Insekten. Als wir einen Zwischenstopp bei The Great American Waffle Co. einlegen, um zu frühstücken, drücken sich die Menschen draußen vor den Fenstern die Nasen platt und starren ins Lokal.

Eriku vibriert förmlich vor Begeisterung, als die Kellnerin uns jeweils eine kindskopfgroße Micky-Maus-Waffel bringt. Wir prosten uns mit den roten Plastiktellern zu. »Auf einen gesunden Start in den Tag«, sagt Eriku.

»Gesünder geht gar nicht«, stimme ich ihm grinsend zu und mache mich hungrig über meine mit Vanilleeis, Mangopüree, Schokomousse, Ahornsirup und Schlagsahne garnierte Waffel her.

Noch bevor Eriku seine aufgegessen hat, bestellt er sich schon eine zweite. »Als kleiner Junge bin ich von meinen Eltern auf eine Spezialdiät gesetzt worden – *Gehirnnahrung*. In den Staaten habe ich dann zum ersten Mal in meinem Leben gegessen, worauf ich Lust hatte. Am meisten vermisse ich das Fast Food in den Sportstadien. Es war mir total egal, ob Football, Baseball oder Basketball gespielt wurde, mich hat nur interessiert, was es an den Imbissständen zu essen gab.« Ich kann ihm das gut nachempfinden und sehe lächelnd zu, wie er seine Waffel zerschneidet und genüsslich kaut. Er schluckt einen Bissen herunter und sagt: »Übrigens habe ich überlegt, dass wir uns Kosenamen geben sollten.«

»Findest du?« Ich lecke mir einen Tropfen Sirup aus dem Mundwinkel.

Eriku trinkt einen Schluck von seiner Cola und nickt heftig. »Unbedingt. Alle Liebespaare haben Kosenamen.«

Stimmt. Für Akio war ich *Rettich*. Ich schiebe die Schlagsahne auf meinem Teller zusammen, bis sie geschmolzen ist. »Ich weiß nicht …«

Eriku lehnt sich in der Sitznische zurück und klopft sich auf seinen flachen Bauch. »Ich hab im Netz schon mal nach möglichen Kosenamen gesucht. Du könntest mein *Babe* sein, oder *Baby*,

Honey, Honey-Bunny, Bear, Pumpkin … In den Staaten hab ich mal eine Serie gesehen, in der eine Frau ihren Freund *Daddy* genannt hat.« Er verzieht das Gesicht. »Das finde ich ein bisschen pervers, aber wenn du willst …«

Ich hebe die Hand. »Keine Kosenamen. Ich bin dafür, wir bleiben bei Eriku und Izumi.«

»Okay, wie du möchtest. Ich hatte noch ungefähr vierzig andere Vorschläge, aber Eriku und Izumi finde ich schon auch gut.« Er seufzt etwas enttäuscht, wird aber sofort wieder munter, als ich ihm den Rest meiner Waffel anbiete.

Nach dem Frühstück schlendern wir, einen Pulk von Gaffern im Schlepptau, weiter durch den Park, zocken eine Weile in der *Game Arcade* und fahren danach *Pirates of the Caribbean*. Eriku besteht darauf, dass wir an jedem einzelnen Imbissstand haltmachen. Zwischen unseren Fahrten im *Splash Mountain* und dem *Big Thunder Mountain* essen wir ein *ukiwaman*, ein mit Shrimps gefülltes Hefebrötchen, das wie ein Rettungsring aussieht und in einer total süßen Donald-Duck-Verpackung steckt. Zum Mittagessen gibt es *kare raisu* – Curryreis – und Milchtee mit Waldbeeren plus einem Topping aus Schlagsahne mit gehackten Nüssen. Von dem Tee bestellt sich Eriku gleich auch noch einen zweiten Becher.

Als wir eine halbe Stunde später die Stufen zum Baumhaus der Schweizer Familie Robinson hinaufsteigen, fällt mir auf, dass er ziemlich blass aussieht … oder eigentlich eher grün.

»Alles okay?«, frage ich.

Das Baumhaus ist für die anderen Parkbesucher geschlossen, solange wir drin sind. Unten stehen Personenschützer der Palastpolizei Wache, aber hier oben sind wir allein und können uns endlich auch mal ein bisschen entspannen.

Eriku presst sich eine Hand auf den Magen, Schweißperlen treten ihm auf die Stirn. »Kann sein, dass ich es ein bisschen übertrieben habe.«

»War es das Curry oder der zweite Bubble Tea?«

»Bitte nicht von Essen reden.« Jetzt ist er kalkweiß. »*Warui da yo*. Du bist echt fies«, jammert er. »Warum hast du mich gezwungen, so viel zu essen?«

»*Watashi ja nai yo*. Habe ich gar nicht!«

»Na bitte. Und schon haben wir unseren ersten Streit.« Eriku grinst schief, dann wimmert er.

»Komm mit.« Ich hake ein Absperrseil auf und führe ihn in die Küche der Familie Robinson, die man eigentlich nur anschauen, aber nicht betreten darf. »Versuch bitte, nicht mich zu treffen, falls du kotzen musst.«

»Oh Gott, sag dieses Wort nicht«, stöhnt Eriku.

Ich ziehe ihn zum Esstisch und setze ihn auf einen Stuhl. »Hol ganz tief Luft«, empfehle ich ihm. »Einatmen und ausatmen und wieder ein …« Vom Wassergraben weht eine kühle Brise zu uns herauf. Eriku atmet gehorsam ein und aus und nach ein paar Minuten hat sein Gesicht eine gesündere Farbe angenommen. »Geht es wieder?«

»Bisschen besser.« Er lächelt schwach.

»Soll ich dir ein Glas Wasser organisieren?«

»Nein. Lass uns einfach einen Moment hier sitzen bleiben.« Er stützt beide Ellbogen auf den Tisch und wühlt in seinen Haaren. »Oh Mann, ich bin so ein Loser. Noch nicht mal ein Fake-Date kriege ich richtig hin.«

»Sei nicht so streng mit dir. Das war der schönste Tag, den ich seit … sehr langer Zeit gehabt habe«, sage ich und bin selbst überrascht. Aber es ist die Wahrheit. Ich versuche mich zu erinnern, wann ich das letzte Mal so unbeschwert gewesen bin. Selbst bevor Akio mir bei unserem letzten Spaziergang das Herz gebrochen hat, war ich niedergeschlagen, weil mich die Situation meiner Eltern so belastet hat. Seit ich Prinzessin bin, kann ich gar nicht anders, als mir ständig Gedanken darüber zu machen, wie ich von den Leuten wahrgenommen werde und ob ich ihre Erwartungen erfülle. Aber heute war ich locker und unverkrampft und konnte ganz ich selbst sein. Blödsinn, widerspreche ich mir im nächsten Augenblick selbst. Mit Akio war ich ich selbst – *das hier* ist künstlich. Hier in Tokyo Disneyland ist alles Fake. Sogar die Bäume ringsum. Eriku und ich sind ein Kunstprodukt. Das ideale Paar, das die Menschen sehen wollen. Ein Traumbild.

»Wirklich der schönste Tag?« Eriku späht zu mir auf und ich sehe die Verletzlichkeit in seinem Blick. Inmitten all der Künstlichkeit ist dieser Moment jetzt gerade tatsächlich echt. Mir wird klar, dass morgen in sämtlichen japanischen Zeitungen Fotos von uns abgedruckt sein werden, die Akio sehr wahrscheinlich auch zu Gesicht bekommt. Er wird sehen, wie ich mit Eriku fröhlich bin und lache. Wird die Leichtigkeit in meinen Schritten erkennen. Und irgendwo tief in mir drin hoffe ich sogar, dass er sie sieht. Macht mich das zu einem Arschloch? Ich kann ihm einfach nicht verzeihen, dass er uns so schnell aufgegeben hat.

»Ich finde es total erholsam, dass der Druck weg ist. Dass es reicht, einfach nur Zeit mit dir zu verbringen, um endlich auch mal was richtig zu machen.«

»Geht mir genauso.« Eriku setzt sich auf. »Es gibt da aber noch eine Sache, die ich gerne klären würde, bevor wir mit der Fake-Nummer weitermachen.«

»Ja?«

Er sieht mich sehr ernst an – übertrieben ernst. »Nachdem du jetzt einen kleinen Vorgeschmack darauf bekommen hast, was für ein heißer Typ ich bin … Du weißt schon, mit meinen zerknitterten Band-T-Shirts und meiner Leidenschaft für gutes Essen bis zum Erbrechen. Na ja, ich kann mir vorstellen, dass es schwierig bis unmöglich für dich werden wird, mir nicht mit Haut und Haaren zu verfallen …« Seine Augen blitzen und wir verbeißen uns beide das Grinsen. »Deswegen musst du mir eins versprechen. Bitte versuch, dich nicht in mich zu verlieben, okay?«

Ich kichere. »Passiert dir das oft?«

»Du meinst, dass Kaiserliche Prinzessinnen mich fragen, ob ich bereit wäre, so zu tun, als wäre ich ihr Freund, dann aber meinem Charme erliegen und ihr Herz an mich verlieren?« Er beugt sich vor und senkt die Stimme. »Öfter, als du denkst.«

»Ich glaube, mein Herz ist nicht empfänglich.« Seit Akio es gebrochen hat, ist es auf Halde gelegt.

Eriku nickt. »Dann ist ja gut …« Er wirft mir unter seinem verwuschelten Haarschopf einen hoffnungsvollen Welpenblick zu. »Und wie wäre es mit *Boo-boo*?«

Ich pruste laut los. »Nein. Nein, ganz bestimmt nicht!«

TOKYO TATTLER

Prinzessin Izumi mit neuem Herzblatt gesichtet

25. Oktober 2021

Als Ihre Kaiserliche Hoheit Prinzessin Izumi kürzlich von einem Pressevertreter gebeten wurde, sich zur Verlobung ihrer Eltern zu äußern – vor allem in Hinblick auf das Zögern des Kaiserlichen Haushaltsrats, der Verbindung den Segen zu erteilen –, lautete ihre Antwort, sie hoffe einfach nur, dass man den beiden erlauben werde, »ihrem Herzen zu folgen«.

Klingt romantisch, aber ist es auch weise? Fans des Kaiserhauses sind nicht überzeugt. »Das Ansehen der Kaiserfamilie ist ihr offensichtlich egal«, urteilt Royal-Bloggerin Junko Inogashira. »Ihr geht es letztlich immer nur um das, was sie will.«

Prinzessin Izumis eigenes Herz scheint sich jedenfalls auf spektakuläre Weise von den Rückschlägen der letzten Wochen erholt zu haben. Besucher des Tokyoter Disney-Freizeitparks hatten das besondere Vergnügen, die junge Prinzessin hautnah bei einem Date mit dem attraktiven Reederei-Erben Eriku Nakamura beobachten zu können. »Die beiden wirkten sehr vertraut«, berichtete eine Parkbesucherin. »Sie waren voll auf einer Wellenlänge. Haben die Köpfe zusammengesteckt, getuschelt, sich angelächelt und ihr Essen miteinander geteilt. Das war sehr niedlich mitanzusehen.«

»Ich freue mich sehr über diese Entwicklung«, sagt auch Junko Inogashira. »Nakamura junior ist der ideale Begleiter für die Prinzessin.«

Im Wettkampf um Prinzessin Izumis Herz liegt Eriku Nakamura gegen Akio Kobayashi derzeit eindeutig in Führung.

13

Nur zwei Tage später sitzen Eriku und ich auch schon bei unserem nächsten Date im Florilège zusammen. Ich habe im Netz nachgeschaut, was das für ein Restaurant ist: Es wurde zu den besten fünf ganz Asiens gewählt, liegt in Aoyama, einem wohlhabenden Viertel im Shibuya-Bezirk Tokyos, und hat eine offene Küche, die von einer Theke mit sechzehn Plätzen umgeben ist, sodass man den Köchen während des Essens bei der Arbeit zusehen kann. Der Chef hat in einem Spitzenlokal gelernt, sich anschließend selbstständig gemacht und mittlerweile zwei Michelin-Sterne erkocht.

Als wir das Restaurant betreten – Reina bleibt an der Tür stehen, um Wache zu halten –, sehe ich mich erstaunt um. Im Küchenbereich hacken der Chefkoch und seine Assistenten mit konzentrierten, synchronen Bewegungen Zutaten klein … ansonsten ist das Lokal menschenleer. Eriku und ich sind die einzigen Gäste.

»Ich habe den ganzen Laden für uns reserviert.« Eriku lächelt verlegen. »Oder besser gesagt, mein Vater hat ihn reserviert. Sorry, ich weiß, dass wir ausgemacht hatten, uns immer an Orten zu treffen, wo wir von möglichst vielen Leuten gesehen werden, aber er hat sich nicht davon abhalten lassen.«

Ich setze mich an die Theke, falte die gestärkte weiße Leinenserviette auseinander und lege sie mir auf den Schoß. »Macht nichts. Ehrlich gesagt finde ich ein bisschen Ruhe zur Abwechslung auch mal ganz gut.« Ich reibe mir übers Ohr. »Ich glaube, ich hab einen kleinen Gehörschaden, weil die Leute vorhin so gebrüllt haben.«

Bevor wir hergekommen sind, waren wir sehr öffentlichkeitswirksam im *Yoyogi*-Park spazieren. Mir ist immer noch ein bisschen schwindelig, wenn ich an die irren Szenen zurückdenke, die sich dort abgespielt haben. Die Massen von Schaulustigen, die uns verfolgten und unsere Namen kreischten, die Hände, die durch den Ring unserer Personenschützer nach uns greifen wollten, viele hielten die Ausgabe vom *Tokyo Tattler* mit dem Foto von Eriku und mir in Disneyland auf der Titelseite in die Höhe. Ich frage mich, wie verbreitet der *Tattler* wohl in Nara ist. Hat Akio die Fotos schon gesehen?

Schnell an was anderes denken. Ich trinke einen Schluck Wasser aus dem Glas, das an meinem Platz steht, und versuche zu ignorieren, dass mein gebrochenes Herz längst noch nicht wieder im gewohnten Rhythmus schlägt. »Macht er das bei allen Mädchen, mit denen du verabredet bist?«

Eriku seufzt. »Nein. Bis jetzt war Herr Nakamura senior mit keinem der Mädchen einverstanden, mit denen ich mich getroffen habe. Meine Eltern wollen nicht, dass ich vom Studium abgelenkt werde … weder durch irgendwelche Freunde noch durch eine Beziehung, am besten soll ich gar nichts anderes nebenher machen.«

Der Chefkoch stellt Teller vor uns hin, auf denen unfassbar kunstvoll jeweils zwei Zuckererbsenschoten angerichtet sind. Er verbeugt sich tief und erklärt uns sein Küchenkonzept – eine Fusion aus japanischer und französischer *Haute Cuisine*. Ich schaue auf das winzige Tellerchen mit der noch viel winzigeren Menge Essen hinunter und werfe Eriku einen Seitenblick zu. Wir müssen beide grinsen. Erst neulich haben wir darüber gesprochen, wie sich japanische Essensportionen von denen in Amerika unterscheiden, die mindestens doppelt, häufig sogar dreimal so groß sind. In meinem Stammrestaurant in Mount Shasta, dem Black Bear Diner, bekommt man das Essen nicht auf Tellern, sondern auf Platten serviert.

Wir legen die Handflächen aneinander und sagen *»Itadakimasu!«*, was in etwa *Ich empfange in Demut* heißt. Mit dieser Formel wird in Japan jede Mahlzeit eingeleitet. Anschließend verzehren wir sehr langsam und bedächtig unsere Zuckerbohnen, um ihren Geschmack in seiner Gänze zu genießen. Nach einem kleinen *Amuse-Bouche* mit Oliven folgt der Hauptgang, ein Potpourri aus Seeschneckenfleisch, Bambussprossen, *petit pois* (Erbsen) und Comté-Käse an einem Ragout aus Seeschnecken-Leber.

»Alle behaupten immer, mein Vater und ich wären uns so ähnlich. Äußerlich vielleicht, aber im Herzen könnten wir gar nicht verschiedener sein.« Als der Gang abgeräumt wird, faltet Eriku seine Serviette und legt sie neben sich auf die Theke. Seine Manieren sind tadellos, und er isst das sündhaft teure Menü in diesem Spitzenrestaurant mit derselben selbstbewussten Lässigkeit, die auch mein Vater bei allem ausstrahlt, was er tut. Man merkt, dass Eriku in dieser Welt des Luxus zu Hause ist.

Ich zupfe an meiner Serviette. »Hast du denn mal versucht, dich ihm zu widersetzen? Damit will ich nicht sagen, dass du das tun solltest, aber … mich würde einfach interessieren, ob du ihm schon mal die Meinung gesagt hast.«

Eriku ballt die Hände zu Fäusten. »Noch nie«, gibt er etwas verlegen zu. »Das schaffe ich einfach nicht. Obwohl ich ihn manchmal wirklich richtig zum Kotzen finde, sehnt sich der kleine Junge in mir trotzdem danach, von ihm *gemocht* zu werden. Ich dürste so sehr nach seiner Anerkennung, dass ich wahrscheinlich sogar bereit wäre, Schlamm zu trinken, wenn er mich dafür loben würde.« Er lacht freudlos. »Ich denke so oft, dass ich einfach mein eigenes Ding machen und einen Dreck auf seine Meinung geben sollte, aber das Problem ist, dass ich keine Ahnung habe, was *mein Ding* ist, verstehst du? Das passiert, wenn man ständig von außen gesagt bekommt, was man machen soll. Ich weiß nicht, wer ich bin und was ich wirklich will.« Er atmet tief durch. »Dabei wird es langsam echt brenzlig. Mein Vater wartet darauf, dass ich die Uni abschließe und endlich ins Familienunternehmen einsteige. Ich dagegen würde mir gern eine Auszeit nehmen, um in Ruhe nachzudenken und herauszufinden, was ich …« Er hält inne, während der zweite Gang serviert wird – *Foie gras* mit Haselnussbaisers. »Ich kann mir selbst nicht erklären, warum ich mir das alles von ihm bieten lasse«, fährt er fort, als der Kellner wieder weg ist. »Vielleicht stehe ich drauf, ein Einzelgängerdasein zu führen und mich von Selbstzweifeln zerfressen zu lassen. Vielleicht ist *das* ja mein Ding.«

Ich muss daran denken, wie er in Disneyland gelächelt hat, obwohl ihm kotzübel war. Eriku gehört zu den Menschen, die selbst dann noch eine fröhliche Miene aufsetzen, wenn es ihnen wirklich richtig dreckig geht.

»Ich glaube, ich werde es niemals schaffen, so perfekt zu sein wie meine Cousinen«, platze ich heraus. Nachdem Eriku mir etwas so Persönliches anvertraut hat, habe ich das Bedürfnis, auch etwas mit ihm zu teilen. Er soll spüren, dass er nicht der Einzige ist, der sich manchmal klein und verloren fühlt und Angst hat, den Erwartungen anderer nicht zu genügen.

In seinen Augen flackert etwas auf. »Du meinst die Prinzessinnen? Akiko und Noriko?«

»Ja, genau. Die Zwillinge.« Ich zögere, ins Detail zu gehen, aber dann fällt mir ein, dass Eriku ja eine Verschwiegenheitserklärung unterzeichnet hat, was bedeutet, dass ich ihm so unbesorgt mein Herz ausschütten kann, als wäre er mein Therapeut. »Aber dass sie so perfekt sind, ist nicht das Einzige. Die beiden waren von Anfang an alles andere als … nett zu mir.« Ich fasse schnell zusammen, was sie mir seit meiner Ankunft angetan haben – dass sie mir eine Seidenraupe auf den Arm gesetzt und dadurch ein aufwendiges Fotoshooting ruiniert haben, mich beim Premierminister erst ins offene Messer laufen ließen und dann *gaijin* genannt haben, und mir kürzlich ein Kleid andrehen wollten, in dem ich allerhöchstwahrscheinlich einen Skandal verursacht hätte.

Eriku kaut nachdenklich seinen letzten Bissen Perlhuhn in Sesam-Rotwein-Soße an Babyspinat und nickt. »Wobei man auch bedenken muss, wie die beiden aufgewachsen sind. Ich war nicht auf derselben Schule wie sie, aber ich weiß, wie gnadenlos es auf der *Gakushūin* zugeht und unter welchem enormen Druck die Mitglieder deiner Familie stehen. Diese Welt ist schon für Kinder superhart. Da wird man wahrscheinlich automatisch grausam.«

»Aber genau deswegen verstehe ich nicht, warum sie so fies zu mir sind«, rufe ich aufgebracht. Als der Koch und seine Assistenten aufblicken, verstumme ich, beuge mich zu Eriku und raune: »Die Presse macht ihre Mutter gnadenlos fertig, in unserer Familie hat auch niemand besonders viel Verständnis und ihr Vater – mein Onkel – hat sie praktisch aufgegeben. Okay, ich muss zugeben, dass Akiko und Noriko sich total aufopferungsvoll um ihre Mutter kümmern, aber müsste sie gerade das nicht … keine Ahnung … *weicher* machen?«

Eriku schüttelt den Kopf. »Oder härter. Sie sehen tagtäglich, wie schlecht ihre Mutter behandelt wird, dass die Presse bewusst Fakten verdreht, um die Auflage in die Höhe zu treiben, und dass ihr Vater untätig bleibt und sich auch nicht wirklich für seine Töchter interessiert. Ich kann schon nachvollziehen, dass die Prinzessinnen misstrauisch gegenüber allen sind, die sie nicht kennen. Wahrscheinlich denken sie, Angriff wäre die beste Verteidigung.«

Da ist was dran. In der Kaiserfamilie aufzuwachsen, ist sicher eine echte Herausforderung. »Toll. Jetzt kriege ich fast Mitleid mit ihnen.«

»Na ja, überleg mal, was sie für Vorbilder hatten. Die beiden kommen in der Öffentlichkeit vor allem deswegen so gut an, weil sie alles darangesetzt haben, ganz anders zu sein als ihre Mutter und ihr Vater, die sie wahrscheinlich beide als schwach empfinden.«

»Hm.« Ich reibe mir die Stirn. »Okay, da muss ich mal in Ruhe drüber nachdenken.«

»Ich würde sie gern mal kennenlernen.« Eriku grinst. »Gerade, weil sie so fies und grausam klingen. Ich stell mir das irgendwie spannend vor.«

Ich mache Würgegeräusche.

Eriku lacht, dann schaut er ein bisschen traurig. »Du hast ja recht. Kann gut sein, dass ich solche Menschen anziehend finde, weil ich das krankhafte Bedürfnis habe, immer wieder die toxische Beziehung zu meinem Vater nachzustellen.«

Während wir uns über das Dessert hermachen – karamellisierte und mit Zartbitterschokolade überzogene Erdbeeren und eine Mousse aus Passionsfrüchten –, erzähle ich ihm von Mount Shasta, der AGG und wie es ist, in einer Kleinstadt aufzuwachsen. Eriku interessiert sich vor allem für unseren Nachbarn Jones.

»Dieser Typ lebt also total autark?«, staunt er. »Heißt das, er erzeugt seinen eigenen Strom, pumpt sein eigenes Grundwasser hoch, entsorgt seinen Abfall selbst und hat sich vollkommen unabhängig von den öffentlichen Versorgungsnetzen gemacht?«

Ich hinterlasse einen Schokofleck auf der weißen Serviette, als ich mir den Mund abtupfe. »Ja, ich glaub schon. Er kriegt keine Post und hat kein Internet, kein Festnetz und auch kein Handy. Soweit ich weiß, hat er nicht mal einen Nachnamen. Den Strom erzeugt Jones mit Solarzellen. Er lebt komplett nachhaltig.«

Nachdem wir aufgegessen haben, danken wir dem Koch und seinen Helfern und verabschieden uns, werden aber auf dem Weg zur Tür von Reina zurückgehalten. »Draußen hat sich eine ziemlich große Menschenmenge versammelt, darunter auch ein paar

Paparazzi. Bleiben Sie nicht stehen und gehen Sie so schnell wie möglich zum Wagen.«

Mittlerweile bin ich so daran gewöhnt, ihren Anordnungen Folge zu leisten, dass ich nur nicke. Durch die geschlossene Tür sind die Rufe der Kaiserhaus-Fans und ihr aufgeregtes Geschnatter zu hören.

Eriku streckt mir eine Hand hin. »Wollen wir den Leuten die Show bieten, wegen der sie gekommen sind?«

Die letzte Hand, die ich gehalten habe, gehörte Akio. Ich zögere kurz, dann verschränke ich meine Finger mit denen von Eriku. Sein Griff ist fest und … beruhigend. Anders als der von Akio, aber nicht unangenehm.

Während wir von unseren Personenschützern umringt auf den Bentley zurennen, ist das hektische Klicken der Kameras zu hören. Der Lärm der Menge summt wie statisches Rauschen in meinen Ohren und die Härchen auf meinen Armen richten sich auf. Eriku entriegelt den Wagen und Reina reißt die Beifahrertür für mich auf. Ich hechte hinein, Eriku rutscht hinters Steuer und startet den Motor.

Im Davonfahren wirft er einen Blick über die Schulter. »Morgen sind die Zeitungen voll mit uns. Wetten?«

Wir grinsen uns an. Mission erfüllt.

14

Ich stehe nur in Unterwäsche auf einem mit Samt bezogenen Podest. Eine ganz in Schwarz gekleidete Hofschneiderin hüllt mich in einen eigens für mich angefertigten Kimono, den ich auf der Gartenparty der Kaiserin in ein paar Wochen tragen soll. Die Seide liegt schwer und kühl auf meinen Schultern. Neben mir wird Mom von einer Kollegin der Schneiderin angezogen.

Als die beiden zur Seite treten und wir uns in dem langen, dreiteiligen Spiegel sehen, stockt uns der Atem. Andächtig streiche ich über den kunstvoll mit goldenen und silbernen Ahornblättern bedruckten pfirsichfarbenen Stoff. Moms Kimono hat einen orangen Farbverlauf, der an einen Sonnenuntergang erinnert, und vom Saum aus fliegen Kraniche auf. Die Stoffe sind in der *yūzen*-Technik bedruckt worden – ein sehr aufwendiges Druckverfahren, das in der Edo-Zeit entwickelt wurde und allmählich ausstirbt. Die wenigen Meister, die die Tradition weitergeben könnten, suchen händeringend nach Lehrlingen. Ich muss an die Fotos aus Nagoro denken, die Eriku mir gezeigt hat: ein entvölkertes Dorf voll ausgestopfter, in der Zeit erstarrter Puppen.

Mom streicht sich die Haare aus dem Gesicht. »Du bist gestern Abend spät nach Hause gekommen«, stellt sie fest.

Ich habe achtzehn Jahre mit ihr zusammengelebt und erkenne eine Frage auch dann, wenn sie nicht wie eine klingt – was allerdings nicht heißt, dass ich sie beantworte.

»Mhmm«, brumme ich vage. Die beiden Schneiderinnen beugen sich über Truhen und suchen nach passenden *obi* – breiten Stoffgürteln – für unsere Kimonos.

Eriku und ich waren gestern Abend in einem ziemlich irren Kino in Tokyo, in dem Filme mit Augmented-Reality-Effekten gezeigt werden: Die Sessel ruckelten entsprechend zur Handlung des Films, und als auf der Leinwand ein Flugzeug startete, spürte man den Wind aus den Turbinen. Eriku hat mal wieder konsumiert, als wäre es sein letzter Tag auf Erden: Fanta mit Melonengeschmack, einen Rieseneimer Popcorn und zwei Hotdogs.

Unser Fake-Dating-Projekt läuft wie am Schnürchen.

»Mit wem warst du unterwegs?« Sie sieht mich mit geneigtem Kopf an, als wüsste sie es nicht. Als hätte sie nicht ganz genau mitbekommen, wie er mich abgeholt hat.

»Mit Eriku.«

»Ach ja, stimmt.« Sie nickt. »Er hat dir Zuckerwatte mitgebracht.«

Eriku macht mir ständig kleine Geschenke. Bunte Zuckerwatte, *beigoma*-Kreisel aus Muschelschalen, *kusudama*-Origamibälle. Ich drehe mich zu ihr. »Willst du auf irgendwas Bestimmtes hinaus?«

Mom schaut unschuldig. »Ich? Nein. Das mit Eriku ist ganz allein deine Sache. Ich würde im Leben nicht auf die Idee kommen, mich einzumischen«, behauptet sie und schiebt dann trotzdem hinterher: »Wobei mir aufgefallen ist, dass ihr euch in letzter Zeit *sehr* oft seht. Tagsüber lernt ihr, abends geht ihr aus.« Sie zögert kurz. »Es ist nur … Ich finde, dass ihr ein ziemliches Tempo vorlegt.«

»Mo-om«, sage ich. »Entspann dich.«

Womöglich haben wir es ein bisschen übertrieben? Es ist leicht, die Öffentlichkeit anzulügen, bei meiner Mutter fällt mir das wesentlich schwerer, weil wir normalerweise keine Geheimnisse voreinander haben. Okay, abgesehen davon, dass sie mir mein

Leben lang die Info vorenthalten hat, dass mein Vater der Kronprinz von Japan ist. Aber genau wie sie damals tue ich jetzt das, was meiner Meinung nach das Beste ist – für uns beide. Meine Gewissensbisse verdränge ich. Wenn Mom und Dad erst mal glücklich verheiratet sind und Eriku und ich eine öffentliche, freundschaftliche Trennung hinter uns haben, erzähle ich ihr alles.

»Wir mögen uns eben und sind in vielen Dingen auf einer Wellenlänge.«

»Ja, das habe ich mitbekommen«, stimmt Mom mir zu. »Ihr seid euch sehr ähnlich.«

»Echt? Findest du auch?«, frage ich überrascht.

Sie nickt. »Nach allem, was du mir über ihn erzählt hast, habe ich den Eindruck, dass ihr von eurem Temperament her gut zusammenpasst.« Als Kind hat Mom mich oft liebevoll *Sticky Bun* genannt, weil sie mich so süß fand. Und Eriku strahlt wie ein menschliches *Honigkuchen*pferd. Ja, eine gewisse Ähnlichkeit ist definitiv da.

Die Schneiderinnen kommen mit mehreren prächtigen *obi* zu uns zurück und halten sie prüfend an die Kimonos. Während die beiden sich beraten, schweigen wir und setzen unsere Unterhaltung erst fort, als sie wieder zur Truhe gehen, um die wegzulegen, die nicht infrage kommen.

»Magst du ihn denn wirklich?«, fragt Mom leise.

»Mo-om«, stöhne ich.

Ja, ich mag ihn. Nicht so, wie sie es meint, aber als Freund. Es ist unmöglich, in Erikus Gesellschaft nicht gut gelaunt zu sein. Er ist wie Weihnachten, ein Tag am Meer und der Moment, in dem ich Tamagotchi bekommen habe, in einem. Eriku verkörpert Fröhlichkeit, Nettigkeit und Spaß, und er schafft es, immer zu lächeln, egal wie brutal die Realität ist.

Mom lacht leise. »Okay. Du brauchst nicht zu antworten. Ich

glaube, du magst ihn sehr.« Sie sieht mich ein paar Sekunden lang mit einem geradezu irren Lächeln an.

Ich strecke ihr die Zunge raus. »Hör auf, mich so anzuschauen.«

Sie wendet sich achselzuckend wieder zum Spiegel. »Du bist mein Kind. Das ist ein biologischer Automatismus. Ich kann nichts dagegen tun, dass ich dich unglaublich liebenswert und faszinierend finde, egal, was du machst.« Ich ziehe meine Lippen ein und verdrehe die Augen wie ein panisches Pferd, was richtig gruselig aussieht, aber Mom seufzt nur und hat Sternchen in den Augen. »Siehst du, das meinte ich. Wenn du so was machst, liebe ich dich gleich noch mehr.«

»Reiß dich zusammen, Mom. Echt jetzt«, schimpfe ich.

Die Ärmel des Kimonos rutschen ihr bis zu den Ellbogen, als sie sich beide Hände aufs Herz presst. »Was soll ich tun? Du machst mich einfach *wuschig*.«

Wenn sie so ist – so glücklich und albern und einzigartig –, gibt es nichts, was sie stoppen kann, und ganz ehrlich: So liebe ich Mom am allermeisten. Aber das würde ich natürlich niemals laut sagen. Man darf sie nicht auch noch ermutigen.

Wieder verdrehe ich die Augen. »Oh mein Gott, Mom. Wo hast du das denn aufgeschnappt?«

»Ich hab gehört, wie du es zu Noora gesagt hast.« Sie sieht mich mit einer hochgezogenen Braue an. »Oder benutzt man das nicht so? Dein Vater und ich haben lange darüber diskutiert. Er hatte das Gefühl, dass es abwertend ist. Aber wenn du es zu Noora sagst, klingt es positiv. *Wuschig*«, sie versucht es noch einmal. *»Du machst mich wuschig.«*

Ich stöhne und schüttle den Kopf. »Nicht«, bitte ich sie. »Es klingt falsch, wenn du es sagst … irgendwie traurig.« Ich sehe sie entschuldigend an. »Sorry.«

»Wow, das ist hart, aber natürlich verzeihe ich dir, weil ich dir aus biologischen Gründen gar nicht böse sei kann.« Sie zuckt mit den Schultern. »Jedenfalls bin ich froh, dass du eine gute Zeit mit Eriku hast. Es ist schön, dich so viel lächeln zu sehen.«

Die Schneiderinnen kommen wieder, und ich beschließe, das Thema zu wechseln. »Erzähl mal lieber von dir. Was hast du bei deinen Recherchen im Archiv für Handschriften und Grabstätten alles Tolles gelernt?«

»Viele nützliche Dinge!« Mom streicht sich lachend eine Haarsträhne hinters Ohr. »Wusstest du zum Beispiel, dass die Köche der Kaiserfamilie ihre Algen seit über dreihundert Jahren beim selben Lieferanten bestellen?«

»Ach was?«, sage ich ironisch. Die Schneiderin klopft auf einen meiner Füße, die in *tabi* stecken – Socken, bei denen die großen Zehen von den anderen Zehen abgetrennt sind. Ich hebe den Fuß brav an und sie streift mir eine *geta* über – das sind Holzsandalen, die wie Flipflops funktionieren und unten an der Sohle zwei hohe Stege statt eines Absatzes haben, was ziemlich ungewohnt ist. Sie klopft auf den anderen Fuß. Ich komme mir vor wie eine lebensgroße Anziehpuppe. »Und die gold-schwarzen Suppenschalen, aus denen wir gestern Abend gegessen haben?«, raunt Mom mir zu. »Du weißt schon, die mit dem handgemalten Chrysanthemenmuster? Fünf Stück davon kosten über dreitausend Dollar. *Drei! Tausend! Dollar!*«

Während die Schneiderinnen sich weiter an uns zu schaffen machen, zählt Mom noch andere Dinge auf, die sie gelernt hat. Unsere Kimonos werden zusammengeschnürt, danach wickeln die beiden Frauen oberhalb der Taille ein *datejime* – ein breites Stoffband – um unsere Körper. Die Kragen der Kimonos werden ordentlich glatt gestrichen, anschließend eilen sie wieder davon.

»Mit der Kaiserin läuft alles okay? Und mit Dad?«, erkundige ich mich.

»Ja, ja, alles okay. Mehr als okay sogar. Die Kaiserin ist unglaublich herzlich und zugewandt. Und dein Vater sagt, er bewundert mich für den Kampfgeist, mit dem ich mich dieser Herausforderung stelle, und er hat mich in einer Ecke des … aber, na ja, solche Details willst du wahrscheinlich eher nicht hören …«

Ich verziehe das Gesicht. »Nein danke«, sage ich. »Will ich wirklich nicht.« Dabei schmelze ich innerlich dahin. Ich bin bereit, alles zu tun, was ich tun muss, um dieses Glücksgefühl – diese Familie – zu behalten.

Mom zwinkert mir zu. »Jedenfalls ist bei uns alles *fit im Schritt.*«

»Bitte schreib das auch auf die Liste der Dinge, die du nie mehr sagen darfst.«

Wir schweigen wieder, als die Schneiderinnen zurückkehren, um uns fertig anzuziehen.

Mit geschickten Fingern wickeln sie uns den *obi* um die Taille, befestigen ihn mit einem schmaleren Stoffband, dem *obi-jime,* und stecken zuletzt eine große, steife Schleife im Rücken an. Als sie ihr Werk vollendet haben, treten beide einen Schritt zurück und deuten auf den Spiegel. *»Dōzo.« Bitte.*

Wir betrachten uns. »Wow«, flüstert Mom andächtig.

»Sugoi«, sage ich. *Toll.*

Mom dreht sich nach allen Seiten. »Gar nicht schlecht für zwei Landeier aus Mount Shasta, oder?«

Ich bin ganz ihrer Meinung. Noch tragen wir unsere Haare offen, aber für die Gartenparty bekommen wir dann eine klassische japanische Hochsteckfrisur gemacht. Es werden über zweitausend Gäste aus den unterschiedlichsten Berufsgruppen erwartet: Olympiasiegerinnen, Drehbuchautoren, Raumfahrende und Persönlichkeiten aus der Politik. Natürlich ist auch der Premierminister eingeladen und sämtliche Mitglieder des Kaiserlichen Haushaltsrats. Offiziell wird Mom nicht mit meinem Vater dort sein, sondern als mein Ehrengast. Das ist unsere Chance, wirklich Eindruck zu machen. Einen besseren als bisher.

Bei jeder Bewegung spüre ich das Gewicht meines *kimono*, die kühle Seide, die über meine Haut gleitet – bedeutungsschwere jahrtausendealte Tradition. Mom bewundert sich immer noch im Spiegel. Mein Herz wird weit. Wir sehen einander an und können gar nicht anders, als uns anzustrahlen.

15

Die Tage werden kühler, und ich verdopple meine Anstrengungen, für die Aufnahmeprüfung zu lernen. Eriku und ich sitzen Tag für Tag in der Kaiserlichen Bibliothek, wo er mich in Sachen Politik, Wirtschaft und Soziologie Japans weiter auf Kurs bringt und den Biologie- und Chemielehrstoff der Highschool mit mir wiederholt. Zusätzlich schiebt er auch immer wieder Japanischlektionen ein. Heute hatte er die Idee, Chemie auf Japanisch statt auf Englisch mit mir zu üben, um zwei Fliegen mit einer Klappe zu schlagen. Aber eben hat er mir eine Frage gestellt, und ich habe keine Ahnung, was er von mir will. »Äh … *wakaranai.*« *Das verstehe ich nicht.* Ich bin maximal verwirrt.

Eriku lächelt verständnisvoll. »Chemie und Japanisch gleichzeitig ist wahrscheinlich ein bisschen viel verlangt.« Ich schlage mir die Hände vors Gesicht und stöhne nur. »Izumi?« Er wartet, bis ich ihn wieder ansehe. »Die Fragen bei diesen Aufnahmeprüfungen sind letztlich immer dieselben. Das sind die totalen Standardtests, okay? Ich hab davon so viele gemacht, dass ich dich optimal vorbereiten kann. Du musst nur ein paar Sachen auswendig lernen, das kriegst du locker hin.«

Ich sehe ihn zweifelnd an. »Du überschätzt mich leider.«

»*Ganbatte!*«, macht Eriku mir Mut. *Du schaffst das.* Er bückt sich zu seiner Tasche, zieht eine knallgelbe Tüte *yuzu*-Fruchtgummis heraus, reißt sie auf und hält sie mir hin. »Hier, bitte.« Ich bin so perplex, dass ich erst gar nicht reagiere. »Magst du keine

Süßigkeiten?«, fragt er. »Ich hab immer welche dabei. Mein Vater hasst das.«

»Doch! Sehr sogar.« Ich lege die Finger um sein Handgelenk und denke an meinen letzten Spaziergang mit Akio zurück und an die Traubenzuckerdrops, die ich damals in der Tasche hatte. »Ich bin mir zwar ziemlich sicher, dass man in der Bibliothek nicht essen darf, aber … nett von dir. Danke.« Ich greife in die Tüte und stecke mir ein saures Fruchtgummi in den Mund. *»Umai!«*, stöhne ich dankbar. *Lecker.* »Jetzt weiß ich, wo du deine Energie herhast.« Die tröstliche Süßigkeit verleiht mir neue Kräfte.

Nach und nach stopfe ich die ganze Packung *juzu gummy* in mich hinein, und als Eriku den Unterricht am frühen Abend für beendet erklärt, kann ich sämtliche Ionen-, Metall- und Atomverbindungen auswendig runterbeten.

Von da an bringt Eriku mir täglich eine andere Süßigkeit mit. »Der Zucker hilft deinem Gedächtnis auf die Sprünge«, versichert er mir. »Und durch die Aromen werden im Gehirn neue neuronale Pfade angelegt und mit dem Wissen verknüpft. Heute sind *Tokyo Bananas* und zwischenmolekulare Kräfte dran.« Er schiebt mir eine Schachtel Biskuittörtchen in Bananenform hin und schlägt das Chemiebuch auf.

Und so geht es weiter. Am nächsten Tag gibt es *Cola Mochi Candy* von Meiko, gepaart mit dem Thema Stoffumwandlung. Zur anorganischen Chemie reicht Eriku *Hokkaido Melon & Mascarpone Cheese KitKats*. Die organische Chemie versüßt er mir mit *Coffee Flavor Marshmallows* von Eiwa.

Mithilfe der Süßigkeiten-Methode meistere ich im Anschluss an die Chemielektionen auch die Vorbereitung für Biologie. Eriku und ich backen in der Palastküche aus Tortenzutaten das essbare Modell einer Tierzelle.

In einer kleinen Erholungspause zwischen der Besprechung verschiedener Ökosysteme und Biome zeige ich ihm erst ein supersüßes Video von einem Waldmurmeltier, das sich auf dem Rücken eines Golden Retrievers reitend durch einen Fluss transportieren lässt. Und danach einen kurzen witzigen Chat mit meinen Freundinnen von der AGG:

Noora

Oh Mann, Leute, heute wollte ich in die Bibliothek, bin aber nicht reingekommen, weil sie total …

Glory

Bitte tu es nicht. Bitte schreib nicht das, von dem ich fürchte, dass du es gleich schreiben wirst

Hansani

Doch, schreib es. Schreib. Es.

Noora

… total ausgebucht war

Glory

Sie hat es getan.

Abends und an den Wochenenden gehen wir entweder privat aus oder Eriku begleitet mich zu den diversen offiziellen Terminen, die ich wahrnehmen muss. In einem eigens für ihn maßgefertigten Anzug von Brunello Cucinelli kommt er mit mir zur Eröffnung der siebenundsechzigsten Ausstellung für traditionelles japanisches Kunsthandwerk, wo wir uns mit dem Sohn eines Scheichs aus den

Golfstaaten unterhalten, der einen großen Teil seines Vermögens in Bitcoins und Krypto-Kunst angelegt hat. Wir schauen uns die Rollstuhlbasketball-Weltmeisterschaften an, sitzen in der privaten VIP-Loge von Erikus Eltern im Baseballstadion, wo wir Bier trinken und die *Yomiuri Giants* anfeuern, und besuchen ein Konzert der Wiener Sängerknaben. Backstage, hinter einem Vorhang verborgen, lässt Eriku sein Jackett von den Schultern gleiten, steckt sich eine Rose zwischen die Zähne und hält mir die Hand hin. »Lass uns tanzen.«

Ich lege kichernd meine Hand in seine. »Und ich dachte schon, du würdest nie mehr fragen.«

Er wirbelt mich im Kreis herum, bis mir schwindelig wird und wir erschöpft gegen eine Wand taumeln. »Nimm es bitte nicht persönlich«, keucht er, während wir nebeneinander zu Boden rutschen, »aber du bist eine miserable Tänzerin. Du zuckst herum wie ein kopfloses Huhn. Ganz schlimm.« Ich breche hysterisch kichernd zusammen, als er mich in den Oberschenkel zwickt.

Zweieinhalb Wochen später – einen Tag vor der Gartenparty der Kaiserin – sitze ich zusammen mit lauter anderen hoffnungsvollen angehenden Studierenden aus der ganzen Welt mit gezücktem Stift in einem Vorlesungssaal, um die Aufnahmeprüfung zu schreiben. Es riecht nach Papier und Schweiß. Der Prüfungsleiter gibt uns das Zeichen anzufangen, und das Rascheln der Papiere klingt in meinen Ohren wie ein schlechtes Omen. Während der Prüfung zerkaue ich vor lauter Stress fast meine Unterlippe.

Eriku erwartet mich draußen.

»Wie lief es?«, fragt er, als ich von Personenschützern umringt durch die Glastür komme.

Mir schwirrt der Kopf. »Oh Gott. Keine Ahnung. Wirklich nicht. In Japanisch, Biologie und Politik war ich, glaube ich, ganz okay, aber es kann sein, dass ich spontan alles vergessen habe, was wir jemals in Chemie besprochen haben.«

Eriku lächelt. »Ich weiß, was du jetzt brauchst.«

Ich sehe zu ihm auf. »Ich auch. Eine einsame Insel ohne Postleitzahl, auf der ich den Rest meines Lebens verbringen kann, ohne jemals erfahren zu müssen, dass ich mit Pauken und Trompeten durch die Prüfung gerasselt bin.«

»Das klingt nicht gut. Sollte ich mir Sorgen machen?« Er klopft sich mit den Fingerknöcheln auf die Lippen. »Nein, dafür ist jetzt keine Zeit. Ich habe nämlich zwei Überraschungen für dich organisiert.«

Zuerst entführt Eriku mich in ein halb im Keller liegendes *kissaten* – ein altes Kaffeehaus aus den 1930er-Jahren, das mich mit seiner barocken Einrichtung ein bisschen an ein Gruselschloss erinnert. In dem höhlenartigen Lokal mit der Balkendecke stehen raue Granitplatten als Raumteiler. Aus schwerer Bronze gegossene Wandleuchter und Deckenlampen im Art-déco-Stil geben funzeliges Licht ab und über den Rückenlehnen unserer Sessel hängen Häkeldeckchen. Wir bestellen Eisbecher und dazu starken Tee, der in einem altmodischen Service gereicht wird, auf dem Budapester Stadtszenen abgebildet sind.

»Ist das meine Überraschung?«, frage ich etwas erstaunt. Wir sind die einzigen Gäste, dafür haben meine Personenschützer sowie Erikus schwarze Kreditkarte gesorgt. Allerdings gibt es ein Souterrain-Fenster zur oberhalb des Gastraums gelegenen Straße, vor dem Paparazzi flach auf dem Bauch liegen und Bilder von uns knipsen.

Eriku trommelt mit den Fingern auf die Tischplatte – *taratta-ta-taratta.* »Hab noch ein bisschen Geduld«, bittet er mich. »Das ist erst mal die Pflicht. Die Kür kommt dann später.«

Eine junge Kellnerin stellt Waffelschälchen mit einem Strudel aus Vanille-Softeis vor uns, das mit einer glänzenden Schicht überzogen ist. »Ist das etwa …«, ich schüttle staunend den Kopf, »echtes Gold?«

Eriku nickt. »Genau. Hauchdünnes Blattgold. Eine Eisdiele in Kanazawa hatte diese Idee, die mittlerweile zum totalen Hype geworden ist. Die Stadt ist bekannt, weil dort schon seit dem sechzehnten Jahrhundert Blattgold gehämmert wird. Das war meine erste Überraschung.«

Die Kellnerin ist an unserem Tisch stehen geblieben, streicht sich über die lackglänzenden Haare und fragt Eriku, ob er vielleicht noch irgendeinen Wunsch hat. Ihre Augen leuchten. Ich bin ein bisschen irritiert. Flirtet sie etwa mit ihm? Ja. Ja, tut sie. Eindeutig. Als Eriku ihr sein übliches Lächeln zuwirft und versichert, dass wir wunschlos glücklich sind, geht sie widerstrebend davon.

Ich betrachte Eriku nachdenklich. Seine Grübchen. Die Haare, die ihm wild in die Stirn fallen. Er strahlt eine ganz besondere Energie aus, Rockstar-Vibes. Man möchte ihn fangen und festhalten wie einen seltenen Schmetterling. Als er sich jetzt die Hände reibt, spannen sich seine Armmuskeln an, was ziemlich beeindruckend aussieht. »Wann werde ich es jemals lernen?«, stöhnt er theatralisch. »Ich hätte mir gleich zwei Eisbecher bestellen sollen.«

Ich beuge mich zu ihm und nicke diskret in Richtung der Bedienung. »Ich glaube, sie steht auf dich.« Eriku lacht nur, rammt seinen Löffel in das Eis und schiebt sich einen großen Brocken in den Mund. »Das ist mein Ernst.« Ich sehe noch mal zu ihr rüber und dann hastig wieder weg, weil sie meinen Blick bemerkt hat. Nachdem ich einen Moment lang so getan habe, als würde ich die alte Yamaha-Orgel unter der Tutanchamun-Maske bewundern, wende ich mich wieder Eriku zu.

Er legt eine Hand auf seine Brust. »*Watashi no kokoro wa anata no mono desu* – Mein Herz gehört nur dir«, sagt er so laut, dass die

Kellnerin es auch hört und – ich schwöre – frustriert seufzt. Eriku widmet sich grinsend wieder seinem Eis. »Jetzt erzähl mal genauer von der Prüfung.«

Ich wiederhole, dass ich wirklich kein gutes Gefühl habe. Was soll ich nur machen, wenn ich durchfalle? Tja, weinen wahrscheinlich. Das Eis im Waffelschälchen ist zu Soße zerschmolzen, als auf Erikus Handy eine Nachricht eingeht.

»Ah. Überraschung Nummer zwei ist bereit«, sagt er. »Lass uns gehen.« Kaum haben wir uns aus den Sesseln erhoben, ist es mit der Ruhe und Gemütlichkeit vorbei, unsere Personenschützer formieren sich um uns herum und draußen blitzen und klicken sofort wieder die Kameras. In den vergangenen Wochen hat eine Schlagzeile die nächste gejagt: *»Prinzessin Izumi und Reedereierbe Eriku Nakamura machen gemeinsam Tokyo unsicher« – »Die amerikanische Auserwählte des Kronprinzen kämpft um das Herz der Kaiserin«.* Ich merke, dass mich das Theater ganz schön müde macht.

»Eriku?«, sage ich. »Wäre es sehr schlimm, wenn wir das mit der anderen Überraschung verschieben? Ich habe für heute irgendwie echt …« Statt den Satz zu beenden, deute ich nur auf die draußen versammelte Reportermeute.

Eriku bleibt stehen. »Wo ich dich gleich hinbringe, gibt es keine Kameras.« Er berührt mich am Handgelenk und sieht mich mit einem Blick an, der mich etwas nervös macht. »Ich hab da was vorbereitet, was ganz allein für dich ist. Versprochen.« Er geht die ersten Stufen hinauf, dreht sich auf halber Strecke noch mal um und grinst herausfordernd. »Kommst du?«

Ich schlucke. Eriku ist wirklich ziemlich unwiderstehlich, keine Frage. *Okay, okay.* Ich neige den Kopf und folge ihm nach oben und zur Tür hinaus.

Eine halbe Stunde später liegen wir nebeneinander auf einer klassischen kratzigen Wolldecke von Pendleton (eine Spezialanfertigung, extra in den USA für uns gewebt und nach Japan geschickt). Mein Blick ist nach oben zum Nachthimmel gerichtet und folgt einer Sternschnuppe, die einen Pfad in die Schwärze brennt. Weil die Lichtverschmutzung in Tokyo zu stark ist, hat Eriku das Cosmo Planetarium in Shibuya gemietet. Neben uns auf einem niedrigen Tischchen stehen eine Kanne mit heißem Kakao und eine Auswahl an Süßigkeiten. Heute Abend gehört das Planetarium uns allein. Nur Reina ist da, hält aber mit dem Rücken zu uns an der Tür Wache und verschmilzt in ihrem schwarzen Anzug mit der Dunkelheit. Das hier ist keine Unterrichtsstunde und auch kein Fake-Date. Eriku hat Wort gehalten. Das ist wirklich etwas ganz für mich allein. Okay, bis auf den *Led Zeppelin*-Song »Stairway to Heaven«, der aus den Lautsprechern dröhnt. Der ist eher was für Eriku.

»Und das hier habt ihr also früher immer gemacht?«, fragt er verwundert.

»Ganz oft, ja. Wir lagen zu viert auf dem Rasen und haben Sternschnuppen gezählt und nach Sternbildern gesucht.« Es ist echt süß von ihm, dass er sich die Mühe gemacht hat, so was Besonderes für mich zu organisieren. Ich muss das alles erst mal verarbeiten: wie nett Eriku ist, wie gut wir uns verstehen und auch, dass ich schon seit einer ganzen Weile nicht mehr an Akio gedacht habe. Was bedeutet das? Bin ich schon über ihn hinweg? Der Gedanke macht mich ein bisschen traurig.

»Hm …« Eriku zeichnet mit beiden Händen den Verlauf der Milchstraße nach.

»Vielleicht ist Sternegucken ja so ein typisches Kleinstadtding«, sage ich und erzähle ihm, was ich übers Jahr verteilt in Mount Shasta sonst so gemacht habe. Im Herbst habe ich an die Bäume

Zettel geklebt, auf denen stand: *Umarm mich ruhig*. Im Winter bin ich, so oft es ging, Snowboard gefahren und im Sommer als Kind barfuß und splitterfasernackt durch den Wald gerannt. Wild und frei.

»Richtig nackt?«, fragt Eriku und sein Kehlkopf zuckt.

Ich spüre, wie ich rot werde. Wir liegen ein paar Minuten schweigend nebeneinander.

Irgendwann dreht er sich auf die Seite, stützt den Kopf in die Hand und schaut mich unter halb gesenkten Lidern an. »Erzähl mir noch mehr von deinem Leben in Mount Shasta.«

Ich drehe mich auch auf die Seite, rutsche näher an ihn heran und überlege. »Eigentlich ist es ziemlich toll in Mount Shasta. Auch wenn ich das damals nicht so empfunden habe. Aber das lag sicher daran, dass es dort so wenige asiatischstämmige Leute gibt. Ich hatte immer das Gefühl, nicht wirklich dazuzugehören.«

Eriku blinzelt. »Hast du hier in Japan das Gefühl, wirklich dazuzugehören?«

»Manchmal schon, manchmal auch nicht …« Es fällt mir schwer, das Gefühl des Andersseins abzuschütteln. Das Gefühl, in meinem eigenen Leben nur Touristin zu sein.

Bei einer Bloggerin, die sich auf das japanische Kaiserhaus spezialisiert hat, habe ich kürzlich gelesen: *Dadurch, dass Prinzessin Izumi in den USA aufgewachsen ist, kann sie niemals eine wirkliche Japanerin werden.* In Mount Shasta war es genau umgekehrt. *Dadurch, dass Izumi japanischer Abstammung ist, kann sie niemals eine wirkliche Amerikanerin werden.* Manchmal frage ich mich, ob ich überhaupt eine japanische Prinzessin sein darf. Es kommt mir so vor, als hätte ich kein Recht darauf, weil ich vielleicht tatsächlich niemals japanisch genug sein werde. In meiner Kehle bildet sich ein Kloß und ich grabe meine Fingernägel in die Handflächen. *Blödsinn.* Natürlich habe ich ein Recht darauf. Ich bin zwar in den

USA aufgewachsen und dort geprägt worden, aber mein Vater ist nun mal Kronprinz und die japanischen Werte sind tief in meine DNA geschrieben. Mit Blut. Sollen die Leute doch reden, was sie wollen. Sollen sie ruhig sagen, ich würde nicht genügen. Ich bin niemandem Rechenschaft schuldig. Ich grabe weiter nach meinen Wurzeln und stille meinen Wissensdurst.

Eriku wartet darauf, dass ich weiterrede. Aber ich zögere, weiß nicht, wie ich ihm das alles erklären soll oder ob ich mich ihm gegenüber so verletzlich zeigen will. »Ich … ich habe oft das Gefühl, ständig irgendwas falsch zu machen. In meiner Anfangszeit hier bin ich von einem Fettnäpfchen ins nächste geschlittert. Am allerschlimmsten war es, als ich den Premierminister auf seiner eigenen Hochzeit auf eine Sache angesprochen hatte, die extrem heikel ist, wovon ich aber nichts wusste. Er ist explodiert.«

Eriku lacht. »Ich hätte Geld dafür gezahlt, das live miterleben zu dürfen.«

»Und ich würde am liebsten in eine Zeitmaschine steigen, um alles anders zu machen. *Besser.*« Ich schlucke. »Der Abend damals ist ein Grund für das hier.« Ich deute auf ihn und auf mich. »Die Fake-Dating-Nummer, meine ich. Es geht mir nicht nur darum, Druck rauszunehmen, sondern den Kaiserlichen Haushaltsrat dazu zu bringen, an meine Prinzessinnentauglichkeit zu glauben und die Hochzeit meiner Eltern zu genehmigen. Du hast die Artikel in den Zeitungen ja sicher selbst gelesen. Die Gerüchte stimmen, der Rat hat vor einiger Zeit eine Probeabstimmung abgehalten und die Mehrheit war gegen die Hochzeit. Unter anderem meinetwegen.« Es gibt so viele Regeln. *Zieh nicht dies an, sondern das. Sei nicht mit dem da zusammen, sondern mit dem anderen. Mach dir bewusst, welche große Verantwortung du trägst, aber lass dir den Druck bloß nicht anmerken. Sei nicht niedergeschlagen, sei aber auch nicht zu fröhlich. Lächle mehr, lächle nicht so viel …* Ich lasse mich wieder auf den Rücken fallen und falte die Hände auf dem Bauch. Über mir zischen Zwillingssternschnuppen über den Planetariumhimmel. Ich seufze. »Manchmal wird mir das alles zu viel.«

»Das tut mir leid«, sagt Eriku – mehr nicht. Aber ich höre seiner Stimme an, dass er es ganz genau so meint und sich wünschte, es wäre anders. Sein aufrichtiges Mitgefühl tut mir gut, und auf einmal begreife ich, dass Eriku mittlerweile mehr geworden ist als nur ein Fake-Boyfriend – er ist ein *Freund*.

Ich hole so tief Luft, dass mein Bauch sich hebt. Und dann atme ich genauso tief wieder aus und lasse zusammen mit meinem Atem alle negativen Gefühle aus mir herausfließen und stelle mir vor, wieder in Mount Shasta zu sein. Behütet und glücklich und frei. Aber mit dem nächsten Einatmen werde ich wieder ins Hier und Jetzt zurückgesogen, zu dem supernetten Typen neben mir, der mit den Fingern auf den Boden trommelt, mit beiden Händen Sternbilder nachzeichnet wie ein Dirigent, selbst unter Schmerzen lächelt und dessen Herz mindestens doppelt so groß ist wie das der meisten anderen Menschen. »Du gehörst zu den Guten, Eriku«, sage ich leise.

»Du auch«, gibt er in der Dunkelheit zurück.

16

Am nächsten Tag warte ich im Kreise meiner Verwandten vor der Eröffnung der Gartenparty darauf, den Kaiser und die Kaiserin zu begrüßen. Es ist ein perfekter Herbsttag – der Himmel ist tiefblau, es ist angenehm kühl und die Luft riecht würzig nach feuchter Erde und Laub. Mein Kimono ist warm genug, die weiten Ärmel flattern sanft in der Brise. Die Haare trage ich glatt zurückgekämmt und zu einem Knoten gesteckt, das Gesicht von sorgfältig geformten Wellen umrahmt.

Dad beugt sich zu Mom und raunt ihr etwas zu, das sie zum Lachen bringt, bevor die beiden sich voneinander verabschieden. Sie wird gleich von Hofangestellten zur Gartenparty gebracht, weil sie am formellen Programm der Kaiserfamilie nicht teilnimmt. Kurz darauf geben die Kammerherren uns das Zeichen, unsere Positionen einzunehmen. Heute ist beinahe die komplette Familie versammelt. Meine Cousinen stehen in aufeinander abgestimmten türkisfarbenen Kimonos neben ihrem Vater, meinem Onkel Nobuhito. Ihre Mutter, Tante Midori, hat sich wieder einmal entschuldigen lassen.

Und dann betreten der Kaiser und die Kaiserin feierlich den Saal. Ich verbeuge mich tief, als sie an uns vorbeischreiten. Mein Großvater wird bald neunzig Jahre alt und seinem Körper ist jede einzelne Minute davon anzusehen. Rücken und Schultern sind gebeugt, und es wirkt, als würde ihm jeder Schritt eine übermenschliche Anstrengung abverlangen. Meine Großmutter scheint dagegen geradezu alterslos, obwohl ihre Augen und Lippen in tiefe

Lachfältchen eingebettet sind. Mit erhabener Würde geht sie an den Mitgliedern ihrer Familie vorbei und begrüßt jeden mit einem unmerklichen Nicken. Das Licht fängt sich in ihren schneeweißen Haaren und lässt sie silbrig schimmern. Als ich an der Reihe bin, erhebe ich mich aus meiner Verbeugung und sage höflich die Sätze auf, die ich für diese Gelegenheit einstudiert habe. Sie bedankt sich mit einem warmen Lächeln.

Nachdem wir dem hohen Paar die Ehre erwiesen haben, wird es Zeit, uns in den Garten zu begeben. Die über zweitausend geladenen Gäste sind schon alle eingetroffen und warten darauf, dass das Fest offiziell eröffnet wird. Wir formieren uns auf einer kleinen Erhebung im Park und winken den Menschen zu, die sich vor uns verbeugen. Damit habe ich das Pflichtprogramm auch schon erfüllt und darf mich unter die Leute mischen. Natürlich sehe ich mich sofort nach Eriku um, entdecke ihn schnell und gehe, oder besser gesagt *tripple* – der eng geschnürte Kimono und die Holzsandalen schränken meine Bewegungsfreiheit doch ziemlich ein –, auf ihn zu.

»*Konnichiwa!*«, begrüße ich ihn. Die Atmosphäre ringsum ist fröhlich und beschwingt und passt zu meiner eigenen Stimmung.

Eriku verbeugt sich lächelnd. »Hey, Prinzessin.« Weiße Zelte tüpfeln den Rasen. Mein Blick fällt auf Erikus Eltern, die ein Stück weiter weg stehen und sich mit einem Mann unterhalten, der anhand seines blauen Overalls und der daran gesteckten Abzeichen als Astronaut zu erkennen ist.

Ich deute diskret in ihre Richtung. »Macht es dich traurig, zu sehen, was aus dir hätte werden können?«

»*Wahnsinnig* traurig, ja.« Eriku zieht übertrieben die Mundwinkel nach unten. »Bitte bring mich schnell weg von hier, damit ich in Ruhe heulen kann.« Er zwinkert mir zu. »Aber mal im Ernst. Sollen wir ein bisschen spazieren gehen?«

Es kostet mich Mühe, auf den hohen *geta*-Sandalen im Gras nicht das Gleichgewicht zu verlieren. Auf dem Teich gleiten Schwäne dahin, im Hintergrund spielt das Kaiserliche Hoforchester, um uns herum ist Gläserklirren und fröhliches Stimmengewirr zu hören. Wir kommen in einen Bereich, der für die Besucher abgesperrt ist. Inmitten von Bäumen steht hier ein uralter hölzerner Teepavillon, dessen Dach ziemlich baufällig wirkt.

Unter einer kunstvoll beschnittenen Kiefer bleiben wir stehen. Von der Party ist hier kaum noch etwas zu hören, weil andere Geräusche alles schlucken – das Surren von Insekten, der Wind in den Bäumen, eine Tempelglocke in der Ferne.

Eriku zupft ein paar Kiefernnadeln ab, zerpflückt sie und lässt die Stückchen wie Konfetti durch die Luft wirbeln.

Ich schaue zum Palast zurück. »Dein Vater spricht nicht mehr mit dem Astronauten, jetzt hat er es auf einen Lord oder so was in der Art abgesehen«, informiere ich Eriku, als ich sehe, dass sich Herr Nakamura einem Mann in einem Frack nähert, der wie die Karikatur eines britischen Adeligen aussieht. »Ich fasse es nicht! Der trägt sogar ein Monokel, das mit einer Kette an seiner Weste festgemacht ist!«, sage ich lachend.

Ich drehe mich zu Eriku, der am Stamm der Kiefer lehnt und mich mit einem Blick betrachtet, der so liebevoll und warm ist, dass es mich in meinem Innersten berührt.

Ich erwidere seinen Blick länger als beabsichtigt. Betrachte seine vollen Haare, die ihm als tintenschwarze Welle in die Stirn fallen. Die Grübchen in seinen Wangen. Er neigt den Kopf, als würde er darauf warten, dass ich etwas sage. Puh … Plötzlich sehe ich ihn in einem ganz neuen Licht. Mein Herz schlägt einen Salto. Ich blinze und öffne den Mund, obwohl ich gar nicht weiß, was ich sagen soll, aber irgendetwas in mir drängt darauf, in Worte gefasst zu werden. »Ich …« Meine Stimme bricht.

»Eure Hoheit.« Auf einmal steht Reina neben mir. »Es gibt ein kleines Sicherheitsproblem. Ich muss Sie leider bitten mitzukommen.«

Erikus Blick flackert. *»Sumimasen«*, entschuldige ich mich leise, als Reina mich wegführt, und lasse ihn mit all dem Ungesagten stehen.

Ein paar Minuten später finde ich mich mit der gesamten Familie und ein paar Personenschützern dicht gedrängt in einem fensterlosen Raum im Kaiserpalast wieder. Ringsum auf Regalen sehe ich verschiedene Kunstgegenstände aufgereiht: Keramik, Porzellan, Bilder. Wir scheinen uns in einer Art Archiv zu befinden. In meiner Ecke steht auf einer Säule eine leuchtend bunt bemalte Vase. Meine Eltern unterhalten sich leise mit dem Kaiser und der Kaiserin. Mom wirft mir einen besorgten Blick zu. Als ich ihr aufmunternd zunicke, lächelt sie beruhigt.

Der Großkammerherr berät sich flüsternd mit einem der Personenschützer, und es wird schlagartig still im Raum, weil uns bisher niemand gesagt hat, was los ist. »Es kann sich nur noch um ein paar Minuten handeln«, teilt der Großkammerherr uns schließlich mit. »Die Palastpolizei hat die Situation im Griff. Ein Tourist ist auf die Idee gekommen, in einem der Schlossgräben zu schwimmen. Der Mann ist mittlerweile festgenommen worden, allerdings wird noch nach …«, er räuspert sich verlegen, »seiner Kleidung gesucht.«

Die Kaiserin schmunzelt hinter vorgehaltener Hand. Ich atme erleichtert aus und lehne mich an die Wand. Was war das eben zwischen Eriku und mir? Dieser liebevolle Blick … den habe ich mir doch ganz bestimmt nur eingebildet, oder? Am besten denke ich gar nicht weiter darüber nach. Aber dann erscheint Eriku vor meinem inneren Auge, ich sehe sein Lächeln und mir wird wieder ganz warm.

Zur Ablenkung schaue ich mich um und sehe, dass die Shining-Zwillinge neben mir ihre Köpfe zusammenstecken und sich über ein Handy beugen. »Hat ja nicht lang gedauert, bis er sich getröstet hat«, sagt Akiko laut. »Aber sie sieht ziemlich gewöhnlich aus. Wenn mich jemand mit der da ersetzen würde, wäre ich beleidigt.«

»Und wie«, stimmt Noriko ihr zu.

Die beiden können das Lästern einfach nicht lassen. Na schön, aber jetzt haben sie mich wirklich neugierig gemacht. Ich rücke ein Stück näher an sie heran und versuche, einen Blick aufs Handy zu erhaschen. Sie haben die Website des *Tokyo Tattler* geöffnet, und als ich begreife, wer auf dem unscharfen Foto zu sehen ist, bleibt mir kurz das Herz stehen. Ich erkenne ihn sofort an der aufrechten, selbstbewussten Körperhaltung … *Akio.*

Und er ist nicht allein. Er hat eine Frau bei sich. Die beiden sind irgendwo in der Stadt unterwegs. Es ist Nacht und sie überqueren eine Straße. Akio zieht sie an der Hand hinter sich her. Mir schießen sofort Tränen in die Augen. »Lasst mal sehen.« Ich greife nach dem Handy.

»Yada!« Auf gar keinen Fall! Akiko reißt es mir so grob aus den Fingern, dass ich auf meinen hohen *geta*-Sandalen ins Schwanken gerate. Der schwere Stoff des Kimonos verfängt sich zwischen meinen Füßen und ich verliere das Gleichgewicht.

Akiko und Noriko stoßen spitze Schreie aus, und alle drehen sich genau in dem Moment nach uns um, in dem ich gegen die Säule mit der Porzellanvase stoße, die wie in Zeitluppe vornüberkippt. Einer der Personenschützer hechtet noch mit ausgestreckten Armen hinterher, verfehlt sie aber um wenige Zentimeter. Während ich falle, kneife ich die Augen zu, weil ich nicht sehen will, was gleich passieren wird. Im nächsten Moment ist ohrenbetäubendes Klirren zu hören.

Dann herrscht um mich herum Totenstille. Als ich die Augen wieder öffne, liege ich am Boden und starre auf ein Scherbengebirge.

Die Shining-Zwillinge deuten auf mich und rufen im Chor: »Wir können nichts dafür, das war Izumi.«

17

Ich sitze neben den Shining-Zwillingen auf einer Bank im Korridor vor dem Arbeitszimmer der Kaiserin.

Geh du auf die Gartenparty zurück, ich kümmere mich darum, hat sie zum Kaiser gesagt, bevor sie mir, meinen Cousinen, meinen Eltern und meinem Onkel ein Zeichen gegeben hat, ihr zu folgen. Sie hat Mom, Dad und Onkel Nobuhito in ihr nach Nachthyazinthe duftendes Arbeitszimmer gebeten und mir und den Zwillingen befohlen, draußen zu warten. Danach hat sie uns die Tür vor der Nase zugeschoben. Okay, nicht sie persönlich, sondern eine ihrer Zofen, aber die Botschaft war unmissverständlich: *Fürchtet euch. Fürchtet euch sehr.*

»Das ist ganz allein deine Schuld«, zischt Akiko, und Noriko stöhnt: »Warum musst du auch so ein Trampel sein?«

Ich drücke mir die Handballen so fest auf die Augen, bis ich Sternchen sehe. Warum tun die Zwillinge das? Wieso können sie mich nicht einfach akzeptieren? Eigentlich sind hauptsächlich sie schuld daran, dass ich mich in Japan wie eine Außenseiterin fühle – wie eine Hochstaplerin. »Kriegt ihr nie genug? Erst beschimpft ihr mich als *gaijin* …« Bei der Erinnerung daran brennt die Demütigung wieder so schmerzhaft wie damals, als sie mir das Wort auf der Hochzeitsfeier des Premierministers entgegengespuckt haben. »Dann versucht ihr, mich mit dem Kleid reinzulegen …«

»Von welchem Kleid redest du?« Noriko verengt die Augen.

»Von welchem wohl? Dem für das Willkommensbankett für

den Sultan von Malaysia natürlich«, stoße ich wütend hervor. »Aber wisst ihr was? Vergesst es. Ich vergebe euch. Ihr könnt nichts dafür, dass ihr so widerlich und fies seid, weil ihr es nie anders gelernt habt. Ihr seid das Produkt eurer Umwelt.« Wahrscheinlich ist es keine so gute Idee, mitten ins Wespennest zu stechen, das ist mir aber gerade egal.

Noriko schüttelt verwundert den Kopf. »Aber das Kleid ...« Ihre Schwester bringt sie mit einer Handbewegung zum Schweigen.

Ich lehne mich mit verschränkten Armen zurück und kümmere mich nicht darum, dass mein Kimono dadurch noch mehr Knitterfalten bekommt. »Ihr seid genauso schlimm wie die Journalisten von der Klatschpresse, die eure Mutter mobben, und ihr merkt es noch nicht mal.«

Eine der beiden keucht verletzt auf. Keine Ahnung, ob es Akiko oder Noriko war, aber auch das ist mir egal.

Die Tür wird aufgeschoben. Eine Hofdame verbeugt sich vor uns und bittet uns herein. »*Dōzo.* Ihre Majestät ist jetzt bereit, Sie zu empfangen.«

Vor dem Schreibtisch der Kaiserin sind drei Stühle für uns aufgestellt. Meine Eltern, mein Onkel und unsere Kammerherren halten sich im Hintergrund. Wir verneigen uns tief und entschuldigen uns wortreich für das, was passiert ist. *Taihen mōshiwake gozaimasen. Oyurushi kudasai – Es tut uns sehr leid. Bitte verzeihen Sie.*

Die Kaiserin wirft uns einen scharfen Blick zu. »Ihr dürft euch setzen.« Wir sinken auf die Stühle, mein Kiefer ist vor lauter unterdrückter Wut ganz starr. Jetzt kommt auch noch Angst dazu. Auf einer Kommode hinter der Kaiserin sind *katana*-Schwerter und Fotos von ihr selbst arrangiert. Eines zeigt sie komplett in *kendō*-Montur. Ich weiß, dass sie als junge Frau eine ausgezeichnete Schwertkämpferin war, die Kampfkunst aber nach der Heirat aufgegeben und sich von da an ganz dem Land und der Kaiserfamilie verpflichtet hat. Sie sagt, es sei ihr eine Ehre gewesen, diesen Teil ihrer Identität abzulegen. Ich richte meinen Blick auf die funkelnde Klinge eines der Schwerter.

Es klopft. Eine der Hofdamen der Kaiserin lässt einen Angestellten ein, der ein Silbertablett mit den Scherben der Vase in den Händen trägt. Er stellt es auf den Tisch, verbeugt sich und geht wieder. Einen quälenden Moment lang sieht die Kaiserin den Haufen an und greift einzelne Scherben heraus, um sie mit betrübtem Kopfschütteln zu betrachten. Zuletzt deutet sie mit einer Handbewegung darauf und sagt: »Diese Vase aus der Zeit der Qing-Dynastie war ein Geschenk aus China und befand sich seit zweihundert Jahren im Besitz der Kaiserlichen Familie.« Sie hält eine der Scherben in die Höhe. »Hier. Das Siegel des Kaisers Qianlong. Diese Vase war nicht nur in künstlerischer Hinsicht eine rare Kostbarkeit, sondern auch ein Symbol für die chinesisch-japanische Freundschaft. Darüber hinaus hatte sie aber einen sehr hohen materiellen Wert, weil es nur noch ein einziges anderes Exemplar auf der Welt gibt.« Sie wirft dem Großkammerherrn einen Blick zu.

»Richtig«, bestätigt er. »Das Pendant ist letztes Jahr bei Sotheby's für zwei Millionen Euro ersteigert worden.«

»Zwei Millionen Euro«, wiederholt die Kaiserin mit finsterem Blick. »Und jetzt liegt sie hier in Scherben, weil ihr eure Hände nicht still halten konntet. Kaiserliche Prinzessinnen, die miteinander rangeln! Ihr seid doch keine kleinen Mädchen mehr.« Sie schnaubt. »Ich habe alles genau beobachtet.« Ihr Blick wandert zu den Shining-Zwillingen. »Ihr habt eure Cousine bewusst gereizt.« Sie sieht mich an. »Und du? Statt dich in Selbstbeherrschung zu üben, reißt du ihnen das Telefon aus den Fingern.« Sie schüttelt wieder den Kopf, als wäre ihr das alles zu dumm. Unerträglich. Ich schaue auf die Scherben und schäme mich wieder genauso sehr wie in dem Moment, in dem ich die Vase zu Boden gerissen habe. »Eure Kammerherren haben von Unstimmigkeiten zwischen euch nichts mitbekommen, obwohl es ihre Aufgabe ist, die seelische Befindlichkeit ihrer Schützlinge genauestens zu beobachten, um sie einschätzen zu können.« Herr Fuchigami und die Kammerherren der Shining-Zwillinge senken den Kopf. Die Kaiserin ist Expertin darin, anderen ein schlechtes Gewissen zu machen. Sie betrachtet die Hofbeamten mit zusammengepressten Lippen und richtet ihren strengen Blick dann wieder auf uns. »Ihr solltet euch zu jeder Zeit im Klaren darüber sein, dass ihr Nachkommen einer sehr, sehr langen kaiserlichen Linie seid und als solche die gesamte Familie repräsentiert. Alles, was ihr tut, fällt immer auf die Familie zurück. Und genau aus diesem Grund müsst ihr über kleinliche Streitereien erhaben sein.« Sie macht eine verärgerte Handbewegung. »Ich kann euch ein solches Verhalten einfach nicht durchgehen lassen.«

Ich mahle mit den Zähnen, weil ich mich so über mich selbst ärgere. Ich habe meiner Mutter schon ziemlich oft das Leben schwer gemacht. Als Fünfjährige hielt ich es für witzig, mich stundenlang in der Stadtbücherei hinter einem Regal zu verstecken – Mom hat das damals anders gesehen. Einmal hat sie einen ganzen Tag damit verbracht, einen Braten zuzubereiten, von dem ich dann keinen Bissen gegessen habe, weil ich an dem Tag spontan beschloss, vegetarisch zu leben. Und ich werde nie vergessen, wie wir mal chinesisch essen waren und ich mir die letzte Eierrolle genommen habe. Mom hat geschimpft, ich hätte sie vorher fragen sollen, ob sie sie nicht möchte. Ich habe sie nur mit leerem Blick angesehen und dann den letzten halb gekauten Bissen aus dem Mund auf den Teller fallen lassen und ihr hingeschoben. *Da, bitte.* Die Jahre zwischen dreizehn und vierzehn waren eine finstere Zeit – ich war zickig, ständig beleidigt, und meine Laune wechselte in rasanter Abfolge zwischen hasserfüllt, himmelhoch jauchzend oder todtraurig hin und her. Mom hätte so oft Grund gehabt, mich zur Hölle zu wünschen. Aber etwas so Schlimmes wie heute habe ich noch nie gemacht. Selbst die schreckliche Episode mit dem Premierminister kommt mir dagegen harmlos vor.

Zwei Millionen Euro.

Die Kaiserin winkt den Oberhofmeister zu sich, der eine lederne Mappe aufklappt und sich räuspert. »Ihre Majestät hat die Problematik mit mir besprochen und denkt, dass es Ihnen allen dreien guttun wird, unter Aufsicht einige Zeit außerhalb des Kaiserlichen Palastgeländes zu verbringen.« Ich werfe den Shining-Zwillingen einen Seitenblick zu und sehe, wie sie die Augen verengen. »Der *Ise-jingū* ist Ihnen ein Begriff?«, wendet er sich an mich.

Natürlich habe ich schon vom Ise-Schrein gehört. Die Anlage – das höchste Shintō-Heiligtum Japans – befindet sich innerhalb eines geheiligten Waldes bei der Stadt Ise in der Präfektur Mie und ist der Sonnengöttin Amaterasu geweiht. Ich weiß, dass der Großschrein vor zweitausend Jahren errichtet wurde und einem Ritus folgend alle zwanzig Jahre inklusive sämtlicher Tore und Brücken abgerissen und etwas versetzt an einer anderen Stelle komplett neu aufgebaut wird. Symbolisch steht er für den schintoistischen Glauben an den ewigen Kreislauf von Tod und Erneuerung und die Vergänglichkeit der Dinge.

»Prinzessin Fumiko, eine entferntere Verwandte von Ihnen und Hauptpriesterin des Schreins, wird sich Ihrer annehmen. Durch den Aufenthalt in Ise erweitern Sie nicht nur Ihr Wissen über Japans Kultur, sondern …«

Die Kaiserin unterbricht ihn. »Ihr werdet dort mehr als genug Zeit haben, euer Verhalten zu überdenken.« Sie verschränkt die knorrigen Finger. »Und damit das klar ist: Ich dulde keinerlei Streitigkeiten mehr zwischen euch. Ab jetzt ist Schluss mit bissigen Bemerkungen und erst recht mit körperlichen Auseinandersetzungen.« Ihr Blick ist unerbittlich. »Solltet ihr euch nicht daran halten, werdet ihr Dienst im Kaiserlichen Krankenhaus verrichten. Eure Großtante erholt sich dort von einer Darm-Komplikation und wird sich sehr über Gesellschaft freuen.« Sie sieht uns nacheinander scharf an.

Ich schrumpfe in mich zusammen. Mein Vater legt mir eine Hand auf die Schulter, meine Mutter ihre auf die andere. »Ich bin mir sicher, dass Izumi den Vorfall unendlich bereut und sich über die Gelegenheit freut, Zeit mit ihrer Tante Fumiko zu verbringen«, sagt Dad ruhig.

Als er meine Schulter drückt, krächze ich: »*Hai*. Es tut mir wahnsinnig leid, und ich freue mich über die Gelegenheit, Tante Fumiko kennenlernen zu dürfen.«

Auch die Zwillinge entschuldigen sich hastig. »Nun gut«, seufzt die Kaiserin und erhebt sich. Auf dem Weg nach draußen bleibt sie bei Mom, Dad und Onkel Nobuhito stehen. »Bei euch Jungs damals habe ich die Zügel viel zu locker gelassen«, sagt sie. Ich weiß aus Erzählungen, dass mein Vater und sein Bruder in ihrer Jugend ziemliche Draufgänger waren. Die beiden haben sich öfter heimlich vom Palastgelände geschlichen und zusammen Tokyo unsicher gemacht. »Hanako-*san*?« Sie legt meiner Mutter eine Hand auf den Unterarm. »Ich habe beschlossen, dass Sie mich auf eine Reise durch die Präfektur Ibaraki begleiten werden, um sich selbst ein Bild von der Bandbreite der Arbeit machen zu können, die Sie als Mitglied der Kaiserlichen Familie erwartet.«

»Oh.« Mom strahlt. »Das wäre mir eine große Ehre.«

»Ausgezeichnet.« Meine Großmutter sieht wieder mich und die Zwillinge an. »Ihr werdet die gemeinsame Zeit in Ise genießen«, verkündet sie und schreitet mit raschelndem Kimono zur Tür hinaus.

Mariko erwartet mich in meiner Suite. Sie schält mich aus den verschiedenen Schichten des Kimonos, während ich ihr von den Fotos erzähle, auf denen Akio Händchen haltend mit einer Frau zu sehen war, von der zerbrochenen Vase und der bevorstehenden Reise nach Ise.

»Wer ist diese Priesterin? Prinzessin Fumiko?« Mariko faltet den Kimono und hängt ihn sich über den Arm.

»Ja. Anscheinend ist sie mit mir verwandt. Sie hat ihr Leben dem Schintoismus geweiht«, erkläre ich und mache mich daran, die Haarnadeln aus meiner Hochsteckfrisur zu lösen.

Mariko zieht die Brauen zusammen und schiebt meine Hand weg. »Lassen Sie mich das machen. Leider weiß ich nichts Näheres über Prinzessin Fumiko.« Sie denkt kurz nach. »Und ich soll nicht mitkommen?«

Ich schüttle den Kopf, als Mariko eines der Haarteile aus meiner Frisur zieht. »*Aua!* Nein. Nur die Shining-Zwillinge und ich. Fünf Tage Teambuilding.«

»Dann fange ich am besten gleich an zu packen.« Sie beeilt sich, mit meinen Haaren fertig zu werden, und verschwindet dann in meinem Ankleidezimmer. Ich gehe ihr hinterher. An den Türrahmen gelehnt, sehe ich zu, wie sie einen Koffer mit meinem Monogramm vom Regal zieht, ihn auf die Kommode legt und aufklappt. Danach geht sie an den Regalen und Kleiderstangen entlang, wählt einzelne Kleidungsstücke aus und faltet sie ordentlich, bevor sie sie in den Koffer legt. Sie scheint meine gedrückte Stimmung zu spüren, denn irgendwann dreht sie sich um und sieht mich besorgt an. »Izumi-*sama*?«

Meine Gedanken sind natürlich wieder bei Akio. Ich seufze. »Wahrscheinlich hatte ich gehofft, dass er sich zwar räumlich von mir trennt, aber … keine Ahnung … dass wir in unseren Herzen weiter miteinander verbunden bleiben oder so?«

Mariko betrachtet mich mitfühlend und kommt zu mir. »Wie kann ich Ihnen helfen?«

Ich drehe das Gesicht weg. »Wenn ich das nur wüsste.« In meinen Augen steigen heiße Tränen auf.

»Sie wissen, dass ich immer für Sie da bin, wenn Sie reden wollen. Oder eine Schulter brauchen, um sich auszuheulen. Oder beides«, sagt sie.

Ich schniefe und mein Blick fällt auf die herzförmige Beule unter meiner Bettdecke. Es gibt nichts, was Mariko tun kann. Nichts, was irgendwer tun könnte. Außer … »Werden Sie mit Tamagotchi spazieren gehen, während ich weg bin?«

»Nein.« Sie kehrt mir den Rücken zu.

»Und er müsste dreimal täglich mit seiner Salbe eingerieben werden. Aber man muss aufpassen, weil die auf der Kleidung leicht Flecken hinterlässt. Ich habe das leider auf die harte Tour gelernt.«

»Ganz sicher nicht«, brummt Mariko, geht zur Kommode und zieht eine Jeans heraus.

»Und es wäre super, wenn Sie ihn nachts bei sich im Zimmer schlafen lassen würden. Sie müssen sich nicht ekeln, wenn er seine Pfoten beknabbert. Das ist seine Zwangsstörung.«

Marikos Augen weiten sich, dann schließt sie sie kurz, als würde sie den Himmel um Geduld bitten. »Ich glaube, ich kann heute nichts mehr essen.«

Mein Handy brummt.

Eriku

Daijōbu desu ka?

Daijōbu desu, antworte ich. Mehr nicht. *Alles okay.*

TOKYO TATTLER

Machtkampf unter den Prinzessinnen

---

11. November 2021

Ein Zwischenfall auf der alljährlichen Gartenparty der Kaiserin, in dessen Verlauf sämtliche Mitglieder der Kaiserlichen Familie von Beamten der Palastpolizei eilig in Sicherheit gebracht wurden, sorgte unter den geladenen Gästen für Erschrecken und große Sorge. Ein amerikanischer Tourist (rechts im Bild) hatte es für einen witzigen Einfall gehalten, nackt im Schlossgraben zu schwimmen. Seine Majestät der Kaiser kehrte nach einiger Zeit zurück, aber der Großteil der Familie wurde an diesem Tag nicht mehr gesehen. Ihre Kaiserlichen Hoheiten, die Prinzessinnen Izumi, Noriko und Akiko, sowie der Kronprinz, dessen Bruder und Ihre Majestät die Kaiserin blieben der Gartenparty im weiteren Verlauf fern.

Was ist in der Stunde, in der die Familie weg war, geschehen?

»Die drei Prinzessinnen gerieten in einen Streit, der in einer kleinen Rangelei endete«, verriet uns ein Palastinsider. »Die Kaiserin hat die drei jungen Damen sowie deren Eltern daraufhin zu einem Gespräch in ihr Arbeitszimmer gebeten und wirkte auch noch im Anschluss daran sichtlich verärgert.« Aktuell ist der gesamte Kaiserliche Hof in heller

Aufregung, weil die Prinzessinnen Vorbereitungen für eine größere Reise treffen – allein und mit unbekanntem Ziel.

»Alles steht unter höchster Geheimhaltung«, sagt unser Insider. »Abgesehen von ein paar wenigen Eingeweihten, weiß niemand, wo es für die drei hingeht. Klar ist allerdings, dass sie zur Strafe weggeschickt werden.«

In der letzten Zeit hat die Kaiserin des Öfteren Sorge um das Fortbestehen der Institution des Kaiserhauses in seiner traditionellen Form geäußert. Obwohl sie ihren ältesten Sohn, den Thronerben, in seiner Absicht, eine amerikanische Bürgerliche zu heiraten, wohl unterstützt, erwartet sie von *sämtlichen* Angehörigen ihrer Familie jederzeit vorbildliches Benehmen. Diese jüngste Entgleisung hilft Prinzessin Izumis Eltern sicherlich nicht bei ihrem Vorhaben, vom Kaiserlichen Haushaltsrat die Genehmigung zur Eheschließung zu bekommen.

»Die Ratsmitglieder beobachten das Verhalten aller Beteiligten sehr genau«, erzählt unser Insider.

Nozomi wa usui na – jetzt steht es mehr denn je auf des Messers Schneide.

18

Durch die beschlagene Scheibe des Zugfensters kann ich kaum etwas erkennen. Ich wische eine Stelle frei und blicke in die grüngraue Landschaft hinaus, an der wir vorbeirasen. Ich habe mir einen Platz am Ende des Kaiserlichen Waggons gesucht, so weit entfernt von den Zwillingen wie möglich. In den mit lilafarbenem Samt bezogenen Sesseln zwischen uns sitzen Reina und die Personenschützer meiner Cousinen und lesen. In Nagoya müssen wir noch einmal umsteigen und werden in etwas weniger als zwei Stunden in Ise ankommen.

Ich reise nicht zum ersten Mal im Zug durchs Land. Wenn ein potenzieller Skandal droht, schickt das Kaiserhaus diejenigen, die darin verwickelt sind, gerne für einige Zeit an einen anderen Ort – nach dem Motto: Schnell weg, bevor die Story uns einholt.

So bin ich nach Kyoto geschickt worden, nachdem ich auf der Hochzeitsfeier des Premierministers mit meiner ahnungslosen Frage für extremen Unmut gesorgt hatte. Aber letztendlich bin ich dankbar dafür, weil ich während meines Aufenthalts in der Stadt, die früher Sitz des Kaiserlichen Hofs gewesen ist, sehr viel gelernt habe … und außerdem haben Akio und ich uns dort zum ersten Mal geküsst.

Jetzt werde ich also zum zweiten Mal ins Exil geschickt und beweise damit, dass an der Behauptung, die Geschichte wiederhole sich immer, tatsächlich etwas dran ist.

Mein Handy meldet brummend den Eingang einer Nachricht.

Noora
Nur noch ein paar Wochen und ich bin bei dir! Whooohoo! Frage: Soll ich unter meinem Klarnamen oder einem Pseudonym reisen? Ich hätte ein echt gutes – Jerome McBeaverfish. Aaaaahhhhhh, ich freu mich so

Noora
Kann es sein, dass wir seit Ewigkeiten nicht mehr gequatscht haben? Ruf mich an. Ruf mich an. RUF MICH AN.

Ich
Kann nicht. Sitze im Zug.

Telefonieren ist hier nicht erlaubt. Vorsichtig drehe ich mich um und spähe zu meinen Cousinen rüber. Es ist bis hierher zu spüren, dass sie mir die Schuld an dieser Reise geben. Klar, die beiden sind ja immer die Unschuld in Person … oder, na ja, in *Personen*. Seufzend richte ich meinen Blick wieder aufs Handy.

Ich
Außerdem hört der Feind mit.

Noora
Feind? OMG. Alles okay bei dir?

Ich
Nur wieder mal die Shining-Zwillinge. Lange Geschichte. Bin aufs

Land verbannt worden, um zu bereuen. Die Cousinen mussten mitkommen. Wir sollen zwangsweise Freundinnen werden.

Noora
Hart. Ruf mich an, wenn du reden kannst, ja?

Ich
Mach ich

Ich schließe die App, beiße mir auf die Lippe und öffne dann entschlossen den Browser. Ich muss nicht googeln, weil ich die Seite gebookmarkt habe. Sobald der *Tattler*-Schriftzug im Display aufpoppt, scrolle ich weiter. Ich schaue mir jedes Mal als Allererstes die Bilder an. Drei schlecht belichtete, körnige Fotos, die spätabends mit einem Teleobjektiv und kurz hintereinander aufgenommen wurden. Akio und die Frau überqueren mit gesenktem Kopf die Fahrbahn. Er geht einen Schritt vor ihr, beide tragen Uniform – marineblaue Hose und hellblaues Hemd mit kurzen Ärmeln und Schulterklappen.

Auf dem zweiten Bild streckt er die Hand nach ihrer aus. Auf dem dritten und letzten halten sie sich an den Händen und er führt sie über die befahrene Straße. Ich betrachte die Frau. Sie lächelt. Ihr Gesichtsausdruck sagt alles – er ist voller Vorfreude und sehr interessiert. *Wie wird der Abend heute wohl enden? Womöglich mit einem Kuss?*

Mir dreht sich der Magen um und ich würde mich am liebsten ganz klein zusammenrollen und heulen.

Ich habe den Artikel sogar mühsam Wort für Wort übersetzt.

Viel steht nicht drin. Klar, Bilder sagen ja auch mehr als tausend Worte. Immerhin weiß ich jetzt, dass sie genau wie er Offiziersanwärterin und zukünftige Pilotin ist. Ich verfestige meinen Griff ums Handy. Bin ich womöglich selbst schuld daran, dass alles so gekommen ist? Hat Akio die Bilder von Eriku und mir gesehen und sich daraufhin jemanden gesucht, der ihn auf andere Gedanken bringt? Verdammt, ich würde jetzt so gern mit ihm reden und ihm sagen, was in Wahrheit hinter der Sache mit Eriku und mir steckt – dass er nur mein Fake-Boyfriend ist. *Ich wäre doch niemals so schnell über dich hinweggekommen, Akio. Ich war wütend und verletzt. So verletzt. Aber ich hätte mich niemals so bald getröstet. Das mit Eriku ist reine Show …*

Ist doch so. Oder … ist mittlerweile doch mehr daraus geworden? Diesen Gedanken verdränge ich schnell und schaue mir die mysteriöse Frau, die auch Pilotin wird, noch mal genauer an. Sie und Akio haben bestimmt total viele Gemeinsamkeiten. Mein Mund füllt sich mit dem leicht metallenen Geschmack von Herzblut und in meinem Kopf wird ein aus Momentaufnahmen zusammengesetzter Film gestreamt. Tamagotchi, wie er Akio anknurrt. Akio, wie er mir gegenübersitzt – zwischen uns das Go-Spielbrett. Akio, wie er vor dem Tor des Palasts auf mich wartet, bereit, so lange auszuharren, *bis er eine Prinzessin sieht.* Akio, wie er mir erzählt, dass er seine Stelle bei der Palastpolizei gekündigt hat.

Wir sind zu Beginn unserer Beziehung durch eine Intrige voneinander getrennt worden und haben gemeinsam viele Stürme überstanden, aber trotz aller Widrigkeiten haben wir in unseren Herzen den Platz für den anderen immer frei gehalten. In den zwei Monaten, die wir jetzt nicht mehr zusammen sind, habe ich mich daran gewöhnt, ihn zu vermissen, an dieses ständige dumpfe Ziehen in meinem Innersten. Aber ihn jetzt mit dieser Frau zu sehen, tut noch mal anders weh. Viel, viel schlimmer.

Hinter meinen Lidern prickelt es und heiße Tränen schießen mir in die Augen. Wieder drehe ich mich unauffällig nach den Zwillingen um. Als würde Akiko meinen Blick spüren, sieht sie im gleichen Moment von ihrem Handy auf und starrt mich finster an. Wahrscheinlich überlegt sie, wie sie mich am besten schlachten und zerlegen könnte. Ich drehe mich weg und wische mir über die Augen. Die Schlangen sollen auf keinen Fall sehen, dass ich weine. Überhaupt schwöre ich mir feierlich, dass ich während der Zeit in Ise nur das Nötigste mit ihnen sprechen und mich, so gut es geht, von ihnen fernhalten werde.

Räder quietschen und der Zug bleibt mit einem Ruck stehen. Die Türen öffnen sich. Reina und die beiden anderen Personenschützer stehen auf und steigen als Erste aus. Wir folgen, als sie uns ein Zeichen geben. Ich bin ein bisschen überrascht, nicht die üblichen Massen an Schaulustigen am Bahnsteig zu sehen, sondern nur ein paar wenige Reisende, die den Kaiserlichen Waggon erkannt haben. Ein einziger macht ein Foto.

Eine Frau in einem eleganten grauen Kostüm, mit Perlenkette um den Hals und einem offenen Kaschmirmantel, tritt vor, um uns zu begrüßen. »*Konbanwa.* Ich bin Prinzessin Fumiko, die Hauptpriesterin des *Ise-jingū.*«

Das ist die zweite Überraschung. Ich hatte mir vorgestellt, dass die Hauptpriesterin des Ise-Schreins alt sein würde, vielleicht sogar im Alter der Kaiserin, aber meine Tante sieht aus wie Anfang vierzig, ihre schwarzen Haare sind zu einem Bob geschnitten und sie hat kaum Falten.

Während unser Gepäck aus dem Zug geholt wird, tauschen wir die üblichen Höflichkeitsformeln aus.

»Hajimemashite.« Schön, Sie kennenzulernen. Die Zwillinge verbeugen sich grazil aus der Hüfte heraus.

Ich mache es ihnen schnell nach. *»Yoroshiku onegaishimasu.«* *Sehr erfreut.*

»Willkommen in Ise«, entgegnet unsere Tante und ihr Blick ruht einen Moment auf meinen vom Weinen sicher geröteten Augen. »Bitte folgt mir.« Sie geht los und wir traben gehorsam hinterher. Reina und andere Personenschützer umringen uns, zwei gehen vor uns her, zwei rechts und links von uns und die beiden übrigen hinter uns und dem Gepäckträger, der unsere Koffer auf einem Rollwagen zieht. Vor dem Bahnhof warten mehrere dunkle Limousinen mit laufendem Motor und Nummernschildern der Kaiserlichen Flotte. Einer der Wagen ist nur für unser Gepäck bestimmt. Ich steige ein und setze mich gegenüber von den Zwillingen auf die Bank neben Tante Fumiko.

Die Fahrt dauert nur etwa eine Viertelstunde. Unsere Tante erklärt uns, dass der *Ise-jingū* aus dem Inneren Schrein – *Naikū* –, dem äußeren Schrein – *Gekū* – und etwa hundertfünfundzwanzig Nebenschreinen ringsum und in der Stadt Ise besteht und insgesamt eine Fläche umfasst, die etwa so groß ist wie das Zentrum von Paris. »Heute Abend müsst ihr noch nichts machen, kommt erst mal hier an«, sagt sie. »Morgen beginnt dann das Pflichtprogramm.«

Es ist schon ziemlich spät, als wir in dem kleinen Ort Ujitachichō ankommen. In der Dunkelheit fahren wir an schlichten Häusern mit Ziegeldächern und Veranden vorbei und ich fühle mich wie in eine frühere Zeit zurückversetzt. Hier bin ich also in der spirituellen Heimat des Landes angekommen. Bald werde ich den Ort sehen, der Amaterasu geweiht ist. Im *Naikū*-Schrein wird eine der drei Kaiserlichen Insignien aufbewahrt – der heilige Spiegel. Der Legende nach versteckte sich Amaterasu aus Wut auf ihren Bruder Susanoo in einer Höhle, nachdem er ein himmlisches Pferd getötet und auf ihren Webstuhl geworfen hatte, worauf eine ihrer

Weberinnen starb. Ohne die Sonnengöttin war die Welt in Dunkelheit und Kälte getaucht, es gab keine Ernten und alle litten Hunger. Daraufhin hängten die anderen Götter einen Bronzespiegel vor der Höhle auf, um die Göttin hervorzulocken. Ihr Plan ging auf und alles wurde wieder gut.

Ich werde aus meinen Gedanken gerissen, als wir von der asphaltierten Straße in eine gekieste Einfahrt biegen. Wir sind angekommen. Das Gästehaus hat ein gekreuztes Giebeldach und aus den Fenstern leuchtet uns einladend warmes Licht entgegen. Rings um das Grundstück windet sich dunkler Zedernwald wie ein grünes Samtband. Als ich aus dem Wagen steige, atme ich die kühle Luft tief in meine Lunge. Sie riecht sauber und leicht harzig. Mir fällt auch auf, wie unglaublich still es ist. Nirgendwo steht die übliche Gruppe von Dienstboten, die sonst darauf wartet, die Mitglieder der Kaiserfamilie zu begrüßen. Seltsam.

Prinzessin Fumiko schließt auf, wir treten ins Haus und tauschen im Eingangsbereich, dem *genkan*, erst einmal unsere Schuhe gegen Hausschuhe. Auch hier drinnen ist es ungewöhnlich still. Nirgends Angestellte, die schnell noch letzte Vorbereitungen treffen, um uns zu empfangen. Kein Geklapper aus der Küche, wo das Abendessen zubereitet wird. Noch seltsamer. Und irgendwie auch ein bisschen unheimlich.

Reina und die anderen Personenschützer verteilen sich draußen auf dem Gelände, um es abzusichern.

Fumiko lächelt uns freundlich an. »Ihr dürft euch geehrt fühlen, dass die Kaiserin höchstpersönlich euren Aufenthalt hier im Schrein arrangiert hat. Sie hat mir ganz genaue Anweisungen gegeben, wie ihr untergebracht werden sollt. Kommt ihr?«

Sie führt uns einen Flur entlang und schiebt eine Tür auf. »Euer Zimmer«, sagt sie.

Ich werfe einen Blick hinein und bin erstaunt darüber, wie spartanisch es eingerichtet ist. Der Boden ist mit Tatamimatten ausgelegt, Möbel gibt es keine. Als Lampe hängt eine nackte Glühbirne von der Decke, die man mittels einer Schnur anschalten kann. Tante Fumiko schlüpft aus den Hausschuhen und geht auf Strümpfen durch den Raum auf einen Wandschrank zu, den sie öffnet. »Euer Bettzeug.« Sie deutet auf drei zusammengerollte Futons, Decken und Kissen. »Und das ist die Kleidung, die für euch bereitgestellt wurde.« An der Stange hängen einfache weiße Baumwollhosen und Kittel. »Bitte steht rechtzeitig auf, sodass ihr um halb sechs bereit seid.« Sie dreht sich um und winkt uns, ihr zu folgen, damit sie uns den Rest des Hauses zeigen kann. Es gibt einen weiteren mit Tatamimatten ausgelegten Wohnraum, in dem ein niedriger Tisch steht, um den Sitzkissen gruppiert sind. Außerdem ein Badezimmer und die Küche. Zuletzt greift sie nach einem Korb, der auf der Theke steht, und sieht uns an. »Eure Handys bitte.« Akiko, Noriko und ich pressen unsere Handys instinktiv schützend an die Brust. »Bitte«, wiederholt sie und schüttelt auffordernd den Korb. »Die Kaiserin wünscht, dass ihr euch ganz auf eure Pflichten im Schrein und die Festigung eurer familiären Bindung konzentriert. Sie ist der Meinung, dass es das Beste ist, wenn ihr dabei durch nichts abgelenkt werdet.«

Genauso widerstrebend wie Tamagotchi zu mir kommt, wenn er ahnt, dass ich ihn baden möchte, lasse ich mein Handy in den Korb fallen. Akiko und Noriko brauchen sogar noch ein bisschen länger, bevor sie ihre abgeben. Wir stehen alle drei ein bisschen unter Schockstarre. Keine Ahnung, was ich erwartet habe, aber nicht das.

»Danke.« Tante Fumiko lächelt knapp. Dann öffnet sie einen Küchenschrank, stellt den Korb hinein, schließt ab und lässt den Schlüssel in ihrer Jacke verschwinden, während ich fassungslos zusehe. »Schön, dann sage ich jetzt Gute Nacht. Bitte denkt dran –

morgen früh um halb sechs geht es für euch los.« Sie wendet sich zum Gehen.

»Chotto matte, kudasai«, ruft Noriko verzweifelt. *Bitte, noch einen Moment.*

Fumiko bleibt stehen und dreht sich zu uns um. »Ja?«

»*Sumimasen.* Was ist … was ist mit Abendessen? Ich habe Hunger.« Norikos Stimme zittert.

»Sō desu ne. Onaka suita no!«, wimmert Akiko. *Genau. Ich habe auch Hunger.*

»Ach so, natürlich. *Sumimasen*«, entschuldigt sich Tante Fumiko. Sie holt einen Topf aus einem Unterschrank und nimmt dann Gemüse aus dem Kühlschrank, das sie auf die Theke legt. »Da es schon spät ist, schlage ich vor, ihr macht euch etwas ganz Einfaches. Vielleicht kocht ihr euch das Gemüse in *dashi*-Fischbrühe, ja? Aber ihr könnt euch natürlich gerne auch etwas anderes ausdenken.«

Akiko starrt sie mit offenem Mund an. »Wir sollen … kochen?«

»Für uns selbst?«, fragt Noriko ungläubig.

»Ihr seid doch intelligente junge Frauen. Das schafft ihr bestimmt. So, und jetzt entschuldigt mich bitte. Ich muss morgen auch früh raus.«

Wir sehen zu, wie sie geht und die Tür hinter ihr zufällt. Bleierne Stille senkt sich über uns. Akiko und Noriko lassen sich auf die Stühle fallen.

»Keine Sorge«, flüstert Akiko ihrer Schwester zu und streicht ihr in einer Geste, die überraschend menschlich wirkt, über die Hand. »Das kriegen wir schon hin.« Entschlossen steht sie auf, wühlt in den Schränken und fördert eine Packung Nudeln zutage. »Ich koche uns eine Suppe«, verkündet sie stolz.

Ich lehne mit verschränkten Armen an der Wand und sehe den beiden so fasziniert zu wie damals im Zoo, als ich mal einen Bären bei dem Versuch beobachtet habe, sich in eine Hängematte zu legen. Akiko stellt den Topf auf den Herd und dreht einen der Knöpfe auf, wodurch sich sofort Gasgeruch in der Küche ausbreitet. »Hm?« Sie betrachtet stirnrunzelnd den Herd und legt eine Hand an den Topf. »Eigentlich müsste der doch jetzt heiß werden.«

Noriko lächelt ihre Schwester ermutigend an. *»Ganbatte.« Du schaffst das.*

»Oh mein Gott, echt!« Gereizt gehe ich zu ihr, drehe das Gas ab und reiße die Fenster weit auf. »Willst du uns umbringen, oder was?« Ich bleibe beim Fenster stehen und hole tief Luft. Akiko sieht mich entgeistert an. Die beiden sind wirklich total hoffnungslose Fälle. »Setz dich hin. Ich mache uns was.«

Akiko geht wortlos wieder an ihren Platz, und die beiden sehen mir stumm dabei zu, wie ich Schränke öffne und schaue, was an Essbarem da ist. Ich finde Toastbrot, Käse und Butter, stelle eine Pfanne auf den Herd und entzünde die Gasflamme. Während die Pfanne heiß wird, bestreiche ich jeweils zwei Toastscheiben außen mit Butter und lege eine Scheibe Käse dazwischen. Ich weiß noch genau, wie ich mir als Fünfjährige in Mount Shasta einen Hocker aus dem Bad geholt und an die Küchentheke geschoben habe. *Darf ich helfen?*, habe ich Mom gefragt. *Aber natürlich*, hat sie lächelnd gesagt und mir gezeigt, was ich tun muss. Zehn Minuten später stelle ich die Teller vor Noriko und Akiko.

»Was ist das?« Akiko greift nach ihrem Toast und schnuppert argwöhnisch daran.

»Gegrilltes Käsesandwich«, sage ich mit vollem Mund, weil ich schon abgebissen habe.

Akiko knabbert vorsichtig am Rand. »Schmeckt okay.«

Noriko beißt herzhaft hinein. »Schmeckt gut.«

Ich tue so, als würde ich nicht mitkriegen, wie gierig die beiden ihre Sandwiches verschlingen, während sie miteinander reden, als wäre ich gar nicht da. Sie beklagen sich darüber, dass sie heute nicht ihre Lieblingsshow sehen können. Sagen, wie gerne sie in eines der *Onsen*-Thermalbäder gehen würden, die es hier in der Gegend gibt. Und wie superhässlich die Hose und der Kittel sind, die wir ab morgen tragen müssen.

Als ich fertig gegessen habe, stemme ich die Hände auf den Tisch und stehe auf. »Ich schlage euch was vor«, verkünde ich und bin selbst verblüfft darüber, dass ich das mache. Irgendetwas muss ich in einem vergangenen Leben verbrochen haben, dass ich mit den Shining-Zwillingen als Cousinen gestraft wurde. Womöglich ist es Karma.

Akiko sieht mich misstrauisch an. »Was denn?«

Ich schütte die Brotkrümel von meinem Teller in den Mülleimer und stelle ihn ins Spülbecken. Eriku ist der Meinung, dass die beiden sicher Schwierigkeiten haben, Vertrauen zu anderen Menschen aufzubauen. Irgendwie ist es ja vielleicht auch spannend zu beobachten, ob sie dazulernen können. Ich lehne mich an die Theke. »Wenn ihr das Geschirr spült, koche ich für uns, okay?«

Die beiden holen gleichzeitig scharf Luft, sehen einander an und führen ein unhörbares Gespräch. Als ich gerade die Hände heben und *Vergesst es!* sagen möchte, kommen sie zu einer Entscheidung.

»Einverstanden«, sagt Akiko. »Aber …« Sie stockt und zieht die Brauen zusammen, als würde es sie größte Überwindung kosten, den Satz zu beenden. Ich warte geduldig. »Du müsstest uns erst beibringen, wie man Geschirr spült.«

19

Niemand hat sich um unser Gepäck gekümmert. Wir gehen noch mal raus zum Wagen und schleppen die Koffer selbst ins Haus. Akiko weint fast, als ihr dabei ein Nagel abbricht. Anschließend baden wir nacheinander und machen uns bettfertig. Die Zwillinge richten sich ihr Futonlager so weit entfernt wie möglich von meiner Schlafstatt ein und schalten das Licht aus, ohne zu fragen, ob ich schon so weit bin. In der Dunkelheit taste ich aus Gewohnheit nach meinem Handy, um den Wecker zu stellen, als mir einfällt, dass Tante Fumiko uns die Handys ja weggenommen hat. Wie sollen wir dann bitte morgen pünktlich aufwachen? Ich will die Zwillinge gerade fragen, ob sie eine Idee haben, als ich an ihren tiefen, gleichmäßigen Atemzügen höre, dass sie anscheinend schon eingeschlafen sind.

Frustriert drehe ich mich zur Seite und rolle mich zu einer Kugel zusammen. Mein Herz tut weh und in meinem Kopf rotiert ein Gedankenkarussell. Das Foto von Akio mit dieser Offiziersanwärterin hat die Wunde wieder aufgerissen, von der ich gehofft hatte, sie würde langsam heilen. Ich habe versucht, mich mit Lernen abzulenken, mit der Vorfreude auf die Hochzeit meiner Eltern, sogar mit Eriku, aber jetzt ist der Schmerz wieder da. Und sosehr ich mich gegen den Gedanken sträube, frage ich mich doch auch, ob Akio womöglich recht gehabt hat. War unsere Liebe vielleicht wirklich von Anfang an zum Scheitern verurteilt? War es naiv von mir zu glauben, wir könnten es gegen alle Widerstände schaffen?

Haben wir unsere Beziehung auf Sand gebaut? Hat Akio jetzt eine Freundin gefunden, die besser zu ihm passt, weil sie ein ähnliches Leben führt wie er und auch Pilotin wird? Ist er jetzt glücklicher … bin nicht vielleicht sogar *ich* glücklicher?

Mit Eriku fühle ich mich tatsächlich sehr wohl. Wir haben mehr Gemeinsamkeiten. Er bringt Leichtigkeit und Lachen in mein Leben. Ja, verdammt. Ich muss mir eingestehen, dass ich zwischen ihm und Akio hin- und hergerissen bin, irgendwo in der Mitte feststecke und immer tiefer im emotionalen Treibsand versinke. Im Halbschlaf überlege ich, noch mal aufzustehen und in der Küche nachzusehen, ob dort vielleicht ein Wecker ist, aber dann döse ich weg.

Als ich die Augen aufschlage, steht Akiko am Schrank und zieht sich gerade das weiße Oberteil über. Noriko hat die Futons bereits aufgerollt und verstaut. »Wie viel Uhr ist es?«, frage ich gähnend.

»Gleich halb sechs.« Akiko deutet auf ihre zarte Armbanduhr. »Dein Schnarchen hat mich die ganze Nacht wach gehalten. Das ist echt grauenhaft. Du klingst, als würdest du ertrinken. Gegen vier habe ich aufgegeben und lag die ganze Zeit wach.« Sie geht aus dem Raum, ohne sich noch einmal zu mir umzudrehen.

Ich hieve mich hoch und ziehe auch die schlichte weiße Hose und den Kittel an, die Tante Fumiko uns bereitgestellt hat. Danach putze ich mir die Zähne und gehe in die Küche.

Noriko sitzt am Tisch, Akiko steht hinter ihr und flicht ihr Zöpfe, die sie mit einem roten Band zusammenbindet. Die beiden bemerken mich nicht, als ich in der Tür stehen bleibe.

»Wir müssen irgendwie an unsere Handys kommen«, sagt Noriko leise. Sie knetet die Hände. »Glaubst du, sie ist heute aufgestanden und hat was gegessen?«

Akiko legt ihrer Schwester kurz eine Hand auf die Schulter,

bevor sie sich daranmacht, den zweiten Zopf zu flechten. »Mama schafft das schon.«

Noriko beißt sich auf die Unterlippe. »Ich bin mir da nicht so sicher, Aki-*chan*. Ich glaube, sie braucht diese täglichen Anrufe von uns. Wenn sich niemand um sie kümmert, wird sie einfach im Bett liegen bleiben.«

Die beiden tun mir leid, und plötzlich habe ich ein schlechtes Gewissen, mich so angeschlichen und sie belauscht zu haben. *»Ohayo!«*, wünsche ich laut – *Guten Morgen!* – und breite tatendurstig die Arme aus. »Was wollt ihr zum Frühstück?«

Akiko sieht mich nur stirnrunzelnd an, aber davon lasse ich mich nicht beirren. Ich schaue in den Schränken nach, was es gibt, stelle Zutaten auf die Theke, schalte den Reiskocher ein, nehme die Pfanne aus dem Trocknergestell und hole Eier aus dem Kühlschrank.

»Kann ich helfen?«, fragt Noriko, deren Zöpfe mittlerweile fertig sind.

»Äh … klar«, sage ich, darum bemüht, mir nicht anmerken zu lassen, wie überrascht ich bin. Ich gebe ihr ein Messer und ein Brett und lege ihr Paprikaschoten und eine Zwiebel hin. »Ich wollte Rührei machen. Kannst du das Gemüse schneiden?« Aber als sie nach dem Messer greift, sehe ich sofort, dass sie noch nie etwas geschnitten hat, und nehme es ihr sanft wieder aus der Hand. Vielleicht lasse ich sie lieber mit etwas Ungefährlichem anfangen. »Ach, weißt du was? Hier, mach lieber die Eier.« Ich schlage ein paar in einen hohen Becher auf und zeige ihr, wie man einen Schneebesen benutzt.

Als das Frühstück fertig ist und wir am Tisch sitzen, geht die Sonne auf. Akiko und Noriko rekeln sich wohlig wie zwei Katzen in ihren Stühlen. Im Gegensatz zu dem Käsetoast von gestern Abend, den Akiko erst mal skeptisch beknabbert hat, greifen beide diesmal hungrig zu. Während des Essens fällt kein Wort und das einzige Geräusch ist das Klappern unserer Stäbchen in den mit Reis und Rührei gefüllten Schalen.

Nach dem Frühstück holt uns ein Chauffeur ab und fährt uns zum *Naikū*-Schrein. Noriko zupft so nervös an ihren Nagelhäutchen herum, dass Akiko irgendwann flüstert: »*Yamete* – hör auf. Bitte mach dir nicht solche Sorgen.« Ich schaue nach draußen und tue so, als hätte ich nichts mitgekriegt.

Tante Fumiko erwartet uns auf der weißen Kiesfläche vor der Anlage. Sie lächelt zwar, aber ich traue ihr trotzdem nicht so richtig über den Weg. Unter unseren Sohlen knirscht der Kies, als wir schweigend nebeneinanderher auf das *torii* zuschreiten – das hohe hölzerne Eingangstor vor jedem Shintō-Schrein, das die Grenze zwischen außen und innen – der menschlichen und der spirituellen Welt – markiert. Wir verbeugen uns, bevor wir an einer Seite hindurchgehen (der Weg in der Mitte ist frei zu halten, damit die Geister jederzeit kommen und gehen können). Danach bleiben wir am *temizuya* – dem Reinigungsbrunnen – stehen, um uns die Hände und symbolisch auch unseren Mund zu reinigen, bevor wir zum *kagura-den* gehen, einer Art vorgelagertem Bethaus, das allen Besuchern offensteht. Steinerne Stufen führen in das imposant und zugleich schlicht wirkende Holzgebäude. Auf Tante Fumikos Anweisung hin verbeugen wir uns zweimal, klatschen zweimal in die Hände, beten und verbeugen uns wieder, um uns bei den *kami* – den Göttern – zu bedanken.

Ich bin vollkommen überwältigt. Seit über tausend Jahren ist jedes Mitglied unserer Familie über genau den Boden geschritten, über den auch wir eben gegangen sind. Feierliche Stille und Ruhe liegen über der Anlage, und bei dem Gedanken, dass ich dasselbe Ritual durchführe wie meine Ahnen, schnürt sich mir die Kehle zusammen. Ich werfe den Zwillingen einen Blick zu und sehe ein

Schimmern in ihren Augen. Spüren sie es also auch? Wie sehr wir mit dieser Erde und miteinander verbunden sind?

»So, und jetzt zeige ich euch, worin eure Aufgabe bestehen wird«, verkündet Tante Fumiko. Sie führt uns zum Inneren Schrein, dem *Naikū*, der hinter mehreren Holzzäunen verborgen liegt und nur der Kaiserfamilie und den Priestern zugänglich ist. Bei jedem Windhauch ertönt das zarte Klingeln von Glöckchen. Ein Shintōpriester in weißer Robe erwartet uns. Mit einer Verbeugung reicht er mir und den Zwillingen jeweils einen Reisigbesen.

»Dann könnt ihr jetzt anfangen, das Laub von der Kiesfläche zu fegen«, sagt Tante Fumiko.

Ich sehe mich um. Die Fläche ist riesig.

»Wie lange?«, wage ich zu fragen.

Tante Fumiko neigt den Kopf. »Bis ihr fertig seid.«

Noriko späht in den grauen Himmel hinauf und erschauert. Der Ort, an dem die Sonnengöttin wohnt, ist heute unangenehm kalt. »Und wenn es anfängt zu regnen?«

»Dann werdet ihr nass«, antwortet Fumiko trocken.

Sie bleibt noch eine Weile und zeigt uns, wie wir das unter unseren Schuhen knisternde Laub zusammenfegen sollen. Als sie endlich geht, arbeiten wir weiter, ohne ein einziges Wort miteinander zu wechseln. Zum Glück muss ich auch keine fiesen Kommentare oder Blicke ertragen. Nachdem wir etwa eine Stunde lang gefegt haben, hören Akiko und Noriko auf und ducken sich unter einem Absperrseil hindurch, um sich an eine Zypresse gelehnt auszuruhen. Ich lege den Besen auch weg. Von hier aus kann man den Fluss zwar nicht sehen, aber erahnen. Ich hebe das Gesicht zum Himmel und lasse es vom kühlen Wind streicheln.

Wie aus dem Nichts taucht plötzlich wieder der Priester auf und klatscht so laut in die Hände, dass es sich wie Peitschenknallen anhört. Mit mildem Lächeln bedeutet er uns weiterzufegen.

Irgendwann gegen Mittag bekommen wir *bentō*-Boxen mit einfachem Essen gebracht, anschließend führt uns der Priester zur anderen Seite der Anlage, wo wir weiterfegen sollen. Der Tag vergeht quälend langsam und stumm. Als Tante Fumiko endlich kommt, um uns von unserer Pflicht zu erlösen, inspiziert sie gefühlt jeden Quadratzentimeter und vergewissert sich, dass alles Laub weggefegt ist.

Zu Hause untersucht Akiko Norikos Hände, deren Innenseiten rot und geschwollen sind. Ich gehe ins Bad, wo ich im Schrank Salbe und Verbände entdeckt habe, die ich Akiko bringe. »Hier.«

Während sie ihre Schwester verarztet, bereite ich alles fürs Abendessen vor. Ich habe beschlossen, uns heute Pfannengemüse zu machen.

»Brauchst du auch was davon?«, fragt Akiko, bevor sie die Salbe und das Verbandsmaterial wieder ins Bad bringt.

»Nein, meine Hände sind okay«, sage ich und hebe den Blick vom Brett, auf dem ich gerade Gemüse schneide. »Noriko hat den Besenstiel zu fest umklammert.«

»Hörst du, Nori-*chan*«, sagt Akiko. »Wir sollten uns von ihr Tipps geben lassen. Im Gegensatz zu uns ist sie an harte körperliche Arbeit gewöhnt.«

Aus irgendeinem Grund reagiere ich auf ihre Bemerkung nicht so gereizt wie sonst, sondern sage nur gelassen: *»Sō desu.« So ist es.* Ich gebe die Gemüsestreifen in die Pfanne und schon bald erfüllt ein köstlicher Duft den Raum. »Ich habe total robuste Bauernhände.«

»Musstest du als Kind immer arbeiten?«, fragt Noriko, und jetzt verdrehe ich doch die Augen, weil sie das tatsächlich ernst meint.

»Nein«, sage ich und rühre das Pfannengemüse. »Musste ich nicht. Aber meine Mutter hat mir beigebracht, wie man fegt und kocht.«

Ich löffle Reis in Schalen, stelle die Pfanne auf den Tisch und setze mich zu ihnen.

Wieder essen wir schweigend, aber irgendwann fragt Noriko: »Wie hast du das eigentlich gemeint, als du gesagt hast, dass wir es nie anders gelernt hätten und ein Produkt unserer Umwelt wären?«

Ich erstarre, schlucke herunter, was ich mir gerade in den Mund geschoben habe, und versuche mich zu erinnern, in welchem Zusammenhang ich das gesagt habe. Ich weiß noch, dass ich in dem Moment ziemlich wütend auf sie war und nicht gerade in Bestform. »Oh … äh. Das hätte ich lieber nicht sagen sollen. Ich … *Gomen nasai.*«

Hallo? Was war das denn? Habe ich mich etwa gerade allen Ernstes bei den Shining-Zwillingen entschuldigt? Ich staune über mich selbst.

»Ganz richtig. Das hättest du wirklich nicht sagen sollen«, faucht Akiko. »Aber du hast es genau so gemeint. Ist doch so, oder?«

Akiko und Noriko schauen mich so grimmig an, dass ich tief Luft hole. »Ich … Ja, stimmt, ich habe es so gemeint. Aber es war unfair von mir, euch das vorzuwerfen. Wahrscheinlich mache ich mir gar keine Vorstellung davon, wie hart es ist, unter den kritischen Augen der Öffentlichkeit aufzuwachsen. Ihr könnt ja wirklich nichts dafür.« Die beiden sind Opfer der Umstände. Das rechtfertigt zwar ihre Gemeinheiten nicht, aber manchmal genügt es auch, zu verstehen, warum jemand ist, wie er ist.

»Du hast recht«, sagt Noriko. »Wir können nichts dafür.«

Stille senkt sich über den Raum, und das einzige Geräusch, das zu hören ist, sind die Motten, die gegen die Fensterscheibe prallen. Dann widmen sich die Zwillinge wieder ihrem Essen und unterhalten sich miteinander, ohne mich in ihr Gespräch einzubeziehen.

Sobald ich das Gefühl habe, dass Akiko und Noriko eingeschlafen sind, stehe ich leise auf, schleiche durch die Dunkelheit auf dem kühlen Holzboden in die Küche, beuge mich zu dem Schrank hinunter, in dem unsere Handys liegen, taste nach dem Schloss und schiebe eine Haarnadel hinein, die ich mitgebracht habe.

»Was machst du da?«

Ich zucke zusammen. Die Hand an die Brust gepresst, wirble ich herum. Akiko steht neben dem Spülbecken.

»Gott, hast du hast mich erschreckt«, schimpfe ich. Dann drehe ich mich wieder um, stecke die Haarnadel ins Schloss und ruckle sie vorsichtig hin und her. Es dauert nicht lang und ein deutliches Klicken ist zu hören.

Ha! Wenn Mariko beobachtet hätte, wie mühelos ich eben das Schloss geknackt habe, würde sie tot umfallen. Ein so extrem unprinzessinnenhaftes Verhalten passt nicht in ihr Weltbild.

Ich öffne die Tür, greife in den Korb und hole unsere Handys heraus. Das von Akiko steckt in einem mit Glitzersteinchen beklebten Case, Norikos in einem aus geprägtem Leder. »Hier.« Ich halte Akiko die Handys hin.

Sie sieht mich ungläubig an. »Warum machst du das?«

Ich zucke mit den Schultern. *Weil ihr traurig seid und euch Sorgen um eure Mutter macht und weil ich in der umgekehrten Situation froh wäre, wenn jemand etwas für mich tun würde.* »Es tut mir wirklich leid, was ich neulich über euch gesagt habe.« Akiko blinzelt misstrauisch und reißt die Handys an sich. *»Oyasumi«*, sage ich ungerührt und gehe aus der Küche. *Gute Nacht.*

Ich bin beinahe schon wieder im Schlafraum, als ich Akiko hinter mir höre. Sie hält mich am Arm fest. »Du hast dich wegen des Kleids für das Willkommensbankett des Sultans geirrt. Das war kein Trick. Noriko hat sich total darauf gefreut, es an dir zu sehen. Sie war so stolz darauf, es gefunden zu haben. Als du es dann nicht anhattest und versucht hast, dich mit angeblich losen Fäden rauszureden …« Sie seufzt. »Aber ja, natürlich hatte ich es darauf angelegt, dass du die Fotos von Akio siehst.« Sie reckt das Kinn. »Ich … Ich kann es nicht ertragen, wenn jemand Noriko wehtut.«

»Verstehe.« Ich atme tief ein, als ich begreife, dass die Dinge wahrscheinlich wirklich nicht immer ganz so waren, wie ich sie gesehen habe. Plötzlich erscheint mir mein Verhältnis mit den Zwillingen in einem neuen Licht. War ich vielleicht auch nicht immer nur die Gute? »Okay, das tut mir leid. Ich wollte Noriko nicht verletzen. Morgen entschuldige ich mich bei ihr.«

Akiko nickt. »In Ordnung.«

»Okay.« Irgendwie kommt mir dieser Umschwung ein bisschen zu abrupt. Ich merke, dass ich damit gerade nicht umgehen kann. »Tja, äh, war gut, dass wir geredet haben. Nacht.« Wir haben es nicht ausgesprochen, aber … kann es sein, dass wir eben so eine Art Waffenstillstand geschlossen haben? Wer hätte das für möglich gehalten? Wunder über Wunder. Ich schiebe mich an ihr vorbei und flüchte ins Wohnzimmer, um das Ganze erst mal sacken zu lassen. Erschöpft setze ich mich auf eines der Sitzkissen und schalte mein Handy an. Ich muss irgendjemandem erzählen, was gerade passiert ist.

Aber vorher öffne ich die *Tattler*-Website und sehe mir die Fotos noch einmal an, danach hole ich tief Luft und lösche das Bookmark. Anschließend scrolle ich durch meine Kontakte, bis ich bei Akio bin. Mein Daumen schwebt über dem Anrufbutton.

Was mache ich da?

Bevor ich es mir anders überlegen kann, drücke ich ihn. Mein Magen zieht sich zusammen, als ich es klingeln höre. Ich zähle mit. Eins, zwei, drei. Die Mailbox geht dran. Mein Herzschlag verdreifacht sich, als ich Akios tiefe, melodische Stimme höre, die den Anrufer bittet, eine Nachricht zu hinterlassen. Ich schlucke. Ein paar Tränen laufen mir über die Wangen. Kurz vor dem Piepton lege ich auf. Und dann sitze ich eine ganze Weile einfach nur da. Mein Körper ist schwer wie Blei.

Wieso habe ich geglaubt, er würde auf mich warten? Sich in Nara vor Sehnsucht nach mir verzehren? Was bin ich doch für ein naives, dummes Mädchen. Aber jetzt warte *ich* nicht mehr auf ihn. *Genau*, gibt mein Herz mir recht. Von jetzt an werde ich keinen einzigen Gedanken mehr an Akio verschwenden und an das, was hätte sein können. *Sehr gut*, sagt mein Herz. Es gibt keine Hoffnung auf eine Versöhnung mehr. Vielleicht ist es auch besser so. Akio ist da, wo er immer hinwollte, und hat jemandem gefunden, mit dem er besser zusammenpasst.

Dasselbe habe ich auch verdient.

Ich öffne meine Nachrichten-App.

Ich

Hi.

Mit dem Ärmel wische ich mir die Tränen aus dem Gesicht. Die Antwort kommt fast sofort.

Eriku

Sie lebt!

Ich

Sorry, dass ich mich nicht mehr gemeldet hab

Eriku

Soll ich die Polizei informieren?

Ich

Nein. Ich bin genau da, wo ich sein soll ... glaub ich

Eriku

Und wo ist das?

Ich mache es mir im Schneidersitz auf dem Kissen bequem.

Ich

Ich bin mit meinen Erzfeindinnen, die aber vielleicht langsam zu so was wie Freundinnen werden ... keine Ahnung ... in einem Shintō-Schrein und fege Laub von Kiesflächen

Eriku

Soll das eine Metapher sein, die ich nicht verstehe?

Eriku

Kann ich dich anrufen?

Ich

Okay

Eriku

Bis gleich

Das Handy klingelt, und ich melde mich mit dem üblichen *»Moshi moshi«*, das allerdings ein bisschen heiser herauskommt. Falls Eriku mich darauf anspricht, werde ich sagen, dass ich müde bin. Es war ein langer Tag.

»Hey«, sagt er mit schläfriger Stimme, in der aber natürlich trotzdem ein Lächeln liegt. »Dann erzähl mal. Du bist also mit deinen Erzfeindinnen in einem Schrein. Das klingt nach einer guten Story.«

»Es ist vor allem eine lange Story.« Ich gähne. »Wie viel Zeit hast du?«

»Für dich?«, fragt er zurück und schiebt mit extratiefer Stimme hinterher: »Die ganze Nacht.«

Es dauert zwar nicht ganz so lang, aber doch eine Weile, bis ich alles erzählt habe, was passiert ist, seit Reina mich auf der Gartenparty von ihm weggeführt hat. »Tja, so sieht's also aus, jetzt sitze ich hier.«

»Jetzt sitzt du da«, bestätigt er liebevoll.

»Und du?«, frage ich. »Wie lief es bei dir?«

»Gut. *Richtig* gut. Mein Vater hat seit Tagen nicht mehr davon geredet, dass ich ins Familienunternehmen einsteigen soll. Im Gegenteil, jetzt will er, dass alles ganz genauso weitergeht wie bisher.« Eriku lacht. »Er hat sogar gesagt, ich soll ruhig noch ein bisschen länger an der Uni bleiben. Klar, weil du ja im Frühjahr dein Studium anfängst. Wobei ich das auch gar nicht schlecht fände. Dann könnten wir uns jeden Tag auf dem Campus sehen.« Seine Stimme ist wie eine tröstliche Umarmung, in die ich mich am liebsten einkuscheln würde. »Das Mensa-Essen wird massiv unterschätzt.«

Ich lächle und merke, dass ich die Vorstellung auch schön finde, nur … »Noch bin ich nicht angenommen.«

»*Noch* nicht.« Eriku klingt, als hätte er keinen Zweifel daran.

»Mein Vater hat jedenfalls jetzt schon mal die Daumenschrauben gelockert.«

»Das ist echt super«, sage ich und mein Herz freut sich für ihn.

»Ich weiß.« Er seufzt tief. »Alles ist so super, dass es mich nervös macht.«

Wir unterhalten uns noch ein bisschen über dies und das, und als ich mich schließlich ins Bett lege, schlafe ich sehr schnell ein.

Die folgenden fünf Tage und Nächte erlebe ich ein bisschen wie in Trance. Es ist ein ewiger Kreislauf: Laubfegen, Bäumepflanzen, Zäunestreichen. Wegen der Sache mit dem Kleid habe ich mich bei Noriko entschuldigt. Wir gehen wie zivilisierte Menschen miteinander um. Teilweise geradezu freundlich. Und wir wachsen tatsächlich zu einem Team zusammen. Akiko schneidet Gemüse. Noriko deckt den Tisch. Ich koche. Wir arbeiten wie eine gut geölte, wenn auch ziemlich stumme Maschine.

Dann ist plötzlich der letzte Tag da. Tante Fumiko kommt zum Schrein, um uns zu verabschieden. »Ich werde der Kaiserin zurückmelden, dass ihr euch gut angestellt habt«, verkündet sie freundlich. Einer der Priester tritt vor und hält uns unsere ordentlich gefalteten und zusammengelegten weißen Kittel und Hosen hin. »Zur Erinnerung an euren Aufenthalt hier«, sagt Tante Fumiko.

Als wir am Bahnhof aussteigen, wirft Akiko das Kleiderbündel in eine Mülltonne. Noriko zuckt lächelnd mit den Schultern und wirft ihres auch weg. Die beiden sehen mich an, aber ich schüttle den Kopf und drücke mir meine Sachen an die Brust.

Wahrscheinlich werde ich sie nie wieder anziehen. Jedenfalls kann ich mir das gerade nicht vorstellen, aber ich merke, dass ich irgendwie daran hänge. Sie werden mich immer an diese einzigartige Zeit erinnern, in der sich so viel verändert hat. Eine Zeit, in der ich Akio loslassen konnte und … etwas anderes gefunden habe.

Reina hält mich zurück, während unser Gepäck eingeladen wird. »Alles gut?« Ich habe sie in der letzten Woche zwar immer mal wieder gesehen, aber nicht mit ihr gesprochen.

»Ich glaube schon«, sage ich und steige als Letzte in den Waggon. Als ich den Mittelgang entlanggehe, sieht Akiko mich mit hochgezogenen Brauen an, beugt sich vor und nimmt eine Tasche von dem Platz gegenüber von ihrem. Ich neige den Kopf und setze mich zu meinen Cousinen.

20

Als ich in meiner Limousine vorfahre, stehen Herr Fuchigami und Mariko vor dem Eingangsportal des Palasts, um mich willkommen zu heißen.

»Ich nehme an, Ihr Aufenthalt in Ise war erfolgreich«, sagt Herr Fuchigami, als ich im *genkan* meine Schuhe abstreife und in Hausschuhe schlüpfe.

»War er«, versichere ich ihm. Zum ersten Mal seit sechs Monaten verspüre ich nicht das kleinste Fünkchen Wut auf die Zwillinge. Unfassbar. »Ist mein Vater da?«

Mariko schüttelt den Kopf. »Der Kronprinz hat heute einen Gesprächstermin mit dem Großherzog von Luxemburg.«

Mom, die immer noch mit der Kaiserin verreist ist, habe ich schon von unterwegs geschrieben. *Ich bin wieder zu Hause.*

Wie schön, hat sie geantwortet. *Bin gerade auf dem Weg zur Eröffnung einer Vogelfoto-Ausstellung. Lass uns nachher telefonieren, okay?*

Mein Kammerherr und meine Zofe begleiten mich ins Wohnzimmer. »Ihre Post, Eure Hoheit.« Herr Fuchigami präsentiert mir ein Silbertablett, auf dem ein dünner Stapel Briefe und ein eleganter Brieföffner liegen. Seine Augen glitzern, als ich nach dem Umschlag greife, der ganz oben liegt. Sobald ich die Absenderadresse lese, weiß ich auch, warum. *Zulassungsstelle an der Universität Tokyo – Prüfungskommission.* Das Ergebnis meiner Aufnahmeprüfung.

Der Umschlag ist dünn und federleicht, aber so sehr mit Bedeutung aufgeladen, dass er auch gut tausend Kilo wiegen könnte. Ich schlucke und starre Mariko mit großen Augen an. Mein ganzer Körper vibriert vor Aufregung und Nervosität. »Machen Sie ihn auf«, ermuntert sie mich.

Ich hole tief Luft, drehe mich um und gehe ein paar Schritte zum Fenster. Draußen kniet ein Gärtner, der einen grünen Safarihut trägt, und untersucht einen Rasensprenger.

Mit angehaltenem Atem schlitze ich den Umschlag auf und ziehe zwei gefaltete Bögen heraus. Das Anschreiben überfliege ich nur und falte dann schnell die zweite Seite auf. Die Prüfungsergebnisse sind nach Fächern geordnet. Japanisch als Fremdsprache: 360/450; Japan und die Welt: 160/200; Biologie: 85/100; Chemie: 81/100. Es dauert einen Moment, bis ich alles zusammengerechnet habe.

»Gōkaku shita«, flüstere ich, dann wirble ich herum und sehe Herrn Fuchigami und Mariko mit aufgerissenen Augen an. »Ich habe bestanden!«, rufe ich und beginne, auf und ab zu hüpfen. »Bestanden! Ich habe bestanden. Ich habe bestanden. ICH HABE BESTANDEN.«

Ich schlinge die Arme um Mariko, die sich erst versteift und meine Umarmung dann etwas verkrampft erwidert. *»Omedetō gozaimasu«*, sagt sie, als ich sie loslasse. *Herzlichen Glückwunsch.*

»Fabelhaft.« Herr Fuchigami verbeugt sich und lächelt ausnahmsweise sogar. »Herzlichen Glückwunsch auch von mir.«

Unendlich erleichtert strahle ich die beiden an und presse mir den Brief an die Brust. Was für ein unglaublich schöner Moment.

»Darf ich die Ergebnisse mal sehen?«, bittet Mariko. Ich reiche ihr den Brief, und sie geht ein paar Schritte zur Seite, um in Ruhe zu lesen.

Herr Fuchigami räuspert sich. »Ähem … Izumi-*sama*«, sagt er leise. »Ich möchte mich bei Ihnen entschuldigen. Mir war nicht bewusst, dass Sie und Ihre Cousinen nicht miteinander auskommen. Hätte ich das geahnt … Ich hätte niemals vorgeschlagen, dass Sie zusätzlich Zeit mit den beiden verbringen sollten. Ich wollte keinesfalls, dass Sie sich unwohl fühlen.«

Wärme breitet sich in meinem Inneren aus und ich kann mein Glück gar nicht fassen. Erst bestehe ich die Aufnahmeprüfung, und jetzt gibt Herr Fuchigami auch noch zu, dass er mich mag? »Kein Problem, wirklich nicht. Ich meine, es war ein Problem, das schon. Aber inzwischen hatte ich die Gelegenheit, Akiko und Noriko besser kennenzulernen, und habe festgestellt, dass sie gar nicht *so* schlimm sind.« Ich lächle ihn an. »Wir sind nicht beste Freundinnen geworden, das nicht. Aber es ist alles gut zwischen uns. In Zukunft wird keine Vase mehr dran glauben müssen.«

Herr Fuchigami wippt auf den Fersen. »Fabelhaft. Das freut mich sehr.«

»Da fällt mir ein …« Mariko wirbelt herum. »Es ist ein zweiter Brief gekommen, von dem ich mir vorstellen könnte, dass er Sie interessiert.«

Ich sehe sie mit hochgezogenen Brauen an. »Ja?«

Mariko hält mir das Tablett hin, auf dem noch ein Schreiben der Universität Tokyo liegt. Ich greife nach dem Umschlag und drehe ihn in den Händen. Er ist genauso dünn wie der andere. Ich war dabei, als Noora, Glory und Hansani die Zusagen von ihren Universitäten bekommen haben. Bei ihnen waren die Umschläge aber viel größer und dicker. Die Glücksgefühle, die ich eben noch verspürt habe, verpuffen und mein Magen zieht sich zusammen. Ich lasse mich aufs Sofa fallen und reiße den Brief mit den Fingern auf.

An: Ihre Kaiserliche Hoheit Prinzessin Izumi

Der Leiter der Zulassungsstelle der Universität Tokyo fühlt sich geehrt, Sie zu einem persönlichen Aufnahmegespräch einladen zu …

Darunter sind ein paar Terminvorschläge aufgelistet und die Information, dass ich die Möglichkeit habe, das Gespräch entweder per Telefon oder vor Ort zu führen. Mein Herz klopft so laut, dass ich meine eigene Stimme kaum höre, als ich sage: »Die laden mich zum Aufnahmegespräch ein.« Ich hebe den Blick und sehe, dass Mariko und Herr Fuchigami mich beide anstrahlen. Wow. Wahrscheinlich fühlen sich Bergsteiger so, wenn sie den Gipfel erklommen haben. Sie schauen in die Tiefe und erinnern sich an jeden einzelnen Schritt ihres langen Aufstiegs. Dieser Moment gehört ganz allein mir. Ich war noch nie so stolz auf mich.

Später rufe ich Eriku an und frage ihn, ob er Zeit hat, mich in der Kaiserlichen Bibliothek zu treffen. Es regnet ziemlich heftig, aber das ist mir egal. Ich springe aus der Limousine, sprinte die Treppe hinauf, winke mit den Briefen und schlittere über den roten Marmorboden auf Eriku zu, der hinter dem Messingdrehkreuz auf mich wartet. Ich schlüpfe hindurch. »Eriku!«, keuche ich. »Ich hab bestanden und die Universität Tokyo hat mich zum Aufnahmegespräch eingeladen!« Danach muss ich erst mal tief Luft holen. Ich strahle so sehr übers ganze Gesicht, dass mir die Mundwinkel davon wehtun.

Eriku breitet lächelnd die Arme aus, und ich fliege ihm entgegen, als wäre es das Natürlichste der Welt. Er drückt mich fest an sich, und ich spüre seinen warmen Atem an meinem Ohr, als er »Herzlichen Glückwunsch« sagt.

Dann lässt er mich los und wir stehen uns etwas verlegen gegenüber. Ich glaube, wir sind beide überrascht von dieser unerwartet liebevollen Umarmung. Unsere Blicke treffen sich, und ein warmes Gefühl breitet sich so langsam in mir aus, als würde Zuckersirup durch meine Venen fließen. »Äh … ja … danke«, stammle ich.

»Du hast dir das so was von verdient«, sagt Eriku lächelnd. *»Yoku ganbarimashita.« Du hast es geschafft.*

Ich bin immer noch so überwältigt von diesem Gefühl, dass ich nur blinzle und keine vernünftige Antwort hervorbringe. Erikus hellbraune Augen sind kristallklar, sein Blick ist aufrichtig und irgendwie verletzlich. Dann schaue ich auf die Umschläge in meiner Hand und die Magie ist gebrochen.

Eriku räuspert sich und ich strecke sie ihm hin.

Seine Wangen verfärben sich leicht rötlich, während er die beiden Schreiben überfliegt. »Du hast nur noch ein paar Wochen bis zum Aufnahmegespräch«, sagt er. »Damit du perfekt vorbereitet bist, sollten wir gleich anfangen zu üben.«

»Wir?« Meine Stimme klingt hoffnungsvoll.

»Natürlich übe ich mit dir«, sagt er lächelnd. »Ich habe schon an sechs verschiedenen Unis Aufnahmegespräche gehabt und weiß genau, was da abgefragt wird.«

»Bist du sicher, dass du dafür Zeit hast? Eigentlich solltest du mich ja nur auf die Aufnahmeprüfung vorbereiten.«

»Sicher bin ich mir sicher«, sagt er mit entschlossenem Nicken. »Ich helfe dir. Schließlich bist du meine … ich meine, wir sind doch befreundet und Freunde helfen sich gegenseitig.«

Meine Wangen werden heiß. »Ja … ja, stimmt. Klar, Freunde helfen sich.«

Eriku und ich haben unsere Übungssessions mittlerweile von der Bibliothek in den Palast verlegt. »Okay, dann lass mal als Erstes deine *jikoshōkai* hören!«, sagt er und richtet sich ein bisschen zu erwartungsvoll in seinem Stuhl auf, was mich zusätzlich unter Druck setzt.

Tamagotchi ist unter dem Tisch damit beschäftigt, einen Hausschuh zu zerkauen. Aber ich lasse ihm das durchgehen, weil das immer noch besser ist, als wenn er seine Pfoten beknabbert.

Vor zwei Tagen hat Eriku mir aufgetragen, eine *jikoshōkai* zu erarbeiten – eine kurze Vorstellung der eigenen Person, wie sie in Japan bei vielen Anlässen erwartet wird. Im Aufnahmegespräch für die Uni werden mir persönliche Fragen gestellt und vor allem Wissen über meine Fachgebiete abgeklopft, aber zuerst werde ich ganz bestimmt um eine *jikoshōkai* gebeten.

Widerstrebend stehe ich auf und verdränge den Gedanken an meinen ersten Tag in Japan, als ich beim Abendessen mit der Familie ein bisschen von mir erzählen sollte und mir peinlicherweise nichts Besseres einfiel als die Info, dass mein Hund stinkt und mich einmal beinahe ins Gesicht gebissen hätte. Ich wäre am liebsten im Boden versunken. Aber diesmal bin ich besser vorbereitet. Ich straffe die Schultern und lege los. *»Watashi wa Izumi Tanaka desu. Amerika kara kimashita. Ringo ga suki desu.«* Außer meinem Namen, dass ich aus den USA komme und gerne Äpfel esse, erzähle ich noch, dass ich in einer Stadt namens Mount Shasta aufgewachsen bin und einen Hund habe, der Tamagotchi heißt. Als ich fertig bin und mich wieder hinsetze, lächelt Eriku zum ersten Mal nicht. Oh. *So* schlimm?

»Hm, okay …« Er nickt nachdenklich. »Daran müssen wir noch ein bisschen arbeiten. Die Vorstellung sollte immer auf die jeweilige Situation abgestimmt sein. In Japan sagen wir *kūki wo yomu* – die Luft lesen –, und damit ist gemeint, dass man die Stimmung und Erwartungen der Leute erspüren sollte. Jemand, der entscheiden soll, ob du an die Universität passt, interessiert sich wahrscheinlich eher nicht so sehr dafür, dass du gern Äpfel isst.« Er schlägt mir ein paar Änderungen vor. Zum Beispiel, dass es höflicher ist, *»Izumi to mōshimasu«* zu sagen statt des umgangssprachlicheren *»desu«*. Und dass ich darauf achten soll, immer erst meinen Nachnamen und danach den Vornamen zu nennen.

»Ach ja. Stimmt, daran habe ich nicht gedacht«, stöhne ich und frage mich niedergeschlagen, ob ich diese Sprache jemals lernen werde, wenn ich schon an solchen Kleinigkeiten scheitere, die ich inzwischen echt wissen müsste.

»Okay, dann lass uns mal zu den Fragen übergehen.« Eriku nimmt eine Karte von einem Stapel, der auf dem Tisch liegt. *»Was, würden Sie sagen, ist Ihre größte Schwäche?«*

Ich grabe die Zähne in meine Unterlippe, während ich angestrengt überlege, was man darauf am geschicktesten antwortet. »Dass ich … äh … eine Perfektionistin bin?« Stimmt gar nicht. Meine größten Schwächen sind die Tatsache, dass ich mich nicht gut konzentrieren kann, meine Mutter und Tamagotchi. Aber das wollen sie an der Uni sicher nicht hören. Erikus gequältem Gesichtsausdruck nach zu urteilen, scheint meine laut ausgesprochene Antwort aber auch nicht richtig gewesen zu sein. »Nicht gut?«, frage ich.

Er zieht eine Tüte M&M's aus seiner Tasche, reißt sie auf, lässt ein paar Drops auf den Tisch kullern, legt den Zeigefinger auf ein grünes und schiebt es in meine Richtung. Ich stecke es mir in den Mund und lasse die Zuckerhülle langsam auf der Zunge schmelzen. Eriku lehnt sich zurück und sieht mich ein paar Sekunden schweigend an. Ich strecke ihm die Zunge heraus und lecke mir über die Lippen.

Er hustet und schaut kopfschüttelnd weg. »Die beste Antwort darauf ist: *Ich konzentriere mich zu sehr auf Details* oder *Manchmal fällt es mir schwer, um Hilfe zu bitten.*« Die Sternzeichenuhr hinter ihm an der Wand schlägt zwölf, als er mir noch ein M&M hinschiebt. »Dass du eine Perfektionistin bist, wollen sie nicht hören. Es geht darum, wie gut du mit anderen zusammenarbeiten kannst und ob du die Fähigkeit hast, deine Schwächen zu überwinden.«

»Okay, verstanden.« Ich greife schnell nach dem Fragekärtchen, schreibe in Großbuchstaben: ICH BIN PERFEKTIONISTIN darauf und streiche es dann durch.

Draußen ertönt plötzlich ein tiefes Bellen und Tamagotchi springt aufgeregt unter dem Tisch hervor.

»Oh.« Eriku lächelt etwas verlegen. »Ich hatte Momo-chan versprochen, dass ich nachher noch mit ihr in den Hundepark gehe. Ich dachte, sie würde die zwei Stunden im Auto schlafen. Aber anscheinend ist ihr langweilig.« Wieder ist das tiefe Bellen zu hören. »Und Hunger hat sie auch.«

»Das kannst du alles nur an ihrem Bellen erkennen?« Ich lege die Karten mit den Fragen zu einem ordentlichen Stapel zusammen.

Eriku lacht. »Ich habe auch einen Abschluss in Momo-*go*.« Zum Glück weiß ich, dass *go* Sprache heißt, und kann über den Witz lachen.

Tamagotchi ist zur Eingangstür gerannt und springt jaulend auf und ab, als Eriku und ich in den *genkan* kommen. »Du … äh … Izumi?« Eriku wirft mir sein Zehntausend-Watt-Lächeln zu, während er seine Sneakers anzieht. Wieder wird mir warm. Ich halte die Luft an, als er aufsteht und auf mich zukommt. »Ich würde dir gern etwas vorschlagen«, sagt er, während Tamagotchi wie ein kleiner Springteufel um uns herumtanzt. Uns trennen nur noch wenige Zentimeter. Eriku fährt sich mit der Zunge über die Lippen. »Falls es für dich noch zu früh ist, sagst du es mir einfach, okay?«

Ich schlucke. »O-kay.«

Er fährt sich durch die Haare und holt tief Luft. »Ich glaube, es ist Zeit für das nächste Level in unserer Beziehung … «

Ich sehe mich rasch um, aber wir sind allein. Mein Blick wandert zu seinem zurück. »Ja?«

Er nickt ernst und beugt sich ein Stück vor, um nach meinen Händen zu greifen. Es ist bloß eine Berührung, keine große Sache. Nur dass mein Herz sich benimmt wie ein Chinchilla, der sich in frischer Einstreu wälzt.

»Ja«, wiederholt er. »Ich glaube, das ist der richtige Moment … Also, ich frag jetzt einfach: Wäre es für dich okay, wenn unsere Hunde sich persönlich kennenlernen?« Er sieht mich an, dann prustet er los, und sein Lachen ist so ansteckend, dass ich wegschauen muss.

Ein paar Minuten später stehe ich mit Tamagotchi vor dem Palast, während Eriku zu seinem Wagen geht, um Momo-chan herauszulassen. Eine der Seitenscheiben ist heruntergelassen, die Bernhardinerhündin schiebt ihren riesigen Schädel durch die Öffnung und winselt ungeduldig. Sabberfäden triefen von ihren Lefzen auf den Kies.

Tamagotchi zerrt knurrend an der Leine. Er ist wie von Sinnen. Hm, vielleicht war die Idee mit der Hundebegegnung doch nicht so gut.

Reina kommt angeschlendert und verzieht missbilligend das Gesicht. »Er gehört bestraft dafür, dass er den Hund den schönen Wagen vollsabbern lässt.«

»Reina!« Ich sehe sie geschockt an.

Als Eriku die Heckklappe öffnet, springt Momo-chan mit einem Satz heraus, trabt auf uns zu, und – *oh mein Gott* – dieses Hundemonster ist so unfassbar süß, dass ich in die Knie sinken könnte, aber im nächsten Augenblick reißt sich Tamagotchi mit aller Kraft los und galoppiert auf Momo zu. Mir bleibt das Herz stehen, und ich kneife die Augen zusammen, weil ich nicht hinsehen kann. Verdammt, ich hätte den Hoftierarzt bitten sollen, sich für den Notfall bereit zu halten – jetzt ist es zu spät. Alles passiert sehr schnell und lautlos. Im einen Moment höre ich Tamagotchi noch knurren, im nächsten herrscht Stille. Vorsichtig öffne ich erst das eine und dann das andere Auge … aber statt eines Blutbads sehe ich, dass Tamagotchi sich auf den Rücken gerollt hat und Momo-chan seinen Bauch beschnüffelt. Ihre dicke Zunge schießt hinaus und dann schleckt sie ihn ab. *Sie schleckt ihn ab wie einen neugeborenen Welpen!* Tamagotchis Körper wird von einem Schauder erfasst und er windet sich in purer Ekstase.

»Okay, ich habe genug gesehen«, murmelt Reina und geht davon.

Eriku lächelt. »Ich glaube, sie mögen sich.«

Die Untertreibung des Jahrhunderts. Momo-chan wirft sich in den Kies und Tamagotchi kuschelt sich an sie.

»Ich beantrage hiermit die Mitgliedschaft im Momo-chan-Fanclub«, sage ich und hocke mich neben die beiden hin, um sie zu streicheln.

Momo-chan wälzt sich auf die Seite, Tamagotchi krabbelt hinterher, macht es sich zwischen ihren Beinen bequem und drückt den Rücken an ihren Bauch.

Ein absolut magischer Moment. Bisher dachte ich, was Hunde angeht, wäre ich monogam, aber Tamagotchi und Momo-chan sind zusammen einfach so unwiderstehlich, dass ich sie am liebsten beide haben würde.

»Hast du nicht erzählt, dein Hund wäre wild und komplett durchgeknallt?« Eriku lehnt sich gegen seinen Wagen und lässt die Schlüssel um seinen Zeigefinger wirbeln.

»Ist er auch. Heute Morgen hat er sich eine Riesenladung *dorayaki* geklaut und gefressen. Die Platte stand auf der Küchentheke. Keine Ahnung, wie er es geschafft hat, da ranzukommen. Tamagotchi trotzt den Gesetzen der Schwerkraft. Er ist *Crazy Superdog.*«

Eriku lacht, kniet sich neben mich und krault Tamagotchi am Bauch. Ich halte die Luft an, weil ich damit rechne, dass mein schlecht gelaunter Stinkehund ihn in die Hand beißt. Aber Tamagotchi streckt und rekelt sich und verdreht genießerisch die Augen, bis nur noch das Weiße zu sehen ist. Nach einer Weile steht Eriku auf, geht zum Wagen und holt eine Decke heraus.

Nachdem er sie ausgebreitet hat, setze ich mich darauf und streichle Momo-chans weiche Samtohren. »Ich glaube, Momo-chan ist Tamagotchis Love Language.«

»Love Language?« Eriku setzt sich neben mich. Unsere Knie berühren sich, aber ich rücke nicht von ihm ab.

»Ja, kennst du das nicht? Das ist das, was man braucht, um sich geliebt zu fühlen oder wodurch man seine Liebe zeigt. Bei manchen sind es Geschenke, bei anderen Kuscheleinheiten oder dass man sie bei ihrer Arbeit unterstützt, ihnen sagt, wie toll man sie findet. Solche Sachen.«

»Verstehe. Und was ist deine?« Er sieht mich mit einer hochgezogenen Braue an.

»Meine was?«, frage ich verträumt. Momo-chan hat nämlich mittlerweile ihren Riesenkopf in meinem Schoß gelegt, und ich werde von einer Glückswelle davongetragen, wie ich sie noch nie gespürt habe. Es ist, als wären all meine Träume auf einmal wahr geworden. Ich bade in Hunden und bin so beseelt, dass es mir auch egal wäre, wenn ich hier an Ort und Stelle sterben würde.

»Deine Love Language, meine ich.«

»Ach so. Äh. Keine Ahnung.« Ich denke nach. »Vielleicht alles zusammen?« Ich lächle etwas beschämt, weil ich mir gierig vorkomme.

Eriku lässt das einen Moment auf sich wirken, während er über Tamagotchis Nase streichelt. »Meine auch.«

21

Ich habe es mir in Leggings und Sweatshirt und mit den Karteikarten für das Uni-Aufnahmegespräch auf dem Bett gemütlich gemacht. Aber statt zu lernen, starre ich gedankenverloren in den Park hinaus, wo hinter den Bäumen langsam die Wintersonne untergeht.

Als es plötzlich laut an der Scheibe klopft, kriege ich fast einen Herzinfarkt. Ich kann nicht behaupten, dass ich beruhigt bin, als ich die Zwillinge draußen stehen und durchs Glas spähen sehe. »Gott, habt ihr mich erschreckt!« Ich stehe auf und ziehe die Tür auf, um sie reinzulassen.

Die beiden tragen kurze Kleidchen mit schwingendem Rock und herzförmigem Ausschnitt. »Wir fahren in die Stadt«, informiert mich Akiko. Sie wirft einen Blick in mein Ankleidezimmer, geht rein und knipst das Licht an. »Es ist noch schlimmer, als ich dachte«, ruft sie von drinnen. Ich höre Kleiderbügel klappern, als sie Klamotten herunterreißt und auf die Kommode wirft. »Du brauchst ganz dringend mehr Kaschmirteile!«

»Wir wollen, dass du mitkommst«, verkündet Noriko, die sich mit leicht angeekeltem Gesicht das Foto von der AGG anschaut, auf dem wir alle nur Jeanssachen tragen.

Akiko kommt mit einem silberglitzernden Minikleid zurück, das ich mir vor zwei Jahren mal für Silvester von Noora geliehen und ihr nie zurückgegeben habe. Sie wirft es mir zu. »Hopp, anziehen und mitkommen. Wir mischen Tokyo auf«, sagt sie.

Ich sehe sie mit offenem Mund an. »Äh, heute ist Mittwoch.«

»Sag einfach Ja, Babe.« Akikos Mundwinkel kräuseln sich zu einem Lächeln, und ich muss zugeben, dass sie definitiv Charme hat, wenn sie will.

»Ich bin mir ziemlich sicher, dass das mit dem Konsens so nicht funktioniert«, sage ich, während ich den kühlen, seidenglatten Stoff des Kleids befühle und spüre, dass ich innerlich längst nachgegeben habe. Ja, leugnen ist zwecklos. Ich beginne, dem Zwillings-Zauber zu erliegen. Außerdem brauche ich dringend eine Auszeit. »Na gut ... Okay.«

Bevor wir gehen, schreibe ich Eriku eine schnelle Nachricht.

Ich

Die Cousinen haben mich überredet, mit ihnen auszugehen. Möglicherweise muss ich gerettet werden

Er antwortet sofort.

Eriku

Bin gerade mit Momo-chan spazieren. Schreib mir dann, wo ihr seid. Ich komme hin

Eine Stunde später steigen wir eine freischwebende Treppe in einem Raum voller sich zu stampfender Musik windender tanzender Körper hinauf. Der Zugang zu dem auf einer Galerie liegenden VIP-Bereich ist mit einem Samtseil abgesperrt, aber als der wuchtige Türsteher uns sieht, hakt er wortlos das Seil auf und lässt uns eintreten.

Akiko streicht über die glatte schwarze Wand. »Das hier ist besonderes Spezialglas«, ruft sie über den Dance-Remix von *The Weeknd*, der gerade läuft.

»Wir können rausgucken, aber niemand kann reingucken«, Noriko wirft mir über die Schulter einen Blick zu. »Drinnen sind übrigens weder Handys noch Kameras erlaubt. Der VIP-Bereich ist *members only* und gehört den Ohnos.« Als ich sie ratlos ansehe, schiebt sie hinterher: »Nachkommen des *Fujiwara*-Clans. Eine alte *kuge*-Familie. Du weißt schon, ehemaliger Adel.«

Ich nicke. Der japanische Staat hat zwar nach dem Zweiten Weltkrieg die Aristokratie abgeschafft – abgesehen vom Kaiserhaus –, aber die alten Adelsfamilien genießen trotzdem immer noch einen hohen Status in der Gesellschaft und sind sehr einflussreich. Sie werden als eine Art inoffizieller Hofstaat betrachtet.

Eine Bedienung führt uns zu einem Tisch, auf dem ein brennender mehrarmiger Kerzenleuchter steht. Zwischen den mit dunklem Holz verkleideten Wänden, die dem Raum eine sargähnliche Atmosphäre geben, hängen schwere rote Samtvorhänge, dazwischen flackern Wandleuchter. In die Speisekarten sind Stechapfelblätter gestanzt. Das Ganze sieht schwer nach Vampirbar aus.

»Wir müssen unbedingt den Hummer nehmen. Der ist aus dem Sternerestaurant nebenan und wird über Nacht frisch aus Kanada geliefert«, sagt Akiko. Sie überlegt. »Am besten bestellen wir gleich zwei.«

Noriko nickt. »Die sind immer ziemlich klein.«

Ich lege die Speisekarte weg. Es stehen keine Preise drauf, was aber nicht bedeutet, dass die Gerichte kostenlos sind, sondern, im Gegenteil, dass alles so absurd teuer ist, dass die Einzigen, die sich hier etwas bestellen können, Leute ohne Geldsorgen sind. »Ich glaube, ich habe gar nicht so großen Hunger.«

Noriko bestellt uns eine Flasche Boërl & Kroff. Nachdem die

Bedienung gegangen ist, sitze ich verkrampft da und weiß nicht, wohin mit meinen Beinen, weil mein Kleid zu kurz ist, um sie übereinanderzuschlagen.

Nach ein paar Minuten ist der Kellner mit der Champagnerflasche zurück, die in einem silbernen Kühler steckt. Er entkorkt sie geschickt, füllt geeiste Gläser und reicht jedem von uns eins. Ich nehme einen Schluck und bin völlig verzückt, weil der Champagner unfassbar köstlich ist – nicht zu süß, aber auch nicht zu trocken und ganz fein perlend. Sicherheitshalber bestelle ich gleich noch eine Flasche Wasser dazu. Vor ein paar Monaten war ich mit meinem Cousin Yoshi in Tokyo unterwegs und zuletzt so betrunken, dass ich mich ausgesperrt auf einem stinkenden Hinterhof wiederfand. Lange Geschichte. Ich sage nur so viel: Am Ende habe ich es für möglich gehalten, dass Menschen die eigenen Eingeweide rauskotzen können.

Damals habe ich mir geschworen, dass mir so etwas nie mehr passieren wird, weil ich in Zukunft zu jedem Glas Alkohol ein Glas Wasser trinken werde.

»Wie wär's mit einem Trinkspiel?«, ruft Akiko. »Ein Schnaps für jede Lüge, die in der Klatschpresse über uns verbreitet wird.« Ohne darauf zu warten, was wir von dem Vorschlag halten, winkt sie nach dem Kellner und bestellt eine Flasche Wodka und Kaviar. Außerdem bittet sie ihn, uns eine Ausgabe des *Tokyo Tattler* zu besorgen. Sobald er das Gewünschte gebracht hat, füllt Akiko den Wodka in kleine Gläser, während Noriko mit einem winzigen Löffelchen eine Toastecke mit Kaviar und einem Klecks saurer Sahne dekoriert.

»Also.« Akiko schlägt den *Tattler* auf und liest die Schlagzeile vor: *»Ms Tanakas heimliche Affäre mit ihrem Nachbarn: Wer ist der mysteriöse Mann, der gern Frauenkleidung trägt?«*

Ich spucke fast den Schluck Wasser aus, den ich gerade getrunken habe, und entreiße Akiko die Zeitung. »Wie bitte?«

Neben einem Bild von Mom inmitten ihrer Kollegen vom College ist ein unscharfes Foto von Jones abgedruckt, der in seinem Garten steht. »Das ist ein Sarong!«, sage ich. »Und das mit der Affäre ist total gelogen.« Mom und Jones hatten nie etwas miteinander. Ich kippe meinen Wodka und trinke schnell einen Schluck Wasser hinterher.

Noriko nimmt mir die Zeitung ab. *»Prinzessin Midori wird auch nächste Woche leider keinem der öffentlichen Termine des Kaiserhauses beiwohnen können, weil sie an einem Erste-Hilfe-Kurs des Roten Kreuzes in Hokkaido teilnimmt.«* Sie und Akiko greifen nach ihren Shotgläsern und leeren sie in einem Zug.

Auf meinen fragenden Blick hin, erklärt Noriko: »Das Kaiserliche Hofamt gibt immer mal wieder Pressemeldungen mit solchen erfundenen ›Terminen‹«, sie malt Anführungszeichen in die Luft, »heraus. In Wirklichkeit weigert sie sich, nach draußen zu gehen.«

»Was genau fehlt eurer Mutter eigentlich?«, frage ich, weil mich die dämmrige Beleuchtung und vielleicht auch der Wodka mutiger machen. Normalerweise hätte ich es nie gewagt, sie so konkret darauf anzusprechen.

Akiko seufzt. »Das hängt davon ab, wen du fragst. Die Leute vom Hofamt würden behaupten, dass alles okay ist und es ihr bestens geht.«

»Aber das stimmt nicht?«, hake ich nach.

Ich muss an die Szene in der Küche des Gästehauses in Ise denken. Wie liebevoll Akiko ihrer Schwester Zöpfe geflochten hat und wie besorgt Noriko war. *Glaubst du, sie ist heute aufgestanden und hat was gegessen?*

»Als wir klein waren, sind wir immer zu ihrem Zimmer geschlichen und haben zur Tür reingespäht.« Noriko dreht sich zu ihrer Schwester. »Weißt du noch? Sie hat uns zu sich reingerufen und dann haben wir den ganzen Tag in ihrem Bett gekuschelt und alte

Filme geschaut.« Sie wendet sich an mich. »Mom liebt Audrey Hepburn«, erzählt sie.

»Sie glaubt, sie hätte die japanische Audrey Hepburn werden können, wenn ihr der Hof erlaubt hätte, weiter als Schauspielerin zu arbeiten.« Akiko knabbert an einer Toastecke mit einer Riesenportion Kaviar. »Deswegen habe ich mir bei einer Auktion diese Ohrringe ersteigert.« Sie deutet auf ihre Ohrläppchen, an denen schweren Diamanten baumeln. »Die haben mal ihr gehört.«

Mir wird ein bisschen übel. Vielleicht vom Wodka, vielleicht aber auch aus Mitleid mit den Zwillingen.

»Weinst du etwa?«, kreischt Akiko.

Ich blinzle. »Ich? Weinen? Nein. Natürlich nicht.«

Noriko verdreht die Augen, als würde sie mich für einen hoffnungslosen Fall halten.

Das Gespräch wendet sich weniger belastenden Themen zu und bald herrscht an unserem Tisch ausgelassene Stimmung. Wir trinken weiter Wodka auf all die grotesken Lügen, die in der Presse über uns verbreitet werden – unter anderem, dass ich auf der rechten Pobacke ein heimliches Tattoo habe, Noriko sich die Nase operieren ließ und Akiko am Daumen lutscht.

Mit einem Magen voller Kaviar und schon ziemlich angetrunken, beschließe ich, dass es Zeit ist, ihnen etwas zu beichten. »Ich hab euch übrigens immer die *Shining-Zwillinge* genannt«, gestehe ich kichernd. »Ihr wisst schon, die aus diesem Film nach dem Buch von Stephen King? Die gruseligen kleinen Zwillingsmädchen in den blauen Kleidern, die immer in den Hotelfluren auftauchen. *Komm, spiel mit uns*«, ahme ich ihre Stimmen nach.

Akiko und Noriko lächeln und verständigen sich auf ihre übliche wortlose Art nur mit Blicken. »Wir finden das cool«, erklärt Akiko.

»Echt?«

Ein winziger Kaviarrest ist noch übrig. Ich kratze ihn aus dem Schälchen und bestreiche eine Toastecke mit Butter. Das gute Zeug darf man nicht verkommen lassen. Voll nachhaltig, wie ich lebe. Mom wäre stolz auf mich.

»Klar«, bestätigt Noriko.

»Ist es ein eisiger Windhauch oder der Atem der Gruselzwillinge, den du im Nacken spürst?«, raunt Akiko und bricht in lautes Lachen aus.

Noriko beugt sich so nah zu mir, dass sich unsere Nasenspitzen fast berühren. Ihr Atem riecht nach Wodka. »Es ist ein gutes Gefühl, Macht über andere zu haben.«

Akiko zeigt plötzlich zum Eingang und sagt strahlend: »Ach! Sieh an, wer da ist.«

Eriku steht hinter dem roten Absperrseil. Ich springe auf, um ihn zu begrüßen, sobald er am Türsteher vorbei ist, aber nachdem ich ihn begeistert umarmt habe, lasse ich etwas verlegen die Arme sinken. »Hey.«

Er streicht mir übers Handgelenk – so flüchtig, dass ich es mir vielleicht auch nur einbilde. »Auch hey und: süßes Kleid.« Er lässt seinen Blick bis zu dem kurzen Saum an mir herabwandern.

»Das haben meine Cousinen für mich ausgesucht«, sage ich. »Und ich komme mir gerade sehr nackt vor.«

Eriku lächelt und seine Augen funkeln … oder liegt das am Dämmerlicht?

»Konbanwa«, höre ich Akiko hinter mir.

»Konbanwa.« Eriku verbeugt sich tief. *»Nakamura Eriku to mōshimasu.«*

»Du musst dich nicht vorstellen«, sagt Noriko. »Wir wissen doch, dass du der Sohn von Hanzo Nakamura bist.« Mir entgeht nicht, dass Eriku die Hände zu Fäusten ballt.

Akiko sieht ihn scharf an. »Und du bist jetzt also mit unserer Cousine zusammen, ja?«

»Nein, das … äh … Ich meine … ja«, stammelt Eriku. »Bin ich.«

Die Zwillinge mustern ihn stumm.

Die Stimmung wird leicht ungemütlich. »Willst du was trinken?«, frage ich schnell, greife nach seiner Hand und ziehe ihn zu unserem Tisch. Akiko und Noriko setzen sich auf die eine, Eriku und ich auf die andere Seite.

»Du machst heute also mit den Shining-Zwillingen einen drauf, ja?«, raunt er mir ins Ohr.

Ich bekomme eine Gänsehaut, als ich seinen warmen Atem an meinem Hals spüre. »Sieht ganz so aus.« Ich drehe mein leeres Champagnerglas zwischen den Fingern. »Du weißt, wie das mit Streunern ist. Jetzt, wo ich sie gefüttert habe, werde ich sie wohl nicht mehr los.«

»Die beiden sehen aus, als würden sie mich fressen wollen.«

Akiko und Noriko beobachten Eriku mit einem seltsamen Lächeln auf dem Gesicht wie zwei soziopathische Killerkatzen.

»Ich weiß auch nicht, ob man ihnen wirklich vertrauen kann. Vielleicht solltest du zur Sicherheit lieber keine zu abrupten Bewegungen machen.« Ich grinse.

Der Kellner stellt ein *Aooni IPA*-Bier vor Eriku hin, der gleich einen tiefen Schluck davon nimmt. Vielleicht denkt er gerade an die Geheimhaltungserklärung mit dem Absatz über Tod durch Zerstückelung, die er unterschrieben hat.

Akiko greift wieder nach dem *Tattler*, schlägt die Seite mit Nachrichten aus der Gesellschaft auf und erklärt ihm unser Trinkspiel. Mit einem spitzen, hellblau lackierten Fingernagel fährt sie die Zeilen entlang. »Aha … aha … hier haben wir doch schon was über Eriku«, sagt sie. »Oder besser gesagt über deinen Vater. Er plant angeblich eine Fusion mit *Sasaki Transportation*.«

Eriku reibt sich den Nacken und wendet den Blick ab. »Ja, stimmt. *Größer, höher, weiter* ist sein Motto.«

»Sollten die beiden Unternehmen tatsächlich fusionieren, würden sich Nakamuras Einnahmen von geschätzten zehn Milliarden jährlich schlagartig auf fünfzig Milliarden erhöhen«, liest Akiko vor und mustert Eriku über den Rand der Seite hinweg. Er zuckt so nervös mit dem Bein, dass ich ihm beruhigend eine Hand auf den Schenkel lege.

»Eriku ist übrigens ein brillanter Musiker«, versuche ich das Thema zu wechseln. »Er schreibt gerade an seiner Doktorarbeit in Komposition zeitgenössischer Musik.« Eriku sieht mich an, dann legt er unter dem Tisch seine Hand auf meine und umschließt sie. *Oh, wow.* Ich hole zitternd Luft.

»Wirklich?« fragt Noriko interessiert.

Eriku wirkt sehr erleichtert, dass wir nicht mehr über seinen Vater sprechen. »Na ja, als *brillant* würde ich mich jetzt nicht gerade bezeichnen …«

»Um das beurteilen zu können, müssen wir dich wohl spielen hören«, sagt Akiko.

Eriku zupft an seinem Ohrläppchen. »Ich weiß nicht.«

Akiko winkt nach dem Kellner. »Wir brauchen sofort eine Bühne und einen Flügel!«

Alles geht rasend schnell. Unten nimmt der DJ seine Platten vom Teller, die Tanzenden kehren an ihre Plätze zurück und Eriku wird die Treppe hinuntergeführt (eher gezerrt) und an einen eilends herbeigerollten Flügel gesetzt.

Tut mir leid, flüstere ich stumm, als er hilflos zu mir hinaufstarrt.

Ich lehne mich an die gläserne Wand. Es herrscht gespannte Stille. Ein einziger Scheinwerfer leuchtet und taucht den Flügel in grelles Licht. Eriku schüttelt die Hände aus und legt sie auf die Tasten. Ich spüre Norikos und Akikos heißen Atem im Nacken.

»Wie findest du ihn? Schon ein bisschen komisch, oder?«, fragt Noriko ihre Schwester.

»Dann passt er eigentlich perfekt zu Izumi«, sagt Akiko. »Auf jeden Fall ist es schon mal positiv, dass er nicht aus einer dieser neureichen Familien stammt, die mit Unterhaltungselektronik reich geworden sind. Oder stell dir vor, er wäre Hedgefonds-Manager.«

»Gott, das sind die Schlimmsten!« Noriko schüttelt sich. »Die sind immer so schmierig.«

Akiko maunzt zustimmend. »Genau. Aber die Nakamuras hatten schon unter den Shogunen immer beste Verbindungen zu den großen Adelshäusern und sind politisch einflussreich. Es gab mal einen Premierminister in ihrer Familie. Nicht in der näheren Verwandtschaft – für eure Beziehung wäre das also nicht problematisch, Izumi –, aber nah genug, um dir nützlich zu sein.«

»Schsch«, zische ich.

»Ich kann nichts anders«, behauptet Akiko schulterzuckend. »Ich muss Leute, die ich neu kennenlerne, immer nach ihrem Nutzen beurteilen. Das mache ich ganz instinktiv.«

»Konbanwa«, sagt Eriku ins Mikro. »Hallo. Ich bin Eriku.«

Eine Frau kreischt und Eriku lacht mit seiner tiefen und – wie mir jetzt auffällt – auch ganz schön sexy Stimme leise auf. Und dann beginnt er zu spielen. Die Melodie fängt relativ schlicht an, das Motiv wiederholt sich ein paarmal, bis ein neues Thema hinzukommt. *»You don't own me«*, singt er. *»I'm not one of your many toys. You don't own me …«* Seine Stimme ist hypnotisierend, voller Wärme, Herz und Gefühl. *»And don't tell me what to do. Don't tell me what to say …«* Ich muss mich am Geländer festhalten, weil mich der Song so berührt. Es kommt mir vor, als würde Eriku direkt mit seinem Vater reden. Als würde er sich die Worte, die er nicht aussprechen kann, von der Seele singen, damit sie weit in die Nacht hinausgetragen werden und vielleicht bei dem ankommen, für den sie bestimmt sind. Er singt immer inbrünstiger mit so unglaublich viel Emotion, dass sich mir alle Härchen aufstellen. Was hat er auf dem Weg nach Disneyland zu mir gesagt? *Das Leben ist ein Song.*

Als der letzte Ton verklungen ist, herrscht erst mal totale Stille, im nächsten Moment brandet Beifall auf und das Publikum flippt total aus. Eriku steht seelenruhig auf, geht zur Treppe und joggt zu mir herauf. Oben angekommen, duckt er sich unter dem Samtseil hindurch.

»Das war Wahnsinn«, rufe ich und bin mir sicher, dass in meinen Augen Sterne funkeln.

Eriku geht auf mich zu, und ich gehe gleichzeitig langsam rückwärts, bis wir durch einen roten Vorhang vor Blicken verborgen in einer Ecke stehen bleiben.

»Izumi.« Er sagt meinen Namen wie ein Gebet, sein Lächeln ist lässig und sinnlich. »Bist du betrunken?«

»Nein«, flüstere ich. »Ein bisschen vielleicht, aber ich habe die ganze Zeit auch Wasser dazu getrunken. Ich bin klar im Kopf. Und du?«

Er rückt näher. »Beschwipst genug, um mutig zu sein, aber nicht so beschwipst, dass ich nicht wüsste, was los ist.«

»Hm?« Ich spähe zu ihm hoch, mir schwirrt der Kopf. Seine körperliche Nähe macht es mir schwer, mich zu konzentrieren.

Er schaut auf mich herunter. »Ich mag dich, Izumi.«

»Ja?« Meine Knie werden weich.

»Ich habe meinen eigenen Rat nicht befolgt«, gesteht er mit leiser Stimme.

»Deinen Rat?« Anscheinend bin ich nicht imstande, irgendwas Sinnvolles von mir zu geben.

Die Venen in seinem Hals pulsieren. »Ich habe dir doch mal gesagt, dass du dich nicht in mich verlieben darfst, weißt du noch?«

Stimmt, ich erinnere mich vage, dass er einen Witz darüber gemacht hat. »Aber *ich* habe mich in dich verliebt.« Er schüttelt lächelnd den Kopf, holt tief Luft. »Ich will nicht mehr nur dein Fake-Boyfriend sein, Izumi.«

Mir wird schwindelig, ich muss mich an der Wand abstützen.

»Izumi«, sagt er noch einmal. »Was sagst du dazu?« Sein Blick ist gequält. Als ich nicht gleich reagiere, streicht er sich durch die Haare und schüttelt den Kopf. »Shit, wo ist das Loch, in das ich versinken kann?« Eriku wirbelt herum und will gehen, aber ich halte ihn am Handgelenk fest, worauf er sich wieder zu mir umdreht. Er schaut auf meine Finger, dann wandert sein Blick langsam immer höher, bis wir uns in die Augen sehen. Mir wird heiß. Zwischen uns vibriert ein elektrisch aufgeladenes Kraftfeld, das alles um uns herum in den Hintergrund treten lässt. Sogar die Musik klingt auf einmal gedämpfter.

»Geh nicht«, presse ich hervor. »Ich mag dich auch … sehr.«

Erst schaut er ungläubig, dann lächelt er so breit, dass die Grübchen in seinen Wangen sichtbar werden. »Okay, Eriku, schnall dich an«, murmelt er. »Und jetzt küss sie.«

Seine Augen glitzern im Dämmerlicht. Er zieht mich an sich und summt dabei leise eine Melodie. Es ist ein Song von den Beatles. *Here comes the Sun, da-da-da-da.* Ist das ein Zeichen? Eine verschlüsselte Botschaft der Göttin Amaterasu? Will sie mir sagen, dass ich mit meiner Entscheidung für Eriku und für die Universität auf dem richtigen Weg bin? *Here comes the Sun. And I say it's alright …*

Wir beugen uns wie magnetisch angezogen zueinander und damit ist jede Möglichkeit ausgeschaltet, noch über irgendetwas nachzudenken. Eriku streicht mit seiner Nasenspitze sanft über meine und dann küssen wir uns. Der Kuss ist weich und süß und forschend. Wir entdecken einander, tasten uns behutsam in neues unbekanntes Terrain vor und lassen Vergangenes hinter uns – das alte Leben, die alte Liebe. Ich kralle meine Finger in sein T-Shirt, muss mich festhalten, um nicht zu Boden zu sinken. Und Eriku küsst mich, betäubt und beseelt mich und summt so tief in mein Innerstes, dass ich die Vibrationen bis in die Zehen hinein spüre.

Little darling, it's been a long, cold lonely winter …

22

»Lebt sie überhaupt noch?«, höre ich jemanden fragen.

Ich spüre eine Berührung an der Wange. »Ihre Haut ist jedenfalls warm«, flüstert eine zweite Stimme.

»Vielleicht ist sie ja gerade erst gestorben. Der Körper wird erst drei Stunden nach dem Tod kalt.«

Ich schiebe die fremde Hand aus meinem Gesicht. Mein Kopf dröhnt. Blinzelnd öffne ich die Augen und mache sie gleich wieder zu, weil das Licht so blendet.

Nachdem ich ein paarmal gezwinkert habe, erkenne ich Noriko und Akiko, die sich über mich beugen. Genervt will ich mir die Decke übers Gesicht ziehen, aber sie fühlt sich ganz anders an als meine … so glatt und seidig. »Wo bin ich?«, frage ich benommen.

Und dann tauchen langsam Erinnerungen aus dem Dunkel auf. Wie ich mit den Shining-Zwillingen Wodkashots trinke. Eriku, der unten am Flügel sitzt und singt. Eriku, der mich küsst. *Ich habe mich in dich verliebt.* Ich streiche mir mit den Fingern über die Lippen.

Wow. Jetzt weiß ich es wieder. Eriku und ich sind kein Fake-Paar mehr, sondern richtig echt zusammen. Ich lächle bei der Erinnerung daran, wie schön und wie richtig sich alles angefühlt hat. Nachdem wir uns eine Weile geküsst hatten, sind wir zum Tisch zurück und haben noch eine Flasche Champagner bestellt, und ich habe völlig vergessen, Wasser dazu zu trinken und … aaargh, mein Kopf platzt gleich.

Die Zwillinge setzen sich auf. Beide tragen Seidenpyjamas – Noriko einen in Rosa mit weiß abgesetzter Paspel und Akiko einen in Weiß mit rosa Paspel. Ich schaue an mir herab und stelle fest, dass ich auch so einen anhabe. Meiner ist pink gestreift. »Du bist in unserem City-Apartment. Wenn wir abends lang unterwegs sind, übernachten wir immer hier, aber hauptsächlich ist es das Ausweichquartier von unserer Mutter.« An der Wand hinter ihnen hängt ein großes Porträtfoto von Audrey Hepburn. Es ist das berühmte Bild von ihr als Prinzessin. Das, auf dem ihre Haare hochgesteckt sind und sie eine glitzernde Tiara trägt.

»Oh. Goooott …« Ich hieve mich stöhnend in eine aufrechte Position, lehne mich an das gesteppte Kopfstück des Betts und schlage mir die Hände vors Gesicht, weil mir wieder schlecht wird.

Akiko hält mir ein Glas Wasser hin. Ich stürzte es durstig hinunter. »Du warst gestern ganz schön betrunken«, sagt sie.

Ja, ich habe eine neue Lebenslektion gelernt: Champagner ist definitiv nicht mein Freund. Keine Ahnung, ob er überhaupt Freunde hat.

»Eriku hat uns das Versprechen abgenommen, dich nach Hause zu bringen, aber wir hatten Angst, dich in deinem Zustand allein zu lassen. Deswegen haben wir hier bei dir im Zimmer geschlafen, um auf dich aufzupassen«, sagt Noriko.

»Oh. Danke.«

»Kein Problem. Wir schlafen öfter im selben Bett. Wir haben dich einfach zwischen uns gelegt.« Noriko kratzt sich am Hals. »Dein Schnarchen ist echt heftig. Ich glaub, es ist sogar noch schlimmer geworden, seit wir in Ise waren. Sehr krass.«

»Wirklich sehr, *sehr* krass«, bestätigt Akiko.

»Grauenhaft«, sagt Noriko. »Du solltest das mal untersuchen lassen. Falls sie dich deswegen operieren müssen, kannst du ja auch gleich diesen Höcker auf deiner Nase wegmachen lassen.«

»Geht klar.« Ich schleudere die Decke von mir und stelle das leere Wasserglas auf den Nachttisch. »Dann fahre ich jetzt besser nach Hause. Ist Reina auch hier?«

»Sie hat im Apartment unter uns übernachtet«, sagt Akiko. »Das haben wir extra als Quartier für die Personenschützer reserviert. Unseren Eltern gehören die fünf obersten Etagen hier. Das Penthouse steht aber leer. Unsere Mutter hat uns früher immer erlaubt, Rollerblades darin zu fahren. Das war cool.«

Verstehe, wir befinden uns in einem Wolkenkratzer. Als ich zum Fenster schaue, erkenne ich die charakteristische Skyline von Azabu, einem Viertel, in dem ziemlich viele reiche und berühmte Leute und Künstler leben. Wahrscheinlich könnte ich für den Preis dieses Apartments ganz Mount Shasta kaufen.

Ich hieve mich aus dem Bett und grabe meine Zehen in den cremefarbenen Teppich, der so weich ist, als wäre er aus Kaschmir gewebt. Der ganze Raum ist cremeweiß eingerichtet, als einziger Farbfleck steht ein Gesteck aus grünen Hortensien auf der Kommode. »Wo ist mein Kleid?«

»Im Müll«, sagt Noriko achselzuckend. »Glaub mir, wir haben dir einen Gefallen getan.«

Akiko reicht mir einen seidenen, mit Chrysanthemen bedruckten Morgenmantel. »Hier, den kannst du geschenkt haben.« Ich schlüpfe hinein, die Ärmel sind mit Samt abgesetzt. »Er ist von *Olivia von Halle* aus London. Kate, die Frau von Prince William, hat extra für uns und unsere Mutter welche anfertigen lassen.« Die Zwillinge ziehen sich ähnliche Morgenmäntel über. Der von Akiko ist petrolblau mit fliegenden Kranichen, der von Noriko mandelbraun und mit sich windenden Schlangen bedruckt. Noriko klatscht in die Hände. »So. Dann können wir ja frühstücken gehen!«

Immer noch ziemlich wackelig auf den Beinen, werde ich von ihnen durch das ungefähr drei Quadratkilometer große Apartment geführt. Unterwegs spähe ich durch offen stehende Türen in zwei Ankleideräume, in denen rollbare Kleiderständer mit Klamotten stehen, an denen teilweise noch Etiketten hängen. Im Vorbeigehen erspähe ich mehrere Teile mit dem Prada-Logo.

Die beiden ziehen mich weiter, bis wir irgendwann in einem großzügigen Esszimmer ankommen, wo sie mich auf einen Stuhl setzen. Akiko geht zur Anrichte, auf der ein kleines goldenes Glöckchen steht, das sie läutet. Eine Tür schwingt auf und mehrere Frauen in schwarzer Dienstmädchenuniform mit weißen Schürzen kommen hereingeeilt und stellen Teller mit silbernen Warmhaltehauben auf den weiß eingedeckten Tisch. Eine Schüssel voll frischem Obstsalat, mit Sauce hollandaise übergossene Eggs Benedict, Rührei mit überbackenen Ziegenkäsetalern, getrüffelte *Onsen*-Eier (eine Stunde lang bei nur 64,5 Grad gegart), French Toast aus Briochescheiben, gedämpfter Reis, Misosuppe, gegrillte Makrelen auf Reis mit einer in Salz eingelegten rosa Pflaume dekoriert – genug Essen, um eine ganze Armee satt zu bekommen.

»Darf ich Ihnen einen frisch gepressten Saft anbieten … Mango, Orange, Grapefruit?«

Akiko bekommt ein hohes schmales Glas mit einem goldenen Strohhalm hingestellt. Am Rand steckt eine eingeschnittene Erdbeere. Ich bringe kein Wort hervor. »Sie nimmt einen Mangosaft«, sagt Akiko zu einem der Dienstmädchen, das sich verbeugt und davoneilt.

Ich bemerke erst jetzt, dass mir eine andere Angestellte die Platte mit den Eggs Benedict hinhält. »Oh, äh, *sumimasen*«, entschuldige ich mich etwas überfordert, greife nach dem schweren großen Silberlöffel, in den eine Kaiserliche Chrysantheme eingraviert ist, und schiebe mir eines der pochierten Eier auf den Teller. Oh. Mein. Gott. So lecker. Besser als jedes Egg Benedict, das ich je gegessen habe. Ich stöhne verzückt. »Unfassbar gut.«

Noriko lächelt. »Das Rezept ist aus dem *Four Seasons* in Kyoto. Wir lassen es nachkochen.«

Akiko trinkt einen Schluck von ihrem Saft. »Themenwechsel«, verkündet sie. »Also. Wir mögen Eriku.«

Mein Ei ist aufgegessen und ich schaufle mir Obstsalat auf den Teller. »Ich auch.«

»Am Anfang waren wir uns nicht so sicher«, sagt Noriko, die sich von dem French Toast genommen hat. Mit ihrer gestärkten Leinenserviette tupft sie sich einen Klecks Schokocreme aus dem Mundwinkel. Hinter ihr auf der Anrichte stehen gerahmte Fotos. Eins zeigt die Shining-Zwillinge als Kinder, wie sie buchstäblich mit silbernen Löffeln gefüttert werden.

»Erst hatten wir ja den Verdacht, dass er dich vielleicht nur ausnutzt … Ich meine, klar, oder?« Sie nickt, obwohl mir gar nichts klar ist. »Aber das mit euch passt schon. Mary-Kate Olsen hatte ja auch mal was mit dem Sohn von einem griechischen Reeder.«

Ich schlucke ein Stück Ananas herunter. »Eriku hat mich tatsächlich ausgenutzt … genau wie ich ihn. Er hat mir geholfen, die …«

Akiko winkt ab. »Wissen wir doch alles längt. Du redest ziemlich viel, wenn du betrunken bist. *Zu* viel. Gut, dass sie uns als Mitglieder der Kaiserlichen Familie keine Staatsgeheimnisse anvertrauen. Im Wagen auf der Fahrt hierher hast du die ganze Zeit davon geschwärmt, wie nett und wie toll Eriku ist und dass du Angst hattest, dass er dich vielleicht nicht so toll findet, aber dass ihr euch geküsst hättet und dass es euch am Anfang nur darum ging, ein besseres Bild in der Presse abzugeben. Wegen deiner Mutter. Und dass du dich auch nur ihretwegen an der Uni beworben hast, bla, bla, bla …« Ich bekomme ein Glas Saft neben meinen Teller gestellt. »Jedenfalls … Wir haben beschlossen, dir zu helfen.«

Ich ersticke fast an meinem ersten Schluck und habe das Gefühl, dass mir die Augäpfel aus dem Kopf springen. »Wie jetzt? Echt? Warum?«

Akiko blinzelt und tupft einen Tropfen Mangosaft von ihrem Olivia-von-Hall-Morgenmantel. »Du meinst, abgesehen davon, dass du dringend Hilfe brauchst? Na ja, wir sind zu dem Schluss gekommen, dass wir dich mögen. Irgendwas hast du an dir, das uns gefällt«, sagt sie lächelnd. »So was Weiches, Nachgiebiges ...« Sie denkt nach. »Wie Marshmallows, weißt du ... wenn man sie zwischen den Fingern zerdrückt?«

»So genau wollte ich es gar nicht wissen«, sage ich.

»Außerdem tut es uns leid, wie wir dich behandelt haben, als du nach Japan gekommen bist«, ergänzt Noriko. »Das war schon echt fies.«

»Wobei du zugeben musst, dass du auch ein leichtes Opfer warst«, sagt Akiko.

»Ein *sehr* leichtes«, bestätigt Noriko.

»Wir haben gestern Abend schon mal angefangen, eine Liste mit den Dingen zusammenzustellen, an denen wir mit dir arbeiten müssen. Sie ist noch nicht ganz fertig.« Akiko zieht ihr Handy aus der Tasche und scrollt darin. »Was die Uni angeht, bist du dank Eriku ja schon mal auf einem guten Weg, aber du brauchst ganz, ganz dringend eine Imageberatung. So, wie du bis jetzt rumgelaufen bist ... also, das geht gar nicht. Deswegen fangen wir mit dem Styling an. Es war schon mal ein Schritt in die richtige Richtung, dass Herr Fuchigami uns damals gebeten hat, dir zu helfen, ein Kleid für das Bankett auszusuchen, aber du benötigst mehr Unterstützung.« Sie machte eine ziemlich effektive Kunstpause. »*Viel* mehr.«

Ich verkralle meine Finger in der Serviette, weil ich leider fürchte, dass sie recht hat.

»Deine aktuelle Garderobe ist für einen Teenager okay, aber du gehst bald auf die Uni«, schaltet sich Noriko sanft ein. »Du musst dir einen eigenen Stil zulegen. Zeitgemäß, aber elegant. Ich schlage vor, wir machen gleich heute ein paar Termine in Ginza aus.« Ich nicke ergeben. Immerhin weiß ich, dass Ginza ein Stadtteil in Tokyo ist, der quasi das japanische Gegenstück zur Fifth Avenue in New York oder der Sloane Street in London ist.

»Ich habe gerade eine Chatgruppe eingerichtet und dich eingeladen«, sagt Akiko. Auf meinem Handy leuchtet eine Nachricht von einer unbekannten Nummer auf. »Jetzt bist du eine von uns«, sagt Noriko lächelnd.

Ich muss zugeben, dass ich das eher beängstigend als beruhigend finde.

Eriku hat auch geschrieben.

Eriku

Habe ich wirklich *Schnall dich an* gesagt, bevor ich dich gestern geküsst habe?

Ich grinse und tippe:

Ich

Jep.

Eriku

Hast du heute schon was vor? Ich hatte überlegt, zu so einer neuen Eisdiele zu fahren und veganes Eis für Momo zu besorgen.

Ich

Vegan?

Eriku

Sie hat eine Laktoseintoleranz. Willst du mitkommen? Ich würde dich auf eine Doppelportion einladen.

Akiko und Noriko sind schon aufgestanden und warten an der Tür auf mich. Sie haben versprochen, mir für die Einkaufstour etwas zum Anziehen zu leihen, und ich höre, wie sie sich leise darüber unterhalten, dass ihnen jetzt, nachdem sie meine Unterwäsche gesehen haben, noch klarer geworden ist, was für ein extrem schwieriger Fall ich bin.

Ich schreibe Eriku, dass ich das Eisessen gern verschieben würde, was von ihm aus okay ist, und verspreche ihm, dass wir uns bald sehen. Kann sein, dass ich ihm auch noch ein paar Kuss-Emojis und Herzchen schicke.

»Können wir?«, fragt Akiko ungeduldig.

Ich nicke, obwohl mir der Kopf schwirrt, weil ich alles, was passiert ist, erst noch verarbeiten muss. »Komme schon.«

23

Stunden später ist der Rubikon überquert. Es ist nicht mehr rückgängig zu machen. Akiko und Noriko behandeln mich, als wären sie meine neuen besten Freundinnen, was ihnen anscheinend das Recht gibt, sich in alles einzumischen, was in meinem Leben vor sich geht. Wir sind den gesamten Vormittag in Ginza unterwegs. Die Zwillinge schleppen mich in Shops, die so luxuriös sind, dass sie von außen gar nicht als Geschäft zu erkennen sind. Hier kaufen Menschen ein, denen Diskretion über alles geht.

Akiko hat mir am Anfang noch Vorschläge gemacht und wollte meine Meinung hören, aber ich bin immer stummer und entscheidungsunfähiger geworden, weil mich die Labels und Preisschilder einfach zu sehr eingeschüchtert haben. Irgendwann hat sie es aufgegeben und zusammen mit Noriko Sachen für mich ausgesucht. Kleidung, die darauf abgestimmt ist, nicht nur meinen Teint und meine Figur am besten zur Geltung zu bringen, sondern die sogar meine ganz eigene Art, mich zu bewegen und zu gehen, positiv hervorhebt. Kleiderhüllen werden zugezogen und Schuhe in Schachteln verpackt, um in den Palast geschickt zu werden.

Nach dem Shopping gehen wir Mittag essen. Als wir das sündhaft teure Restaurant mit Marmorboden betreten, werden wir vom Geschäftsführer höchstpersönlich begrüßt. Er verbeugt sich tief und führt uns an einen Tisch im hinteren Bereich.

»Ihr Gast wartet bereits.«

»Unser Gast?«, murmle ich verblüfft.

»Wir haben Ichika gebeten, mit uns zu essen«, sagt Noriko.

»Ichika?«

»Einfach nur *Ichika*. Sie ist zu hip für einen Nachnamen.«

»Sie ist …« Akiko legt den Zeigefinger ans Kinn und überlegt. »So eine Art Supervisorin.«

»Wir haben sie gebucht, damit sie ihre kreativen Ideen zu deinem neuen Image beiträgt«, erklärt Noriko.

Die beiden strahlen, als sie in einer der Nischen, die alle mit rotem Samt bezogen sind, eine Frau mit Ponyfrisur sitzen sehen. Akiko und Noriko stürzen auf sie zu, um sie zu begrüßen, und Ichika steht auf. Wir verbeugen uns voreinander.

»Hi. Ich freue mich sehr, Sie kennenzulernen. *Hajimemashite*«, sage ich zu Ichika und rutsche auf die gegenüberliegende Bank. Die Zwillinge setzen sich ebenfalls. »Was für ein schönes Restaurant.« Ich lasse meinen Blick bewundernd über den rohen Holzbalken an der Decke und das Mosaik mit der Meereslandschaft wandern, mit dem die Wände ringsum bedeckt sind.

Ichika greift nach ihrem Glas Eiswasser und nimmt einen Schluck. »An dem Platz, an dem Sie jetzt sitzen, saß seit 1972 jeder US-Präsident, der jemals in Japan auf Staatsbesuch war«, verkündet sie. Ihre langfingrige Hand flattert zur Decke, wo Akari-Lampen aus handgeschöpftem Washipapier hängen. »Die Beleuchtung kann für jeden Gast individuell eingestellt werden. Präsident Reagan wirkte in diesem Licht zwanzig Jahre jünger.«

Eine Kellnerin kommt und verteilt Speisekarten. Als sie gegangen ist, bemerkt Akiko: »Es geht immer darum, sich selbst ins beste Licht zu rücken.«

»Absolut korrekt«, bestätigt Ichika.

Ich schaue in die Karte und überlege, ob ich lieber *yakiniku-teishoku* – gegrilltes Fleisch mit Gemüse – oder eine *shrimp tempura udon*-Suppe nehmen soll. Wenn Eriku jetzt hier wäre, würde er beides bestellen. »Ich sehe, warum ihr glaubt, dass sich aus ihr etwas machen lässt«, sagt Ichika zu Akiko und Noriko. »Die Prinzessin erinnert mich an einen ungeschliffenen Diamanten. Sie strahlt eine gewisse … «

»… Provinzialität aus?«, beendet Akiko den Satz.

Ist das besser als das, was sie vorhin über mich gesagt hat? Dass ich weich wie ein Marshmallow bin? Hm. Ich kann nicht behaupten, dass ich Ichikas Beschreibung schmeichelhafter finde. Trotzdem sage ich nichts, weil ich jetzt weiß, dass hinter der an mir geübten Kritik keine Feindseligkeit steckt, sondern tatsächlich Fürsorge. Außerdem lese ich gerade in der Speisekarte, dass es hier einen eigenen Dessert-Raum gibt, in dem man sich seinen Nachtisch nach Wunsch zusammenstellen kann. Die Aussicht auf Schokolade stimmt mich immer milde.

»Ja, genau das ist es.« Ichika nickt. »Damit lässt sich arbeiten. Ich habe mich seit Jahren nicht mehr so inspiriert gefühlt.«

»Yokatta!« Akiko faltet die Hände und verneigt sich. *Sehr gut.*

Wir bestellen, und es dauert nicht lang, bis die Teller vor uns stehen. Offensichtlich handelt es sich wirklich um ein Arbeitsessen, denn Ichika fängt sofort an, Vorschläge bezüglich meines Kleidungsstils zu machen. Als die Zwillinge aufzählen, wo wir heute Vormittag überall eingekauft haben, murmelt sie zustimmend und wirft eigene Ideen ein. Zwischendurch isst sie immer mal wieder eine Gabel Salat mit *choregi*-Sesamdressing. »Selbstverständlich können Sie anziehen, was Sie wollen«, sagt sie zu mir. »Aber ich möchte Ihnen dringend raten, sich einen Designer zu suchen, dessen Modelle Sie regelmäßig tragen, um sich eine persönliche Signatur zuzulegen … Falls ich einen Vorschlag machen darf? Amano wäre meine erste Wahl.«

»Ooh!« Noriko schnurrt verzückt. »Ich *liebe* ihn.«

»Hier sind ein paar Eindrücke seiner letzten Runway-Show.«

Ichiko tippt etwas in ihr Tablet und hält es mir hin. »Ja, ich sehe es klar vor mir. Prinzessin aus der Provinz unterstützt urbanen aufstrebenden Modedesigner – einen jungen Mann, der gerade erst seinen Weg findet. Genau wie sie selbst. Das ist es. Das ist Ihre Marke.« Sie zwinkert mir zu. »Amanos Designs schmeicheln jeder Körperform und verströmen aus jeder Pore Avantgarde, verweisen dabei aber gleichzeitig immer deutlich auf klassische Vorbilder.«

Ich betrachte die Models, die einen weißen Laufsteg entlangstelzen. Eine trägt einen *furisode* aus schwarzer Seide mit einem Lotosblumenmotiv und den für diese Kimonoart typischen langen, wehenden Ärmeln. Eine andere führt ein mohnrotes Abendkleid mit farblich passendem Capelet vor. Eine dritte trägt ein türkisblaues, auf den Leib geschneidertes Kleid mit eckigem Ausschnitt und perlenbesetztem Gürtel. Wunderschön. Was kann ich sagen, außer: *I like.*

»Abgesehen davon, dass Sie sich Ihrer Rolle gemäß kleiden müssen«, Ichika legt ihre Leinenserviette neben den Teller, »sollten Sie sich unbedingt auch eine wohltätige Organisation suchen, für die Sie sich ganz persönlich engagieren können. Natürlich müsste es etwas sein, das nicht zu stark polarisiert, damit sich alle gesellschaftlichen Gruppierungen davon angesprochen fühlen.«

»So was wie Freundschaftsarmbänder für Fundhunde?«, sage ich.

Ichika neigt den Kopf. »Sie sind witzig.«

»Arigatō gozaimasu«, bedanke ich mich stolz und nippe an meinem Wasser.

»Das war kein Kompliment«, sagt sie. »Aber um zum Thema zurückzukommen. Ihr Image. Mir ist aufgefallen, dass Sie in Ihrem Profil auf der kaiserlichen Website noch gar kein Hobby angegeben haben.«

Noriko spießt ein Stück Filet auf und zieht es durch die Soße auf ihrem Teller. »Ich habe mir überlegt, dass es sicher gut ankäme, wenn sie Blut spenden würde.«

»Am besten fürs Rote Kreuz«, regt Akiko an. »Die weiblichen Mitglieder des Kaiserhauses unterstützen die Organisation traditionell schon seit zweihundert Jahren.«

»Perfekt!«, ruft Ichika. »Das wäre ein sehr schöner Kontrast zu Ihrem ansonsten eher modernen Erscheinungsbild.«

Ich frage mich, ob ich erwähnen soll, dass mir schon beim bloßen Gedanken an Blut schummrig wird? Zu spät. Ichika fängt an, ihre Sachen zusammenzupacken. »Wunderbar. Alles Weitere besprechen wir dann morgen.«

»Ashita?«, frage ich zur Sicherheit nach. *Morgen?*

»Darling.« Ichika betrachtet mich mitleidig. »Wir sind noch längst nicht fertig. Noch nicht mal annähernd. Das ist erst der Anfang.«

In den darauffolgenden Wochen wird Ichika zu einer festen Institution in meinem Leben. Ich treffe mich mit ihr und den Zwillingen in Wellness-Spas, wo wir in jodhaltigem bernsteinfarbenen Wasser baden, verdünnten Apfelessig trinken und besprechen, welche öffentlichen Termine ich in der nächsten Zeit wahrnehmen sollte. Wir gehen shoppen und noch mehr shoppen, und bei der Kosmetikerin helfen die Zwillinge mir, zu entscheiden, welche Augenbrauenform für mein Gesicht am geeignetsten ist. Eines Morgens taucht Ichika mit einer Wagenladung voller Kleidungsstücke auf, die Amano mir zur Verfügung gestellt hat. Als ich mich ausziehe, um sie anzuprobieren, bekommt Ichiko fast einen Schlaganfall und befiehlt Mariko, sofort zu Mitsukoshi zu fahren, und mir mehrere Unterwäschesets zu besorgen, die *nicht nach kleinem Mädchen aussehen, sondern nach junger Frau kurz vor ihrem sexuellen Erwachen.* Was auch immer das heißen soll.

»Sie müssen das nicht tun«, flüstere ich Mariko zu. Aber sie zuckt nur mit den Schultern und wirkt eher belustigt. Sobald meine Zofe weg ist, beginnt Ichika, mein Ankleidezimmer auszumisten.

»Das Ding muss weg«, verkündet sie mit angewidertem Gesicht und hält Akios Hoodie in die Höhe. Bis dahin habe ich alles mehr oder weniger gehorsam erduldet, aber das geht zu weit.

»Auf gar keinen Fall!« Ich entreiße ihr den Hoodie und stopfe ihn in eine Schublade. Mir ist bewusst, dass meine Reaktion unangemessen hysterisch ist, wenn man bedenkt, dass ich mit Eriku zusammen bin, aber ich weigere mich, darüber nachzudenken. Und nein, ich ziehe ganz sicher keine Parallelen zu dem Buch über nordamerikanische Orchideen mit dem handgeschriebenen Gedicht meines Vaters, das meine Mutter achtzehn Jahre lang aufgehoben hat. Das eine hat mit dem anderen rein gar nichts zu tun. Mom hat nie aufgehört, Dad zu lieben. Dagegen wurde das Feuer, das in meinem Herzen loderte, brutal gelöscht. Ich bin nur ein bisschen sentimental, das ist alles.

Meine Freizeit verbringe ich mit Eriku. Wenn wir nicht gerade etwas zusammen unternehmen, schreiben wir uns Nachrichten. *Was machst du? Was macht Tamagotchi? Momo-chan ist einsam. Sie sehnt sich total nach ihm.* Er kommt zu mir in den Palast, wo wir weiter für mein Aufnahmegespräch üben und meine *jikoshōkai* perfektionieren, was meistens damit endet, dass Eriku irgendwann die Karteikarten in die Luft wirft und wir knutschend im Bett landen.

Immer wieder bittet er mich, ihm von Mount Shasta zu erzählen. Aus irgendeinem Grund findet er unsere kleine Stadt in Nordkalifornien unendlich faszinierend und zieht ständig Vergleiche zu New Haven, wo er während seines Studiums in Yale gelebt hat. Als ich ihm von der Asian Girl Gang erzähle, merke ich, wie schmerzhaft ich meine Freundinnen vermisse. Wir haben schon eine Ewigkeit nicht mehr miteinander gesprochen, besonders Noora fehlt mir. Ich tröste mich damit, dass sie mich in ein paar Wochen hier besuchen kommt und wir die verlorene Zeit wieder wettmachen können. Eriku freut sich darauf, sie kennenzulernen.

An einem Nachmittag zwingt er mich dazu, ihm lang und breit von den *Rainbow Gatherers* zu erzählen, die sich jeden Sommer in Mount Shasta treffen. Irgendwann spiele ich ihm sogar widerstrebend ein paar Songs von den *Grateful Dead* vor. Am nächsten Tag taucht er in einem T-Shirt mit ihrem Markenzeichen, den tanzenden Bären, auf. Ich bekomme Angst, dass ich ihn womöglich für immer an die Hippie-Schrammel-Fraktion verloren habe, als er gesteht, dass er die ganze Nacht eine Biografie der Band gelesen hat, und mir alles über Jerry Garcia erzählt, was mich noch nie interessiert hat. *Wusstest du, dass Jerry (klar, dass Eriku seinen neuen Freund beim Vornamen nennt) als Countrymusiker angefangen hat? Wusstest du, dass sein Bruder ihm beim Holzhacken aus Versehen den Mittelfinger der rechten Hand abgehackt hat?* Ich bringe ihn zum Schweigen, indem ich seine Lippen mit meinen verschließe. Eine sehr wirkungsvolle Methode.

In meinem Leben ist so viel los, dass ich kaum zum Nachdenken komme. Heute bin ich zusammen mit anderen Mitgliedern der Familie Ehrengast bei den Jugendmeisterschaften im Dressurreiten. Der Geruch nach Pferden und Heu steigt mir in die Nase, als wir nach unten in die Halle kommen.

»Danke, dass du mitgekommen bist«, flüstere ich Eriku ins Ohr und lehne mich an ihn. Akiko und Noriko müssen auch irgendwo in der Nähe sein.

»Machst du Witze?« Eriku lächelt liebevoll. Er trägt einen

supersmarten Anzug aus Wolle und Seide mit einer süßen kleinen violetten Brusttasche, die perfekt zu meinem lavendelblauen A-Linien-Kleid von Amano passt. Ein subtiles Symbol unserer Zusammengehörigkeit. »Ich liebe Dressurreiten!«

»Ich dachte, du liebst Süßigkeiten und Bernhardinerhündinnen.«

Er schnalzt mit der Zunge. »Es gibt so viel, was du nicht über mich weißt. Ich liebe auch Mädchen mit Blumen im Haar.«

Ich lächle. Meine Haare werden heute nämlich von einem Band mit darauf applizierten Blumen zurückgehalten. Natürlich auch von Amano entworfen.

Eriku erwidert mein Lächeln, wird aber sofort wieder ernst. Sein Blick schweift nach oben zu einer der verglasten Logen, in der sein Vater sitzt. Und meiner. Die beiden haben sich schon vorher gekannt, weil sie in denselben Kreisen verkehren, aber das Treffen heute ist noch einmal etwas anderes. Herr Nakamura hat eine Privataudienz beim Kronprinzen. Wir haben uns vorhin kurz mit den beiden getroffen – mein Vater war zurückhaltend wie immer, Herr Nakamura strahlte wie jemand, der eine goldene Gans gefangen hat, und gab mit der Mittelmeerjacht an, die er kürzlich gekauft hat. Alles läuft bestens.

»*Sumimasen*, Eure Hoheit.« Ein Mann mit Presseausweis um den Hals kommt auf uns zu und verbeugt sich. »Hätten Sie Zeit für ein paar Fragen?«

Ich lächle freundlich. »Aber sicher doch.«

»*Sumimasen.*« Plötzlich steht Akiko mit Noriko im Schlepptau neben mir. »Wir müssen unsere Cousine leider für einen Moment entführen, aber wir wären bereit, vorher noch schnell für ein Foto zu posieren.«

»Sie drei zusammen? Das wäre wunderbar.« Der Reporter winkt seinen Fotografen zu sich. Eriku geht währenddessen ein paar Schritte weiter und sieht sich in der Reithalle um.

»Izumi! Du darfst niemals unvorbereitet mit irgendwelchen Presseleuten sprechen«, schimpft Akiko, als wir wieder allein sind. Natürlich hat sie recht. Ich erinnere mich an den Reporter, der mich auf dem Empfang für den Sultan nach einem Kommentar zur Verlobung von Mom und Dad gefragt hatte. *Ich hoffe einfach nur, dass man es meinen Eltern erlaubt, ihren Herzen zu folgen*, habe ich gesagt. Am nächsten Tag war mein Kommentar prompt in der Zeitung zu lesen und wurde gegen mich verwendet, um mich als oberflächlich hinzustellen.

»Du kannst echt von Glück reden, dass wir auf dich aufpassen«, sagt Noriko.

»Was soll nur werden, wenn wir nicht da sind, um rechtzeitig einzugreifen?«, seufzt Akiko. »Du musst es irgendwie hinkriegen, offen zu wirken und gleichzeitig nichts preiszugeben.«

»Genau«, stimmt Noriko zu. »Freundlich und zugänglich, aber keinesfalls gesprächig.«

Aus dem Augenwinkel sehe ich, dass Eriku sich, lässig an die Bande gelehnt, angeregt mit einer Reiterin unterhält. Sie steht mit ihrem beeindruckenden Pferd auf der anderen Seite und hält die Zügel in der Hand.

»Aha. Aha. Wer ist das?«, fragt Akiko scharf. Auf dem Blazer der Reiterin ist das Wappen der *Gakushūin*-Schulgesellschaft zu erkennen.

»Keine Ahnung.« Ich runzle die Stirn. »Müsste ich das wissen?«

»Ich glaube nicht, dass ich sie schon mal gesehen habe. Wahrscheinlich niemand Wichtiges, trotzdem sollten wir rausfinden, wie sie heißt«, sagt Noriko.

»Wir müssen verhindern, dass sich irgendjemand zwischen dich und Eriku drängt«, verkündet Akiko. »Am besten streuen wir gleich mal das Gerücht, dass sie Kleptomanin ist und schon öfter beim Klauen erwischt wurde.«

»Wie bitte?« Erst lache ich ungläubig, aber als mir klar wird, dass die beiden das ernst meinen, bleibt mir das Lachen im Hals stecken. »Auf gar keinen Fall!«, sage ich bestimmt. »Keine erfundenen Gerüchte über irgendwen.«

Noriko zieht eine Schnute. »Spielverderberin.«

TOKYO TATTLER

Prinzessin setzt neuen Styling-Trend

---

24. November 2021

Ihre Kaiserliche Hoheit Prinzessin Izumi legte gestern als Ehrengast der 57. Jugendmeisterschaften im Dressurreiten selbst auch einen atemberaubenden Auftritt hin. Zu einem lavendelblauen Kleid mit asymmetrischem Ausschnitt zeigte sie sich mit einem Band im Haar, das mit farblich passenden Stoffblumen besetzt war. Ihre stilbewussten Cousinen, die Kaiserlichen Hoheiten Prinzessin Akiko und Prinzessin Noriko, folgten ihrem Beispiel und waren in einem ähnlichen Look gekleidet.

Der Begleiter der Tochter des Kronprinzen, Eriku Nakamura, zog in einem Anzug von Kiton mit lavendelblauer Brusttasche (eine kleine Verbeugung in Richtung des Outfits der Prinzessin) die Blicke auf sich. Die beiden werden nun schon seit einiger Zeit immer häufiger zusammen gesehen, aber dieser Auftritt im dezenten Partnerlook war eine Premiere. Bedeutet das, dass die Beziehung ernster wird als ursprünglich angenommen?

Beim japanischen Volk scheint die Partnerwahl jedenfalls auf Zustimmung zu treffen. »Der junge Nakamura ist der Prinzessin in gesellschaftlichem Rang und familiärem Hintergrund angemessen«, urteilt Royal Bloggerin

Junko Inogashira. »Ehrlich gesagt hoffe ich, den Namen Akio Kobayashi in Zukunft nie wieder hören zu müssen.« Mit dieser Meinung steht Inogashira nicht alleine da. Dem Vernehmen nach findet die Verbindung der Prinzessin mit Eriku Nakamura auch die Billigung des Kaiserlichen Haushaltsrats. Anscheinend sind die Ratsmitglieder sogar so erleichtert über diese neue Entwicklung, dass dies die Stimmung bezüglich der Genehmigung einer Ehe zwischen Kronprinz Toshihito und der Amerikanerin Hanako Tanaka durchaus ins Positive wenden könnte.

»Es ist jedenfalls ein gigantischer Schritt in die richtige Richtung«, glaubt unser Palastinsider. »Vielleicht bringt er sogar den nötigen Schwung, um die beiden an die Ziellinie zu katapultieren.«

24

Am nächsten Tag stehe ich um kurz vor zwölf auf der Treppe zur Zulassungsstelle der Universität Tokyo. Mein Aufnahmegespräch beginnt in einer Viertelstunde.

»Fühlst du dich gut vorbereitet? Sollen wir noch schnell irgendwas üben?«, fragt Eriku.

Klick. Ichika hat vom Kaiserlichen Hofamt die Erlaubnis eingeholt, mir einen persönlichen Fotografen zur Seite zu stellen. Außerdem hat sie der japanischen *Vogue* vorgeschlagen, ein Feature über sämtliche Schritte meiner Bewerbungsphase bis hin zum ersten Tag an der Uni zu bringen. Das Ganze soll eine Mischung aus *Natürlich Blond* und *Plötzlich Prinzessin* werden. Ich bin mit allem einverstanden. Für das Aufnahmegespräch hat sie mir ein elegantes blaues Kostüm von Amano herausgesucht. Ihre Strategie ist jetzt schon aufgegangen. Im *Tokyo Tattler* bin ich heute Morgen als inoffizielle Markenbotschafterin für sein Label bezeichnet worden.

»Ich glaube, wir haben getan, was wir konnten. Alles okay. Aber ich bin trotzdem ganz schön aufgeregt«, gestehe ich ihm leise.

»Du wirst das hinkriegen«, versichert Eriku mir. Und irgendwie glaube ihm das sogar, zumindest kann ich die Antworten auf die Fragen, die wir eingeübt haben, alle auswendig. »Versuch einfach, die perfekte Version deiner selbst zu sein.«

»Eure Hoheit«, ruft der Fotograf. »Könnten Sie bitte einen Schritt vortreten und Herrn Nakamura ansehen?« Gehorsam tue ich, was er verlangt, und hebe das Kinn. »Und bitte lächeln.« Ich lächle und er knipst los. »Danke.« Er verbeugt sich und scrollt durch die Bilder.

Als ich ein paar Minuten später durch die gläserne Eingangstür trete, begegne ich keiner einzigen Menschenseele. Die Palastpolizei hat das Gebäude vorher räumen lassen. Herr Ueno, ein Mitglied der naturwissenschaftlichen Fakultät, der das Gespräch mit mir führen wird, erwartet mich in seinem Büro im zweiten Stock.

Er begrüßt mich mit einer Verbeugung, ohne hinter seinem großen Mahagoni-Schreibtisch hervorzutreten. Ich verbeuge mich ebenfalls und lege aus lauter Nervosität sofort mit meiner Selbstvorstellung los. Nachdem ich die eingeübte *jikoshōkai* runtergerattert habe, falte ich die Hände vor dem Körper und lächle unsicher. Herr Ueno verzieht keine Miene und bedeutet mir, mich zu setzen. Total verunsichert versuche ich mich zu erinnern, was ich gerade gesagt habe, aber in meinem Kopf herrscht dichter Nebel. Habe ich womöglich irgendwas vergessen? Bei der Generalprobe mit Eriku hat doch noch alles super geklappt. Was habe ich nur falsch gemacht?

Herr Ueno räuspert sich. »Lassen Sie mich zuallererst sagen, dass wir es hier an der Universität Tokyo als große Ehre betrachten, dass Sie in Erwägung ziehen, Ihr Studium bei uns zu beginnen. Wie Sie sicherlich wissen, belegen wir in der Rangfolge der japanischen Universitäten den ersten Platz. Zu unseren Ehemaligen zählen mehrere Mitglieder des Kaiserhauses, darunter der Kaiser und Ihr Vater, der Kronprinz. Außerdem haben wir mehrere Nobelpreisträger, Premierminister und unzählige CEOs großer Industriekonzerne hervorgebracht. Wir stehen nicht nur im Ruf, eine hervorragende Hochschule zu sein, sondern sind auch dafür bekannt, eine strenge Auswahl unter den Studienbewerbern zu treffen. Als Mitglied der Zulassungsstelle ist es meine Aufgabe, sicherzustellen, dass wir unseren Ansprüchen jederzeit gerecht werden, weshalb wir an Sie dieselben Maßstäbe anlegen werden wie an alle anderen Kandidaten.«

Vor ihm auf dem Schreibtisch liegt ein Blatt Papier mit den Fragen. Hinter jeder sind ein paar Zeilen Platz gelassen, damit er sich Notizen machen kann.

»Selbstverständlich.« Meine Hände sind klamm, in meinen Ohren donnert der Puls. »Ich wollte Ihnen sowieso auch sagen, dass ich Sie darum bitten möchte, mich ausschließlich aufgrund meiner Fähigkeiten zu beurteilen und nicht nach meiner Herkunft.« Ich suche in seinen Zügen nach einem Hinweis darauf, dass er das gut findet, aber Herrn Uenos Pokerface verrät nichts.

»Wunderbar.« Er trommelt mit seinem Bleistift auf die Tischplatte. »Dann lassen Sie uns beginnen. Gab es in der letzten Zeit ein asienrelevantes Thema in den Medien, das Ihr Interesse geweckt hat, und wenn ja, warum?«

Lass dir Zeit mit deiner Antwort, um deine Gedanken zu sortieren, hat Eriku mir geraten. Ich zähle stumm bis fünf. »In den vergangenen Wochen hat mich das Schrumpfen der Bevölkerung Japans sehr beschäftigt«, sage ich und zähle die Faktoren auf, die meiner Meinung nach dafür verantwortlich sind. Ich erwähne auch, wie sehr ich es bedauere, dass im Zuge dieser Entwicklung die Gefahr besteht, dass kulturelle Traditionen verloren gehen.

Herr Ueno notiert sich meine Antwort schweigend und klopft nach und nach mein Wissen in den diversen Fachgebieten ab, ohne mir Zeit zu lassen, mich zu erholen.

Häufig wird behauptet, die Geschichte würde sich immer wiederholen. Was halten Sie von dieser Aussage? Untermauern Sie Ihre Argumentation durch ein Beispiel.

In der Volkswirtschaft ist oft die Rede von der »Unsichtbaren Hand«, die als Selbstregulativ effektiver sei als Vorgaben des Staats.

Glauben Sie, dass dies auch für den Bereich des Klima- und Umweltschutzes gilt? Begründen Sie Ihre Meinung.

Zählen Sie bitte alles auf, was Ihnen vom chemischen Standpunkt aus zum Thema Wasser einfällt.

Als wir sechzig Minuten später den Wissensteil beendet haben und zum persönlichen Gespräch übergehen, muss ich so dringend aufs Klo, dass mir fast die Blase platzt, aber ich halte tapfer durch.

»Was ist Ihre größte Schwäche?«, fragt Herr Ueno.

Ich grinse innerlich. »Na ja … manchmal bin ich vielleicht zu detailorientiert …«

Die letzten zehn Minuten der Unterhaltung verlaufen entspannter. »Warum haben Sie sich entschieden, Botanik als Hauptfach zu belegen?«

»Meine Mutter unterrichtet Botanik als Dozentin am College und ich würde gern in ihre Fußstapfen treten«, behaupte ich voller Liebe zu Mom (wenn auch nicht für das Fach).

Herr Ueno nickt, dann rückt er mit seinem Stuhl ein Stück zurück, steht auf und verbeugt sich. »Vielen Dank, Eure Hoheit. Sie werden zeitnah ein offizielles Schreiben der Universität erhalten, aber …«, ich bilde mir ein, dass seine Augen kurz aufleuchten, »ich darf Ihnen jetzt schon persönlich sagen, dass wir uns sehr freuen, Sie als künftige Studentin bei uns begrüßen zu dürfen.«

Ich verabschiede mich würdevoll und renne, sobald ich die Tür hinter mir geschlossen habe, erst zur Damentoilette und danach zum Ausgang. Triumphierend reiße ich die Glastür auf und juble: »Geschafft!«

»Hurra!« Eriku schlägt vor, dass wir gleich darauf anstoßen, aber ich vertröste ihn auf später. Dieser Moment muss mit meinen Eltern gefeiert werden, finde ich. Also gehen wir erst mal getrennte Wege, und ich rufe meine Mutter per Videocall an, sobald ich in der Kaiserlichen Limousine sitze.

»Mom!«, sage ich, als ihr Gesicht im Display erscheint. »Ich bin angenommen!« Reina, die neben dem Chauffeur sitzt, strahlt mich im Rückspiegel an.

»Wirklich?« Meine Mutter lächelt und hält sich dabei japanisch-dezent die Hand mit den rosa lackierten Nägeln vor den Mund. »Das sind ja wundervolle Neuigkeiten, Liebes.« Ich erkenne am hellbraunen Polsterleder, dass sie in einem Rolls-Royce der Kaiserlichen Flotte sitzt.

»Wir müssen so bald wie möglich feiern.« Vor lauter Aufregung und Glück hüpfe ich auf der Rückbank auf und ab. »Ich war mit Akiko und Noriko vor Kurzem in einem ganz tollen Spa. Wie wäre es, wenn wir da zusammen hingehen, wenn du wieder hier bist?«

»Oh, das klingt toll. Ein Verwöhnprogramm ist genau das, was ich brauche«, sagt sie. »Morgen bin ich wieder in Tokyo.«

»Morgen haben Sie den ganzen Tag Unterricht mit Ihrer Hoheit der Kaiserin und begleiten den Kronprinzen anschließend zu einem Cello-Hauskonzert«, wirft jemand neben ihr ein. Ich erkenne die Stimme ihrer Kammerzofe Frau Komura. Die Kaiserin hat sie meiner Mutter als persönliche Assistentin zur Seite gestellt. Frau Komura rattert weitere Termine herunter und verkündet dann: »Der nächste freie Tag ist erst in fünf Tagen.«

Meine Mutter sieht aus, als wollte sie protestieren, aber ich hebe die Hand. »Ist okay«, sage ich schnell. Für Mom ist es das Wichtigste, dass sie und Dad bald heiraten dürfen, dafür ist es unerlässlich, dass sie an gesellschaftlichen Verpflichtungen teilnimmt und Unterricht bekommt, und ich will sie dabei unterstützen. »Cool! Dann haben wir in fünf Tagen ein Spa-Date.«

Mom presst die Lippen aufeinander. »Du ahnst gar nicht, *wie* sehr ich mich darauf freue.« Undeutliches Gemurmel im Hintergrund. »Entschuldige, Schatz, wir sind gerade angekommen. Ich rufe dich heute Abend noch mal an, okay?«

»Okay. Bis dann«, sage ich fröhlich.

»Ach so«, sagt sie. »Und: Happy Thanksgiving!«

Ich bin einen Moment sprachlos. Heute ist Thanksgiving und ich habe es nicht mal mitgekriegt? Mom und ich haben den Feiertag noch nie getrennt verbracht.

»Happy Thanksgiving, Mom.« Ich lächle sie liebevoll an. »Das müssen wir auch nachfeiern, wenn du wieder da bist. Wir könnten einen Pumpkin Pie machen.«

»Das wäre schön«, seufzt sie sehnsüchtig. »Oder … ich habe eine noch bessere Idee. Wie wäre es, wenn wir gleich ein komplettes Thanksgiving-Essen kochen? Vielleicht ja an Weihnachten. Als Ersatz?«

»Ja«, rufe ich begeistert. »Ein gigantisches Weihnachts-Thanksgiving-Festmahl mit allem Drum und Dran. Das machen wir!«

Ich höre, wie jemand ihre Wagentür öffnet. »Ich liebe dich, Schatz.«

»Ich dich auch. *Muah!*« Ich werfe ihr einen Kuss zu und dann ist sie weg.

Während ich mit Mom im Videochat war, hat Noora mir eine Nachricht mit ihren Flugdaten geschickt.

Noora

Bald sehen wir uns!!!! Wir müssen vorher dringend noch ein paar Sachen besprechen, aber ich bin über Thanksgiving zu Hause und meine Eltern haben ALLE unsere Verwandten im 500-Meilen-Radius eingeladen. Nächste Woche per Video?

Ich

Unbedingt! Übrigens hatte ich heute das Aufnahmegespräch an der Uni und bin mir ziemlich sicher, dass ich drin bin, aber … na ja, nicht so wichtig.

Noora

Wie bitte? Superwichtig. Megahammerwichtig!!! Herzlichen Glückwunsch, jetzt bist du endlich auch ein Uni-Corn und gehörst wieder voll dazu!

Ich

Wieher *Regenbogenmähneschwing* *Glitzerstaubstreu*

Noora

☺

Als ich nach Hause komme, merke ich, dass ich Hunger habe, und steuere die Küche an, wo zu meiner Überraschung mein Vater vor einer Platte *ichigo daifuku* – Klebereisbällchen, die mit einer Mischung aus Erdbeermarmelade und Rote-Bohnen-Paste gefüllt sind – an der Theke steht. »Ich verderbe mir gerade den Appetit fürs Abendessen.« Er wirft sich grinsend den letzten Bissen in den Mund.

»*Konnichiwa*«, begrüße ich ihn.

Er nickt mir zu, wäscht sich die Hände im Spülbecken, trocknet sie sich an einem Küchenhandtuch ab und faltet es wieder ordentlich zusammen. Ich muss daran denken, wie ich früher in Mount Shasta einfach alles immer ungebügelt in den Schrank gestopft habe. Mein Vater und ich sind in der Beziehung ziemlich unterschiedlich.

»Erzähl. Wie lief das Aufnahmegespräch?«, fragt Dad und lehnt sich an die Theke. Er trägt ein Hemd und darüber einen blauen Pulli aus (wie ich dank der Schulung durch die Fashion-Freaks Akiko und Noriko mittlerweile auf den ersten Blick erkenne) Vikunja-Wolle, die noch feiner und teurer ist als Kaschmir.

»Ganz okay«, sage ich achselzuckend und versuche, erst einen auf cool zu machen, aber im nächsten Moment zieht es mir automatisch die Mundwinkel auseinander und ich strahle übers ganze Gesicht. »*Dekimashita* – es war richtig gut! Herr Ueno, der das Gespräch mit mir geführt hat, hat mich inoffiziell schon mal als neue Studentin begrüßt.«

Die Fältchen um Dads Augen vertiefen sich. »Toll«, sagt er mit einer Wärme in der Stimme, die er nur für mich und Mom reserviert hat. »Das heißt, du bist so gut wie angenommen.«

Ich nicke lächelnd.

Er sieht mich kopfschüttelnd an. »Du hast es geschafft.«

Ich hole tief Luft und nicke noch mal.

Jep, ich hab es geschafft.

Ich. Hab. Es. Geschafft.

»Aber Mom und ich können leider erst in fünf Tagen feiern«, sage ich. »Zu viele Termine.«

Er senkt seufzend den Blick. »Das kenne ich. Früher musste ich bei meinen Eltern immer Tage im Voraus anfragen, wenn ich sie mal sehen wollte.«

Ich denke an Akiko und Noriko und daran, wie sie aufgewachsen sind. Als Kind und Jugendliche hatte ich Mom ganz für mich – jetzt sind da auch noch Dad und die Kammerherren und Zofen, die uns alle in unterschiedliche Richtungen zerren. Ist das schlechter? Oder vielleicht einfach nur anders?

»Hast du darunter gelitten?«

»Für mich war das damals normal. Ich kannte es ja nicht anders. Aber ich bin froh, dass du deine Mutter für dich hattest.« Er legt mir beide Hände auf die Schultern und drückt leicht zu. Sein Blick ist anerkennend. »Hier wird gerade ein Traum wahr, Izumi. Du studierst bald an der Universität von Tokyo und ich darf mein Leben mit deiner Mutter teilen. Wir feiern mit Hanako, sobald sie zurückkommt, aber wie würdest du es finden, wenn ich dich heute zum Essen ausführe? Nur du und ich, wir beide. Ich bin so ...«, es ist das erste Mal, dass ich meinen Vater sprachlos erlebe, »... stolz auf dich.« Und dann zieht er mich in seine Arme.

Ich bin total gerührt. Dass Mom stolz ist, ist klar. Aber sie findet mich sowieso immer toll, egal, was ich mache. Als ich vier war und das erste Mal in der Nase gebohrt habe, hat sie begeistert in die Hände geklatscht: »Jetzt schau dir das an! Und du bist da von ganz allein draufgekommen!«

Meinen Vater stolz zu machen, ist schwieriger und deswegen bewegt mich sein Lob vielleicht auch ein bisschen mehr. Ich spüre, wie mir Tränen in die Augen steigen, und schmiege mich noch etwas fester an ihn.

25

Mitte Dezember fegt ein kalter Wind durch Tokyo. Über Nacht tauchen überall in der Stadt weihnachtliche Lichtinstallationen auf. Am schönsten finde ich die *Ao no Dokutsu*, die »blaue Grotte«, im Stadtteil Shibuya. Entlang einer Allee werden dort sämtliche Bäume mit blau glühenden LED-Lichterketten umwickelt und der Weg ist in der Mitte mit einer reflektierenden Folie ausgelegt. Wenn man die Strecke entlangschlendert, fühlt sich das an, als würde man in himmlischem blauen Licht baden. Die Stimmung ist wie verzaubert und passt perfekt zum japanischen Weihnachtsfest – *kurisumasu* –, bei dem aufgrund der fehlenden christlichen Tradition vor allem Glück, Freude, Liebe und Romantik zelebriert werden.

Mein persönliches Weihnachtsglück ist komplett, als ich den Brief mit der offiziellen Zusage der Universität Tokyo bekomme. Jetzt bleibt nur noch zu klären, ob ich im Palast wohnen bleibe oder ins Studentenheim ziehe.

Alle haben ihre eigene Meinung dazu. Dad hat mir einen Schreibtisch gekauft und ein Studierzimmer einrichten lassen. Mom hat etwas verlegen zugegeben, dass sie es auch schöner fände, wenn ich bei ihnen wohnen bleiben würde. Reina unterstützt sie, weil es im Palast natürlich unkomplizierter ist, für meine Sicherheit zu sorgen. Akiko, Noriko und Herr Fuchigami vertreten das andere Lager. Sie glauben, dass es in der Öffentlichkeit besser ankommen würde, wenn ich wie eine ganz normale Studentin lebe. *Die Presse liebt solche Storys*, hat Ichika gesagt. *Wir könnten eine*

Fotostrecke produzieren, die zeigt, wie Sie Ihr Zimmer im Studentenheim einrichten.

Eriku ist keine große Unterstützung und hält sich lieber raus. Immerhin hilft er mir, eine Pro-und-Kontra-Liste aufzusetzen, die am Ende aber leider unentschieden ausfällt. Ich kann mich einfach nicht entscheiden, was mich ziemlich stresst. Allmählich wird es ernst.

An dem Tag, an dem Noora endlich nach Japan kommt, liegt ein Hauch von Schnee in der Luft. Obwohl wir in den vergangenen Monaten immer wieder Anläufe gemacht haben, uns anzurufen, hatten wir kaum Gelegenheit, wirklich zu reden. Noora musste für ihr Studium lernen, ich hatte ständig irgendwelche öffentlichen Termine, war mit Eriku verabredet oder habe mich mit den Zwillingen und Ichika getroffen. Jetzt stehe ich im Eingangsportal, trete ungeduldig von einem Fuß auf den anderen und behalte die Auffahrt im Auge. Ich werfe einen Blick auf die Uhr. Nooras Maschine ist schon vor zwei Stunden gelandet, und eben hat die Palastwache gemeldet, dass die Limousine, mit der sie abgeholt wurde, das Tor passiert hat. Wo bleibt sie nur? Ich merke, dass ich ganz schlimme Noora-Entzugserscheinungen habe.

Als ich den schwarzen Wagen endlich sehe, schäumt pures Adrenalin durch meine Adern und ich renne ihm mit Willkommensballons in der Hand und Tamagotchi auf den Fersen entgegen. Kaum ist Noora ausgestiegen, stürzte ich mich mit ausgebreiteten Armen auf sie. Sie trägt Leggings und das Sweatshirt mit dem Schriftzug der Columbia University, das ich schon von unseren Skype-Dates kenne. Eigentlich sieht sie aus wie immer … und doch anders. Sie hat eine neue Aura. Strahlt mehr Selbstbewusstsein aus. Mehr Reife.

»Endlich bist du da!« Ich drücke sie fest an mich, Tränen steigen mir in die Augen und mein Inneres schmilzt vor lauter Liebe.

»Riechst du mich?«, fragt sie, als wir uns schließlich voneinander lösen. Tamagotchi trabt kläffend um uns herum.

»Nein. Ah. Doch, ja«, sage ich und atme tief ein.

Als wir dreizehn waren, hat sie beschlossen, dass wir uns jede eine ganz persönliche Duftnote zulegen sollten. Meine ist Vanille (klar: Kuchen) und ihre Gardenie – sinnlich und verführerisch. Sie benutzt immer noch das Duftöl, das sie damals zum ersten Mal im Berryvale Market gekauft hat. Es ist tröstlich, dass sich manche Dinge niemals ändern, außer … »Noora! Deine Haare!«, rufe ich. In der Wintermorgensonne leuchten auf ihrem Kopf einzelne kastanienrote Strähnchen.

»Ja. Gut, oder?« Sie schwingt ihre schulterlange Mähne hin und her. »Ich bin mehr ich selbst als je zuvor.«

Ich nicke weise. »Oh ja, eindeutig.«

Sie zupft an meinen Haaren. »Hey, du solltest das auch mal probieren. Würde dir stehen. Oder vielleicht lieber nur vorne blonde Strähnchen?«

»Ich müsste erst rausfinden, ob ich das überhaupt darf.«

Noora sieht mich mit großen Augen an. »Wie bitte?«

»Na ja.« Ich mache eine wegwerfende Geste, als wäre das keine große Sache. »Es könnte gegen die Vorschriften des Hofs verstoßen.« Oder gegen allgemeine japanische Vorschriften. An vielen Schulen hier ist es den Schülern verboten, sich die Haare zu färben. »Komm rein, komm rein.« Ich greife nach ihrer Hand und ziehe sie in den *genkan*, wo ich meine Schuhe abstreife und in braune Hausschuhe aus Kaschmirfilz schlüpfe. Noora stelle ich auch so ein Paar hin. »Genau wie in der Grundschule.« Eine Zeit lang haben wir so getan, als wären wir Zwillinge – haben uns identisch angezogen und in der Cafeteria immer die gleichen Sachen gegessen. Wir dachten, es würde niemandem auffallen, dass wir gar keine Schwestern sind.

Als ich Noora durch den Palast zur Gästesuite führe, geht sie mit offenem Mund neben mir her und ist angesichts der vielen prachtvollen Antiquitäten und Kunstgegenstände ziemlich sprachlos.

Mariko ist schon dabei, ihren Koffer auszupacken.

»Willkommen«, begrüßt sie Noora mit einer Verbeugung. »Wie schön, Sie kennenzulernen. Ich bin Mariko, die Zofe Ihrer Kaiserlichen Hoheit Prinzessin Izumi.«

»Freut mich auch. Ich bin seit 2009 Izumis beste Freundin.« Ihr Blick fällt auf den geöffneten Koffer. »Äh … das müssen Sie nicht machen«, murmelt sie verlegen. »Ich kann selbst auspacken.«

»Sind Sie sicher?« Mariko hat Nooras Slips und BHs zu ordentlichen kleinen viereckigen Päckchen gefaltet. »Ich tue das gerne.«

»Nein, wirklich, vielen Dank. Das mache ich lieber selbst«, sagt Noora ein bisschen irritiert.

»Na gut.« Mariko wendet sich an mich. »Kann ich sonst noch etwas für Sie tun?«

Ich schüttle den Kopf. »Nein, danke.«

Sobald Mariko die Tür hinter sich zugeschoben hat, wirbelt Noora zu mir herum: »Oh mein Gott, ist das krass! Ich muss mich erst mal beruhigen. Du hast *Dienerinnen*? Musst du jetzt gar nichts mehr selber machen?«

Ich versetze ihr einen leichten Stoß mit der Hüfte. »Quatsch, natürlich mache ich noch Sachen selbst. Mariko ist viel weniger formell, wenn wir unter uns sind, aber sobald jemand anderes dabei ist, schaltet sie in den Kammerzofenmodus.«

Noora seufzt schwer. »Erinnere mich bitte daran, hier bloß keine benutzten Unterhosen auf dem Boden rumliegen zu lassen.« Im nächsten Moment wirft sie sich auf das antike Himmelbett, stutzt einen Moment und rollt sich dann mit wohligem Stöhnen hin und her. »Aus was für einem Stoff ist das Bettzeug? Seide, oder was? Das fühlt sich an wie Butter.«

Ich lege mich neben sie. »Das ist ganz fein gewebte Merinowolle mit winzigen Mengen Gold und Seidenjacquard. Die Bettwäsche wird extra für die Kaiserliche Familie hergestellt.«

»Ich rufe sofort meine Mutter an und frage sie, warum sie mir nie goldenes Bettzeug gekauft hat.« Noora dreht sich zu mir, sodass wir fast Nase an Nase liegen. »Wieso merke ich erst jetzt, wie sozial benachteiligt ich aufgewachsen bin?«

Ich ziehe lächelnd an einer ihrer roten Haarsträhnen. »Ich bin so froh, dass du da bist.«

Noora bleibt nur sieben Tage, weshalb wir möglichst keine einzige Sekunde verschwenden wollen. Sie kämpft mit allen Mitteln gegen den Jetlag an und hält sich tapfer mit einer Kombination aus Koffein und Zucker wach.

Als sie sich fit genug für einen Ausflug fühlt, bekommt sie von mir eine Privatführung durch den Akasaka-Palast. Anschließend trinken wir High Tea im *Asahi no Ma*, dem elegantesten Raum im ganzen Palast, einem Empfangssalon im Stil des französischen Neobarocks mit japanischem Flair.

Ich falte meine Stoffserviette auf und breite sie mir auf dem Schoß aus. »Jetzt erzähl. Wie ist New York? Wie ist es an der Uni? Es kommt mir vor, als wäre es Jahrhunderte her, seit wir das letzte Mal richtig miteinander geredet haben. Ich weiß gar nicht, was bei dir alles passiert ist.« Nachrichten haben wir uns natürlich viele geschrieben, aber das ist nicht dasselbe.

Noora, die mir merkwürdig steif gegenübersitzt, beobachtet, was ich tue, und legt sich ihre Serviette ebenfalls auf den Schoß. Ein Butler tritt vor und schenkt uns beiden Tee ein. Sie wartet, bis er fertig ist, dann sagt sie: »Die Uni ist cool. Ich hab ein Seminar, in dem es um die Darstellung von Frauen in Disneyfilmen geht. Das ist echt superinteressant. Duke hat gesagt …«

»Duke?« Ich ziehe eine Augenbraue hoch.

»So ein Typ.« Sie senkt den Blick, wird rot und schaut mich dann wieder an. »Er ist auch im Seminar und … na ja … wir sind mehr oder weniger zusammen«, flüstert sie in den riesigen Saal hinein. Über uns an der Decke fährt Aurora, die Göttin der Morgenröte, in ihrem Streitwagen über den gemalten Himmel.

Ich schlage mit der Faust auf den Tisch. »*Hallo?* Wie kann es sein, dass ich nichts davon weiß? Warum hast du mir das nicht sofort erzählt?«

Noora grinst und entspannt sich ein bisschen. Sie greift zögernd nach ihrer Teetasse und nimmt einen Schluck. »Die Sache mit uns ist noch ziemlich frisch. Duke ist übrigens auch adelig.«

Ich starre sie an. »Ernsthaft?«

Der Butler kommt und stellt eine Platte mit winzigen dreieckigen Schinkensandwiches auf den Tisch.

Noora wartet, bis er wieder weg ist. »Na ja, seine Eltern haben eine riesige Rinderfarm im Mittleren Westen. Sein Vater ist quasi der *Beef King* von Kansas.«

»Mrs Noora Beef King«, sage ich ehrfürchtig. »Vielleicht solltest du Duke zeigen, dass du es wirklich ernst meinst mit ihm, und dir seinen Namen in die Unterlippe tätowieren lassen?«

»Ja, könnte sein, dass ich das bald mache.«

Noora verstummt, als der Butler wieder an den Tisch tritt. Ich lächle freundlich und sage ihm, dass wir nichts benötigen. Vor dem Fenster färbt sich der Himmel violett. Der Park liegt kalt und starr und still da.

Sobald wir wieder allein sind, frage ich: »So ernst, ja?«

Noora nickt. »Schon. Er hat mich gefragt, ob ich die Spring Break bei seiner Familie in Kansas verbringen möchte. Ich bin mir ziemlich sicher, dass er versuchen wird, mich dazu zu bringen, eine Kuh zu melken. Komischerweise freue ich mich total darauf. Und du kennst mich – eigentlich bin ich jetzt ja nicht so das Naturkind.«

Absolut richtig. Zu Weihnachten habe ich Noora mal ein Sweatshirt geschenkt, auf dem ZIMMERPFLANZE stand.

Noora hat ihr Sandwich nicht angerührt. »Alles okay? Magst du nichts essen? Soll ich dir lieber was anderes kommen lassen?« So zögerlich und zurückhaltend kenne ich sie gar nicht.

Als ich mich zum Butler drehen will, schüttelt Noora hastig den Kopf. »Nein, nein, schon gut. Ich hab nur Angst, alles vollzukrümeln.« Sie schaut mit hochgezogener Braue auf den purpurfarbenen Teppich. Dann greift sie nach dem Toast und nimmt einen vorsichtigen Bissen, wobei sie eine Hand unter das Kinn hält. »Was ist mit dir? Bist du über Akio richtig hinweg?«, fragt sie, nachdem sie heruntergeschluckt hat.

Mein Herz zieht sich kurz zusammen. Ich habe seinen Namen schon eine ganze Weile nicht mehr laut ausgesprochen gehört. »Mir geht's ganz okay. Na ja, das mit Eriku ist …« Noora weiß noch nicht viel über ihn. Ich erzähle ihr von unserem ursprünglichen Plan, als Fake-Liebespaar die Presse mit Futter zu versorgen, und wie wir irgendwann dann doch echte Gefühle entwickelt haben.

»Du magst ihn also … so richtig?«

Ich denke an Erikus Lächeln, seine Aufrichtigkeit. »Ja.«

»Mehr als Akio?«

Beide sind sich ähnlich, weil sie mehr geben, als sie verlangen, aber damit enden die Gemeinsamkeiten auch schon. Akio ist unerschütterlich, unglaublich loyal, eine alte Seele. Und ein Meister in der Kunst der Selbstbeherrschung. Eriku ist dagegen wie ein Gemälde von Jackson Pollock aus explodierenden Farben. Ich schüttle den Kopf. »Ich glaube nicht, dass man sie wirklich vergleichen kann. Sie sind zu verschieden.«

Am Abend will Noora sich mein Ankleidezimmer ansehen. Sobald wir alleine sind, verhält sie sich wieder so, wie ich sie kenne. »Wow. Das hier ist toll«, sagt sie und zieht das mit Goldfäden bestickte schwarze Kleid heraus, das die Zwillinge für mich ausgesucht haben. Sie geht zum Spiegel und hält es vor sich. »Hast du das schon mal angehabt?«

»Nein«, sage ich wehmütig.

»Ich probiere es an.« Noora legt das Kleid auf die Kommode, schlüpft aus ihren Klamotten und streift es sich über. Ich ziehe ihr den Reißverschluss zu, trete einen Schritt zurück und finde, dass sie atemberaubend aussieht. Noora und ich sind ähnlich gebaut, mit breiteren Hüften und eher großem Busen. Der zarte, leicht transparente Stoff umschmeichelt ihren Körper, der Ausschnitt ist gewagt, aber trotzdem nicht zu tief. Es ist wirklich ein Traum. Eins dieser Kleidungsstücke, die ungeahntes Selbstvertrauen verleihen und einem das Gefühl geben, alles schaffen zu können. Ich verstehe total, warum Akiko und Noriko es ausgesucht haben. Aber zu welchem Anlass könnte ich es anziehen?

Noora ist wie eine Elster und hat schon das nächste Teil entdeckt, das ihre Aufmerksamkeit erregt. Sie windet sich aus dem Kleid, ich hänge es wieder zurück und streiche noch mal zärtlich über den Stoff, bevor ich es loslasse.

Am nächsten Tag sind wir zum Lunch mit Akiko und Noriko verabredet. Vorsichtshalber bereite ich Noora auf die erste Begegnung mit den Zwillingen vor. *Immer Augenkontakt halten*, schärfe ich ihr ein. *Stell dir vor, sie wären wilde Pumas, denen du bei einer Wanderung begegnest. Vermeide abrupte Bewegungen und mach dich größer, als du bist.*

»So schlimm sind sie gar nicht«, beruhige ich Noora, als wir uns den beiden nähern.

Akiko trägt einen Regenbogenpulli von Stella McCartney zu weißen Leggings. »Du bist also Izumis beste Freundin aus den Staaten«, sagt sie und taxiert Noora. »*Hajimemashite.* Freut mich.« Wir sind wieder in dem VIP-Club, in dem Eriku vor ein paar Wochen »You Don't Own Me« gesungen hat. Aber heute stehen auf der Tanzfläche mit schwarzem Leinen eingedeckte Tische, zwischen denen weiß behandschuhte Bedienungen hin und her laufen.

»Hier in Japan sind *wir* ihre besten Freundinnen«, verkündet Noriko und schlägt ihre Serviette auf. Sie hat das berühmte »Amora«-Seidenkleid mit den aufgedruckten Früchten von Stella McCartney an, und über der Lehne ihres Stuhls baumelt eine aus Kettenhemdmaterial gefertigte Umhängetasche, die man auch als tödliche Waffe verwenden könnte.

»Neue Freundinnen sind etwas Schönes«, kontert Noora cool. »Aber natürlich können sie nicht gegen eine über viele, viele *Jahre* gewachsene Freundschaft ankommen.« Sie dreht sich zu mir. »Seit wann kennen wir uns?«

»Seit der zweiten Klasse«, murmle ich und merke, dass ich feuchte Hände bekomme. Was wird das hier?

Akiko lächelt kalt. »Wie heißt es so treffend? *Das Alte muss raus, um Platz für Neues zu machen.*«

Noora starrt sie mit verengten Augen an. Akiko und Noriko erwidern ihren Blick ungerührt. Ein Duell. Das läuft ja super.

»Es gibt Dinge, die sind unersetzlich«, schießt Noora zurück. »Ich habe das deutliche Gefühl, dass Izumi mich zur emotionalen Unterstützung brauchen wird.«

Noriko grinst. »Ja, sie braucht Hilfe, das haben wir auch gleich gemerkt. Nicht nur auf emotionaler Ebene. Keine Sorge, wir kümmern uns gut um sie. Ich meine, schau sie dir an.« Sie deutet auf mich. »Was du hier vor dir siehst, ist unser Werk. Wir sind das Beste, was ihr je passiert ist.«

»Ganz genau.« Akiko nickt. »Es ist kaum zu glauben, aber Izumi hatte tatsächlich keine Ahnung, dass es bei Kaschmir verschiedene Qualitätsgrade gibt.«

»In der siebten Klasse habe ich alles getan, um sie davon abzubringen, sich eine Dauerwelle machen zu lassen«, sagt Noora, um sie zu übertrumpfen.

Noriko schaudert es. »Was für eine grauenhafte Vorstellung. Vor Kurzem hätte sie beinahe ein Twinset angezogen«, raunt sie empört.

»Es war sogar noch schlimmer«, sagt Noora, deren Augen jetzt amüsiert blitzen. »Sie wollte die Dauerwelle nur im Pony und den Rest glatt.«

»Hey«, protestiere ich.

Akiko grinst. »Was würde sie nur ohne uns tun?«

Noora kichert. Die Zwillinge prusten … Verstehe. Das Ganze war ein Witz. *Auf meine Kosten.* Ich bin zutiefst gerührt und mir wird ganz warm ums Herz.

Noora lehnt sich lächelnd zurück und verschränkt die Arme. »Ihr beide seid sehr …«, sie sucht nach dem passenden Wort, »selbstbewusst. Vielleicht tut ihr Izumi ja wirklich gut.«

»Siehst du doch«, sagt Akiko.

Noriko trinkt einen Schluck Wasser. »Izumi hat erwähnt, dass du in New York studierst.«

Akiko beugt sich vor. »Wir haben immer schon davon geträumt, mal nach New York zu gehen und dann in einem dieser süßen altmodischen Apartments mit Aussicht auf den Central Park zu wohnen. Hast du eine schöne Aussicht?«

»Na ja, wie man's nimmt. Von meinem Zimmer im Studentenheim aus schaue ich auf die Klimaanlage vom Nachbargebäude«, sagt Noora trocken.

Akiko und Noriko finden das außerordentlich faszinierend, und der Rest unseres Mittagessens vergeht damit, dass sie darüber diskutieren, wie Noora es schafft, auf nur dreizehn Quadratmetern zu überleben und sich das Bad mit zwanzig anderen Mädchen zu teilen.

Danach ist das Eis gebrochen. Im Anschluss an das Essen laden uns die Zwillinge zum Shoppen ein und Noora ist sofort Feuer und Flamme. Aber als sie sieht, in was für Läden meine Cousinen einkaufen (und vor allem, in welcher Preisklasse), fallen ihr fast die Augen aus dem Kopf. Zuletzt gehen wir zum Feiern in eine private Karaokebar. Noora und ich singen im Gedenken an vergangene Talentshows in der Middleschool »Bohemian Rhapsody«. Irgendwie schaffe ich es sogar, Akiko und Noriko dazu zu bringen, sich billige, supergeschmacklose Plastikfederboas umzuhängen. Wir trinken eine Menge Sake, bringen uns unsere peinlichsten Dance-Moves bei und haben unerwartet viel Spaß.

Zwei Tage vor Weihnachten schneit es. Ganz Tokyo ist mit dreißig Zentimeter Schnee überpudert und erinnert ein bisschen an Mount Shasta. Früher hat Mom mich an solchen Tagen in einen Schneeanzug gesteckt, mir eine Schaufel in die Hand gedrückt und mich zur Haustür rausgeschoben, um die Einfahrt zu räumen. Nachmittags haben Noora, ich und die anderen Mädchen von der AGG die Papiertonnen der Nachbarschaft nach großen Kartons abgesucht, auf denen wir die Abhänge runtergeschlittert sind.

Das bringt mich auf eine hervorragende Idee.

Die Butler weigern sich, uns Kartons zu organisieren, und kaufen stattdessen superedle Holzschlitten. Eriku hat Momo-chan mitgebracht, die in ihrem Element ist, im Schnee buddelt und sich überglücklich darin wälzt. Tamagotchi weicht ihr nicht von der Seite. Noora rast laut kreischend auf ihrem Schlitten den Hügel hinunter. Mich schmeißt es unten aus der Kurve, und mein Leben zieht vor meinem inneren Auge an mir vorbei, während ich kichernd durch den Schnee purzle. Wir sind trunken vor Kälte und Glück. Eriku kommt zu mir gerannt und hält mir die Hand hin, um mir aufzuhelfen. Ich blicke in seine glitzernden Augen.

»Du hast Sommersprossen auf der Nase«, sagt er träumerisch.

Ich fasse mir mit der behandschuhten Hand an die Nase. »Das ist ... äh ... ich glaub, ich war zu lange in der Sonne«, sage ich verlegen.

Er streicht mir sanft eine verirrte Haarsträhne unter die Mütze, aber unsere Zweisamkeit wird von ein paar Personenschützern gestört, die angesprintet kommen und darauf bestehen, mich auf mögliche Verletzungen zu untersuchen. Während sie noch darüber diskutieren, ob man zur Sicherheit den Hofarzt hinzuziehen sollte, trinken wir, in bunt karierte Wolldecken gewickelt, heiße Schokolade mit Pfefferminzstangen aus silbernen Bechern. Danach wirft Eriku sich auf den Boden und malt mit rudernden Armen Engel in den Schnee. Noora stupst mich in die Seite. »Er ist echt süß und witzig«, sagt sie. »Und ich finde, ihr seid euch total ähnlich. Eriku ist wie eine männliche Version von dir.«

Ich muss daran denken, dass Mom etwas Ähnliches gesagt hat. »Ja, kann sein.«

Momo-chan hat sich mittlerweile mit ihrem ganzen Gewicht auf den lachenden Eriku gelegt, der immer noch im Schnee liegt, während Tamagotchi zu seinen Füßen ein Loch scharrt. Er ist die Art von Freund, der einen in jeder Situation unterstützt und sagt: *Du machst das toll, ich bin für dich da, wenn du mich brauchst, und hey, sollen wir uns vielleicht noch einen Hund anschaffen?* Akio dagegen hat mich auf seine Art bestärkt und in meiner Entwicklung vorangebracht. Ich muss daran denken, wie oft wir Go gespielt haben. An seinen herausfordernden Blick und das schiefe Lächeln. *Du könntest mich schlagen. Na los, versuch's. Gib dir ein bisschen Mühe.*

Als wir abends mit meinen Eltern im Esszimmer sitzen, sind Noora und ich vom Herumtoben im Schnee so hungrig, dass wir unsere *udon*-Nudelsuppe mit *inari age* – frittierten Tofutäschchen – quasi inhalieren.

»Alles okay, Ms T?«, fragt Noora.

Mom isst wenig und hat dunkle Schatten unter den Augen. In den ersten Wochen in Japan sah ich ähnlich aus. Alles um mich herum war so ungewohnt und ich musste innerhalb kürzester Zeit wahnsinnig viel lernen. Genau wie ich damals ist Mom ins kalte Wasser geworfen worden. Das Tempo, das den Neuankömmlingen im Kaiserhaus abverlangt wird, kann ziemlich grausam sein. »Alles gut. Nur müde.« Sie lächelt schläfrig. »Zu müde, um zu essen.«

Dad legt ihr besorgt die Hand an die Stirn. »Bist du krank? Hast du Fieber?«

»Nein, nein.« Sie duckt sich weg. »Ich glaube, ich bräuchte einfach mal eine Pause. Aber bald haben wir ja zum Glück ein paar Tage nur für uns.« Es ist uns gelungen, alle Termine über die drei Weihnachtsfeiertage abzublocken. Mom und ich werden wie geplant unser Weihnachts-Thanksgiving-Mega-Menü kochen. Sie gähnt. »Wisst ihr was? Ich glaube, ich lege mich jetzt schon ins Bett.« Als sie aufsteht, springt Dad sofort mit auf und begleitet sie zu ihrer Suite.

Ich mache mich über Moms nur halb aufgegessene Suppe her. *»Waaaas?«*, sage ich, als ich Nooras Blick sehe. »Wenn ich sie nicht esse, wird sie weggeschüttet.«

»Dann gib mir wenigstens was ab.« Sie rutscht näher an mich heran und wir teilen schwesterlich. Noora macht meine Welt vollkommen.

26

An Nooras vorletztem Tag gehen wir auf den Indoor-Weihnachtsmarkt im *O-Yane Plaza* in Roppongi Hills, der nach dem Vorbild des Weihnachtsmarkts in Stuttgart gestaltet ist. Während wir an den Buden vorbeischlendern, schallt um uns herum Beethovens »Ode an die Freude« aus Lautsprechern. »Jetzt brechen unsere letzten vierundzwanzig Stunden an«, sage ich traurig. »Gibt es noch irgendwas, was du dringend machen möchtest?«

»Ja, gibt es.« Noora nickt strahlend, aber dann sieht sie sich um und zögert. Sie wirkt irritiert. Die Personenschützer, die uns begleiten, schließen sich enger zusammen, weil sich immer mehr Leute um uns sammeln, die mich erkannt haben. Mehrere Kameras sind auf uns gerichtet, Rufe werden laut, einige Fans versuchen, sich zu uns durchzudrängeln.

»Oh nein«, sage ich zerknirscht. »Entschuldige bitte. Ich hätte dich warnen sollen, dass so was passieren kann.« Es ist das erste Mal, dass wir richtig in der Öffentlichkeit unterwegs sind. »Stören dich die Leute? Wir müssen nicht bleiben, wenn du nicht willst. Ich glaube, ich habe mich mittlerweile einfach daran gewöhnt.« Noora wirkt wie erstarrt. »Hey, Süße.« Ich beuge mich dicht zu ihrem Gesicht vor. »Sollen wir abhauen?«

Sie schüttelt sich. »Nein, nein. Schon okay. Ich will mir den Markt anschauen.«

Wir gehen weiter, aber Nooras Anspannung wächst, als die Meute der Schaulustigen immer größer wird. Ein paar Meter vor uns entdecke ich eine Glühweinbude und ziehe Noora schnell hinter mir her hinein. Die Personenschützer postieren sich vor der Tür, um die Fans davon abzuhalten, uns zu folgen. Der Verkäufer verbeugt sich tief und bietet uns heißen Glühwein an, der nach süßen Äpfeln duftet.

»Diesmal bezahle ich«, sagt Noora, als wir uns an einen Tisch setzen, aber da ist Reina schon vorgetreten und reicht dem Mann ein paar Scheine. »Nein, nein, der Glühwein geht auf mich«, sage ich zu Noora. »Oder, na ja, aufs Kaiserhaus. Ich hab ja kein Geld.« Als Noora mich überrascht ansieht, erkläre ich: »Die Angehörigen des Kaiserhauses dürfen kein Bargeld bei sich tragen. Das ist so eine Vorschrift, an die ich mich halten muss.« Ich umschließe den dampfenden Becher mit beiden Händen und genieße die wohlige Wärme, die sich in mir ausbreitet. »So, und jetzt erzähl mal. Was willst du noch so dringend machen?«

Noora rutscht etwas unbehaglich hin und her. »Ich würde wahnsinnig gern mal mit der Tokyoter U-Bahn fahren. Ich hab so viel darüber gehört und möchte gern ausprobieren, ob ich mich hier so schnell zurechtfinde wie in der New Yorker Subway.«

Ich lache. Noora liebt solche Herausforderungen. Ich stelle mir vor, dass sie das wie eine chirurgische Prozedur betrachtet, bei der sie den einzelnen Arterien folgt, um herauszufinden, zu welchem Organ sie führen. Draußen stimmt ein Chor Weihnachtslieder an. Ich schaue in meinen Becher. »Verstehe. Aber ich muss erst mal fragen. Also, ich meine, falls du willst, dass ich mitkomme … Ich weiß, dass mein Vater und mein Großvater schon mal mit der U-Bahn gefahren sind, aber dafür mussten immer Vorbereitungen getroffen werden, um ihre Sicherheit zu gewährleisten, der Fahrplan musste geändert werden …«

»Prinzessin Izumi!«, ruft jemand.

Automatisch richte ich mich auf, wende mich der Stimme zu,

neige den Kopf und knipse mein Lächeln an. Ein Pressefotograf macht ein Bild und verbeugt sich. Als er gegangen ist, stellt Noora ihren Becher ab und gibt ein Geräusch von sich, das eindeutig nicht wohlwollend ist. »Was ist?«, frage ich.

»Na, du.« Sie deutet auf mich. »Es ist einfach komisch, dich so zu sehen. Also, wie du das an- und abschaltest.«

Ich sehe sie entgeistert an. »Was schalte ich an und ab?«

»Den Prinzessinnen-Modus. Das finde ich … keine Ahnung … beunruhigend.« Sie starrt auf einen Fleck an der Wand. »Ach, egal. Vergiss es.«

»Meinen *Prinzessinnen-Modus*?«, wiederhole ich etwas lauter und empörter als beabsichtigt und atme dann zur Beruhigung erst mal tief durch. »Entschuldige, Noora, aber können wir das vielleicht woanders in Ruhe besprechen? Die Leute schauen schon.« In Japan ist es nun mal wahnsinnig wichtig, eine harmonische Fassade zu wahren.

Noora seufzt. »Na klar.«

Als wir nach ein paar Minuten gehen, lächle ich dem Besitzer der Bude etwas verkrampft zu und verbeuge mich. *»Gochisōsama deshita«*, bedanke ich mich. Er verbeugt sich ebenfalls.

Die Rückfahrt verläuft in düsterer Stimmung. Keine von uns sagt etwas. Noora sitzt mit verschränkten Armen und gerecktem Kinn da und sieht mich nicht an.

»Kannst du mir das bitte erklären?«, frage ich sie irgendwann vorsichtig. »Was ist passiert? Es war doch total schön mit uns …«

Noora reibt sich mit den Handballen über die Augen. »Ja, schon … aber gleichzeitig war es eben auch merkwürdig. Nicht nur wegen dem Fotografen eben. Keine Ahnung, ich … Ich fühle mich einfach nicht wohl dabei, dass sich die Leute die ganze Zeit vor dir verbeugen müssen und alle um dich herum so förmlich sind. Dieses Luxusleben, die superteuren Designerklamotten, Butler, die uns ein perfektes Picknick im Schnee organisieren, während wir fröhlich Schlitten fahren …«

»Aber das hat dir doch auch Spaß gemacht«, verteidige ich mich.

»Stimmt, hat es … In dem Moment jedenfalls schon, aber mich macht das alles auch nachdenklich. Ich meine, ist *dir* das nicht irgendwie unangenehm? Aber es scheint, als wäre es für dich okay, und genau das ist der Grund, warum ich so irritiert bin. Du … du hast dich einfach sehr verändert.«

Puh, das tut weh. »Vielleicht kommt dir das so vor, aber ich bin immer noch dieselbe Izumi. Außerdem weißt du doch genau, warum ich das alles mache. Ich tu es für meine Mom.«

Noora reibt sich wieder die Augen. »Ich weiß ja. Aber zu welchem Preis? Ist es das denn wert? Ich meine, dass du riskierst, dich dabei selbst zu verlieren?«

»Du verstehst das nicht. Hier in Japan ist die Gemeinschaft eben wichtiger als der einzelne Mensch. Ich passe mich an.«

»Wie jetzt? Anpassung bis zum Tod, oder was?«

»Das musst du doch nicht so radikal sehen.« Ich schließe die Augen und atme tief durch die Nase ein. »Ich verstehe überhaupt nicht, wo das auf einmal herkommt. Vielleicht müssen wir ja erst mal alles sacken lassen.«

»Kann sein«, brummt Noora.

Der Rest der Fahrt verläuft wieder schweigend.

Bald ist Mitternacht, aber ich wälze mich schlaflos im Bett. Meine Welt ist aus dem Gleichgewicht geraten wie ein Bild, das schief an der Wand hängt. Ich muss etwas unternehmen. Irgendwann stehe ich auf, ziehe den Morgenmantel über, den Akiko und Noriko mir geschenkt haben, gehe barfuß durch die Flure zur Gästesuite und klopfe an die Tür, bevor ich sie aufschiebe. »Noora?«, flüstere ich in die Dunkelheit hinein.

Ein paar Sekunden vergehen, und ich will mich gerade wieder abwenden, als ich ihre leise Stimme höre. »Ja?«

»Bist du wach?«

»Ich kann nicht schlafen.«

»Machst du dir Sorgen wegen deinem Flug morgen?«

»Quatsch, Dummie. Weil wir uns gestritten haben. Wir streiten uns nie.«

Ich schleiche mich zu ihrem Bett und setze mich auf die Kante. »Außer das eine Mal an deinem zwölften Geburtstag. Weißt du noch?«

»Klar.«

Noora hatte die ganze AGG zu einer Pyjama-Übernachtungsparty eingeladen. Ihre Mutter wollte uns einen Schreck einjagen, hängte ein Laken über einen Besenstiel und schwenkte ihn vor dem Fenster. Die Wirkung war so durchschlagend, dass wir alle hysterisch aufsprangen und ich Noora aus dem Weg stieß, um mich selbst in Sicherheit zu bringen. Ja, ich weiß. Ich schäme mich jetzt noch dafür. »Du hast danach drei Tage lang nicht mit mir gesprochen.« Ich musste feierlich auf Tamagotchis Leben schwören, dass ich mich schützend vor sie werfen werde, falls uns jemals ein echter Geist erscheinen sollte.

Noora sieht mich ernst an. »Ich finde trotzdem, dass ich mit dem, was ich vorhin gesagt habe, recht habe.«

»Das bestreite ich ja auch gar nicht.« Ich schlucke. »Was ist mit uns passiert?«

Noora richtet sich auf und knipst die Nachttischlampe an. »Keine Ahnung.« Sie seufzt schwer. »Ich hab mir vorgestellt, dass es so wird wie früher, wenn ich dich besuche. Du weißt schon, nur wir zwei. Dieser ganze Hofstaat und die Fotografen … das überfordert mich. Und wenn ich ganz ehrlich bin, macht es mich vielleicht auch ein bisschen wütend, dass du dieses ganz andere Leben hast, in dem ich keine Rolle spiele, und … irgendwie fühle ich mich vernachlässigt, obwohl ich weiß, dass du nichts dafür kannst. Ich stehe eben nicht mehr an erster Stelle.« Sie seufzt wieder.

Ich nicke. »Das verstehe ich, aber ich habe auch nicht das Gefühl, dass ich bei dir noch an erster Stelle stehe, Noora. Wir reden immer davon, dass wir uns vermissen, aber wenn wir einen Videochat ausmachen, sagt meistens eine von uns ab, weil irgendwas dazwischenkommt … Und das ist voll okay. Ich meine, wir haben beide viel zu tun. Es ist wahnsinnig viel los. Wir machen neue Erfahrungen – du an der Uni, ich hier in Japan –, knüpfen neue Freundschaften, verlieben uns.« Wann haben wir aufgehört, unser Leben miteinander zu teilen? »Können wir uns nicht einfach füreinander freuen?«

Noora lächelt. »Doch, klar können wir das.« Sie schlägt die Bettdecke zurück und ich schlüpfe neben sie. »Ich freu mich für dich. Izumi. Mir machen diese Veränderungen einfach Angst, glaube ich. Ich möchte nicht, dass wir uns verlieren.«

»Ich doch auch nicht«, sage ich aus tiefstem Herzen.

»Waffenstillstandsknuddler?«, fragt Noora.

Ich breite die Arme aus und wir drücken uns ganz fest. Als wir uns wieder voneinander lösen, seufzen wir beide erleichtert auf und dann liegen wir noch eine Stunde im Bett, reden über alles und nichts und ich fühle mich Noora so nah wie immer. Wir sind beinahe schon weggedöst, als draußen dicke weiße Flocken vom Himmel fallen. »Es schneit wieder.«

Ich stehe auf, gehe zum Fenster und bin mir sicher: Diese Nacht ist magisch. Beste Freundinnen haben diese Wirkung. Sie streuen Feenstaub auf unser Leben. Noora steht hinter mir, und wir sehen eine Weile stumm zu, wie draußen alles mit jungfräulichem Schnee bedeckt wird. Die vereisten Äste der Bäume hängen tief und glitzern im Mondlicht wie gesponnener Zucker.

»Tu mir nur einen Gefallen«, sagt Noora irgendwann leise. »Wenn du dich fragst, was Japan von dir will, frag dich bitte auch, was du selbst von dir willst. Begrab nicht die Izumi, die du bist, um zu der Izumi zu werden, die andere Leute gerne haben würden.«

Ich balle die Hände zu Fäusten. Nicht aus Wut, sondern aus Entschlossenheit. »Ich glaube, die beiden Izumis sind identisch.«

»Okay«, sagt Noora, dann greift sie nach meinem Morgenmantel und reibt den Stoff zwischen ihren Fingern. »Der fühlt sich toll an.«

»Die Princess of Wales hat extra für meine Cousinen und ihre Mutter welche anfertigen lassen, aber sie haben einen davon an mich weitergereicht, weil er aus der vorletzten Saison ist.«

»Die Princess … meinst du *Kate Middleton*?«

»Genau die«, bestätige ich.

Noora schnalzt mit der Zunge. »Und ich hab mir eingebildet, ich hätte den Gipfel der Exklusivität erreicht, als ich mein Abschlussballkleid bei Macy's bestellt habe.«

Ich schlinge einen Arm um sie und wir lehnen uns aneinander. Ich fand es immer so schön, dass unsere Haare genau dieselbe Farbe hatten. Tintenschwarz. Schwarz wie die Nacht. Wenn wir unsere Köpfe so aneinandergelegt haben, konnte man nie erkennen, wo meine Haare endeten und ihre begannen. Jetzt sieht man den Unterschied, aber das macht nichts. Noora und ich sind für die Ewigkeit gemacht.

Am Vormittag des 24. fahren wir tatsächlich U-Bahn. Um unerkannt zu bleiben, ziehe ich mir eine Wollmütze tief ins Gesicht und Reina begleitet uns in Zivil. Sie versteht die Welt nicht mehr, als wir an keiner der Stationen aussteigen. Noora macht es Spaß, sämtliche Bahnhöfe abzufahren und die schweigenden, teilweise auch schlafenden Passagiere zu beobachten. Die Dinge, die man unterwegs entdeckt, sind das Spannende, sagt sie, nicht das Ziel.

Die Zeit rast. Schon ein paar Stunden später stehen wir vor dem Palast, und ich umarme Noora ein letztes Mal, bevor sie in den schwarzen SUV steigt, der sie zum Flughafen bringen wird. »Ich habe keine Ahnung, wie ich überleben soll, wenn du wieder weg bist«, seufze ich.

»Jetzt übertreib nicht«, schnaubt Noora, drückt mich dann aber noch ein bisschen fester an sich. Ein Butler verstaut ihr Gepäck im Kofferraum, schlägt die Klappe zu und hält die Wagentür auf. Wir zögern den endgültigen Abschied noch ein bisschen hinaus.

»Halt mich auf dem Laufenden, okay?«, sagt Noora. Nach den Feiertagen will der Kaiserliche Haushaltsrat endgültig über die Heirat meiner Eltern abstimmen. Ich denke an Akiko und Noriko, an Eriku, an Mom und Dad, an den Bescheid der Uni-Zulassungsstelle, der in meiner Nachttischschublade liegt. Ich habe getan, was ich konnte, jetzt bleibt mir nur noch, die Entscheidung abzuwarten.

»Werde ich.« Wir umarmen uns noch mal. »Ich will eine echte Familie, Noora«, sage ich dumpf in ihren Schal hinein. Ich möchte, dass meine Eltern verheiratet sind. Ich möchte einer Einheit angehören und kein Einzelteil sein.

»Familie ist, was man daraus macht«, antwortet Noora.

Ich seufze nur. Als sie in den Wagen steigt, drücke ich ihr ein gefaltetes Blatt Papier in die Hand. Ein *waka*, das ich für sie geschrieben habe.

Du und ich, wir sind wie
Pop und Corn,
wie Feuer und Eis sind wir
und Leib und Seele.
Wir gehören zusammen.
Untrennbar.

Am nächsten Tag – dem amerikanischen Christmas Day – hallen Moms und meine Stimmen durch den Palast. Wir singen Weihnachtslieder und stürzen die Küche ins Chaos, während wir unser geplantes Weihnachts-Thanksgiving-Menü kochen: gefüllten Truthahn, Kartoffelbrei und grüne Bohnen. Zum Nachtisch backen wir einen Apple Pie. Moms Wangen sind mit Mehl bestäubt und ihre Augen strahlen.

Ein paar Stunden später ist der Tisch mit den Resten unseres Festmahls, verdreckten Tellern, halb geleerten Gläsern und Silberbesteck übersät, das im Feuerschein des Kamins funkelt. Wir lassen alles so stehen, schleppen uns ins Wohnzimmer und machen es uns vor dem knisternden Kamin gemütlich. Mein Bauch platzt gleich, weil ich so viel gegessen habe.

Dad überreicht Mom einen großen Umschlag. Sie zieht einen Bogen heraus, faltet ihn auf, lächelt und sieht ihn mit unsicher fragendem Blick an. »Architekturpläne?«

Er nickt. »Ich lasse den Palast mitsamt Park klimafreundlich sanieren und werde ein hypermodernes Kompostierungssystem anlegen und eine Anlage zur Regenwasserwiederaufbereitung bauen lassen.«

»Oh, Mak.« Mom springt auf, steigt über den Berg von Geschenken am Boden und beugt sich zu ihm, um ihn mit Küssen zu bedecken.

Er lacht und streicht ihr eine nach vorn gefallene Strähne hinters Ohr. »Freust du dich?«

»Du machst mich überglücklich«, sagt sie. Dann flüstert sie ihm etwas ins Ohr, das ihn rot anlaufen lässt, und beide lachen wie wild.

Als Nächstes bin ich dran und packe ein Sweatshirt mit dem Logo der Universität Tokyo aus. Ich schaue an dem herunter, das ich anhabe – mein altes Shirt der Mount Shasta Highschool. Der

Saum ist ausgefranst und unter einer Achsel ist ein kleines Loch. »Soll das ein nicht besonders dezenter Hinweis darauf sein, dass es Zeit wäre, das hier wegzuwerfen?«

Mom nickt lächelnd. »Aus dem bist du herausgewachsen«, sagt sie.

»Und jetzt pack weiter aus«, drängt Dad. Mein zweites Geschenk ist kunstvoll in ein *furoshiki* – ein bedrucktes quadratisches Tuch – gewickelt, in das Japaner traditionell gerne ihre Gaben verpacken. Ich öffne den Knoten, falte den Stoff auseinander und halte einen Karton mit dem Aufdruck *Louis Vuitton* in den Händen. »Für die Uni«, erklärt Dad, als ich den Deckel abhebe und staunend einen braunen Rucksack mit dem berühmten LV-Muster herausziehe. »Deine Cousinen haben geholfen, ihn auszusuchen. Angeblich ist das ein absolutes *Must-have* auf dem Campus.«

»Der ist viel zu schön für mich!«, sage ich.

Die beiden haben noch ein paar andere Geschenke – das übergeordnete Thema ist eindeutig Uni: Stifte, Ordner und ein neuer Laptop! Auf jeden Fall bin ich jetzt perfekt fürs Studium ausgestattet.

Aber das beste Geschenk von allen kommt, als es klopft und der Großkammerherr eintritt. Auf seinem Jackett schmelzen Schneekristalle. »Bitte entschuldigen Sie die Störung, Eure Hoheiten, Ms Tanaka. Wir haben soeben eine Nachricht vom Kaiserlichen Haushaltsrat erhalten.«

Wir drei sitzen wie erstarrt da.

»Aber der Rat sollte doch erst morgen zusammenkommen«, sagt Dad.

»Das war so geplant, richtig. Aber dann hat der Premierminister in letzter Minute um eine Vorverlegung gebeten, weil er morgen einen dringenden Termin wahrnehmen muss. Die Abstimmung fand also bereits heute Nachmittag statt. Die Entscheidung ist einstimmig ausgefallen. Alle zehn Ratsmitglieder stimmen Ihrer Heirat zu. Herzlichen Glückwunsch.« Er verbeugt sich.

Als er weg ist, sehen wir uns einen Moment lang ungläubig an. Mom und ich haben Tränen in den Augen, Dad zieht eine Flasche Champagner aus dem Kübel und lässt den Korken knallen. Und dann stoßen wir an und umarmen uns lachend.

Später sitzen wir umhüllt von einer Wolke warmer Glücksgefühle zusammen und schauen *Das Wunder der 34. Straße* – den ultimativen Weihnachtsfilm. Ich tippe eine schnelle Nachricht an Eriku.

Ich

Verlobung gestattet.

Dahinter setze ich eine Reihe von Partyhüten, Champagnerflaschen und Luftschlangen. Eriku antwortet sofort mit einem Sticker von zwei Hunden, die sich umarmen.

Eriku

Ich hab gewusst, dass du bekommst, was du dir wünschst. Möchtest du wissen, was Jerry Garcia über die Liebe gesagt hat?

Ich schicke ein Daumen-runter-Emoji.

Als der Film zu Ende ist, drehe ich den Kopf und sehe, dass Mom leise schnarchend eingeschlafen ist. Dads Blick ist auf sie gerichtet, nicht auf den Fernseher. Ich schaue wieder zum Bildschirm und denke, dass das hier alles wert war, was ich dafür auf mich genommen habe.

TOKYO TATTLER

Der Kronprinz ist offiziell verlobt

---

25. Dezember 2021

Während die meisten Bewohner Tokyos Weihnachten entweder in KFC-Restaurants feiern oder sich die frittierten Hähnchenteile nach Hause liefern lassen und die Stille der Jahreszeit genießen, hat der Kaiserliche Haushaltsrat in den frühen Stunden des ersten Weihnachtstags ein Geheimtreffen anberaumt. Auf der Tagesordnung stand die endgültige Abstimmung bezüglich der geplanten Eheschließung zwischen Seiner Kaiserlichen Hoheit Kronprinz Toshihito und Ms Hanako Tanaka.
Das Ergebnis: Wir werden bald Hochzeitsglocken läuten hören. Diesmal fiel die Zustimmung des Rats zur Verlobung einstimmig aus.

»Sicherlich gab es einzelne Mitglieder, die es lieber gesehen hätten, wenn der Kronprinz eine jüngere Braut aus adeligem Hause gewählt hätte, aber alle akzeptieren seine Entscheidung«, teilte uns ein Palastinsider mit.

Als die Heiratspläne vor einiger Zeit bekannt wurden, war das Paar kritisch beäugt worden, wobei vor allem Ms Tanakas Stammbaum – beziehungsweise des Fehlen eines solchen – Beobachtern Sorgen bereitet hatte. Darüber hinaus wurde befürchtet, ihre doch sehr deutlichen Positio-

nen zu politischen Themen und zum Klimaschutz sowie ihr persönliches berufliches Engagement könnten sich im Rahmen ihrer Aufgaben als Frau des Kronprinzen als hinderlich erweisen. Dadurch, dass Ms Tanaka zwar japanischer Abstammung ist, aber in den USA aufwuchs, war sie bis vor Kurzem in Bezug auf die Regeln und Gebräuche des Kaiserhofs vollkommen unbeleckt.
Allerdings gab es da so etwas wie eine Blaupause, anhand derer die Chancen auf eine gelungene Integration eingeschätzt werden konnten. In den vergangenen Monaten haben sich die Mitglieder des Rats daher sehr genau angesehen, wie Ms Tanakas Tochter, Prinzessin Izumi, die Eingewöhnung in das Leben als Mitglied der Kaiserfamilie meistert. Wie allgemein bekannt sein dürfte, waren die ersten Schritte der Prinzessin auf gesellschaftlichem Parkett eher holprig. Sie landete zunächst in unzähligen Fettnäpfchen, provozierte – besonders durch die Affäre mit ihrem Leibwächter – Skandale und sorgte zuletzt für Stirnrunzeln, als sie sich über Gebühr Zeit ließ, um eine Universität auszuwählen, an der sie ihr Studium antreten wird. Doch seitdem ist einiges passiert, und dem Mutter-Tochter-Team ist es gelungen, alle Bedenken zu zerstreuen.

Mittlerweile wird Prinzessin Izumi immer öfter in Begleitung von Eriku Nakamura, dem Erben der Nakamura-Reeder-Dynastie, gesehen. »Das Kaiserliche Hofamt ist über diese Verbindung sehr erfreut«, meldet unser Palastinsider. »Bei Hofe würde man es zwar gerne sehen, wenn die beiden ihre Beziehung offiziell machen würden, hat aber auch Verständnis dafür, dass dieser Schritt etwas verfrüht sein könnte.«

Darüber hinaus hat die Prinzessin kürzlich verkündet, dass sie erfolgreich alle erforderlichen Prüfungen abgelegt hat, um im nächsten Semester an der Universität Tokyo ein Studium der Botanik aufzunehmen.

In einem Beitrag für die japanische *Vogue* erklärte sie: »Ich empfinde es als große Ehre, in die Fußstapfen meines Vaters treten und dieselbe Uni besuchen zu dürfen wie er in meinem Alter. Gleichzeitig erfüllt es mich mit Stolz, in der Wahl meines Hauptfachs dem Vorbild meiner Mutter folgen zu können.«

Die Prinzessin hat sich jetzt auch endlich ein dem Mitglied des Kaiserhauses angemessenes Hobby zugelegt. Künftig wird sie sich ehrenamtlich für das japanische Rote Kreuz engagieren.

Aber auch bei Ms Tanaka hat sich einiges getan. »Ihre Hoheit die Kaiserin hat sich höchstpersönlich bereit erklärt, die Auserwählte ihres Sohnes auf ihre zukünftigen Pflichten vorzubereiten und sie mit der höfischen Etikette vertraut zu machen«, berichtete ein Mitarbeiter des Kaiserlichen Hofamts.

Einem unserer Fotografen ist es gelungen, ein Foto von Ms Tanaka zu schießen, die geduldig vor den Toren des Kronprinzenpalasts auf ihren Verlobten wartete, während der in den Gärten des Bezirks Chiyoda joggen war. Die Amerikanerin bezauberte dabei in einem eleganten schneeweißen Hosenanzug (siehe Bild rechts). Möglicherweise wusste sie ja im Gegensatz zu uns zu diesem Zeitpunkt bereits, dass eine *White Wedding* nicht mehr lange auf sich warten lassen wird.

27

Der Weihnachtsbaum ist weggeräumt und die letzten Nadeln sind vom Teppich gesaugt. Der Glücksnebel, in dem wir die letzten Tage verbracht haben, lichtet sich und der Terminplan bestimmt wieder über unser Leben.

Im Eingangsbereich des Kronprinzenpalasts werden so viele Geschenke für das verlobte Paar angeliefert, dass man einen Hindernisparcours überwinden muss, um rein- oder rauszukommen: eine geschnitzte Wäschetruhe aus Paulownia-Holz, diverse Ölgemälde, seidene Wandteppiche mit symbolträchtigen Storchen darauf und dazu buchstäblich Tausende von Glückwunschkarten.

Die Kaiserin hat meiner Mutter Frau Komura als permanente Leihgabe überlassen. Mom kann keine paar Meter gehen, ohne von ihrer Kammerzofe mit organisatorischen Fragen bestürmt zu werden. »An welche Blumen denken Sie als Dekoration für das Hochzeitsbankett?«, will sie frühmorgens von ihr wissen. Wir sitzen im Wohnzimmer auf einer gepolsterten Ottomane und blättern in Katalogen, in denen die gesamte Sammlung der Kaiserlichen Juwelen abgebildet ist. Mom muss entscheiden, welches Diadem sie an ihrem Hochzeitstag tragen will. Eines mit einem floralen Chrysanthemen-Motiv oder lieber eines aus geflochtenen Brillantbändern mit dem dazu passenden Collier?

Mom lächelt. »Orchideen. Ich liebe Orchideen.«

Ich nicke eifrig.

Frau Komura zieht ihren winzigen sichelförmigen Mund nach

unten. »Orchideen haben leider keine Saison. Wir müssten sie einfliegen lassen oder in großer Menge eigens züchten. In der Bevölkerung könnte eine solche unnötige Ausgabe für Unmut sorgen.«

Mom sieht sie mit großen Augen an. »Der Unmut wäre natürlich völlig berechtigt. Gut …« Sie schluckt. »Dann werde ich wohl ohne Orchideen heiraten müssen.«

Frau Komura nickt. »Ich fürchte, ja.« Sie tippt etwas in ihr Smartphone. Ich habe noch nie jemanden gesehen, der die Daumen so schnell bewegen kann wie sie. Als ihr Handy klingelt, hält sie inne. »*Sumimasen.* Das Gespräch muss ich annehmen. Wenn ich zurückkomme, sollten wir noch einen Termin für die Anprobe des *jūnihitoe* festlegen.«

»*Jūnihitoe?*«

Frau Komura lächelt milde. »*Hai.* Ihr Prunkgewand für die traditionelle Hochzeitszeremonie. Das ist ein sehr besonderer Seiden-Kimono, der aus zwölf Schichten besteht und bis zu zwanzig Kilo wiegen kann. Sie bekommen aber für den anschließenden Empfang auch noch ein weißes Hochzeitskleid geschneidert.« Ihr Handy schrillt weiter. »Ich muss das Gespräch wirklich annehmen.« Sie huscht davon.

Als der menschliche Tornado namens Frau Komura davongefegt ist, sitzt Mom einen Moment wie betäubt da. Ich rutsche näher an sie heran. »Bist du okay damit?«

Zwischen ihren Brauen steht eine tiefe Falte. »Ja, sicher. Klar. Ich meine, letztlich sind der Blumenschmuck und die Kleider nur Nebensächlichkeiten.« Sie seufzt. »Wenn es nach mir ginge, würden wir sowieso ganz schlicht heiraten, aber ich bekomme das eine nun mal nicht ohne das andere, stimmt's?«

»Stimmt«, bestätige ich, reibe ihr über den Rücken und lächle aufmunternd.

Am nächsten Tag sitzt Eriku beim traditionellen *bonenkai*-Bankett, das der Kaiser zum Jahresende ausrichten lässt, als offizieller Begleiter an meiner Seite. »Es ist übrigens gut möglich, dass du genau an dem Platz sitzt, an dem der amerikanische Präsident George H. W. Bush 1992 in den Schoß des Premierministers gekotzt hat«, informiere ich ihn.

Eriku, der einen maßgeschneiderten Anzug trägt, legt eine Hand an seine Brust. »Ich dachte immer, es wäre mein Lebensziel, Großes auf dem Gebiet der Mathematik und Musik zu erreichen, aber auf diesem Platz zu sitzen, genügt mir schon vollkommen. Es ist mir eine Ehre.«

Ich muss lachen. Die Zeit um den Jahreswechsel herum hat für mich immer einen ganz besonderen Zauber, obwohl man hier anders feiert als in den Staaten. Neujahr ist in Japan ein besinnliches Fest, bei dem die Familien zusammenkommen und Hausputz machen, um die bösen Geister des Vorjahres zu vertreiben. Um Mitternacht wird es zwar auch laut, aber nicht, weil Feuerwerke abgebrannt oder jubelnd Küsse ausgetauscht werden, sondern weil aus den buddhistischen Tempeln ein Glockenspiel aus genau 108 Schlägen erklingt. So sollen die Sünden aus dem alten Jahr ausgelöscht werden, damit man unbelastet ins neue Jahr gehen kann. Ich finde diesen Gedanken schön, weil er einen echten Neuanfang verspricht und das Herz öffnet.

Während des Desserts – mit Puderzucker bestäubte Schokoladen-Chiffon-Torte – spielt im Hintergrund ein weltberühmter Geigenvirtuose. Anschließend werden die Teller abgeräumt, die Gäste erheben sich von ihren Plätzen und ziehen in einen benachbarten Salon um, wo sie sich zwanglos bewegen können. Ich unterhalte mich kurz mit meinen Eltern, anschließend mache ich mich auf die Suche nach Eriku und sehe, dass er – ausgerechnet – in ein Gespräch mit meinem Erzfeind, dem Premierminister, vertieft ist.

Als ich mich zu den beiden stelle, verneigt sich der Premier vor mir. »Darf ich Ihnen meine ganz besonders herzlichen Glückwünsche aussprechen, Eure Hoheit?«, sagt er. »Sowohl für die bevorstehende Hochzeit Ihrer Eltern als auch für die Zulassung an der Universität Tokyo.« Ich danke ihm einigermaßen überrascht, bevor er sich wieder an Eriku wendet. »Bitte richten Sie Ihrem lieben Onkel meine Grüße aus und sagen Sie ihm, dass es mir ein besonderes Vergnügen war, mit ihm zu telefonieren. Es gibt nicht mehr viele Männer, die noch persönlich im Schützengraben standen.« Eriku verspricht es und der Premierminister verabschiedet sich.

»Du hast ganz rote Wangen«, bemerkt Eriku. Er hakt sich bei mir unter und führt mich an den Grüppchen der Gäste vorbei in den Park hinaus.

»Ich wusste gar nicht, dass du so gut mit dem Premierminister befreundet bist«, sage ich erstaunt, als wir neben einem Heizpilz stehen bleiben. Er strahlt solche Hitze ab, dass der Schnee ringsum geschmolzen ist und mir kein bisschen kalt ist, obwohl ich in meinem Kleid aus hellblauem Samt mit eckigem Ausschnitt und dazu passender Clutch alles andere als warm angezogen bin.

»Ich hab dir doch mal erzählt, dass wir einen ehemaligen Premierminister in der Verwandtschaft haben«, sagt Eriku. »Erinnerst du dich?«

»Vage.«

Er beugt sich zu mir herunter, bis sich unsere Nasenspitzen fast berühren. »Na ja, könnte sein, dass ich ihn angerufen und gebeten habe, bei seinem aktuellen Nachfolger ein gutes Wort für dich und deine Mom einzulegen.«

»Echt?« Ich sehe ihn entgeistert an. »Das hast du gemacht?«

Eriku richtet sich auf. »Ich wusste doch, wie wichtig dir die Entscheidung des Haushaltsrats war«, sagt er achselzuckend. »Kein Ding.«

Für Eriku vielleicht nicht, der in diese Welt hineingeboren worden ist – für mich schon. Ein Riesending sogar. Was für ein Glück, einen Freund wie ihn zu haben. »Danke, Eriku.« Meine Stimme ist belegt, und in meiner Brust wallen so viele Gefühle auf – ehrliche Dankbarkeit und Zärtlichkeit –, dass mir ganz schwindelig wird. Ich neige den Kopf. *»Arigatō.«*

»Sehr, sehr gerne.« Er drückt mir einen zarten Kuss auf die Wange und wünscht mir mit seiner leicht rauen wohltönenden Stimme: *»Akemashite omedetō gozaimasu.«*

»Für dich auch: Frohes neues Jahr.« Ich stelle wieder mal fest, dass er mir wirklich extrem gut gefällt, und bin völlig in die Betrachtung seines hübschen Gesichts, seiner nach oben gebogenen Mundwinkel und der vollen Unterlippe versunken, als er sich leise räuspert.

»Izumi? Du … du weißt schon, wie viel du umgekehrt auch für mich getan hast, oder?« Eriku greift nach meiner Hand und legt sie sich aufs Herz. »Dank dir ist in meinem Leben so viel in Bewegung gekommen. Mein Vater ist zwar derselbe geblieben, aber ich spüre, dass *ich* ein anderer werde. Ich habe über das nachgedacht, was du gesagt hast, und denke, es ist okay, mir seine Anerkennung zu wünschen, aber nicht, dafür mein eigenes Lebensglück zu opfern. Und deswegen überlege ich, ein paar Dinge zu ändern, vielleicht ziehe ich ja zu Hause aus oder … keine Ahnung. Ich weiß nur, dass ich aktiv werden muss. Aber das ist nicht das Einzige. Ich meine, hey, dank dir habe ich *Grateful Dead* kennengelernt …«

Ich unterdrücke ein Lachen, verkralle meine Finger im Stoff seines Hemds und denke, dass ich für immer so mit ihm hier stehen bleiben könnte. »Ich kann gar nicht ausdrücken, wie viel es mir bedeutet, Eriku, dass du das sagst. Und für mich gilt dasselbe. Du hast mich genauso verändert.«

Es ist wahr. Ich bin jetzt eine andere Izumi. Vor ein paar Monaten wusste ich noch nicht, was ich will – Uni oder Auszeit. Aber mittlerweile bin ich auf meinem Weg zur Prinzessin sehr weit gekommen, kenne mich und meine Stärken besser als je zuvor und habe viel gesehen und verstanden. Wenn ich auf die Izumi von früher zurückblicke, weiß ich, dass sie Angst hatte. Angst davor, zu scheitern und den Erwartungen niemals gerecht werden zu können. Eriku hat mir geholfen, das Ziel zu erreichen, das ich mir gesetzt habe. Dafür kann ihm gar nicht genug danken.

Er beißt sich auf die Lippe, senkt den Kopf und beugt sich mir dann unendlich langsam entgegen, bis seine Stirn an meiner liegt. Hier draußen ist nichts von den Streichern drinnen zu hören, trotzdem bewegen wir uns wie zu einer stummen Musik. Vielleicht ist es Erikus Seele, die singt … »Izumi, Izumi, Izumi«, wiederholt er immer wieder leise, und mein Name fließt wie ein Song von seinen Lippen, bis sie irgendwann auf meinen liegen. Ich schmiege mich an ihn und die Welt rückt in den Hintergrund.

»Izumi?«

Eine Stimme dringt durch das weiße Rauschen zu mir durch. Eine Stimme, die ich unter Tausenden jederzeit erkennen würde. Wie betäubt drehe ich den Kopf, löse mich von Eriku. »Akio …?«, frage ich benommen. Träume ich? Er trägt einen schlichten schwarzen Anzug, und ich weiß genau, wie sich der Stoff zwischen meinen Fingern anfühlt, weil ich ihn darin geküsst habe, als er noch mein Leibwächter war. Ich taumle auf ihn zu. »Was … was machst du hier?«

Ich stehe völlig unter Schock. Ich spüre Erikus Blick in meinem Rücken, kann mich aber nicht zu ihm umdrehen, weil ich schon zu tief in Akios Augen – in seinen dunkel schimmernden traurigen Augen – versunken bin. Ein Schmerz verzerrt sein Gesicht. Ein Schmerz, der so brutal ist, dass ich Albträume davon haben werde. Er ballt hilflos die Fäuste. »Entschuldige bitte, dass ich euch störe. Ich habe in der Zeitung gelesen … von der Verlobung deiner Eltern, meine ich.« Sein Gesicht verzerrt sich wieder. »Oh Gott … ich … Das läuft alles ganz verkehrt … Bitte. Können wir kurz sprechen?« Akio sieht Eriku an, und seine Stimme klingt fester, als er hinzufügt: »Allein?«

Ich werfe einen unsicheren Blick über die Schulter. Was macht Akio plötzlich hier? Warum reißt mir das so den Boden unter den Füßen weg? Warum brodeln plötzlich all diese Gefühle in mir hoch? Ich schüttle den Kopf. »Ich weiß nicht.«

»Fünf Minuten. Das ist alles, worum ich dich bitte«, sagt er tonlos. »Ich weiß, dass du mir nichts schuldig bist, aber … hör mich an. Bitte.«

Bitte. In diesem einen Wort schwingt so viel Verzweiflung mit, dass es mich zerreißt.

Eriku räuspert sich. »Tu ihm den Gefallen.« Er geht auf mich zu, nimmt kurz meine Hand und haucht mir einen Kuss auf die Wange. »Ich warte drinnen.« Schnee knirscht unter seinen Sohlen, als er geht.

Mich fröstelt. »Dir ist kalt«, sagt Akio.

Er will sein Jackett ausziehen, aber ich hebe die Hand. »Nicht.«

Er atmet tief durch und streift es sich wieder über. »Was mache ich überhaupt hier … Das ist völlig absurd.«

»Ja, genau. Was machst du hier?«, frage ich.

Er senkt den Kopf. *»Machigaeta.«* Dann hebt er den Blick. »Ich habe einen Fehler gemacht«, wiederholt er lauter.

Ich stolpere ein paar Schritte rückwärts. Vor vier Monaten habe ich mein Handy mit beiden Händen umklammert und all meine Gedanken darauf gerichtet, dass Akio anruft oder eine Nachricht schreibt. Wie sehr hatte ich mir gewünscht, diese fünf kleinen Wörter von ihm zu hören. *Ich habe einen Fehler gemacht.*

»Es gab keinen Moment, in dem ich nicht an dich gedacht habe. Ich kann nicht aufhören, an dich – an uns – zu denken. Ich weiß, dass du inzwischen jemand anderen gefunden hast, aber …«

Ich schnaube. »Genau wie du.«

Er sieht mir fest in die Augen. »Das stimmt nicht.«

»Ich habe doch die Fotos gesehen mit dir und dieser Frau. Ihr habt euch an den Händen gehalten.« Mir schießen Tränen in die Augen. »Ich habe dich angerufen und wollte mit dir sprechen, aber du bist nicht rangegangen.«

Akio atmet weißen Nebel aus, und ich sehe, wie sich seine Muskeln unter dem Jackett verhärten. »Ich habe nach ihrer Hand gegriffen und sie über die Straße gezogen, weil ein Auto kam. Im *Tattler* haben sie natürlich nur den Bildausschnitt genommen, in dem man sieht, dass wir uns an den Händen halten. Und was deinen Anruf angeht …« Er seufzt. »Es tut mir leid, dass ich nicht rangegangen bin. Das bereue ich am meisten. Ich habe deinen Namen auf dem Display gesehen … aber da wusste ich noch nichts von diesen Bildern in der Zeitung. Nur, dass deine Eltern noch keine Genehmigung des Haushaltsrats bekommen hatten. Ich dachte, es wäre besser für euch, wenn ich …«

Heiße Wut verdrängt Schock und Trauer in mir. *Die Wolfsblutmethode.* »Was für eine noble Geste von dir.«

Er richtet den Blick zum grauen Winterhimmel. »Nicht nobel. Feige.«

Ich fühle mich, als würde ich in einem Wagen sitzen, der gerade eine Vollbremsung hingelegt hat. Mein Herz schlägt einen Salto. »Was?«, frage ich mit einer Stimme, die kaum mehr als ein heiseres Flüstern ist.

Akio verzieht das Gesicht. »Ich habe wirklich geglaubt, es wäre das Beste für dich und deine Eltern, mich von dir zu trennen, aber … ich hatte auch Angst. Angst, nicht gut genug für dich zu sein, niemals gut genug sein zu können. Kannst du das nicht verstehen? Du bist eine Prinzessin. Ich bin ein Bürgerlicher im Staatsdienst. Ich wollte dir ein Leben ersparen, in dem wir nie auf Augenhöhe sein würden«, stößt er hervor. »Aber auch mir selbst wollte ich das ersparen.«

Ich zucke zusammen. »Habe ich dir jemals das Gefühl gegeben, wir wären nicht auf Augenhöhe?«

»Nein«, antwortet er heiser. »Keine einzige Sekunde. Aber andere schon, ja.«

Ich nicke nachdenklich, weil ich weiß, dass er recht hat, und es selbst in den Medien gelesen und sogar miterlebt habe. Die geringschätzige Reaktion des Doktoranden, der uns den Campus der Uni gezeigt hat. *Wie hätte ich auch erwarten dürfen, für immer in deinem goldenen Orbit zu leben?*

»Ich habe Angst bekommen.« Es versetzt mir einen schmerzhaften Stich, ihn das sagen zu hören. »Aber ich will keine Angst mehr haben, Izumi. Ich will nicht zulassen, dass die Meinung anderer Leute einen Keil zwischen uns treibt. Ich hätte früher kommen sollen, ich weiß. Es ist nur … als ich erfahren habe, dass die Verlobung deiner Eltern genehmigt wurde, hat mir das Mut gemacht. Und … jetzt bin ich hier.«

Tränen brennen in meinen Augen, und ich muss ein paarmal schlucken, um nicht zu schluchzen. Akio fasst mich am Ellbogen, legt mir eine Hand an die Wange, hält mich sanft.

»Ach, Rettich, du bedeutest mir so viel. Ich will mit dir zusammen sein. Hast du in deinem Herzen noch Platz für mich?«

Blut rauscht in meinen Ohren wie eine gigantische Welle, die mich umzureißen droht. »Eriku …« Mehr bringe ich nicht heraus. Ich sehe ihn vor mir mit seinem Lächeln, seiner Fröhlichkeit, mit der er es geschafft hat, mich so irrsinnig glücklich zu machen.

Akio presst die Lippen aufeinander, aber im nächsten Moment

ist seine Miene wieder undurchdringlich. »Ich weiß, dass du mit ihm zusammen bist, und habe nicht damit gerechnet, dass es einfach werden würde.« Er tritt einen Schritt zurück und denkt nach. Ändert seine Strategie. »Du brauchst Zeit. Ich habe dich überrumpelt. Das verstehe ich. Ich werde jetzt gehen … aber, Izumi, ich bin nicht weg. Ich bin bereit, um dich zu kämpfen.« Er küsst mich auf die Wange. Die andere, nicht die, über die Erikus Lippen eben gestreift sind. »Ich rufe dich an.«

Ich blinzle und dann ist Akio verschwunden. Die Wärme seiner Berührung verebbt, die Minuten ticken vorüber, und ich stehe da wie erstarrt, während mir heiße Tränen über die Wangen laufen. *Akio ist zurückgekommen.* Er stand direkt vor mir. Und er bittet um eine zweite Chance. Dabei bin ich doch über ihn hinweg … oder? Ist es möglich, diese starken Gefühle für zwei Menschen gleichzeitig zu haben? Ich weiß nicht, was ich denken soll, fühle mich in die Enge getrieben, ringe nach Luft.

»Du weinst. Damit habe ich nicht gerechnet.«

Ich zucke zusammen. Da ich mit dem Rücken zum Palast stehe, habe ich ihn nicht zurückkommen sehen. Eriku geht um mich herum, sein Blick ist fragend.

»Es ist nicht wegen … Ich bin nicht … ich …« Ich weiß nicht, was ich sagen, wie ich es erklären soll. Warum versuche ich, es zu leugnen? Ich bin ein totales Wrack. Ich habe geglaubt, ich würde Akio nie wiedersehen. Habe geglaubt, ich hätte ihn in eine schwere Truhe gesperrt und bis an den Grund meines Herzens sinken lassen.

Eriku betrachtet mich forschend und runzelt besorgt die Stirn. »Was wollte er von dir? Hat er dich verletzt? Soll ich meine Sekundanten rufen und bitten, Pistolen für ein Duell im Morgengrauen zu organisieren?« Mit dem schwachen Abglanz eines Lächelns versucht er, einen Witz zu reißen.

Ich wische mir mit dem Handrücken über die Nase. »Er will mich zurück. Er hat um eine zweite Chance gebeten. Sagt, dass er um mich kämpfen will.«

Erikus Kehlkopf zuckt. »Und du, was willst du?«

»Ich weiß es nicht.« Ich schüttle den Kopf. »Ich bin verwirrt«, flüstere ich.

»Verstehe«, sagt Eriku.

Angst schnürt mir die Kehle zu. Stehe ich etwa kurz davor, ihn zu verlieren? »Nein, tust du nicht.« Ich sehe nervös zu ihm auf. »Ich dachte, meine Gefühle für Akio wären weg, und gerade habe ich gemerkt, dass das ein Irrtum war. Aber meine Gefühle für dich sind auch da und genauso stark. Du hast mich so glücklich gemacht, Eriku. Mit dir habe ich mich lebendig gefühlt … Ich kann mir ein Leben ohne dich gar nicht mehr vorstellen …« Ich schlucke. »Genauso wenig wie ohne Akio.« In meinen Schläfen pocht ein wilder Schmerz.

»Okay.« Eriku bleibt ruhig. Er schließt die Augen und nickt nachdenklich. »Aber *ich* bin nicht verwirrt. Ich weiß genau, was ich will. Und mit weniger werde ich mich nicht zufriedengeben. Nicht von meinem Vater. Und auch nicht von dir. Ich habe es verdient, an erster Stelle zu stehen.« Er öffnet die Augen und sieht mich an.

»Verstehe«, sage ich. Also trifft Eriku die Entscheidung für mich. Irgendwie bin ich erleichtert.

»Nein. Ich glaube nicht, dass du verstehst.« Er sieht mich mit ruhigem, unerschütterlichem Blick an. »Ich habe es verdient, in deinem Herzen an erster Stelle zu stehen, und ich werde dir beweisen, dass das mein Platz ist. Akio will um dich kämpfen? Gut. Ich auch. Du hörst bald wieder von mir«, verspricht er. Mit diesen Worten geht Eriku in die entgegengesetzte Richtung von Akio davon.

Und ich? Ich bleibe verloren zwischen beiden zurück.

In dieser Nacht weine ich mich in den Schlaf. Tränen tränken mein Kissen. Sobald ich die Augen schließe, sehe ich Akio und Eriku vor mir, und Erinnerungen wirbeln mir durch den Kopf.

Wie ich auf Akios Schoß sitze und er mir mit dem Daumen über die Wange streichelt. *Ich mag es noch lieber, wenn du gewinnst.*

Wie Eriku mir ein grünes M&M über den Tisch zuschiebt. *Durch die Aromen werden im Gehirn neue neuronale Pfade angelegt und mit dem Wissen verknüpft.*

Wie Akio und ich im Wohnzimmer des Palasts eng umschlungen miteinander tanzen.

Wie Eriku neben mir zum Sternenhimmel im Planetarium aufschaut …

Ich weiß einfach nicht, wie ich mich entscheiden soll. Eriku oder Akio? Nur eins weiß ich genau. Ein zerrissenes Herz gibt keinen Halt.

28

Ich erzähle Mom nichts von Eriku und Akio. Sie soll ihr Glück genießen und sich keine Sorgen um mich machen. Also verstecke ich meine Gedanken hinter einer fröhlichen Fassade.

Ich lächle, obwohl Akio mir Gedichte schickt.

Akio

Ich bin auf dem Rückweg nach Nara.

Akio

Verzeih, dass ich dich allein ließ,
dich zweimal zum Weinen brachte.
Was wurde aus meinem Versprechen,
deine Sorgen in der Erde zu begraben?

Akio

Bin jetzt wieder in Nara.

Akio

Um zehn sah ich deinen Anruf
und ging nicht ran.
Ich Idiot hielt es für besser,
in Einsamkeit zu leben,
als mich meiner Angst zu stellen.

Und ich lächle, obwohl Eriku mir Geschenke schickt. Blumen. Süßigkeiten. *Grateful Dead*-Tanzbären. Ein von einem Künstler gemaltes Porträt von Momo-chan und Tamagotchi, eng aneinandergeschmiegt auf einem Fell vor einem knisternden Kamin.

Im Palast ist mittlerweile noch regere Geschäftigkeit ausgebrochen. Die traditionelle Verlobungszeremonie – *nōsai-no-gi* – wird abgehalten. Weil meine Mutter keine direkten lebenden Verwandten mehr hat, macht das Kaiserliche Hofamt zwei entfernte Cousinen ausfindig, denen die obligatorischen Verlobungsgeschenke dargeboten werden – zwei große Fische, sechs Flaschen Sake und fünf Ballen Seide. Anschließend bittet mein Vater formell um die Hand meiner Mutter, die sie ihm demütig gewährt. Damit sind meine Eltern nach altem Ritus offiziell verlobt. Beim Verlobungsbankett gibt es geräucherten Lachs, Jakobsmuscheln und Crème bavaroise mit Erdbeeren.

Ich vermisse Eriku, seine vor Ideen sprühende Energie und seine Witze. Aber genauso vermisse ich Akio. Seinen trockenen Humor, seine trostspendende Ruhe. Ich bin ein Wrack mit zerrissenem Herzen und Wirrwarr im Kopf.

Für die Hochzeit wird kistenweise Château Mouton Rothschild Jahrgang 1982 angeliefert. Nachdem nun die Genehmigung des Haushaltsrats vorliegt, hat die Kaiserin verkündet, dass Mom und Dad so bald wie möglich – also noch im Frühjahr – heiraten sollen.

Die Zeitungen bringen Storys über meine Eltern. *Die beiden sind so verliebt, dass sie das Happy End kaum erwarten können.*

Zwei Monate vor dem großen Tag hat Mom die Anprobe für den prächtigen Hochzeitskimono. Ihr *jūnihitoe* wurde von denselben beiden Hofschneiderinnen angefertigt, die auch schon unsere Kimonos für die Gartenparty genäht haben. Sie legen zwölf verschiedene Kleidungsstücke in unterschiedlichen Farben im Ankleidezimmer aus und erklären, dass sie zusammen an die zwanzig Kilo wiegen.

Mom dreht nervös an dem Ring an ihrer linken Hand. Verlobungsringe sind in Japan eigentlich unüblich, aber die Kaiserin hat Mom trotzdem einen mit einem Smaragd geschenkt, der so groß ist wie eine Cherrytomate.

Ich lächle sie aufmunternd an. »Vielleicht solltest du rechtzeitig anfangen, mit Hanteln zu trainieren.«

»Die erste Lage«, kündigt eine der Schneiderinnen an. »Bitte ziehen Sie sich jetzt aus, Ms Tanaka.«

Während die beiden Schneiderinnen Mom in die Stoffe hüllen, bekomme ich eine Nachricht von Noora und antworte. Als ich wieder aufschaue, steckt Mom schon in der dritten Lage und auf ihrer Oberlippe glänzen Schweißperlen. »Alles okay?«, flüstere ich besorgt. »Soll ich dir ein Glas Wasser holen?«

»*Dame.* Nein! Im Kimono wird nichts getrunken«, ruft die Schneiderin streng und erklärt uns, dass das Gewand wegen der kostbaren alten Stoffe über dreihunderttausend Dollar wert ist.

»Schon gut, Schatz«, sagt meine Mutter mit dünnem Lächeln.

Ich versuche sie abzulenken. »Hast du Lust, mit mir meinen Vorlesungsplan zusammenzustellen?«, frage ich und öffne die Website der Uni auf dem Handy. »Ich muss langsam überlegen, welche Seminare ich belege.«

»Gerne.« Sie sieht mich unter schweren Lidern an.

»Botanik steht ja sowieso fest«, sage ich, um sie glücklich zu machen, obwohl mich schon das Lesen der Beschreibung der Kursinhalte total erschöpft.

»Bieten sie auch ein Seminar über die heimische Pflanzenwelt an?«, erkundigt sich Mom. »Das fand ich im ersten Semester sehr interessant. Wenn ich mich richtig erinnere, macht man viele Exkursionen.« Ihre Stimme zittert ein wenig.

»Moment, ich schaue mal nach.« Ich scrolle umständlich durch die Liste, während Mom die vierte und fünfte Stoffschicht umgelegt bekommt. Sie steht stocksteif da, nur ihre Brust hebt und senkt sich bei jedem angestrengten Atemzug.

»Wie lange dauert es noch?«, fragt sie schwach.

»Wir sind fast fertig«, versichert die Schneiderin. »Die nächsten Lagen sind einfacher.«

»Der Kimono ist wirklich schwer«, ächzt Mom.

Frau Komura kommt in den Raum geeilt und verbeugt sich kurz und knapp. »*Sumimasen*, Hanako-*san*. Darf ich rasch etwas mit Ihnen klären, solange Sie hier so schön still stehen?« Sie lächelt. »Ich habe Ihnen das Programm der Hochzeitswoche gemailt, haben Sie gesehen? Außerdem ist eine Pressekonferenz für Sie anberaumt worden, im Mailanhang finden Sie eine Liste der Themen, die wahrscheinlich angesprochen werden. Ich rechne damit, dass man Sie zu Ihrer Stelle am College in Amerika befragen wird.«

»Meine Stelle?«, wiederholt Mom verwundert. »Ich habe mich doch beurlauben lassen.«

Frau Komura nickt. »Das ist mir bekannt, aber nachdem Sie jetzt den Kronprinzen heiraten, werden Sie natürlich kündigen müssen.«

»Oh.« Mom wirkt überrascht. »Darüber hatte ich noch gar nicht nachgedacht …«

»Halten Sie bitte still«, schimpft eine der Schneiderinnen, die dabei ist, den Kragen einer Unterjacke flach anzudrücken, damit die nächste Schicht glatt aufliegt. Mom erstarrt brav, bis die beiden Schneiderinnen einen Schritt zurück und dann nach rechts beziehungsweise links zur Seite treten, sodass sie sich im Spiegel betrachten kann. In die unterschiedlich rot, violett und gelb gefärbten, steifen Stofflagen gehüllt, sieht sie aus wie eine prachtvoll gekleidete Puppe. Zuletzt wird ihr noch ein grüner Brokatmantel über die Schultern gelegt. Das Aussehen der zeremoniellen Brautrobe hat sich in über tausend Jahren nicht geändert.

»Wow.« Mom versucht, einen Arm an die Brust zu heben, aber die Schichten sind zu schwer.

»Nicht anfassen, bitte«, warnt eine der Schneiderinnen. »*Sawaranaide kudasai.* Sonst hinterlassen Sie fettige Fingerabdrücke auf dem Stoff.«

Moms lässt den Arm wieder sinken.

»Und? Was sagen Sie?«, fragt die eine Schneiderin.

»Kirei«, sagt die andere. *Schön.*

»Sehr schön«, findet auch Frau Komura. »Aber jetzt noch einmal zurück zu Ihrer Stelle, Ms Tanaka. Ich weiß, dass Sie beurlaubt sind, aber Sie müssen trotzdem schnellstmöglich ein Kündigungsschreiben aufsetzen.«

Mom schwankt leicht. »Entschuldigung ... Mir ist ... unter diesen Schichten ist es so heiß.« Ihr Blick huscht zu mir. Ihre Augen glänzen fiebrig und erinnern mich an das Kaninchen, das ich mal im Wald gefunden habe. Sein Hinterlauf war in einer Falle eingeklemmt. Ich habe es hochgehoben und bin den ganzen Weg nach Hause gerannt, wo Jones mir geholfen hat, es zu befreien. Es ist dann erst mal bei uns geblieben und wir haben es mit Gras gefüttert und *Sugar Magnolia* genannt.

»Alles okay?« Instinktiv mache ich einen Schritt auf Mom zu und lege eine Hand an ihre Wange, die sich ganz klamm anfühlt.

»Ja ... Nein.« Ihre Stimme ist dünn. »Ich habe ... Schwierigkeiten ... Luft zu bekommen. Ich glaube, ich habe gerade eine Panikattacke.« Ihre Brust hebt und senkt sich ruckartig, dann beugt sie sich vor und krümmt den Rücken.

»Schnell!«, rufe ich und drehe mich um. »Wir müssen sie ausziehen.«

Die Schneiderinnen stehen wie festgefroren da und lächeln verwirrt. Mom streift mit fliegenden Fingern den Mantel ab, der zu Boden fällt. Sie holt tief Luft, ihre Atemzüge werden immer panischer, während sie am Gürtel nestelt.

»Nicht!«, ruft eine der Schneiderinnen. »Sie machen alles kaputt.«

Ich ertrage es nicht, untätig zuzusehen, schiebe Moms Hände weg und wickle den Obi ab. Gemeinsam schälen wir Schicht um Schicht von ihren Schultern, bis wir zum *hakama* – dem plissierten Hosenrock – kommen, der mit Schleifen verschnürt ist. Aber die Knoten sind zu eng. »Kann mir bitte jemand helfen?«, flehe ich. Frau Komura wirkt wie versteinert. Endlich kommt Bewegung in eine der Schneiderinnen, die geschickt die Bänder löst. Während sie konzentriert arbeitet, versuche ich, Mom zu beruhigen. *»Alles okay«, murmle ich. »Atme tief durch, ich bin bei dir.«* Es ist, als wäre ich das Echo meiner eigenen Kindheit. Die Stimme meiner Mutter, wenn ich mir das Knie aufgeschlagen hatte oder vom Klettergerüst gefallen war und keine Luft mehr bekam.

Mittlerweile steht Mom in Unterwäsche da. Sie zittert am ganzen Körper und auf ihrem nackten Bauch sind die Abdrücke des zu eng geschnürten *hakama* zu sehen. Die kostbaren Einzelteile des *jūnihitoe* liegen wie verstreute Juwelen zu ihren Füßen. »Mom?«

Ihr Blick ist wild und voller Angst. »Zoom-Zoom«, flüstert sie und wirkt mit einem Mal unendlich klein und hilflos. »Ich kann nicht hierbleiben.«

»Okay, okay«, beruhige ich sie. Heiße Tränen fließen mir über die Wangen, die ich wütend wegwische.

»Bitte«, fleht Mom. Ein in sich zusammengesunkenes Häufchen Elend. »Bring mich von hier weg.« Ihr Gesicht ist verzerrt.

»Sie können jetzt nicht gehen«, protestiert Frau Komura, die plötzlich wieder zum Leben erwacht ist, aber ich ignoriere sie.

Genauso wie den Schmerz in meiner Brust. Als das Kaninchen

wieder gesund war, ist es zurück in den Wand gehoppelt und hat sich in einem hohlen Stamm versteckt. »Okay«, sage ich wieder. »Okay.« Ich kann gar nicht aufhören, es immer wieder zu sagen, und weiß selbst nicht, wen ich damit eigentlich beruhigen will – sie oder mich.

Ich helfe Mom, sich wieder anzuziehen. Schiebe ihre Arme in das T-Shirt und die Jogginghose über die Beine. Sie hört gar nicht mehr auf zu zittern. Zuletzt lege ich mir Moms Arm über die Schulter und laufe panisch mit ihr durch die Korridore. »Mariko!«, rufe ich.

»Ich informiere den Großkammerherrn«, verkündet Frau Komura, die hinter mir herläuft.

Mariko kommt um die Ecke gerannt und reißt die Augen auf, als sie Mom sieht. »Was ist passiert? Ms Tanaka? Ist alles in Ordnung?«

Mom schlägt die Hände vors Gesicht. »Ich will nicht, dass mich jemand so sieht.«

»Das ist nur Mariko«, beruhige ich sie. »Sie bleibt bei dir, während ich uns einen Wagen organisiere.«

»Nein.« Meine Zofe hebt abwehrend die Hände. »Bleiben Sie bei Ihrer Mutter, ich mache das schon.« Sie läuft davon. Innerhalb kürzester Zeit fährt eine Limousine vor. Ein Butler öffnet die hintere Wagentür und ich helfe Mom hinein. Wie zerknülltes Papier sitzt sie in sich zusammengesunken auf der Rückbank. Reina rutscht hinter das Steuer. Als einer der Personenschützer Anstalten macht, auf der Beifahrerseite einzusteigen, halte ich ihn mit einer Handbewegung zurück. »Nein«, sage ich fest. »Nur Reina.«

Der Beamte wirft ihr einen Blick zu und richtet sich wieder auf, als sie nickt. Ich setze mich zu Mom nach hinten und rufe Mariko zu, dass ich mich baldmöglichst bei ihr melde. Dann fahren wir los.

»Alles wird gut«, verspreche ich Mom, als wir mit unbekanntem Ziel durch die Straßen Tokyos rasen. Bald ist Valentinstag und sämtliche Schaufenster sind mit roten Herzen und Pralinen dekoriert.

Ich denke fieberhaft nach. In ihrem Zustand kann sie erst mal auf keinen Fall in den Palast zurück. Sie will jetzt niemandem begegnen. Aber wohin sonst? Hotels scheiden aus. Zu viele Menschen. Ich brauche einen Ort, an dem sie völlig unbeobachtet ist und den Raum und die nötige Ruhe hat, um wieder runterzukommen. In meinem Kopf rotiert ein Gedankenkarussell, während ich sämtliche Optionen durchgehe, bis mir endlich eine rettende Idee kommt. Ich sage Reina, wo sie uns hinfahren soll, und lehne mich ins Polster zurück.

»Keine Sorge.« Ich ziehe Mom fest an mich. »Ich kümmere mich um dich.«

29

»So. Bitte.« Akiko stellt auf dem in Messing gefassten Glastisch vorsichtig ein Silbertablett mit einer Teekanne und Tassen ab. Mom liegt mit angezogenen Beinen und abgewandtem Gesicht auf der cremefarbenen Couch im Salon. Seit wir hier sind, hat sie noch kein einziges Wort gesagt. Sie weint zwar nicht mehr, aber dafür strahlt sie etwas aus, das noch besorgniserregender ist – totale Apathie, als wäre sie innerlich ganz weit weg.

Noriko hält sich diskret im Hintergrund. Das Apartment der Zwillinge war der einzige sichere Ort, der mir eingefallen ist, an den ich Mom bringen könnte.

»Ihr seid echt toll«, bedanke ich mich.

»Wir haben den größten Teil der Angestellten gebeten, nach Hause zu gehen«, sagt Akiko. »Natürlich sind sie alle vertrauenswürdig und haben Verschwiegenheitserklärungen unterzeichnet, aber unsere Mutter ist auch lieber allein, wenn es ihr nicht gut geht.«

Es gibt Parallelen zwischen der Mutter der Zwillinge und meiner. Prinzessin Midori ist von der Presse gehetzt worden und unter der Last der Erwartungen des Kaiserhauses zusammengebrochen. Was blieb ihr anderes übrig, als sich zurückzuziehen?

»Wir haben auch einen Arzt, der jederzeit vorbeikommen kann, wenn er gebraucht wird«, sagt Noriko leise.

Mom drehte den Kopf. »Keine Ärzte.«

»Danke für alles. Wir kommen schon klar«, sage ich zu meinen

Cousinen und muss gegen einen Kloß in meiner Kehle anschlucken. Ich merke, dass ich die beiden inzwischen gernhabe … so richtig, richtig gern. Mom zittert immer noch am ganzen Körper. Wahrscheinlich das Adrenalin, das durch ihre Adern strömt. »Würde es euch etwas ausmachen, uns eine Weile allein zu lassen?«

»Natürlich nicht«, sagt Akiko. »Meldet euch, wenn ihr irgendwas braucht.«

Als sie gegangen sind, hole ich eine roséfarbene Kaschmirdecke vom anderen Ende des Sofas, schüttle sie auf und lege sie meiner Mutter um die Schultern. Danach gieße ich ihr eine Tasse Tee ein.

Mit zitternden Händen nimmt sie die Tasse entgegen, stellt sie aber, statt zu trinken, erst mal auf das Beistelltischchen neben sich. Mom ist immer noch sehr blass, geradezu wächsern. Sie reibt sich die Augen.

»Mom?«, sage ich vorsichtig. »Vielleicht sollten wir doch einen Arzt kommen lassen.«

»Nicht nötig, Liebes«, sagt sie mit schwachem Lächeln. »Es ist nur … Die letzten Monate waren einfach extrem hart. Und als Frau Komura vorhin auch noch gesagt hat, dass ich meine Dozentinnenstelle ganz aufgeben muss, ist bei mir eine Sicherung durchgebrannt. Unterbewusst war mir die ganze Zeit klar, dass ich wahrscheinlich nicht am College bleiben kann, aber … ich liebe meinen Beruf und identifiziere mich damit. Das war einfach zu viel.«

Die letzten *Monate*? Mit schlechtem Gewissen frage ich mich, warum ich nicht schon früher gesehen habe, wie sehr ihr das alles zusetzt. Wieso habe ich nicht gemerkt, dass sie immer müder und stiller wurde, sich in ihre Suite zurückzog und es Frau Komura überließ, Entscheidungen zu fällen?

Die Antwort darauf ist einfach. Dadurch, dass ich so verbissen darauf hingearbeitet habe, meinen Teil zur Genehmigung ihrer

Heirat beizutragen, konnte ich sie nur noch durch ein Kaleidoskop aus Herzchen, Hochzeitsglocken und zweiten Chancen sehen. Ich war so darauf fixiert, endlich die Familie zu bekommen, die ich immer haben wollte, dass ich keinen Moment innegehalten und darüber nachgedacht habe, was meine Mutter eigentlich will. Ich habe mir eingebildet, ich wüsste es, aber in der letzten Zeit haben wir nicht viel miteinander gesprochen – jedenfalls nicht *richtig*.

Sie holt tief Luft und legt den Kopf zurück. »Ich weiß nicht, ob ich so leben kann.«

»Wie meinst du das?«, frage ich, obwohl eine schlimme Befürchtung in mir hochkriecht.

Sie sieht mich eindringlich an. »Ach, Zoom-Zoom«, seufzt sie. »Ich bin unglücklich und habe das vor dir verborgen, weil ich für dich da sein und dich beschützen wollte.«

»Was? Wovor denn?«

Mom lächelt sanft, ihr Blick ist traurig. »Ich weiß doch, wie sehr du dir wünschst, dass dein Vater und ich heiraten. Dass es das ist, was du dir immer schon gewünscht hast, sogar noch bevor du wusstest, wer dein Vater ist. Dein großer Traum.«

»Aber ist es nicht auch dein Traum?«

Sie seufzt. »Dein Vater ist der Mann meiner Träume, aber ein Leben als Kronprinzessin habe ich nie gewollt.« Sie zieht die Brauen zusammen. »Ich weiß gar nicht mehr, wer ich eigentlich bin, verstehst du? Das macht mich krank. Ich habe mich selbst verloren.«

»Ich habe auch etwas vor dir geheim gehalten«, bricht es aus mir hervor, bevor ich es mir anders überlegen kann. »Es ist so viel passiert … Keine Ahnung, warum ich nicht schon viel früher mit dir darüber gesprochen habe.« Ich schlucke gegen den Wirbel miteinander widerstreitender Gefühle an, die in mir aufsteigen. Kann es sein, dass Mom und ich uns in eine ganz ähnliche Sackgasse manövriert haben? Dass wir beide Dinge getan haben, nur um andere Menschen zufriedenzustellen? »Akio und ich haben vor einiger Zeit zufällig ein Gespräch zwischen den Kammerherren und dem Oberhofmeister mitbekommen …«

»Moment mal. Wie bitte?« Mom richtet ihren Laserstrahlblick auf mich.

»Das war, nachdem ihr euch verlobt hattet. An dem Tag, an dem wir alle bei Dad im Arbeitszimmer waren und erfahren haben, dass der Kaiserliche Haushaltsrat eine geheime Vorabstimmung abgehalten hat, erinnerst du dich?« Sie nickt. »Danach waren Akio und ich im Park spazieren und haben gehört, wie sich die Kammerherren und der Oberhofmeister in der Einfahrt unterhalten haben. Sie haben gesagt, dass die Entscheidung des Rats auch deswegen so negativ ausgefallen ist, weil ich mit meinem ehemaligen Leibwächter zusammen bin und mich nicht entschließen kann zu studieren. Das würde auch ein schlechtes Licht auf dich als Mutter werfen.«

Die Falten auf Moms Stirn vertiefen sich, aber jetzt gibt es kein Halten mehr. Die Fluttore sind weit geöffnet und alles strömt aus mir heraus: der Grund, warum Akio sich von mir getrennt hat. Wie mir die Idee kam, Eriku zu fragen, ob er mein Fake-Boyfriend sein möchte.

»Na ja, und dann habe ich mich an der Uni beworben und Biologie mit Schwerpunkt Botanik als Hauptfach genommen, weil ich dachte … Ich dachte, das müsste ich tun, damit du und Dad heiraten könnt«, stammle ich, den Tränen nahe. Zuletzt erzähle ich vom Festbankett Ende des Jahres und wie Akio plötzlich vor mir stand und er und Eriku erklärt haben, dass sie mich lieben und um mich kämpfen werden. »Und jetzt ist gar nichts gut und alles ist ein einziges Durcheinander«, beende ich mein Geständnis, fühle mich aber trotzdem besser, weil ich es mir von der Seele geredet habe.

»Ach, Liebes«, sagt Mom besorgt. »Das hast du alles für mich getan? Für uns?«

Ich nicke und knie mich neben sie aufs Polster. »Natürlich. Ich liebe dich doch«, sage ich. »Ich will, dass du glücklich bist.«

Mom schnaubt. »Ach, Izumi.« Als sie den Kopf zurücklegt, sehe ich Tränen in ihren Augen schimmern. Diesmal weint sie nicht aus Verzweiflung, sondern aus Traurigkeit. »Was haben wir uns da nur eingebrockt?« Aber das ist eine rhetorische Frage, auf die sie keine Antwort erwartet. »Ich fürchte, ich bin einfach nicht zur Prinzessin geboren. Wie soll ich es schaffen, den Rest meines Lebens nur noch das zu tun, was andere Leute mir vorschreiben?« Sie ballt hilflos die Hände. »Es kommt mir vor, als würde ich aktiv zur Auslöschung meiner eigenen Person beitragen. Mein Leben findet in der Presse statt.« Und damit hat sie leider recht. Ich erinnere mich nur zu gut an meine eigenen Probleme mit den Medien. Und wieder frage ich mich: *Bin ich gestorben? Ist jemand gestorben, den ich liebe?* Nein, so schlimm ist es nicht, aber die Traurigkeit ist doch berechtigt – die Ahnung, dass es nicht besser werden wird.

»Also willst du Dad lieber nicht heiraten?«, frage ich mit dünner Stimme. Irgendwie haben Eltern für uns etwas Übermenschliches an sich. Mir wird klar, dass ich immer gedacht habe, Mom wäre unzerstörbar. Eine Super-Superheldin. Die Frau aus Stahl. Aber jetzt erkenne ich, dass sie in allererster Linie einfach nur eine Frau ist, ein Mensch, der Schmerz genauso stark empfindet wie wir anderen.

Sie schüttelt den Kopf. »Doch, ich will ihn heiraten. Ich liebe deinen Vater und werde ihn immer lieben, aber ich weiß nicht, ob das reicht. Wie soll ich dir das nur erklären …?« Sie überlegt einen Moment. »Als sich damals herausgestellt hat, dass ich mit dir schwanger war, hatte ich solche Angst um dich. Angst davor, dass ein Aufwachsen in der Kaiserlichen Familie dich prägen würde.

Dass du ein Leben auf Wolke sieben führen und niemals Bodenhaftung entwickeln würdest. Kannst du das nachvollziehen?«

Ich nicke ernst. »Ja, kann ich.«

»Aber mittlerweile erkenne ich immer klarer – wir haben ja auch schon darüber gesprochen –, dass ich eben auch Angst um mich hatte. Ich habe mich immer für so stark gehalten, jetzt merke ich, dass ich an meine Grenzen stoße … Der Druck ist einfach zu groß. Und ich habe alles gegeben, was ich geben kann.« Ihre Mundwinkel zittern und zwei Tränen rollen ihre Wangen hinab.

Ich verstehe sie so gut. Die Presse und die Mitglieder des Haushaltsrats haben ihr von Anfang an das Gefühl gegeben, sie wäre nicht die Richtige – wegen ihres Alters, ihrer Herkunft, ihres Jobs. Wenn man immer und immer wieder gesagt bekommt, dass man nicht gut genug ist, beginnt man irgendwann, selbst an sich zu zweifeln, und ist bereit, alles zu tun, um sich und den anderen zu beweisen, dass man den Ansprüchen eben doch genügen kann.

Meine Gedanken wandern automatisch zu Akio. *Ich war feige.* Dabei stimmt das überhaupt nicht. Es ist nicht feige, verletzlich zu sein. Im Gegenteil, es ist sogar das Mutigste, was man tun kann – sich seine Verletzlichkeit einzugestehen und sie zu zeigen. An uns alle werden viel zu viele Ansprüche gestellt: Wir sollen stark sein, perfekt sein. Wer hat sich das ausgedacht? Warum sollten wir uns daran orientieren?

Mein Handy summt.

»Das ist Dad.«

»Ich bin jetzt noch nicht so weit, dass ich mit ihm reden kann«, sagt Mom schniefend.

Ich schlucke und drücke seinen Anruf weg.

An der Wand hängt ein riesiger Fernseher. »Möchtest du einen Film sehen? Vielleicht hilft dir das, alles für eine Weile zu vergessen?«

Mom nickt und hebt die Decke an, damit ich auch darunter kann. Sie legt einen Arm um mich. »Ich will nicht, dass du dir Sorgen machst.«

»Es ist ziemlich unmöglich, sich keine Sorgen zu machen«, sage ich und knete meine Finger. Sie hat mir gerade echt Angst eingejagt.

»Das tut mir leid«, sagt sie. »Aber ich möchte nicht, dass du dich noch weiter für mich aufopferst, verstanden? Das ist *mein* Job.«

Ich lege den Kopf an ihre Brust. »Verstanden.« Ihr Atem geht jetzt langsam und gleichmäßig. »Aber du solltest dich auch nicht aufopfern.«

»Danke, Liebes«, sagt sie in meine Haare.

Akiko und Noriko haben sämtliche Filme mit Audrey Hepburn, die es überhaupt nur gibt. Ich dimme das Licht und starte *Ein Herz und eine Krone*, der auf der Watchlist in der Rubrik »Lieblingsfilme« ganz oben steht. Ich frage mich, wie es Akikos und Norikos Mutter geht. Wie oft sie sich wohl diesen Film über eine Prinzessin angesehen hat, die ihrem streng reglementierten Leben für einen Tag entflieht. Ich wette, sehr, sehr oft.

Zwei Tage vergehen. Akiko und Noriko bleiben mit uns im Apartment. Wir schauen die gesamte Audrey-Hepburn-Sammlung durch, kochen zusammen, spielen Karten. Mom wollte sich verkriechen. Und wenn ich ehrlich bin, war mir das auch ganz recht. Hier oben in diesem Turm können wir die Realität eine Zeit lang auf Pause schalten. Ich versuche, nicht an Eriku zu denken. *Ich habe es verdient, in deinem Herzen an erster Stelle zu stehen.* Oder an Akio. *Ich will mit dir zusammen sein. Hast du in deinem Herzen noch Platz für mich?*

Am späten Nachmittag klingelt wieder mal mein Handy. Dad. Er hat es in den letzten Tagen so oft probiert. Wir sind gerade in der Küche, Mom rollt Teig aus und zeigt den Zwillingen, wie man einen Apple Pie backt. Ich muss nichts sagen, halte ihr einfach das klingelnde Handy hin.

»Ich bin noch nicht so weit, mit ihm zu reden«, sagt sie wieder, ohne vom Teig aufzublicken. Akiko legt eine Hand auf ihre. Es ist nicht zu übersehen, dass sie einen Draht zueinander haben. Beide sind sehr fürsorglich veranlagt, auch wenn man es Akiko nicht sofort anmerkt. Aber ich habe mitbekommen, dass sie alles tut, damit es Noriko und ihrer Mutter gut geht. So wie Mom alles tut, damit ich glücklich bin. Die beiden verstehen sich.

»Okay, dann rede ich mit ihm«, sage ich. Mom neigt in stummem Einverständnis den Kopf und ich gehe in den Flur hinaus. »Hey, Dad.«

»Izumi«, stößt er hervor. »Endlich!« Als ich nicht gleich reagiere, wird seine Stimme lauter. »Wo bist du?«, fragt er. »Ist deine Mutter bei dir? Ist alles in Ordnung? Geht es Hanako gut?« Er seufzt frustriert. »Ich verstehe nicht, was passiert ist. Ich werde noch verrückt vor Sorge.«

Ich lehne mich an die Wand und vergrabe meine nackten Zehen im Plüschteppich. »Mom ist mit mir hier und es geht ihr … ganz okay. Körperlich jedenfalls. Glaube ich.« Sie isst und sie lächelt, aber gleichzeitig hat sich eine große Traurigkeit wie ein Leichentuch auf sie gesenkt. Sie ist wie gesponnenes Glas – wunderschön und unglaublich zerbrechlich.

»Ich verstehe es einfach nicht«, sagt Dad noch einmal.

Plötzlich habe ich wieder im Ohr, was er an dem Tag zu mir gesagt hat, an dem er Mom den Heiratsantrag gemacht hat: *Wusstest du, dass die meisten Studierenden ihre Bücher selbst kaufen? Meine Kammerherren haben immer dafür gesorgt, dass ich sie direkt von den Autoren zugeschickt bekommen habe, mit persönlichen Kommentaren und Widmung.* Ich streiche mir seufzend eine Haarsträhne hinters

Ohr. »Dad«, sage ich vorsichtig. »Das war alles ein bisschen viel für sie.«

»Ich weiß. Aber wenn wir die Hochzeit erst mal hinter uns haben …«

»Ich glaube nicht, dass es nur um die Hochzeit geht«, unterbreche ich ihn. »Es geht um ihr Leben. Dass sie nach der Heirat mit dir nicht mehr über sich selbst entscheiden darf. Du bist in dieser Welt aufgewachsen, Dad. Du kennst dich aus und hangelst dich in diesem Netz aus Traditionen und Etikette und Erwartungen geschickt an den Fäden entlang, weil du die Schlupflöcher kennst. Aber für Mom ist das alles total neu und … ich weiß nicht, ob sie sich überhaupt darauf einlassen will. Abendkleider, öffentliche Termine und Veranstaltungen, das ist nicht ihr Ding.«

»Willst du mir sagen, dass sie mich nicht heiraten will?« Seine Stimme ist leise. Bestürzt. Traurig.

»Sie liebt dich«, sage ich nur.

Er holt tief Luft. »Aber nicht die Institution, für die ich stehe.«

Ich seufze. »Es tut mir leid.«

Am anderen Ende ist es einen Moment lang still. »Izumi.« Jetzt spricht er sehr ruhig und gefasst. »Sag mir, wo ihr seid.«

Ich schüttle den Kopf. »Das kann ich nicht. Ich habe es versprochen.«

»Wahrscheinlich könnte ich es herausfinden, wenn ich wollte«, stöhnt er frustriert. »Aber das will ich nicht. Ich möchte, dass du mir vertraust. Bitte erlaube mir, zu kommen und mit deiner Mutter zu sprechen. Lass mich versuchen, das irgendwie zu klären.«

Ich ringe mit mir, dann gebe ich widerstrebend nach: »Wir sind im Apartment von Akiko und Noriko …« Ich sage es ihm, weil wir eine Familie sind und zusammengehören. Er verspricht, sofort loszufahren, dann verabschieden wir uns. Ich kann nur hoffen, dass ich das Richtige getan habe.

Im ganzen Apartment duftet es nach frisch gebackenem Apple Pie. Wir machen es uns mit Kissen und Decken und Tellern im Schoß auf der Couch gemütlich, um noch einmal zusammen *Ein Herz und eine Krone* anzuschauen. Die Zwillinge kennen natürlich sämtliche Dialoge auswendig, sprechen sie stumm mit und imitieren Audrey, wenn sie sich beim Reden in die Haare fasst oder lacht.

Gegen Ende des Films, als Prinzessin Ann die Presse begrüßt, Gregory Peck ansieht und sagt, wie glücklich sie ist, verdunkelt ein Schatten die Tür.

»Hanako.« Wir drehen uns alle um und sehen Dad an. Er neigt den Kopf. »Darf ich hereinkommen?«

»Wie hast du mich gefunden?«, fragt Mom. Die Spannung im Raum ist für uns alle spürbar, so viel Unausgesprochenes liegt in der Luft.

Der Abspann läuft und Akiko macht das Licht an.

»Ich habe ihm gesagt, dass wir hier sind«, gestehe ich mit schlechtem Gewissen. »Entschuldige.« Mom presst die Lippen aufeinander, aber ich sehe ihren Augen an, dass sie nicht wütend ist. »Er hat sich Sorgen gemacht«, flüstere ich ihr zu. »Aber wir müssen hier nicht weg.«

»Ihr dürft so lange bleiben, wie ihr wollt«, sagt Akiko zu uns und wendet sich an meinen Vater. »Sie kann bleiben.«

»Selbstverständlich kann sie bleiben«, sagt er mit gepresster Stimme. »Ich würde niemals von Hanako verlangen, etwas zu tun, was sie nicht tun will.« Er sagt es zu Akiko, aber sein Blick ruht auf Mom. »Können wir reden?«

Sie rutscht unruhig hin und her. »Okay. Okay, ja. Klar.«

»Dann lassen wir euch jetzt allein.« Ich stehe auf und gehe mit Akiko und Noriko hinaus. Im Flur bleibe ich stehen und lege den Zeigefinger auf die Lippen. Die beiden nicken. Schritte sind zu hören, und als ich vorsichtig um die Ecke spähe, sehe ich, dass Dad bei Mom ist und vor ihr kniet – sich vor ihr verneigt.

»Hanako«, murmelt er und streicht ihr über die Haare. »Meine liebste Hanako.« Ich muss an das Gedicht in dem Buch über Orchideen denken, das schon immer auf ihrem Nachttisch lag. Das Gedicht, das ich letztes Frühjahr darin gefunden habe und das der Grund dafür ist, warum ich überhaupt nach Japan gekommen bin.

Meine liebste Hanako,

lass dir bitte durch die Worte
des großen Dichters sagen,
was ich nicht aussprechen kann:

Ich wünschte, ich wäre dir so nah
wie das nasse Gewand der Haut
der meerwasserschöpfenden Salzsiederin.
In Gedanken bin ich es.
– Yamabe no Akahito

Dein
Makoto »Mak«
2003

»Was ist passiert?«, fragt er eindringlich. »Bitte sprich mit mir.«

»Ich weiß nicht, ob ich das schaffe«, sagt sie und hört sich an wie ein kleines Mädchen. So wie ich, als ich versucht habe, das erste Mal ohne Stützräder Fahrrad zu fahren. *Ich schaffe es nicht.*

Aber hier geht es um etwas anderes. Das ist nichts, was man mit genug Ausdauer und Beharrlichkeit irgendwann meistert, bis man am Ende mit wehenden Haaren in den Sonnenuntergang fährt. Ich denke daran, wie erschöpft Mom aussah, als sie ihr das traditionelle Hochzeitsgewand angezogen haben. Wie blass sie war. Wie sie unter dem Gewicht der Stoffbahnen beinahe zusammengebrochen wäre. *Bin ich gestorben? Ist jemand, den ich liebe, gestorben?*

»Was genau? Die Hochzeit? Mit mir zusammen zu sein?«

Mom hebt die Hand und beschreibt einen Kreis. »Alles zusammen«, sagt sie müde. »Ich liebe dich. Ich habe dich immer geliebt, Mak, aber das ist alles zu viel. Ich spüre, wie ich mich selbst dabei verliere.«

Seine Nasenflügel beben und er presst die Lippen aufeinander, dann werden seine Züge weicher.

»Meine Liebste.« Er greift nach ihren Händen, küsst sie und steht auf. Einen Moment lang geht er mit gequälter Miene tief in Gedanken verloren auf und ab, bevor er abrupt stehen bleibt und sich zu ihr dreht. »Dann werde ich abdanken.« Es ist, als hätte er ein Messer durchs Zimmer geschleudert. Ich erstarre. Genau wie die Zwillinge. Wir sehen uns mit offenem Mund an.

Mom gibt ein ersticktes Lachen von sich und steht auf. »Das wirst du natürlich nicht tun.«

»Ich meine es ernst«, beharrt er mit entschlossenem Blick.

»Du kannst nicht abdanken«, sagt Mom. »Das würde ich niemals von dir verlangen. Du wärst kreuzunglücklich.« Sie seufzt. »Könnten wir die Zeit nur bis zum Sommer zurückdrehen. Es war so schön, als wir uns verlobt haben … als noch keiner davon wusste.« Ihre Stimme klingt sehnsüchtig.

Dad geht auf sie zu, ihre Schatten verschmelzen auf dem Teppich. Zwei Gestalten, die sich dem Sturm entgegenstemmen. »Ich verspreche dir, dass wir eine Lösung finden werden«, sagt er ernst. »Aber bitte … bitte bleib bei mir. Lauf nicht davon.«

Mein Herz hämmert, während ich auf Moms Antwort warte.

Sie schweigt. Vielleicht denkt sie ja an die Zeit vor achtzehn Jahren zurück, als sie herausgefunden hat, dass sie mit mir schwanger war. Damals ist sie weggelaufen. Wie beurteilt sie das heute im Rückblick? Würde sie es noch einmal tun? Bereut sie es? Oder war es damals die richtige Lösung und ist es auch heute? Wir haben darüber gesprochen, unser Haus in Mount Shasta zu verkaufen, den Makler aber noch nicht beauftragt. Mom hat immer noch ein Sicherheitsnetz, in das sie sich fallen lassen kann.

Und dann kommt ihre Antwort. »In Ordnung«, sagt sie. »Wir können versuchen, eine Lösung zu finden.« Sie verspricht ihm nicht, zu bleiben, und ich verstehe, dass sie das zum jetzigen Zeitpunkt wohl auch nicht kann.

Wir übernachten im Apartment. Mom und Dad schlafen im einen Gästezimmer, ich in dem gegenüber. Wir haben das Bedürfnis, uns nahe zu sein.

Es ist schon spät. Ich liege mit dem Handy im Bett und habe die Notiz-App geöffnet. Vor meinem inneren Auge sehe ich meinen Vater vor meiner Mutter knien. *Die Menschen verbeugen sich vor ihm, aber mich hat er nie darum gebeten.*

Ich kaue auf meiner Unterlippe, dann tippe ich ein Gedicht. Für sie. Für ihn. Für mich.

Ich beschütze dich,
bin wie dein Schild,
bin deine Hütte im Sturm.
Umschließe dich wie die
Flammen, die um die Sonne lodern.

30

Mit einem schweren Seufzer nehme ich mir ein *dorayaki* von dem Teller, der auf der Küchentheke steht, und reiße ein großes Stück davon ab. Aber nicht einmal die Aussicht auf Süßes kann mich jetzt trösten.

»Hey.« Dad kommt in die Küche. »Kannst du auch nicht schlafen?«

Durchs Fenster blicke ich auf den Park, der in tiefster Dunkelheit liegt, Wind peitscht durch die Bäume und an der Scheibe haben sich Eisblumen gebildet. Wir sind seit vierundzwanzig Stunden wieder im Palast, aber es ist nicht viel passiert, außer dass Dad dem Personal freigegeben hat. Mom hat sich in ihrer Suite verkrochen. Veränderungen lassen sich nicht so schnell herbeiführen, manchmal brauchen sie Zeit.

»Nein.« Mehr bringe ich nicht hervor. Es ist, als wäre mein Brustkorb mit Sand gefüllt. Ich habe das Gefühl, dass mir alles durch die Finger rinnt und ich nichts dagegen tun kann.

»Bist du hungrig? Ich könnte dir was zu essen machen.« Dad zieht die Kühlschranktür auf und wirft einen Blick hinein.

Ich muss daran denken, wie Mom erzählt hat, dass er in ihrer Studienzeit nicht mal in der Lage gewesen wäre, eine Instantnudelsuppe heiß zu machen. »Nein danke«, sage ich und stecke mir das abgerissene Stück *dorayaki* in den Mund, aber es schmeckt wie Pappe.

»Izumi?« Dad dreht sich zu mir um. Sein Blick ist ernst. »Willst du wirklich studieren?«

Die Frage erwischt mich so unvorbereitet, dass ich mich verschlucke und erst mal husten muss. »Wie bitte?«, röchle ich und wische mir über die Mundwinkel.

Er legt beide Hände auf die glänzende Marmorplatte der Theke und sieht mich durchdringend an. »Ich habe gerade mit deiner Mutter gesprochen, die mir gesagt hat, dass du dich an der Uni beworben und mit dem jungen Nakamura gelernt hast, weil du fälschlicherweise der Meinung warst, uns unterstützen zu müssen.«

Dad ist erstaunlich direkt, wenn er in den Kronprinzenmodus schaltet. Ich verstehe gut, warum die Kammerherren in seiner Gegenwart manchmal so nervös sind. Wenn er will, strahlt er echte Kaiserautorität aus.

Um Zeit zu schinden, kaue ich extralangsam, während ich überlege, was ich antworten soll. Ich könnte einfach behaupten, dass Mom mich da wohl missverstanden hat, aber zuletzt beschließe ich, alles zuzugeben. Es kann ja auch sehr befreiend sein, die Karten auf den Tisch zu legen. »Ich wollte euch helfen«, krächze ich.

Dad holt tief Luft und nickt, bleibt aber stumm.

Sanftes Brummen dringt aus dem Kühlschrank. Dad wartet. Er ist ganz anders als Mom. Wenn sie etwas von mir will, rückt sie mir auf den Pelz, feuert Fragen auf mich ab und beschießt mich mit meinem Kosenamen – *Zoom-Zoom?* Dad dagegen lehnt sich zurück und wartet ab. Beide haben ihre Methode, aber vielleicht ist die von Dad strategisch doch klüger, weil ich die Stille nicht aushalte und zwanghaft füllen möchte. Ich erinnere mich vage daran, mal irgendwo gelesen zu haben, dass penetrantes Schweigen oft als Verhörtaktik eingesetzt wird.

»Stimmt schon … also, dass ich mir nicht sicher bin, was die Uni angeht.« Ich streiche mit dem Zeigefinger am Tellerrand entlang. Es fühlt sich gut an, es endlich laut ausgesprochen zu haben. So als hätte ich ein Hundertkilogewicht abgeworfen, das ich den ganzen weiten Weg bis zum Gipfel mitgeschleppt habe. Ich hebe den Blick. Dads Miene ist angespannt. »Ich habe einfach nicht das Gefühl, dass ich mich so wirklich für eine akademische Laufbahn eigne, weißt du? In der Aufnahmeprüfung hab ich ganz gut abgeschnitten, das stimmt, aber dafür musste ich mir auch wirklich den A… also, das musste ich mir verdammt hart erarbeiten, meine ich.«

Von Eriku und Akio und meinen tiefen Gefühlen für beide erzähle ich ihm nichts. Akio habe ich zuerst kennengelernt, mit ihm fühle ich mich auf ganz natürliche Weise verbunden. Wir ergänzen uns gerade deshalb so gut, weil wir Gegensätze sind. Eriku und ich dagegen sind so etwas wie Zwillingsseelen, weil wir uns so sehr ähneln. Es gibt diesen berühmten alten Song »One is the lonliest number«, aber das stimmt nicht. Die einsamste Zahl ist die Drei.

»Verstehe«, murmelt er.

»Es tut mir leid«, platze ich heraus. »Aber ich weiß wirklich nicht, ob ich studieren sollte. Du und Mom, ihr habt an der Uni so viel erreicht.« Und ich? Was habe ich an Talenten vorzuweisen? Wie soll ich mich jemals mit ihnen messen? Ich drücke das Kinn an die Brust. »Andererseits ist es wahrscheinlich meine Pflicht als Prinzessin, mir irgendein nettes, freundliches Studiengebiet zu suchen, mit dem ich bei niemandem anecke. Weichtiere zum Beispiel.«

»*Weichtiere?*«, wiederholt er mit hochgezogenen Augenbrauen, dann wird sein Gesichtsausdruck liebevoll und er kommt um die Theke herum. »Ich möchte auf keinen Fall, dass du dich verpflichtet fühlst, dem Beispiel von irgendjemand anderem zu folgen. Ich bin so aufgewachsen. Bei mir wurde alles im Vorhinein festgelegt. Was ich aß, auf welche Schule ich ging, mit wem ich befreundet war.« Stimmt, er hat mir mal erzählt, dass die Kaiserin sogar seine Schulfreunde persönlich ausgesucht hat. »Jeder Aspekt meines Lebens wurde von Kammerherren kontrolliert, und ich bin nie auf die Idee gekommen, das infrage zu stellen – bis jetzt. Mir wurde von Anfang an beigebracht, nicht meinen eigenen Wünschen zu folgen, sondern die der anderen zu erfüllen. Mir selbst war die längste Zeit gar nicht bewusst, dass ich darauf konditioniert wurde, bestimmte Dinge zu wollen: von der Bevölkerung geliebt zu werden. Ein bescheidener Diener meines Lands zu sein. Immer und in jeder Situation die Krone über meine eigenen Bedürfnisse zu stellen. Aber jetzt ändere ich das. Es tut mir leid, dass ich so lange gebraucht habe, um zu dieser Erkenntnis zu kommen. Und auch, dass du deswegen geglaubt hast, du müsstest ein anderer Mensch werden und dein Leben anders gestalten, als du selbst es möchtest.«

»Ich will nur, dass du stolz auf mich bist.« Es prickelt hinter meinen Lidern, als ich mich daran erinnere, wie er mich hier in dieser Küche umarmt hat, als ich ihm nach der mündlichen Prüfung von der inoffiziellen Zusage der Uni erzählt habe. »Ich will dich nicht enttäuschen. Und auch sonst niemanden.« Ich wende mich ab, damit er meine Tränen nicht sieht.

Dad holt tief Luft und atmet langsam aus. »Enttäuscht wäre ich nur dann von dir, wenn du verleugnen würdest, wer du wirklich bist.«

Darauf reagiere ich erst mal nicht, weil ich Zeit brauche, um es zu verarbeiten, stattdessen frage ich: »Wie geht es Mom?«

Falls er über den abrupten Themenwechsel überrascht ist, zeigt er es nicht. »Ich glaube, es geht ihr schon besser. Die Auszeit hat ihr gutgetan.«

»Und was ist mit eurer Hochzeit?«, frage ich. »Hat sie dazu irgendwas gesagt? Ich glaube, sie möchte lieber kein großes Fest.«

»Kein Wort.« Dad schüttelt den Kopf. »Aber ich will nicht, dass du dir deswegen Gedanken machst. *Du chillst und machst dein*

Ding, okay?« Dad grinst, und seine Augen funkeln, weil er den Ausdruck von mir hat. Er legt mir eine Hand auf die Schulter. »Ich bin absolut überzeugt davon, dass du die richtige Entscheidung treffen wirst. So. Und jetzt schaue ich noch mal nach deiner Mutter.«

In den nächsten paar Tagen passiert ziemlich viel. Dad hat seine Pläne sofort in die Tat umgesetzt und das Palastpersonal radikal reduziert. Es gibt keinen Butler mehr, weniger Hausangestellte und selbst der Hundeausführer ist freigestellt worden. Außerdem gibt er eine Presseerklärung mit der Ankündigung heraus, dass er in den kommenden drei Wochen lediglich die nötigsten öffentlichen Termine wahrnehmen wird.

Wir leben nur zu dritt – Dad, Mom und ich. Kochen unser eigenes Essen, spielen Karten und Brettspiele, schauen Filme, gehen im Park spazieren. Chillen und machen unser Ding, als würde nicht das ganze Land mit angehaltenem Atem darauf warten, wie unsere nächsten Schritte aussehen. Japan will uns zurückhaben.

Einmal spätnachts bekomme ich eine Nachricht von Akio.

Akio

Je mehr ich versuchte, dich zu vergessen, desto mehr erinnerte ich mich … an deinen Geruch, dein Lächeln, deine Wärme. Wie Sonnenstrahlen auf meiner Haut.

Eriku schickt weiter Geschenke. Ich öffne keins davon.

Es macht mich fertig, dass wir ansonsten gar keinen Kontakt haben, und ich weiß, dass es nicht fair ist, die beiden so in der Luft hängen zu lassen. Was ich tue, ist total egoistisch. Ich muss endlich eine Entscheidung treffen. So darf es nicht weitergehen.

Als ich heute Morgen an Dads Arbeitszimmer vorbeigekommen bin, war er gerade am Telefon. Es ging um die Hochzeit, aber ich habe nicht mitbekommen, was er gesagt hat, weil er mich bemerkt und die Tür zugeschoben hat.

Beim Mittagessen erfahre ich es dann. »Heute Morgen hat die Kaiserin angerufen.« Dad richtet seinen Blick auf Mom und ich halte die Luft an. »Sie hat nachgefragt, was denn nun aus unserer Hochzeit wird. Ich fürchte, ich kann sie nicht länger hinhalten.« Tamagotchi sitzt zu meinen Füßen unter dem Tisch, wo ich ihm Häppchen von meinem Teller zustecke. Den Blick auf ihre halb aufgegessene gegrillte *sawara*-Makrele gerichtet, lässt Mom ihre Stäbchen sinken. Dad beugt sich zu ihr und legt seine Hand auf ihre. »Hanako«, sagt er leise. »Ich will mein Leben mit dir teilen. Mein Wunsch, dich zu heiraten, steht nach wie vor, genauso wie das Angebot, abzudanken.«

Als Mom zu ihm aufschaut, schwimmen Tränen in ihren Augen. »Ich weiß nicht, ob das das Richtige ist, Mak. Aber der Gedanke an eine öffentliche Riesenhochzeit mit Tausenden von Gästen, der Prunk und die Zeremonie …« Sie seufzt.

»Hey.« Mir kommt eine Idee. »Wie wäre es, wenn ihr ohne das ganze Drumherum heiratet? Ganz schlicht, im kleinen Kreis. Nur wir?« Nach ihrer Flucht aus dem Palast hat Mom gesagt, sie wäre am glücklichsten gewesen, als die Verlobung noch nicht offiziell war.

»Das wäre schön«, sagt Mom, schüttelt dann aber den Kopf. »Die Kaiserin würde niemals ihre Zustimmung dazu geben.«

Dad und ich sehen uns an und ich erkenne einen Hoffnungsschimmer in seinem Blick

»Okay«, sage ich. »Planänderung. Wie wäre es, wenn ihr vor

der großen Hochzeit eine kleine intime Feier machen würdet? Erst eine Hochzeit nur für uns und danach dann eine für die Welt.« Es gibt Fälle, da muss man sich nicht zwischen dem einen oder dem anderen entscheiden, sondern kann tatsächlich beides haben.

Mom sieht Dad zweifelnd an. »Wäre das möglich?«

»Alles ist möglich«, antwortet er. »Aber wenn du mich heiratest und nicht möchtest, dass ich abdanke, entscheidest du dich für dieses Leben. Du wärst Kronprinzessin von Japan und würdest eines Tages Kaiserin werden.«

Mom holt tief Luft. »Vielleicht hattet ihr nicht den Eindruck, dass ich in den letzten Tagen viel getan habe, aber das täuscht. Ich habe gründlich nachgedacht und weiß jetzt ganz genau, was ich will.« Um ihre Mundwinkel spielt ein Lächeln. »Ich möchte dich heiraten, Mak. Ich möchte in Japan bleiben. Und ich bin bereit, meine Rolle als Mitglied der Kaiserlichen Familie so auszufüllen, wie es von mir erwartet wird. Aber gleichzeitig will ich über ein paar Aspekte meines Lebens, die mir wichtig sind, selbst entscheiden.« Sie holt noch einmal tief Luft. »Ich möchte weiterhin arbeiten. In welcher Form, weiß ich noch nicht, aber ich würde gern am College of the Siskiyous fragen, ob ich dort Onlinekurse anbieten könnte. Mir ist bewusst, dass ich als Mitglied der Kaiserfamilie kein eigenes Geld verdienen darf, was natürlich eine große Umstellung für mich bedeutet. Aber ich könnte mein Gehalt spenden oder ehrenamtlich unterrichten. Ich brenne nun mal für mein Fach und meinen Beruf und möchte ihn auf keinen Fall aufgeben. Falls es mit dem College nicht klappt, könnte ich mir etwas in Tokyo suchen.« Sie schweigt erschöpft.

Dad hat ihr aufmerksam zugehört. »Okay«, sagt er und nickt. »Geht klar. Was sonst?«

Mein Puls beschleunigt sich.

Mom kommt zum nächsten Punkt. »Ich bin deiner Mutter zwar

sehr dankbar, dass sie mir Frau Komura an die Seite gestellt hat, aber ich möchte mir meine Kammerzofe gern selbst aussuchen.« Sie sieht Dad mit herausfordernd gerecktem Kinn an.

»Geht auch klar. Was sonst?« Er beugt sich noch etwas näher zu ihr vor, bis er auf der Kante seines Stuhls sitzt. Ich bin mir ziemlich sicher, wenn Mom verlangen würde, dass er ihr die Sonne schenkt, würde er das sofort tun.

»Ich brauche Zeit mit dir allein. Falls jemand das egoistisch findet, tut es mir leid, aber so ist es nun mal. Natürlich sind die Staatsbankette, die öffentlichen Veranstaltungen und die anderen Termine wichtig und ich werde daran teilnehmen, aber ich möchte, dass wir beide die Möglichkeit bekommen, privat Zeit miteinander zu verbringen. Ich fordere deine uneingeschränkte Aufmerksamkeit«, sagt Mom mit fester Stimme.

Es zuckt um Dads Mundwinkel. »Geht klar«, sagt er wieder und rutscht dann noch ein Stückchen näher an Mom heran, sodass sich ihre Knie berühren. »Aber du sollst eins wissen: Selbst wenn tausend Leute mit uns im Raum sind, bin ich in Gedanken immer nur bei dir.« Was für ein Charmeur. Ich bin beeindruckt.

Mom verengt misstrauisch die Augen. »Du tust so, als wäre das alles kein Problem«, sagt sie.

Dad lehnt sich in seinen Stuhl zurück. »Es wird nicht einfach werden, da will ich dir gar nichts vormachen. Aber um die wirklich wichtigen Dinge muss man immer ein bisschen mehr kämpfen. Ich verspreche dir, dass ich dich in allem, was du dir wünschst und was du erreichen möchtest, unterstützen werde. Und dass ich unsere gemeinsame Zeit niemals als Selbstverständlichkeit betrachten werde.«

Wow. Ich kriege Gänsehaut. Das ist fast wie ein zweiter Heiratsantrag. Dad ist zwar nicht auf die Knie gegangen, auf dem Tisch steht noch unser benutztes Geschirr, Moms T-Shirt ist voller Erde, weil sie hinter dem Palast einen Komposthaufen angelegt hat, ich kriege alles hautnah mit und Tamagotchi hat üble Blähungen – mit anderen Worten, nichts ist so, wie es sein sollte. Aber gleichzeitig ist alles absolut perfekt.

»Na gut, Makotonomiya, Kronprinz von Japan«, sagt Mom lächelnd. »Dann lass uns heiraten.«

31

Eine Woche später summt mein Handy.

Noora

Sorgt mit fünf oder weniger Wörtern für Streit, ohne politisch zu werden.

Glory und Hansani antworten praktisch noch in der derselben Sekunde:

Glory

Gehen ist auch eine Sportart

Hansani

Tiefkühlpizza wird überbewertet

Ich muss kichern.

»Was ist so witzig?«, fragt Mom hinter mir und legt ihr Kinn auf meine Schulter. »*Sorgt mit fünf oder weniger Wörtern für Streit, ohne politisch zu werden.* Hm … verstehe ich nicht.«

Ich lege mein Handy weg und drehe mich zu ihr. Mom hat ein hellblaues Kleid aus Crêpe de Chine mit transparentem Chiffonrock an. Es ist ihr Brautkleid. Weil sie heute heiratet. Als wir losgezogen sind, um ihr ein Kleid für den großen Tag zu kaufen und ich zuerst auf die weißen zugesteuert bin, hat sie mit der Zunge geschnalzt. *Ich bin mir ziemlich sicher, dass ich schon lange keine Jungfrau mehr bin*, hat sie gesagt und mir auf die Nase getippt, worauf ich mir die Ohren zugehalten habe.

Im Gegensatz zu dem Tag, an dem sie den Hochzeitskimono anprobiert hat, steht sie heute ganz aufrecht und stolz da. Ihr Lächeln ist überwältigend. Ich ziehe den Brautstrauß aus der Vase und reiche ihn ihr. »Bist du bereit?«

Ihre Hände zittern ein bisschen, als sie nach den Orchideen greift, aber nicht aus Panik, sondern aus Vorfreude. Beides sorgt für weiche Knie. »Nur noch ganz kurz.« Sie betrachtet sich ein letztes Mal im Spiegel.

»Du siehst wunderschön aus«, versichere ich ihr. Mom hat sich selbst geschminkt. Ein ganz natürlicher Look mit ein bisschen Rouge und Lipgloss. Mehr war auch gar nicht nötig. Sie strahlt vor Glück.

»Du aber auch«, sagt sie.

Ich schaue an meinem Kleid herunter – schwarzer Chiffon mit goldener Stickerei. Endlich habe ich Gelegenheit, es zu tragen. Vielleicht ist es eine Spur zu glamourös, aber das ist mir egal. Ich trage es, weil ich es schön finde. Weil ich mich darin gut fühle. Es ist toll, ausnahmsweise einfach nur ein Mädchen in einem schönen Kleid sein zu dürfen.

Mom strafft die Schultern. »Ich bin bereit«, verkündet sie.

Wir haken uns unter. Ich werde sie zum Altar führen, na ja, oder besser gesagt zum Gewächshaus. An den Ort, an dem vor ein paar Monaten alles begonnen hat, was heute ein glückliches Ende findet. Mit einer Frau und einem Mann, die sich lieben, inmitten von Orchideen.

Draußen geht ein leichter Wind, der Moms offene Haare zaust und einen Hauch von Kompostgeruch durch die Luft trägt. Ich rümpfe die Nase, aber Mom lacht nur. Für sie ist alles an diesem

Tag perfekt. Seit heute Morgen gibt es Sonnenschein gemischt mit Schauern – Regenbogenwetter. Unterwegs fängt es wieder an zu nieseln. Unsere Haare sind etwas krisselig, als wir am Gewächshaus ankommen.

Die Tür steht offen. Mariko erwartet uns mit Tamagotchi an der Leine. Er trägt einen kleinen Smoking, die Fliege hängt schief. Als er mich sieht, zieht er die Lefzen hoch.

Ich führe Mom den weißen Teppich entlang auf Dad zu. Akiko und Noriko stehen neben ihm, beide in traumhaften Kreationen von Oscar de la Renta, die sie wie Zuckertörtchen aussehen lassen. Wir drei sind heute die Brautjungfern. Auf der anderen Seite steht Dads Bruder, Onkel Nobuhito, der Vater der Zwillinge. Es ist eine Hochzeit im engsten Familienkreis, genau wie Mom es wollte.

Mit einer Ausnahme.

Als wir sie geplant haben, stellte sich heraus, dass es einen Palastbeamten braucht, um eine Eheschließung rechtsgültig zu machen. Also habe ich mit Moms Einverständnis Herrn Fuchigami gebeten, ob er diese Aufgabe vielleicht übernehmen könnte.

»Im Gewächshaus?« Sein Blick war skeptisch. »Das ist extrem unüblich.«

»Stimmt«, habe ich ihm recht gegeben.

»So wird das normalerweise nicht gemacht«, hat er gesagt.

»Vollkommen richtig«, habe ich gesagt.

»Ich habe das Gefühl, dass Sie sich mir gegenüber so milde zeigen, damit ich mich Ihnen gegenüber milde zeige«, sagte er.

Ich habe nur gegrinst.

»Und Ihre Eltern planen trotzdem eine größere Zeremonie, wie sie den Vorstellungen und Vorgaben des Kaiserlichen Hofamts entspricht?«

Darauf habe ich eifrig genickt. Dad war bei seinen Eltern, um sie darüber zu informieren, dass er Mom in einer kleinen privaten Feier heiraten will. Aus dem Gespräch wurde eine fünfstündige, zähe Verhandlung. Wie wir uns schon gedacht hatten, bestand die Kaiserin darauf, dass zu einem späteren Zeitpunkt noch eine zweite, »richtige« Hochzeit stattfindet. Als meine Eltern ihr das zusicherten, hat sie ihnen ihren Segen gegeben. Das Kaiserpaar kann bei der Trauung heute leider nicht dabei sein, weil gerade der König von Bhutan zu Gast ist.

Nachdem ich Herrn Fuchigami hinsichtlich der zweiten Hochzeit beruhigen konnte, hat er sich die Stirn gerieben. »Hm. Das ist gegen jede Tradition und ich halte es auch nicht für den korrekten Weg«, murmelte er in sich hinein. »Aber ich selbst bin ja auch ein eher unkonventioneller Mensch. Also, ja. Ich werde es tun.«

»Toll!« Ich habe ihn angestrahlt und mich verbeugt. »Danke!«

Mom und ich sind bei Dad angekommen. Ich umarme sie noch einmal fest und meine Augen brennen. *Jetzt bloß nicht emotional werden.* Dad nimmt ihre Hand. Ihre Ehegelübde haben sie selbst geschrieben. Dad verspricht Mom, sie immer zu lieben, zu ehren und zu unterstützen. Sie verspricht ihm ungefähr dasselbe und versichert zusätzlich noch, dass sie nicht weglaufen wird, falls es mal schwierig werden sollte.

Die beiden besiegeln den heiligen Bund der Ehe, indem sie *»Chikaimasu«* sagen, was so viel wie *Ich schwöre* bedeutet. Damit ist es auch schon vorbei und Herr Fuchigami erklärt meine Eltern zu Mann und Frau.

Anschließend essen wir im Park Kuchen und trinken *hojicha* – gerösteten grünen Tee. Es ist ein ziemlich kühler Tag, und ich hätte wohl eigentlich eine Jacke mitnehmen sollen, aber vor lauter Glück darüber, dass Mom und Dad ihr romantisches Happy End bekommen haben, ist mir so warm ums Herz, dass mir die Kälte nichts ausmacht.

Obwohl mein größter Wunsch in Erfüllung gegangen ist, liegt

ein Schatten über diesem Tag … oder gleich zwei. Eriku und Akio. Gerade heute vermisse ich beide wieder mal so sehr, dass es mich innerlich fast zerreißt. Warum kann ich meine Gefühle nicht einfach abschalten?

»Echt schade, dass deine Mutter so überhaupt gar keinen Sinn für extravagante Events hat«, sagt Akiko und betrachtet ihre Nägel.

Noriko nickt frustriert und streicht über ihr Kleid. »Falls du mal heiraten solltest, wäre es schön, wenn du ein paar Gäste einlädst, damit uns irgendjemand sieht. Das hier ist die totale Verschwendung für Oscar de la Renta.«

»Geht klar. Und ich möchte euch noch mal für alles danken, was ihr getan habt«, sage ich. »Für Mom und für mich. Das werde ich euch nie vergessen.« Vor lauter Rührung steigen mir Tränen in die Augen.

»Das war doch keine große Sache«, wehrt Akiko ab, der deutlich anzusehen ist, wie unangenehm ihr die Situation ist. Menschliche Emotionen – ein ganz schwieriges Thema.

»Oh, oh«, warnt Noriko. »Izumi sieht aus, als würde sie gleich versuchen, uns zu umarmen.«

Bevor die Zwillinge protestieren können, schließe ich sie in eine Gemeinschaftsumarmung. Akiko klopft mir unbeholfen auf die Schulter und Noriko macht sich steif. »Ich liebe euch«, sage ich, als ich sie endlich loslasse. »Und ich weiß genau, dass ihr mich auch liebt.«

Dann werfe ich ihnen eine Kusshand zu und schlendere zu meiner frisch verheirateten Mutter. Im Vorbeigehen nehme ich mir ein Stück Nusskuchen vom Büfett. »Und? Immer noch glücklich mit deiner Entscheidung?«, raune ich ihr zu. Dad unterhält sich neben ihr mit seinem Bruder.

»Überglücklich.« Mom kichert.

»Tja, ich schätze, dann habe ich meinen Job erledigt«, sage ich trocken.

Ehrlich gesagt weiß ich gar nicht, was ich jetzt mit mir anfangen soll, nachdem Mom und Dad bekommen haben, was wir alle immer wollten. Wieder wandern meine Gedanken zu Akio und Eriku. Wer steht in meinem Herzen an erster Stelle?

»Liebes?«, sagt meine Mutter besorgt. »Ich sehe diese Falte zwischen deinen Augenbrauen, die du immer hast, wenn dich etwas beschäftigt. Ist es wegen der Uni? Möchtest du über irgendetwas sprechen?«

Ich schüttle den Kopf, frage dann aber doch: »Woher hast du eigentlich gewusst, dass Dad der Richtige ist?«

Sie überlegt. »Ich glaube nicht, dass es da einen bestimmten Moment gab, in dem ich es wusste. Ich war noch nicht so weit, an die Liebe fürs Leben oder an Heirat zu denken, als ich mit dir schwanger wurde. Ich musste erst noch in mich hineinwachsen und ein eigenes Selbstwertgefühl entwickeln. Dein Vater und ich brauchten die Zeit, die wir getrennt voneinander verbracht haben. Als wir uns im Studium kennengelernt haben, kam ich mir neben ihm – dem schillernden Kronprinzen – langweilig und glanzlos vor, jetzt bin ich eine Frau, die selbst viel erreicht hat, und habe diese Unsicherheit nicht mehr. Es hat auch unheimlich viel in mir ausgelöst, mitzuerleben, wie er mit dir umgegangen ist. Und außerdem macht er mich wirklich richtig glücklich. Hilft dir das weiter? Oder habe ich nur für noch mehr Verwirrung gesorgt?«

»Doch, doch, das hilft«, sage ich. »Also ist Liebe letztlich eine bewusste Entscheidung?«

»Liebe kann viele Formen annehmen und sie zeigt sich in den verschiedenen Lebensphasen für jeden auf unterschiedliche Weise. Für mich war sie in der Freundlichkeit und in der Geduld anderer spürbar, in ermutigenden Worten … und dass mir Raum für meine persönliche Entwicklung gegeben wurde. Ich bereue die Jahre nicht, die ich getrennt von deinem Vater verbracht habe. Sie waren wie der Aufstieg, den man bewältigen muss, um oben die schöne Aussicht genießen zu können.«

Sie verstummt, als ein Klirren ertönt. Mein Onkel hat mit seiner Gabel gegen sein Glas geschlagen, um auf das frischgebackene Paar anzustoßen.

Während seiner Rede frage ich mich wieder, wie es sein kann, dass mein Herz für zwei Menschen schlägt. Ich muss eine Entscheidung treffen, aber ganz egal, wie sie ausfällt, weiß ich eins mit Sicherheit: Alles, was war, hatte seine Berechtigung, und es gibt nichts, das ich bereuen muss.

Abends verabschiede ich mich von Mom und Dad und blinzle gegen meine Tränen an. Die beiden fliegen heute noch auf die Yaeyama-Inseln in der Präfektur Okinawa, wo sie in aller Stille ihre Flitterwochen verbringen werden.

»Das wäre dann also erledigt«, sage ich zu Herrn Fuchigami, der hinter mir steht, als der Wagen weggefahren ist. Mariko hat sich bereits verabschiedet.

»Gibt es noch etwas, das ich heute Abend für Sie tun kann, Eure Hoheit?«, fragt er. »Vielleicht eine zweite heimliche Hochzeit?« Seine Miene bleibt ungerührt, aber seine Augen funkeln. Wunder über Wunder. Herr Fuchigami hat einen Witz gemacht.

»Sagen Sie«, ich gehe etwas näher an ihn heran, »darf ich Ihnen eine persönliche Frage stellen?«

Er öffnet die Hände. »Nur zu.«

»Was ist Liebe?«

Herr Fuchigami sieht etwas unbehaglich aus, als würde er es bereuen, nicht rechtzeitig mit den anderen Gästen gegangen zu sein.

»Sind Sie verheiratet? Sie tragen keinen Ring, deswegen nehme ich an, dass Sie ledig sind.«

»Ich bin eiserner Junggeselle«, bestätigt er.

»Wollten Sie jemals heiraten? Ich meine, waren Sie jemals verliebt?«, frage ich und fühle mich im nächsten Moment mies. »Entschuldigen Sie, das war zu persönlich. Sie müssen meine Frage nicht beantworten.« Ich will mich an ihm vorbeischieben, aber er hält mich zurück.

»Heirat war für mich nie Thema«, sagt er. »Ich habe gleich nach meinem Abschluss an der Universität die Stelle im Kaiserlichen Hofamt angetreten und mein Leben der Institution des Kaiserhauses gewidmet. Ist Ihre Frage damit beantwortet?«

»Ja«, sage ich und denke, dass das auch eine Form von Liebe ist. Ich lächle. »Danke. Dann wünsche ich Ihnen eine gute Nacht.«

Er verbeugt sich tief. *»Oyasumi nasai.«*

Als ich in den menschenleeren Palast zurückkehre, fühle ich mich auf einmal sehr verloren. Ich verschränke die Arme und denke nach. Obwohl die Nacht beißend kalt ist, beschließe ich, einen kleinen Spaziergang zu machen, schlüpfe in einen langen dicken Daunenmantel und gehe hinaus in den Park.

Der eisige Wind brennt auf meinen Wangen, aber ich laufe immer weiter. Vorbei am Gewächshaus, an dem bunte Stoffbänder – Reste der Hochzeitsfeier – flattern. Vorbei an Bäumen, deren Äste aussehen, als würden sie verzweifelt die letzten Blätter festzuhalten versuchen. Bald finde ich mich in der Östlichen Gartenanlage wieder, die nachts für Besucher geschlossen ist. Ich wandere über die breite von immergrünen Kiefern gesäumte Rasenfläche, ein Schatten, der sich zielstrebig durch die Dunkelheit bewegt.

Und dann sehe ich den ehemaligen Turm der Burg Edo vor mir, bin an dem Ort, an dem Akio und ich standen, als er mir verkündet hat, dass er sich trennen wird. Mein Atem bildet weiße Wölkchen, als ich darauf zugehe. Das steinerne Fundament lässt erahnen, wie groß und düster und bedrohlich der Bau einst auf Feinde gewirkt haben muss. Ich ziehe mich an einer Felskante hinauf und setze mich auf die Mauer. Mom hatte so recht, als sie gesagt hat, dass die Aussicht von oben den steilen Aufstieg wert ist.

Unter mir erstreckt sich vor dem Hintergrund der erleuchteten Skyline Tokyos das weitläufige Kaiserliche Palastgelände. In den im Mondschein schimmernden vereisten Flächen auf den Wegen spiegeln sich die Lichter der Stadt. Es ist so kalt, dass das Atmen wehtut.

Trotzdem bleibe ich sitzen, schließe irgendwann die Augen und lasse mich in Gedanken tiefer und immer tiefer sinken. Vorbei an all dem, was man mir zu wollen beigebracht hat. Vorbei an dem, was andere von mir wollen. Vorbei an dem, was sie von mir erwarten. Vorbei am ewigen Abwägen zwischen der Pflicht, der Familie und den eigenen Wünschen. Es summt in meinen Ohren.

Jetzt lenkt nichts mehr vom Wesentlichen ab. Mom und Dad sind verheiratet. Akio und Eriku sind beide weit weg. Es gibt keinen besseren Ort, um mich selbst zu finden, als hier in der Stille und der Dunkelheit. Also: Wer bin ich? Was möchte ich?

Das Gedankenkarussell verlangsamt sich und rollt dann aus. Ich bitte Amaterasu, zu mir zu sprechen und mir meine Zukunft weiszusagen. Aber die Stimmen, die ich höre, kommen nicht aus der mythologischen Vergangenheit. Stattdessen höre ich meine Mutter: *Wie soll ich es schaffen, den Rest meines Lebens nur noch das zu tun, was andere Leute mir vorschreiben?* Meinen Vater: *Enttäuscht wäre ich nur dann von dir, wenn du verleugnen würdest, wer du wirklich bist.* Wieder Mom: *Liebe kann viele Formen annehmen.* Noora: *Familie ist, was man daraus macht.* Akio: *Du musst nur herausfinden, wo deine Neigungen liegen.* Eriku: *Das Leben ist ein Song.*

Als ich die Augen wieder öffne, habe ich die Antworten gefunden, die ich suche. Jetzt weiß ich, was ich will. Ich weiß, *wen* ich will. Ich ziehe mein Handy aus der Jacke und schreibe Noora.

Ich

Du hattest recht.

Sie antwortet sofort.

Noora

Hab ich doch meistens. Kannst du mir trotzdem auf die Sprünge helfen, womit ich recht hatte?

Ich lasse mich von der Mauer hinuntergleiten und tippe mit halb erfrorenen Fingern …

Ich

Ich habe die ganze Zeit versucht, für alle das Richtige zu tun, und nie darüber nachgedacht, was das Richtige für mich ist. Aber jetzt habe ich es begriffen. Ich höre auf, es allen recht machen zu wollen.

Noora

Yesss!

Ich

Mach dich bereit für Izumi 2.0. Die brandneue, aktualisierte Version meiner selbst.

Noora

Was glaubst du, was am Ende rauskommt, wenn du irgendwann alle Entwicklungsstadien hinter dir hast?

Ich

Weiß ich noch nicht, wahrscheinlich irgendwas mit Flügeln und viel Glitzer

Ich

Aber meine Klamotten behalte ich

Noora

Hallo? Das ist ja wohl klar.

Mein Lachen wird vom Wind davongetragen. Aber das ist okay.

Tokyo soll mein Lachen ruhig hören. Ich weiß jetzt, was ich tun werde. Vielleicht ist es nicht das, was ich tun soll, aber es ist definitiv das, was ich tun möchte. Die ewigen Fragen *Studium – ja oder nein? Akio oder Eriku?* sind endlich beantwortet.

In dieser Nacht schlafe ich tief und fest und werde vor dem Sonnenaufgang wieder wach. Auf dem Bett sitzend sehe ich zu, wie die ersten Lichtstrahlen durch die verschneiten Baumwipfel dringen. Die Morgendämmerung bricht an. Ich werde meine Augen nicht mehr verschließen.

32

Ich drücke zum dritten Mal auf die Klingel. Der Himmel über Tokyo ist heute knallblau, aber es ist immer noch bitterkalt. Dummerweise habe ich nur einen Kamelhaarmantel mit dünnem pinken Seidenfutter an, der Wind peitscht mir um die Knöchel und zerrt am Stoff.

»Sie hätten sich ankündigen sollen«, bemerkt Reina hinter mir.

Ich rüttle am Tor. »Überraschungen sind das Salz des Lebens, sie geben allem die richtige Würze.«

»Von zu viel Salz kriegt man hohen Blutdruck«, murmelt sie.

Ich werfe einen Blick über die Schulter. »Wenn Sie lieber im Wagen warten möchten, habe ich dafür vollstes Verständnis.«

»Geht nicht«, sagt Reina schmallippig. »Ich muss ja leider bei Ihnen bleiben, um mich vor Sie zu werfen und mein Leben für Ihres zu opfern, falls jemand auf Sie schießt.« Sie ist schlecht gelaunt, was etwas damit zu tun haben könnte, dass ich sie frühmorgens aus dem Bett geholt habe.

Die Sprechanlage knistert. *»Hai«*, ertönt eine Frauenstimme.

»Ja. Hi«, sage ich. »Ich wollte fragen, ob Eriku da ist.«

»Dare desu ka?«, fragt sie.

»Äh. Izumi …«

Reina stöhnt auf und beugt sich zur Anlage. »Ihre Kaiserliche Hoheit Prinzessin Izumi ist hier, um Herrn Eriku Nakamura zu sehen. *Onegaishimasu.*« Ihr Tonfall sagt: *Sofort aufmachen oder Sie bekommen den Zorn des Kaiserhauses zu spüren.*

Klick. Das Tor schwingt auf.

»Sehr effektiv«, lobe ich, als wir den Innenhof betreten. Ein von elegant beschnittenen Bäumen gesäumter Kiesweg führt auf ein herrschaftliches Haus zu.

»Ich hatte keine Lust zu erfrieren«, sagt sie.

Wir befinden uns zwar mitten in Tokyo, aber durch die hohen Backsteinmauern, die das große Grundstück umgeben, dringt nur gedämpft das Rauschen des Verkehrs und man sieht nichts von der Stadt. Die hohe Eingangstür wird von einem steinernen Bogen eingerahmt. Eine Frau in Dienstmädchentracht erwartet uns, verbeugt sich tief und murmelt ehrerbietig japanische Willkommensformeln. Wir ziehen unsere Straßenschuhe aus und stellen sie ins Regal, worauf sie uns Gästehausschuhe reicht und sich mehrmals dafür entschuldigt, dass sie keine unbenutzten Paare dahat. Anschließend folgen wir ihr durchs Haus. Glänzende Marmorböden. Griechische Säulen. Eine zu beiden Seiten geschwungene Treppe und ein schläfriger Eriku, der auf dem oberen Absatz steht und sich die Augen reibt.

»Izumi?« Als er mich sieht, ist er sofort hellwach und kommt strahlend die Stufen heruntergejoggt. Momo-chan poltert ihm hinterher und schnüffelt an meinen Füßen.

»Entschuldige, dass ich dich so überfalle«, sage ich. Er hat Jogginghosen und ein T-Shirt von den *Grateful Dead* an und trägt eine dünne Goldkette um den Hals. Seine Haare sind so attraktiv verwuschelt, dass mir bei seinem Anblick ganz warm wird.

»Kein Problem«, sagt er schulterzuckend. »Überraschungen sind das Salz des Lebens.«

Mein Herz macht einen Sprung. »Genau dasselbe hab ich gerade auch gesagt.«

»Und warum bist –?«

»Können wir reden?«, unterbreche ich ihn.

Eriku zieht die Brauen hoch. »Sicher.« Er führt mich in ein Wohnzimmer, in dem vor einem Kamin mehrere Sofas und Sessel gruppiert sind. Hohe Glastüren führen auf eine großzügige Terrasse hinaus.

»Mein Team braucht Zugang zum Grundstück, um die Umgebung zu sichern«, wendet sich Reina an das Dienstmädchen. »Zusätzlich benötige ich die Namen und Geburtsdaten sämtlicher Personen, die sich aktuell hier aufhalten.«

Die Frau nickt und winkt Reina, ihr zu folgen. Ich setze mich auf einen mit Seidendamast bezogenen Zweisitzer. Eriku nimmt in einem Sessel mit vergoldeten Armlehnen Platz.

Momo-chan kommt mit schwingenden Lefzen zu ihm getrottet, hechelt, als hätte die Strecke von drei Metern ihr alles abverlangt, und lässt sich erschöpft auf den Perserteppich plumpsen.

»Tolles Haus.« Ich bewundere die weiße Marmoreinfassung des Kamins. »Sind deine Eltern auch da?«

Eriku schüttelt den Kopf. »Die sind übers Wochenende nach Osaka gefahren.« Er sieht mich mit hoffnungsvollem Blick an. »Schön, dich zu sehen.«

»Finde ich auch«, sage ich und rutsche zur Kante des Sofas vor. »Hör zu, an dem Abend im Park …« Ich zögere. »Du hast mir damals gesagt, wie sehr du dich durch mich verändert hättest und …«

Eriku stützt die Ellbogen auf die Knie und beugt sich zu mir vor. Mir fällt auf, dass er ziemlich müde aussieht, vielleicht hat er überhaupt nicht geschlafen. »Ja?«

Ich knibble an meinem Daumennagel. »Ich glaube, als wir uns kennengelernt haben, standen wir in unserem Leben an ganz ähnlichen Punkten.« Eriku und ich hatten beide eine Art Weggabelung erreicht und fragten uns, ob wir auf einem davon weitergehen oder unseren eigenen Pfad durchs Dickicht schlagen sollten.

»Wir waren in der Situation, dass andere über uns bestimmt haben, und hatten Zweifel, ob wir den Erwartungen unserer Eltern und – in meinem Fall – auch des Kaiserhofs entsprechen konnten.« Ich hole tief Luft. »Ich habe geglaubt, ich müsste mich entweder anpassen oder rebellieren und es würde keinen Mittelweg geben. Aber es gibt einen … Durch dich habe ich gelernt, dass es total okay ist, Anerkennung haben zu wollen, man darf nur nicht sein Lebensglück dafür opfern und muss herausfinden, was man selber will.«

»Und was willst du?« Seine Stimme klingt nervös, und ich ahne, dass es bei der Frage um ihn geht. Um seinen Platz in meinem Leben.

»Ich will an die Uni«, sage ich entschlossen. »Ich habe mir diesen Studienplatz hart erarbeitet und verdient. Aber ich will nicht Botanik studieren, sondern … Literatur. Lyrik, um genau zu sein. Dass mir das klar geworden ist, habe ich dir zu verdanken. Wir sind Künstler. Du sowieso, aber ich auch.« Erikus Kunst ist die Musik. *Das Leben ist ein Song.* Meine Kunst ist die Dichtung. »Und ich will dich«, ich sehe ihn an, »… als Freund.« Eriku senkt den Kopf und vergräbt die Hände in den Haaren. »Es tut mir leid.« Ich schließe kurz die Augen. »Du bist ein so toller Mensch, und wir sind uns wahnsinnig ähnlich, nur …« Eriku ist ein Gedicht, aber eins ohne Schema oder Reim. Er ist wilde Leidenschaft, Energie und Rhythmus. Akio dagegen … Akio verkörpert *waka*, einen mit Bedacht komponierten Vers, geschliffen und von eleganter Schlichtheit. Er hat etwas Zeitloses an sich. Mit Eriku erscheint mir alles so einfach. Aber er fordert mich nicht heraus. Nicht so wie Akio. Mom hatte recht. Liebe kann viele Formen annehmen, und ich glaube, für mich liegt sie in der Dynamik, die aus Gegensätzen entsteht. »Es tut mir leid«, wiederhole ich, weil ich nicht weiß, was ich sonst sagen soll. »Bist du jetzt sauer?«

Die Anspannung im Raum ist mit Händen greifbar, als Eriku den Blick auf mich richtet, die braunen Augen wie Teiche, in die ich mich hineinfallen lassen könnte.

»Nein. Ich bin traurig. Ich bin enttäuscht. Aber nicht sauer.«

»Ohne dich wäre ich nicht da, wo ich heute bin.«

Er versucht zu lächeln, aber ausnahmsweise will es ihm nicht so recht gelingen. »Tja, sieht aus, als müssten wir jetzt so eine Art Sorgerechtsvereinbarung treffen, damit sich Momo-chan und Tamagotchi weiterhin sehen können.«

»Unser Nachbar in Mount Shasta, du weißt schon – Jones –, der hatte eine Zeitlang eine Beziehung. Mittlerweile sind die beiden getrennt, teilen sich aber immer noch einen Hund, ein Meerschweinchen und fünf Hühner«, sage ich. »Ich frag ihn mal, ob er uns ein paar Tipps geben kann.«

Eriku lässt sich in seinen Sessel zurückfallen und richtet den Blick zur Kassettendecke. »Manchmal wünsche ich mir, ich könnte Jones sein.«

Mir fällt ein, dass er mich ja schon mal nach ihm ausgefragt hat. Jones' komplett unabhängiger Lebensstil scheint ihn sehr zu faszinieren. Ich muss an den Song denken, den Eriku damals in dem Club gesungen hat. »You Don't Own Me.« Am glücklichsten ist er immer dann, wenn er dem Druck seines Vaters irgendwie entgehen kann. So wie zu der Zeit, als er in den Staaten studiert hat, oder als wir erst ein Fake- und dann ein richtiges Paar wurden und Herr Nakamura senior nichts mehr zu motzen hatte.

»Eriku …?« Ich zögere, weil die Idee ziemlich verrückt ist. Aber das ist Eriku irgendwie auch. Und wie hat Mom es ausgedrückt? Liebe kann auch Raum für persönliche Entwicklung sein. Sie hat Abstand von Dad gebraucht. Vielleicht braucht Eriku Abstand zu seinem Vater. »Hast du schon mal daran gedacht, in die Staaten zurückzugehen? Mount Shasta ist im Frühjahr wirklich schön, und du weißt ja, dass im Sommer dann die *Rainbow Gatherers* kommen. Wir haben dort immer noch unser Haus. Genug Platz für dich und Momo-chan.«

Eriku schweigt und sieht mich lange an, während er meinen Vorschlag sacken lässt.

»Okay, vergiss es«, sage ich, als er den Kopf senkt. »War bloß so ein verrückter Einfall.«

»Weißt du was?« Eriku hebt den Blick und auf einmal liegt darin wieder die alte Leichtigkeit. Er wirkt fast heiter. »Als du das mit den *Rainbow Gatherers* gesagt hast, war mir klar, dass ich dein Angebot annehmen *muss*.«

Wir sehen uns an und dann grinsen wir beide.

»Verzeihen Sie, dass ich frage, Eure Hoheit, aber … *wo* wollen Sie als Nächstes hin?« Reina baut sich vor dem Wagen auf, der vor der Villa der Nakamuras steht und in den ich gerade einsteigen wollte. Ich werfe noch mal einen Blick auf die Karten-App in meinem Handy und halte es ihr dann so hin, dass sie auf den Bildschirm schauen kann. »Zum Luftwaffenstützpunkt in Nara. Das ist die Route.«

Sie presst die Lippen aufeinander. »Ich kenne den Weg.«

Ich strahle und stecke das Handy wieder ein. »Dann ist ja alles geklärt.«

»Ist das ein offizieller Besuch?« Reina zückt ihr eigenes Handy und scrollt mit gerunzelter Stirn darin. Die kaiserlichen Terminpläne werden automatisch immer auch an sämtliche Personenschützer geschickt und laufend aktualisiert.

»Nein, kein offizieller Besuch. Aber ich habe heute frei.« Ich gehe um Reina herum, öffne die Tür und setze mich auf die Rückbank. »Wir sollten allerdings sofort losfahren. Es ist eine ziemlich lange Strecke.«

Sie zögert einen Moment, bevor sie meine Tür zudrückt, nach vorne geht und einsteigt. Sie sieht mich im Rückspiegel an. »Ein Besuch bei Herrn Kobayashi, hm?«

»Genau«, sage ich nur und nicke, weil ich ein menschlicher Bumerang bin. Mich zieht es immer wieder zu Akio zurück. Die Frage ist nur: Was, wenn ich zu spät komme?

33

Wie ich schon fast befürchtet hatte, stecken wir bald in der Rushhour fest, und ich klopfe ungeduldig mit dem Fuß auf den Wagenboden, weil sich die Autokolonne vor uns nur zentimeterweise vorwärtsbewegt. Zum Glück sind wir irgendwann aus der Stadt heraus und haben endlich freie Strecke. In der Ferne erhebt sich der schneebedeckte Fuji.

Als wir nach fünf Stunden in Nara am Stützpunkt ankommen, werden wir am Tor aufgefordert anzuhalten. Ein Uniformierter mit einem Klemmbrett unter dem Arm nähert sich dem Wagen. Reina lässt das Fenster hinunter. Er stutzt, als er das kaiserliche Nummernschild erkennt, dann sieht er mich auf der Rückbank sitzen und macht eine formelle Verbeugung. Bevor Reina etwas sagen kann, hat er schon sein Funkgerät an den Mund gehoben.

»Was ist los?« Ich rutsche unruhig hin und her.

»Er spricht mit dem Kommandanten des Stützpunkts.« Reina trommelt aufs Lenkrad.

»Aber warum denn? Können Sie ihm nicht einfach sagen, dass ich Akio besuchen will?«

Reina legt den Kopf zurück. »Zu spät.« Ich höre, wie aus dem Funkgerät eine laute aufgeregte Stimme dringt, und stöhne ungeduldig.

Nach ein paar Minuten kommen mehrere Wagen mit blinkenden Lichtern angerast. Sie halten in einem Halbkreis und das riesige schwarze Tor schwingt auf.

Reina und ich steigen aus. Ein Offizier mit dekorierten Schulterklappen verbeugt sich zackig. Hinter ihm postieren sich mehrere Soldaten in einer Reihe. Ich würde vor Verlegenheit am liebsten im Boden versinken. Zum Glück kühlt der Wind mein glühendes Gesicht. Die Luft riecht nach Meer.

»Willkommen in Nara, Eure Kaiserliche Hoheit. Was für eine unerwartete, aber hocherfreuliche Überraschung. Ich bin der Kommandant des Stützpunkts. Hasegawa mein Name.« Er schiebt sich seine Offiziersmütze unter die Achsel und verbeugt sich noch einmal. Sein kantiges Gesicht macht mir ein bisschen Angst.

»Bitte verzeihen Sie, dass ich so unangekündigt hier auftauche«, entschuldige ich mich. »Eigentlich bin ich nur da, um mit einem Ihrer Offiziersanwärter zu sprechen. Akio Kobayashi. Wenn Sie mir zeigen könnten, wo ich ihn finde …«

Der Kommandant wendet sich an einen Untergebenen und bellt etwas auf Japanisch, das ich nicht verstehe. Im nächsten Augenblick bricht große Geschäftigkeit aus. Erst wird diskutiert, dann werden mehrere Anrufe getätigt. Drei lange Minuten vergehen. Ich muss mich sehr zusammenreißen, um nicht zu ungeduldig zu wirken und auf meine Armbanduhr zu schauen.

»Wir haben den Gefreiten Kobayashi lokalisiert«, sagt der Kommandant schließlich. »Er ist auf dem Flugfeld. Ich werde Sie persönlich hinbringen.« Sein Tonfall lässt keinen Zweifel daran, dass jeder Protest zwecklos wäre.

»Das ist wirklich nicht nötig«, sage ich trotzdem.

»Ich bestehe darauf.« Er gibt den Soldaten ein Zeichen, sie treten ab und steigen in ihre Wagen. Der Kommandant ist ein Mann, der offensichtlich keinen Widerspruch duldet. Ich könnte mir vorstellen, dass er sich auch durch meinen Vater nicht einschüchtern ließe, und würde gern mal das Experiment machen, sie zusammen zu erleben.

»Gut. Entschuldigen Sie, dass ich Ihnen Umstände mache.« Ich steige in seinen glänzenden SUV und dann fahren wir über das Gelände.

Unterwegs informiert mich der Kommandant über die Sehenswürdigkeiten von Nara und lädt mich für heute Abend zum Essen zu sich nach Hause ein, was ich höflich ablehne.

Es dauert nicht lang und wir sind am Flugfeld angekommen. »So, da wären wir«, sagt er. »Wenn Sie hier warten möchten, werde ich dafür sorgen, dass Sie mit der zu Ihrer Sicherheit notwendigen Ausrüstung ausgestattet werden, und bringe Herrn Kobayashi dann zu Ihnen.« Ich sehe mich um. Uniformierte Soldaten mit Lärmschutzkapseln auf den Ohren laufen hin und her und schwenken orange Fahnen. Piloten in Overalls beladen Flugzeuge. Ich suche unter ihnen nach einem mit düster blickenden Augen.

Und dann sehe ich ihn. Erkenne ihn sofort an seiner Haltung. Sehr gerade, die Hände im Rücken verschränkt, eine alte Angewohnheit aus seinen Tagen bei der Palastpolizei, die er offensichtlich nicht abgelegt hat. Nichts hält mich mehr, ich reiße die Tür auf und springe aus dem Wagen.

»Akio!«, rufe ich, während ich auf ihn zurenne. »Akio!« Meine Stimme wird vom Dröhnen der Motoren übertönt. Mein Mantel und meine Haare flattern im Wind der Turbinen. Ich stelle mir vor, dass ich inmitten von all dem Grün und Grau und Dunkelblau ein verschwommener braun-pinker Farbfleck bin. »Akio!«, rufe ich wieder.

Er macht sich gerade daran, in die Pilotenkanzel eines Flugzeugs mit der Aufschrift Kawasaki T-4 zu steigen, und ich bin noch ein paar Meter entfernt, als er mich endlich bemerkt.

»Izumi?« Er stutzt einen Moment, dann springt er zu Boden. Akio trägt einen olivgrünen Flugoverall, der das Schokotrüffelbraun seiner Augen perfekt zur Geltung bringt. Er zieht die

Brauen zusammen. »Was machst du hier? Ohne Helm! Izumi – das ist gefährlich.«

»Ich musste dich sehen«, rufe ich über den Lärm der Motoren hinweg. Der eisige Wind zerrt an meinen Haaren und brennt auf den Wangen.

Akio geht einen Schritt auf mich zu und zieht sich seinen eigenen Helm ab. »Hier, setz den auf.« Er gibt ihn mir, und ich halte ihn in beiden Händen und blicke in sein Gesicht, sehe seine wie aus Stein gemeißelten Wangen, die entschlossene Kinnpartie. »Was machst du hier?«, fragt er noch mal lauter.

In seinen Augen lodert ein solches Feuer, dass ich plötzlich nicht mehr weiß, was ich sagen soll. Ich sehne mich so sehr nach ihm, dass es mir die Brust zuschnürt. Es tut weh, ihn zu sehen. Aber noch viel mehr hat es wehgetan, ihn nicht zu sehen. »Warum hast du aufgehört, mir zu schreiben?«, schreie ich ihm entgegen.

Er zieht die Brauen hoch. »Du bist den ganzen Weg nach Nara gefahren, um mich zu fragen, warum ich aufgehört habe, dir zu schreiben?«, brüllt er.

»Nein«, brülle ich zurück. »Es gibt ein paar Dinge, die ich dir sagen will, und das wollte ich persönlich machen. Ich …« Wo soll ich nur anfangen? Vielleicht bei dem, was vor der Fahrt hierher passiert ist. »Ich war heute Morgen bei Eriku und … ich will Literatur studieren! Eriku hat mir so geholfen, Akio. Jetzt weiß ich endlich, wer ich wirklich bin und dass ich nicht den Weg nehmen muss, den andere mir vorgeben. Ich kann mein eigenes Ding machen.«

Es ist so viel bequemer, Anweisungen zu befolgen, als sich seinen eigenen Weg zu suchen. Wobei »suchen« zu harmlos klingt. In Wirklichkeit ist es viel anstrengender. Man muss sich durchs Dickicht hacken, muss den Untergrund erst roden und dann planieren. Es ist verdammte Schwerstarbeit, der Mensch zu werden, der man ist. Gibt es überhaupt einen richtigen Weg, Prinzessin zu sein? Frau zu sein?

Akios Züge verhärten sich. »Ich hoffe, ihr werdet sehr glücklich miteinander«, brüllt er. »War es das?«

»Nein, war es nicht«, schreie ich aus voller Lunge. »Ich will nicht mit Eriku zusammen sein, sondern mit *dir*!« Ich stampfe mit dem Fuß auf, und in dem Moment, in dem ich gerade verzweifelt »Ich liebe dich!« brülle, wird der letzte Flugzeugmotor abgeschaltet und es herrscht absolute Stille. Reina, der Kommandant und die insgesamt etwa hundert Soldaten haben alles gehört und können sich ihr Grinsen nicht verkneifen. »Ich liebe dich«, wiederhole ich etwas leiser.

»Izumi«, sagt Akio rau.

Ich drücke mir den Helm an die Brust, meine Emotionen laufen Amok. Ich denke daran, dass ich seit Wochen nichts mehr von ihm gehört habe. Kann es sein, dass … »Hast du aufgehört, um mich zu kämpfen?« Scham kriecht langsam mein Rückgrat hinauf und droht mich zu verschlingen, als Akio schweigt.

Endlich öffnet er den Mund. »Ich werde niemals aufhören, um dich zu kämpfen. Wie könnte ich? Ich liebe dich, und für die Dinge, die man liebt, kämpft man.«

»Wie bitte?« Ich halte den Atem an und hoffe, dass ich mich nicht verhört habe. Wenn ich mir das nur eingebildet habe, werde ich sterben. Sterben.

»Ich liebe dich auch, Izumi«, wiederholt er. »Und kannst du jetzt bitte endlich den Helm aufsetzen?« Akio nimmt ihn mir aus den Händen und stülpt ihn mir sanft über den Kopf. Er ist zu groß und rutscht mir über die Augen. »Ich würde dich jetzt gern küssen, aber wir haben Zuschauer«, höre ich ihn sagen.

Ich schiebe den Helm ein Stück nach hinten, sodass ich ihn wieder sehen kann. Wir sind umringt von seinen Flieger-Kameraden, die breitbeinig dastehen und grinsen. Egal! Ich ducke mich, stürze mich auf Akio und umschlinge seine Hüften. Eine Umarmung ist okay, denke ich mir und lege den Kopf in den Nacken, um zu ihm aufzusehen. »Notfalls hatte ich geplant, die nächsten Tage vor eurem Stützpunkt zu kampieren, bis ich irgendwann einen Piloten sehe«, sage ich lächelnd.

»Nicht nötig.« Er drückt mich einmal ganz fest an sich und lässt die Arme dann sinken. Beifall brandet auf, bis der Kommandant bellt, dass alle sich um ihre eigenen Angelegenheiten kümmern und wieder an die Arbeit gehen sollen.

»Tja, dann …« Akio reibt sich den Nacken. »Heute ist zufälligerweise mein erster Flug als Pilot.«

»Wie toll! Gratuliere«, sage ich und streiche meine Hose glatt. »Okay, dann … dann rufe ich dich später an?«

Er nickt. »Ich habe danach sogar frei, aber natürlich würde ich es verstehen, falls du schon etwas vorhast …«

»Nein, ich hab nichts vor«, rufe ich. »Ich warte gerne hier auf dich … also … falls du das willst.«

»Sehr gut«, sagt Akio.

»Dann los«, sage ich und scheuche ihn weg. »Flieg dein Flugzeug. Ich bleibe hier.« Der Kommandant ist einverstanden. Ein paar Minuten später steige ich mit ihm die Stufen zum Tower hoch, wo ich Akios Stimme über Funk höre und dann zusehe, wie er in seinem Flugzeug die Startbahn entlangrollt und steil in den Himmel aufsteigt. Und ich denke, dass ich jetzt gerade genau an dem Ort bin, an dem ich sein sollte. Nämlich da, wo ich Akio zusehen kann, wie er sich seinen Lebenstraum erfüllt.

Abends sitzen wir nebeneinander in einem Taxi und fahren durch die verschlafenen Straßen von Nara. In den Zimmern hinter den Fenstern brennt Licht, Ladenbesitzer ziehen die Rollläden zu. Ich trage ein Basecap, das Akio mir gegeben hat, und ein Sweatshirt von ihm.

Er hält meine Hand und drückt sie immer mal wieder. Wir sehen uns an und werden von einem berauschenden Gefühl durchströmt, einer Art Elektrizität, die uns über das ganze Gesicht strahlen lässt. Endlich vereint.

»Reina wird mich umbringen.« Ich lehne mich an seine Schulter und seufze.

»Gib mir die Schuld«, sagt er. Ich sehe zu ihm auf und er lächelt, seine weißen Zähne schimmern in der Dunkelheit. Die Haare sind noch nass vom Duschen nach dem Flug. Wir haben Reina einfach stehen gelassen, sind in ein Taxi geschlüpft und davongerast.

»Worauf hast du Lust?«, fragt er. »Sollen wir essen gehen?«

Ich schüttle den Kopf. »Eigentlich bin ich nicht hungrig.«

»Oder willst du im Park spazieren gehen?«

»Zu müde«, sage ich. »Lass uns irgendwo hin, wo wir allein sein können, vielleicht … in ein Hotel?« Sechs Monate ohne Akio waren einfach zu lang. Ich will ihn ganz für mich haben, will nicht mehr warten, will ihn berühren und ihn spüren.

»Bist du sicher?«, fragt er leise.

»Ich bin mir sicher.«

Er beugt sich zu unserem Fahrer vor, nennt ihm eine Adresse und küsst dann meine Finger. »Es ist kein Luxushotel, aber sehr schön und liegt etwas versteckt.«

Der Wagen hält kurz darauf vor einem Haus im traditionellen japanischen Stil mit einer umlaufenden überdachten Holzveranda auf Stelzen – einer *engawa* –, die den Innen- vom Außenbereich trennt, und Rinnen entlang des Dachs, die so gestaltet sind, dass das Regenwasser an sogenannten Regenketten – *kusari doi* – herabrinnt. Ich warte draußen, während Akio uns eincheckt, und senke den Kopf, als eine Gruppe Jugendlicher an mir vorbeikommt. Kurz darauf ist er mit dem Schlüssel wieder da und führt mich eine enge Stiege hinauf.

In unserem Zimmer setzt sich das traditionelle Design des Gebäudes fort. Die hölzernen Deckenbalken liegen frei, und eine Bambuslaterne verströmt einen warmen Lichtschein, als würde eine Kerze darin brennen. In der Mitte des Raums steht ein breites Bett mit einer schneeweißen Decke. Akio schließt die Tür und dreht den Schlüssel. »Okay so?«, fragt er. Ich sehe, wie er schluckt.

Ich gehe zum Bett und streiche mit den Fingerkuppen darüber. Alles ist ganz schlicht und ich finde es perfekt. Akio ist an der Tür stehen geblieben. Falls er versuchen sollte zu fliehen, werde ich mich auf ihn stürzen und ihn festhalten.

»Besser als okay.« Ich drehe mich zu ihm um. »Du hast gesagt, du hättest geglaubt, nicht gut genug für mich zu sein und deswegen nicht für immer in meinem *goldenen Orbit* leben zu dürfen. Du weißt, dass das Gegenteil der Fall ist, oder?«

Er verzieht den Mund, und ich sehe ihm an, dass er widersprechen möchte.

Ich gehe zu ihm. »Ich bin diejenige, die nicht gut genug für dich ist.«

Er schüttelt den Kopf. »Das ist nicht wahr.«

Ich balle die Hände. »Doch, ist es. Schau dir an, was ich für eine Chaotin bin. Die meiste Zeit habe ich keine Ahnung, was ich tun soll, und mache ständig Fehler. Wahrscheinlich wird sich das mein ganzes Leben lang nicht ändern, aber … bitte bleib trotzdem bei mir, ja?«

Akio greift nach meinen Händen und drückt sie sich an die Brust.

»Ich gehöre dir. Ich habe immer nur dir gehört.«

»Dein Herz klopft so schnell«, flüstere ich.

»Ich … ehrlich gesagt dachte ich, ich würde dich nie mehr wiedersehen, außer auf Fotos in Zeitschriften. Dass ich dazu verdammt sein würde, dich immer nur noch aus der Ferne anschauen zu dürfen.« Er berührt mein Gesicht, meine Lippen.

»Kannst du mich jetzt vielleicht küssen?«, frage ich. »Das letzte Mal ist so schrecklich lange her.«

»Viel zu lang«, stimmt er zu. Seine tiefe Stimme vibriert bis in die letzte Faser meines Körpers wie ein unendliches Echo. Er umfasst meine Taille, wühlt in meinen Haaren. Und all das fühlt sich unendlich gut an. Alles ist jetzt gut.

»Ich liebe dich«, sage ich.

»Sag das noch mal«, raunt er dicht an meinem Ohr und ich spüre dort den Hauch eines Kusses. Ein Knabbern.

»Ich liebe dich.«

»Ich liebe dich«, sagt er. Drei so kurze und doch so mächtige Wörter.

Ich lehne mich zurück und sehe ihn an. »Aber warum hast du dann aufgehört, mir Gedichte zu schicken?«, frage ich und das Herz klopft mir bis zur Kehle. Ich habe mich noch nie so verwundbar gefühlt und das macht mir Angst. Er hat mich sehr verletzt, als er mich so plötzlich verlassen hat. Ja, er hat es getan, weil er es für das Beste hielt, aber wer sagt mir, dass er das nicht noch einmal machen wird? Bin ich womöglich naiv, ihm zu vertrauen? Oder bedeutet es, dass ich mutig bin? Vielleicht eher das.

»Du hast nie geantwortet«, sagt er. »Ich habe auf dich gewartet. Ich wollte dich nicht … bedrängen.«

Ich seufze. »Ich glaube, an unserer Kommunikation müssen wir noch arbeiten.«

Akio lacht leise, legt eine Hand an mein Kinn und lässt sie dort. Ich schließe die Augen und küsse seine Wangen, seine Mundwinkel und dann endlich, endlich seine Lippen. Er stöhnt leise auf und öffnet den Mund, erst ist es ein ganz zarter Kuss … dann nicht mehr.

Ich kann mich nicht entscheiden, wo ich meine Hände hinlegen soll, weil ich ihn am liebsten überall spüren würde. Knöpfe werden hastig aufgenestelt, Shirts über den Kopf gezogen.

»Oh mein Gott, Akio«, murmle ich zwischen betörenden Küssen.

Wir stolpern rückwärts zum Bett und Akio sieht mich fragend an. »Willst du …«

Ich nicke. »Ja, ja, ich will, aber hast du ein … du weißt schon … Kondom?«

Sein Blick ist durchdringend, die Stimme rau. »Ja, habe ich.«

Nachdem das geklärt ist, küssen wir uns weiter und ziehen uns ganz aus, und dann liegen wir irgendwann unter der Decke, und es passiert genau das, was ich will.

Ich kann nicht schlafen. Es fühlt sich an, als wäre ich an eine Steckdose angeschlossen. Ich bin elektrisch aufgeladen. Hellwach. Akio schlummert neben mir, die Decke bis zur Brust hochgezogen. Ich habe mein Handy hervorgeholt, und während ich Verse tippe, schaue ich immer wieder verstohlen zu ihm rüber. Er rührt sich nicht. Als wir uns noch nicht wirklich kannten, habe ich oft gedacht, dass er auch ein Vampir sein könnte. Jetzt kann ich bestätigen: Er schläft wie ein Untoter.

»Ich spüre, dass du mich ansiehst«, murmelt er mit geschlossenen Augen.

Ich werfe das Handy zur Seite, rutsche an ihn heran und lege das Kinn auf seine Brust. »Ich will jeden Quadratzentimeter von dir in mich aufnehmen, um irgendwie die verlorene Zeit wieder wettzumachen.«

Akio hebt die Hand und spielt mit meinen Haaren. Dann öffnet er das rechte Auge einen Spaltbreit. »Ach, Rettich«, sagt er.

»Vielleicht könntest du später deine Uniform holen und sie für mich anziehen?« Ich drehe mich, sodass ich neben ihm liege, und spüre dabei einen kurzen Schmerz. Offen gestanden bin ich ein bisschen wund. Aber auf die bestmögliche Art.

Akio lässt seine Finger träge über meinen nackten Oberarm gleiten. »Bin ich etwa ein Sexobjekt für dich?«

»Absolut«, flüstere ich, beuge mich zu seinem Mund und spitze die Lippen.

»Was ist das?«, fragt er, nachdem wir uns wieder voneinander gelöst haben. Ich folge seinem Blick. Das Display meines Handys leuchtet noch.

»Ach so … das. Ich habe nur ein bisschen an meinen Gedichten gearbeitet.« Ich schalte das Handy aus und will es auf den Nachttisch legen, aber Akio schließt seine Finger um mein Handgelenk.

»Lies sie mir vor«, sagt er.

Ich merke, wie ich verlegen werde. »Die sind nicht gut.«

Er zieht mich zu sich und schließt die Augen. »Lies sie mir vor. Jetzt.«

»Ich hatte ganz vergessen, was du für einen Befehlston draufhast«, schnaube ich und mache es mir dann in seiner Armbeuge bequem.

Akio hebt einen Mundwinkel zu einem Lächeln. »Ich warte«, sagt er.

Seufzend greife ich nach dem Handy und scrolle bis ganz nach oben an den Anfang zu dem *waka*, das ich vor ein paar Monaten über den Bevölkerungsrückgang in Japan und das Aussterben des Kunsthandwerks geschrieben habe. *Wer wird hier leben, wenn ihr fort seid?* Zuletzt lese ich Akio vor, woran ich eben gearbeitet habe – ein Gedicht über meine Mutter. Und auch über mich.

Du schrumpfst, wirst
kleiner und kleiner. Gibst deine
Zeit, dein Lächeln, deine Kraft.
Aber es reicht nie.
Sie wollen dich bis auf die Knochen.

Als ich fertig bin, schweigt er.

»Ich hab ja gesagt, dass sie nicht gut sind. Deswegen will ich Literatur studieren, um besser zu werden. Ich muss noch so viel lernen.« Ich knete einen Zipfel der Bettdecke.

Akio schlägt die Augen auf und sie sind Seen aus dunklem Honig. »Deine Gedichte sind unglaublich.« Mir wird heiß und ich verstecke mein Gesicht an seiner Brust. »Hey.« Er legt einen Zeigfinger unter mein Kinn, hebt es an und zwingt mich, ihn anzusehen. »Wirklich. *Unglaublich*.«

Dann küsst er mich und die ganze Welt seufzt auf.

Keine vierundzwanzig Stunden verstreichen, da klopft es und Reina steht vor der Tür. Sie hat uns gesucht und gefunden.

Akio muss auf den Stützpunkt zurück und ich werde im Palast erwartet.

Wir stehen vor dem Hotel und zögern den Abschied hinaus. Akios Augen blitzen. »Und wie geht es jetzt mit uns weiter?«, fragt er. Der Morgen ist kühl und nüchtern. Unsere kleine schillernde Blase ist zerplatzt.

Am Straßenrand warten zwei Wagen mit laufendem Motor, die uns gleich in entgegengesetzte Richtungen fahren werden. »Wie es jetzt mit uns weitergeht …?« Ich lasse meine Hände über seine Brust gleiten. »Du lernst noch ein bisschen besser fliegen und ich lerne, Gedichte zu schreiben.«

Diesmal fühlt es sich anders an als beim letzten Mal, als wir uns wiedergefunden haben, nachdem er seine Stelle bei der Palastpolizei gekündigt und mir den Regenbogen-Schlüsselanhänger mit meinem Namen darauf geschickt hatte. Damals bin ich aus dem Palast hinaus direkt in seine Arme gelaufen und wäre am liebsten für alle Ewigkeit von ihm gehalten worden. Später dann hat Akio gesagt, dass ich mir meine eigene Welt schaffen soll und dass er auf mich warten wird, egal wie lange es dauert.

Aber ich habe nicht das Gefühl, dass wir aufeinander warten müssen, und glaube, das empfindet er genauso. Wir sind wie zwei Bäume, die in einigem Abstand voneinander wachsen. Wir haben beide unsere eigenen Wurzeln. Unseren eigenen Zugang zur Sonne.

Er legt seine Stirn an meine. »Ich rufe dich an.«

»Das hoffe ich doch sehr.«

Wir küssen uns. Einmal. Zweimal. Dreimal. Zuletzt öffnet er die Wagentür für mich und ich werfe ihm im Rückspiegel noch eine Kusshand zu. Akio winkt. Was die Zukunft bringen wird, weiß ich nicht. Jetzt gerade sind wir zusammen. Und ich hoffe, wir bleiben zusammen. Und dabei belassen wir es erst mal. Bei der Hoffnung.

34

Sechs Wochen später

Ich

Denk dran, dass du ein bisschen an der Taste rütteln musst, nachdem du gespült hast, weil das Wasser sonst immer weiterläuft

Nachdem ich das Handy in die Tasche zurückgesteckt habe, ziehe ich die Tür meines Zimmers im internationalen Studentenheim zu und schließe ab. Ich winke meinen beiden Nachbarinnen zu, die ich bei meinem Einzug kennengelernt habe – die eine ist aus Ungarn und wird Ingenieurin, die andere kommt aus Botswana und macht ihren Master in Ethik und Globale Beziehungen. Mom hat den beiden natürlich gleich von Gary erzählt, dem imaginären Freund, den ich als Achtjährige hatte und der mich angeblich gezwungen hat, so viele Kaugummis runterzuschlucken, dass sie mich damals sicherheitshalber zum Arzt gebracht hat. Ich musste mir in die Faust beißen, um keinen Schreianfall zu bekommen.

Reina, die mich am Aufzug erwartet, klopft auf ihre Armbanduhr. *Sie sind zu spät*, sagt sie unhörbar.

Auf der Fahrt nach unten vibriert mein Handy und ich ziehe es noch mal aus der Tasche.

Eriku

Ich denk dran. Meinst du, deine Mutter hätte was dagegen, wenn ich das Bild, auf dem du nackt in der Badewanne turnst, abhänge? Es ist echt süß, aber …

Das Foto ist 20 x 25 cm groß und hängt an prominenter Stelle in unserem Badezimmer in Mount Shasta. Es zeigt mich mit vier Jahren, roten Wangen und hochgerecktem Po inmitten von sehr viel Schaum. Ich antworte ihm auf dem Weg zum Vorlesungsgebäude.

Ich

Hm. Ich weiß nicht. Das ist ein echter Klassiker, aber wenn du willst …

Ich

Und sonst? Alles okay?

Eriku

Besser als okay. Jones baut heute Abend eine Bongo mit mir. Er hat gesagt, dass wir das barfuß und mit nacktem Oberkörper machen müssen. Hat anscheinend irgendwas damit zu tun, dass man dann eine bessere Verbindung zu Mutter Erde bekommt oder so (?)

Jones hat Eriku quasi sofort nach seinem Einzug adoptiert und Momo-chan gleich mit, obwohl er eigentlich aus ästhetischen oder genetischen Gründen gegen Rassehunde ist. Er findet aber auch, dass Hunde grundsätzlich ohne Leine laufen und nicht mal Halsband tragen sollten und dass Hundeschulen Quälerei sind, weil sie den freien Hundewillen brechen.

Eine Brise lässt die Blätter der Birken erzittern, als ich mich dem roten *Yasuda Auditorium* mit dem berühmten Uhrenturm nähere. Reina scheucht mich mit gestresster Miene vor sich her. Ihrer Meinung nach kommt man schon zu spät, wenn man nicht zwanzig Minuten vorher da ist. Ich versuche, gleichzeitig zu tippen und schneller zu gehen.

Ich

Mach das. Ich meine, das Leben ist ein Song, oder?

Eriku

Absolut richtig, genau. Das Leben ist ein Song.

Danach bekomme ich noch zwei weitere Nachrichten. Noora schickt ein GIF von einem schnurrbärtigen Mann, der Glitzerkonfetti in die Luft wirft. Ich verstehe auch ohne Erklärung, was das bedeutet: Sie freut sich, dass ich heute meinen ersten Tag an der Uni habe, will nachher bis ins letzte Detail hören, wie es war, und muss mir außerdem selbst was Wichtiges erzählen. All das erkenne ich in einem einzigen animierten Bild. Ist so.

Die andere Nachricht kommt von Akio.

Akio

Viel Glück heute.

Ich schicke ihm ein funkelndes DANKE.

Wir telefonieren – oft. Aber seit unserer Nacht in dem Hotel in Nara haben wir uns nur noch einmal gesehen. Falls es jemanden interessiert: Er hatte extra für mich seine Uniform an. Und ja, der Anblick hat alle meine Erwartungen noch übertroffen.

Als ich daran zurückdenke, kann ich gar nicht anders, als zu strahlen.

Immer noch lächelnd setze ich mich im Vorlesungssaal in einen grünen Hartschalensitz und klappe meinen Ordner auf. Eine noch ziemlich junge Frau mit herzförmigem Gesicht betritt den Saal und steigt aufs Podium. *»Ohayō gozaimasu«*, begrüßt sie uns und lächelt in die Runde. »Ich bin Ihre Dozentin, Imai-*sensei*, und freue mich, Sie zu meinem Einführungsseminar Lyrik im Studiengang Literarisches Schreiben begrüßen zu dürfen.« Ein Assistent geht zwischen den Reihen hindurch und verteilt die Leseliste.

Vor einiger Zeit war ich bei Herrn Ueno, der damals das Aufnahmegespräch mit mir geführt hat, und habe ihm erklärt, dass ich gern etwas studieren möchte, für das ich wirklich brenne, und das sei bei Botanik leider überhaupt nicht der Fall. Er hat mich geduldig angehört und dann ins Sekretariat geschickt, wo ich meine Hauptfächer ändern durfte. Das Ganze war viel unkomplizierter, als ich gedacht hätte. Trotzdem hatte ich Gänsehaut, als ich *Botanik* durchgestrichen und stattdessen *Lyrik* hingeschrieben habe. So, als wäre gerade ein Pfeil direkt in die Mitte einer Zielscheibe geflogen. Meine Hobbys habe ich bei der Gelegenheit auch noch mal neu durchdacht. Blutspende und Rotes Kreuz sind nichts für mich. Ich möchte mich lieber für den Tierschutz engagieren. Herr Fuchigami hat mir versprochen, sich zu informieren, welche Organisationen geeignet wären.

»In der ersten Stunde frage ich meine Studierenden immer, ob jemand eine eigene Arbeit vorlesen möchte«, sagt Frau Imai jetzt. Um mich herum rutschen alle verlegen auf ihren Stühlen hin und her und vermeiden jeden Augenkontakt mit der Dozentin, damit sie ja nicht auf die Idee kommt, sie würden sich freiwillig melden.

Ich zögere, beiße mir auf die Lippe und hebe dann die Hand.

»*Hai*, ja bitte.« Frau Imai deutet auf mich. »*Dōzo.*«

Ich stehe auf. Meine Hände sind so feucht, dass mir fast das Telefon aus den Fingern rutscht. Ich verfestige meinen Griff und fange an zu lesen:

Früher versteckten wir uns
in Wäldern wie aus grünen Bändern.
Wir warteten darauf, gefunden zu werden.
Jetzt suchen wir den offenen Raum,
um ihn mit unserer Stimme zu füllen.
Seht her. Seht uns an. Seht mich an.
SEHT. MICH. AN.
Da bin ich.

Ich lasse mich schnell wieder auf meinen Platz fallen, als ich fertig bin, und dann steht jemand anderes auf, um seine Arbeit vorzulesen. Ich wette, irgendwer wird mein Gedicht an die Presse weiterleiten. Und natürlich werden sie es so interpretieren, wie es ihnen passt. Können sie ruhig.

Das Leben ist ein Gedicht. Ich werde es schreiben.

DANKSAGUNG

Es ist gar nicht so einfach, während einer weltweiten Pandemie an einem Roman zu arbeiten, aber zum Glück gibt es in meinem Leben ein paar unglaublich tolle Menschen, die mich unterstützt haben. Wie immer möchte ich mich zuallererst bei meinem Partner Craig und meinen Zwillingen Yumi und Kenzo bedanken. Alles, was ich tue, tue ich für euch (na ja, okay, und auch für mich. Aber dadurch, dass ich schreiben darf, bin ich eine so viel bessere Mutter). Glaubt mir: Ihr drei seid mein jetzt schon wahr gewordenes Happy End.

Meinen Eltern bin ich unendlich dankbar dafür, dass sie in mir die Liebe zum Lesen und zum Schreiben geweckt haben. Danke an meine Geschwister, meine erweiterte Familie und Freunde: Eure Begeisterung, eure Liebe und euer überwältigendes Vertrauen tragen mich. Und danke, Carrie, die mittlerweile von der perfekten Testleserin zur Freundin geworden ist und mitgeholfen hat, Japan in diesem Buch zum Leben zu erwecken – ohne dich hätte ich das nicht hinbekommen.

Dank gilt auch meiner Agentin Erin Harris. Es macht mich so glücklich, deine buchstäblich grenzenlose Unterstützung zu haben. Danke, dass du dir die Zeit genommen hast, mit mir zu sprechen, als ich dich weinend angerufen habe, obwohl du gerade bei deinen Eltern zu Besuch warst. Das werde ich dir nie vergessen. (Mr und Mrs Harris – ich bitte Sie an dieser Stelle noch einmal vielmals um Entschuldigung.) Ich danke Joelle Hobeika, meiner Lektorin mit dem scharfem Blick und dem diplomatischen Rotstift. Und natürlich danke ich auch Josh Bank, Sarah Shandler und allen anderen Mitarbeitern meiner Agentur Alloy Entertainment. Danke an den fantastischen Künstler John Ed de Vera, ohne den es die zauberhaften Cover von *Tokyo Ever After* und *Tokyo Dreaming* nicht geben würde.

Ein RIESIGES Dankeschön an meine Verlegerin Sarah Barley von meinem US-Verlag Flatiron, die so sehr an Izumi geglaubt hat, dass sie mich einen zweiten Band schreiben ließ.

Danke an das Flatiron-Team: Megan Lynch, Malati Chavali, Bob Miller, Nancy Trypuc, Sydney Jeon, Jordan Forney, Claire McLaughlin, Erin Gordon, Vincent Stanley, Frances Sayers, Keith Hayes, Kelly Gatesman, Emily Walters, Donna Noetzel, Brenna Franzitta, Katy Robitzski, Emily Dyer und Drew Kilman. Ich bin euch so dankbar für alles, was ihr vor und hinter den Kulissen für mich leistet.

Und an die Buch-Community – danke! Einigen von euch wird nicht entgangen sein, dass diese Danksagung der von *Tokyo Ever After* ziemlich ähnelt. Ich hoffe, ihr wisst, dass das bedeutet, dass ich euch allen doppelt dankbar bin. Ja, genau. Ich bin glücklich hoch zwei.

Von Emiko Jean ist bei dtv außerdem lieferbar:
Tokyo Ever After – Prinzessin auf Probe